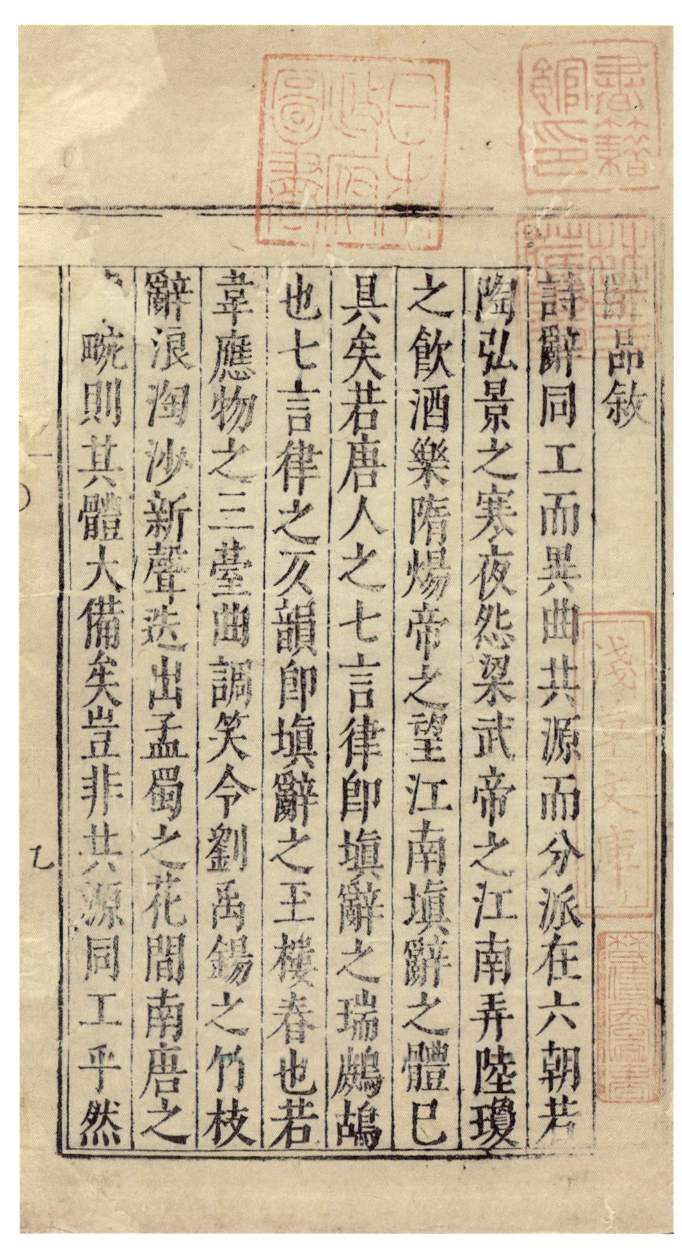

詞品敘

詩詞同工而異曲共源而分派在六朝若陶弘景之寒夜怨梁武帝之江南弄陸瓊之飲酒樂隋煬帝之望江南填詞之體已具矣若唐人之七言律卽填詞之瑞鷓鴣也七言律之仄韻卽填詞之玉樓春也若韋應物之三臺曲調笑令劉禹錫之竹枝詞浪淘沙新聲迭出孟蜀之花間南唐之畹則其體大備矣豈非共源同工乎然

明楊慎選、清劉大昌校訂《辭品》卷首，明嘉靖三十三年（1554）刻本，日本國立公文書館内閣文庫藏。

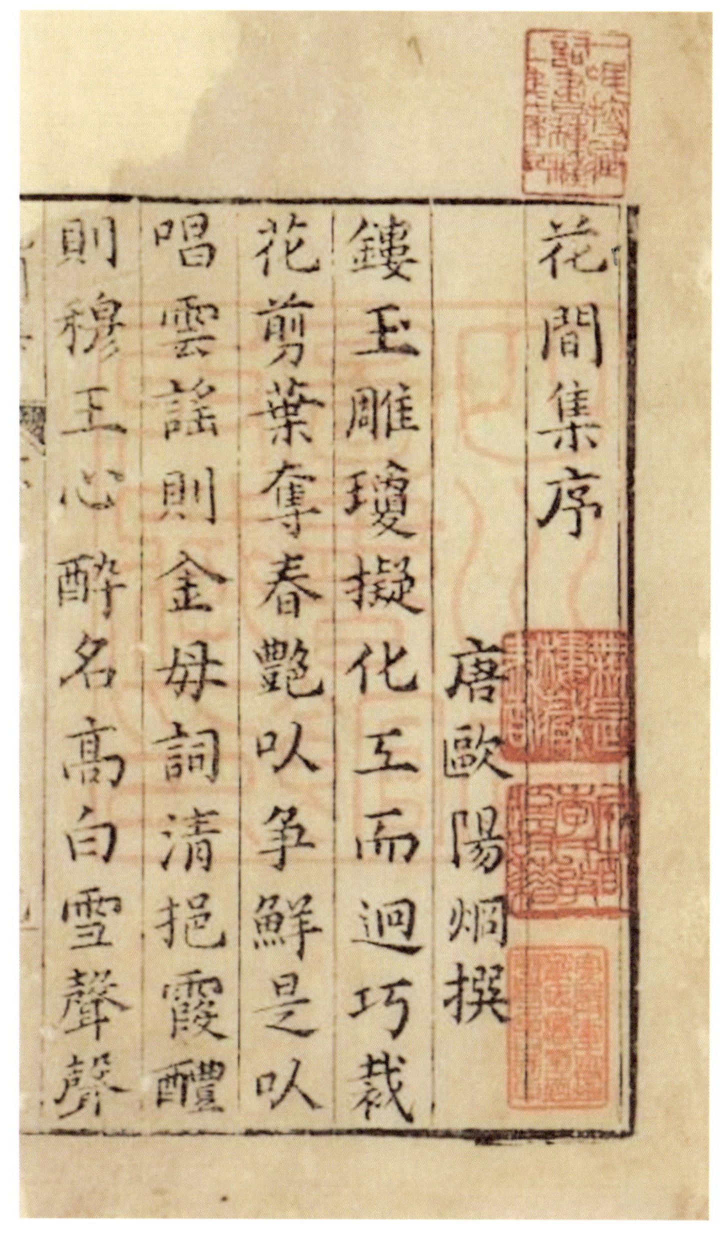

花間集序

唐歐陽炯撰

鏤玉雕瓊擬化工而迴巧裁花剪葉奪春豔以爭鮮是以唱雲謠則金母詞清挹霞醴則穆王心醉名高白雪聲聲

五代趙崇祚編《花間集》卷首，明萬曆八年（1580）茅氏凌霞山房增補本，四川省圖書館藏。

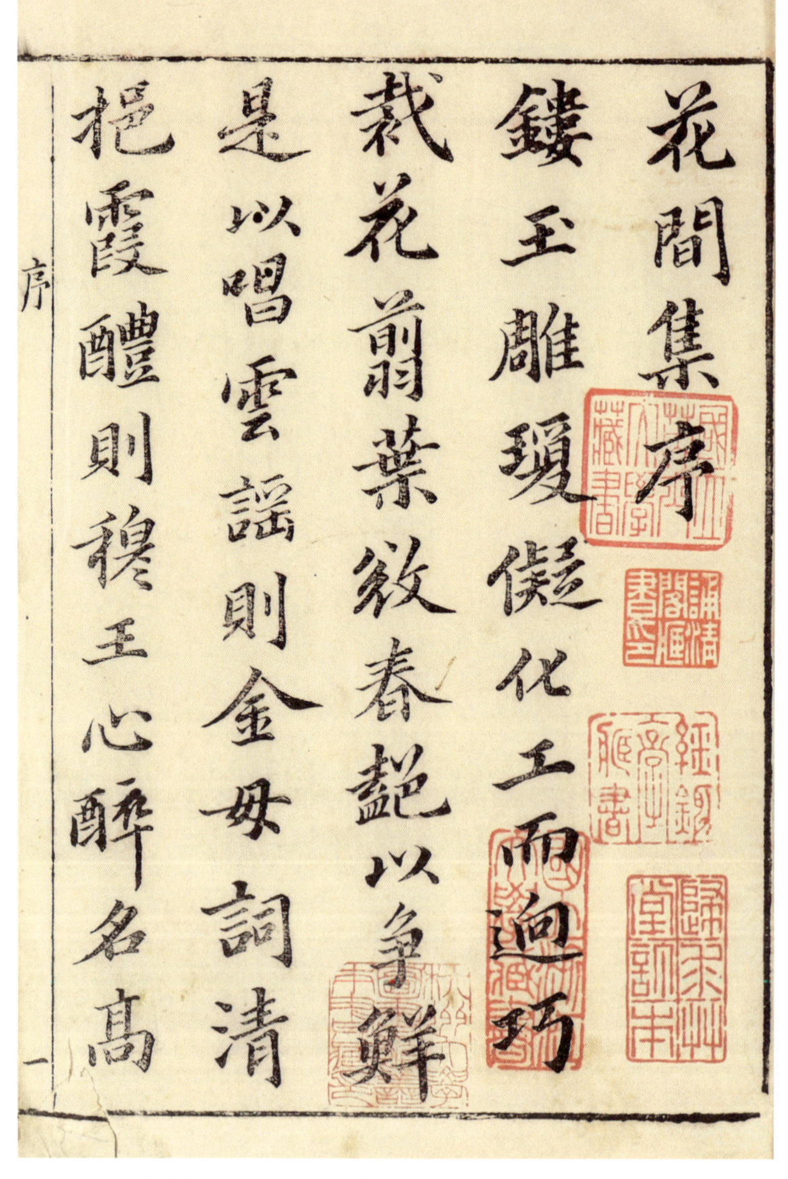

花間集序

鏤玉雕瓊儗化工而迥巧

裁花剪葉奪春艷以爭鮮

是以唱雲謠則金母詞清

挹霞醴則穆王心醉名高

序　一

五代趙崇祚輯、明湯顯祖評《花間集》卷首，明萬曆刻朱墨套印本，浙江大學圖書館藏。

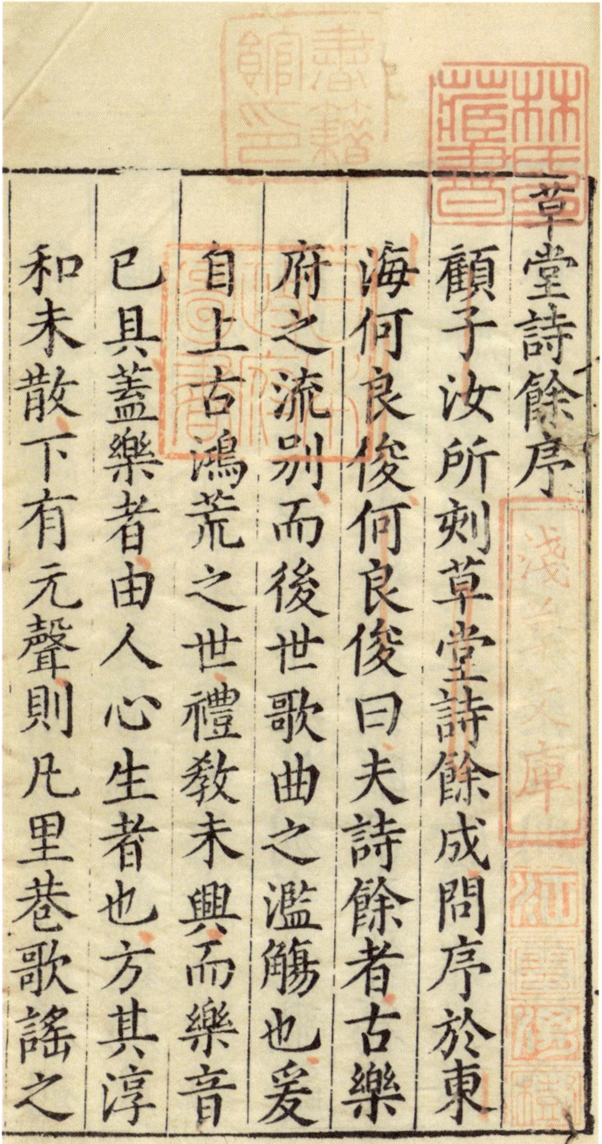

草堂詩餘序

顧子汝所刻草堂詩餘成問序於東海何良俊何良俊曰夫詩餘者古樂府之流别而後世歌曲之濫觴也爰自上古鴻荒之世禮教未興而樂音已具蓋樂者由人心生者也方其淳和未散下有元聲則凡里巷歌謠之

明翁正春校正、明李廷機批評《新刻注釋草堂詩餘評林》卷首，明萬曆三十六年（1608）起秀堂刻本，日本國立公文書館内閣文庫藏。

國朝詩餘序

景雨傷者也曲者詞之餘也曲盛而詞泯詞非泯也雕琢太過旨趣反蝕者也詩降而詞筋骨盡露去漢魏樂府千里矣詞降而曲略無蘊藉卽歐蘇所不屑爲而情至之語令人一唱三歎此無他世變江河不可復挽者也嗟乎有一代之興必有一代之製而我

朝監於二代郁郁之文炳煥宇內卽塡詞小技遂出宋元而上幾欲篡其位兹非

國家文運之隆人才之盛何以致是哉茲因太末翁元泰強爲彙萃而見聞不廣收錄艱難且時日局迫引用乖方未免顧此失彼遺漏掛誤詎能媲美草堂花間詞選諸集又愧嘲風咏月無補世敎然因詞以審音因音以知律因律以識樂引商刻羽鏗鏘鼓舞推之

郊廟朝廷之上未必無助云爾知音君子尚賴是救是正可也

萬曆甲寅季秋既望吳郡錢允治撰

國朝詩餘序　三

明陳仁錫、明錢允治輯《類編箋釋國朝詩餘》卷首，明萬曆四十二年(1614)刻本，美國哈佛大學哈佛燕京圖書館藏。

唐伯虎嘯旨後序

右嘯旨一編館閣暨鄭馬諸書目皆不著所譔人名
氏內述其事始于孫登稽康先生遂係以內激外激
運氣撮脣之法甚詳而于聲則云未譜聲音葢激氣
而成者邵子謂物理無窮而音聲亦無窮唯無窮乃
可以配無窮故以音聲起數御天下古今物理之變
聲則起于甲而止于庚多良千刀妻宮心之類是也
音則起于子而止于戊古黑安夫卜東乃走思之類
是也與沙門神珙之法稍異神珙則以內外八攝總



明程明善編《嘯餘譜》卷首，明萬曆四十七年（1619）刻本，臺北“國家圖書館”藏。

楊升菴先生長短句序

德清許孚遠撰

新都楊升菴先生名滿天下不佞孚遠自爲兒童時聞之則欣欣嚮慕云已而得睹先生所著丹鉛輯錄譚苑醍醐藝林伐山等編知其博極群書精究名理當代儒者希有也比歲入

明楊慎撰《楊升庵先生長短句》卷首，明刻本，中國國家圖書館藏。

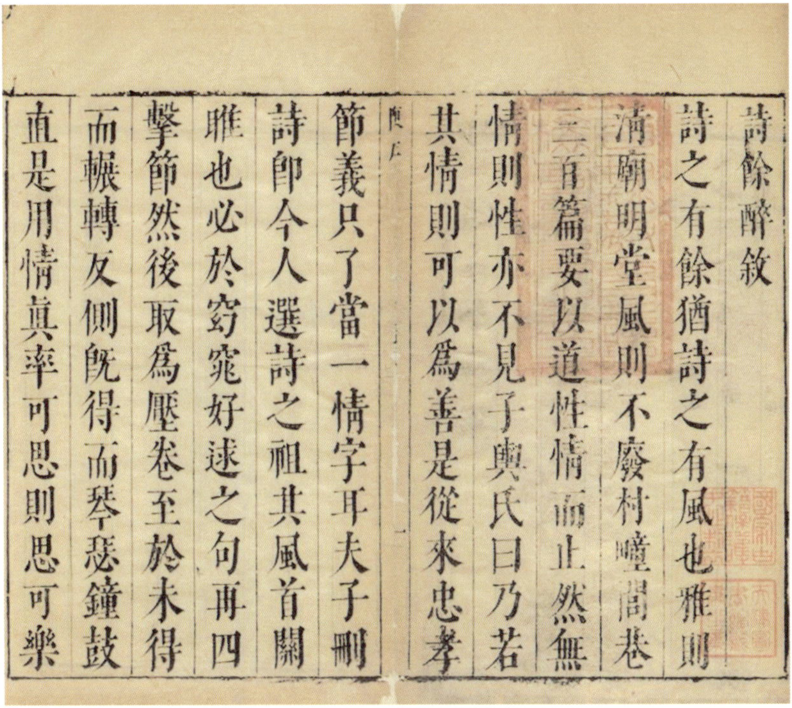

詩餘醉敘

詩之有餘猶詩之有風也雅則
清廟明堂風則不廢村疃閭巷
三百篇要以道性情而止然無
情則性亦不見予輿氏曰乃若
其情則可以爲善是從來忠孝
節義只了當一情字耳夫子刪
詩即今人選詩之祖其風首關
雎也必於窈窕好逑之句再四
擊節然後取爲壓卷至於未得
而輾轉反側既得而琴瑟鐘鼓
直是用情真率可思則思可樂

明潘游龍輯、明陳斑等訂《新選古今詩餘醉》卷首，明胡正言十竹齋刻本，天津圖書館藏。

詞林萬選序

古之詩今之詞也二雅二頌有義理之詞也填詞小令無義理之詞也在古曰詩在今曰詞其分以此故曰詩人之賦麗以則詞人之賦麗以淫蓋自漢已然況唐以降乎然其比于律呂叶于樂府則無古今一也雖然邪正在人不在世代于心不于詩詞若詩之溱洧桑中鶉奔雉鳴雖謂之今之淫曲可也張于湖李冠之六州歌頭辛稼軒之永遇樂岳忠武之小重山雖謂之古之雅詩可也填詞之不可廢者以此升



汲古閣

明毛晉編《詞苑英華》之《詞林萬選》卷首，明末毛氏汲古閣刻本，美國哈佛大學哈佛燕京圖書館藏。

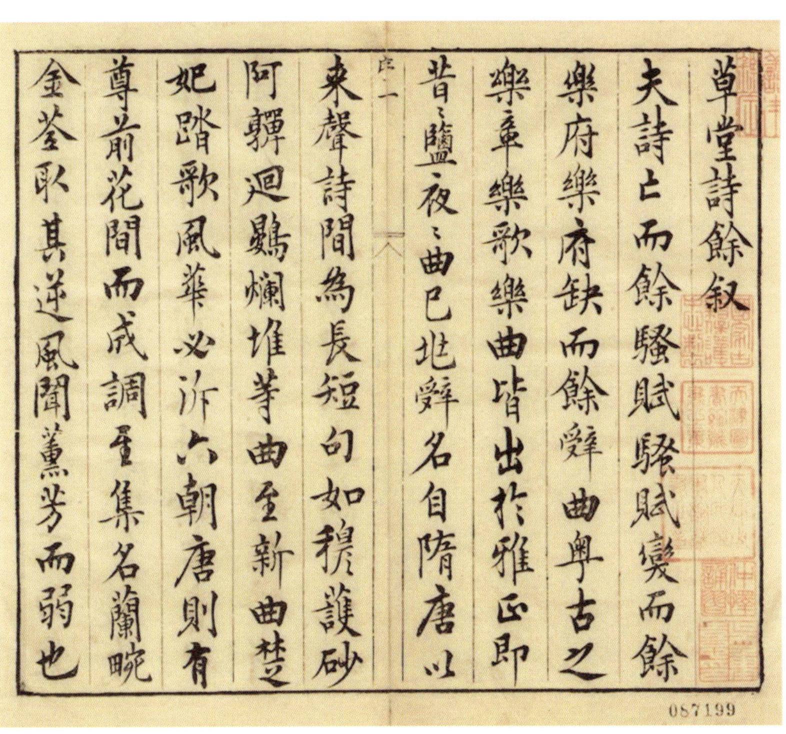

草堂詩餘叙

夫詩亡而餘騷賦騷賦變而餘樂府樂府缺而餘辭曲舉古之樂章樂歌樂曲皆出於雅正即昔昔鹽夜夜曲已非辭名自隋唐以來聲詩間爲長短句如穆護砂阿鞞迴鶻爛堆等曲至新曲楚妃踏歌風華必泝六朝唐則有尊前花間而成調星集名蘭畹金荃取其逆風聞薰芳而弱也

序一



明顧從敬等輯、明沈際飛等評《鐫古香岑批點草堂詩餘正集》卷首，明末南城翁少麓刻本，天津圖書館藏。

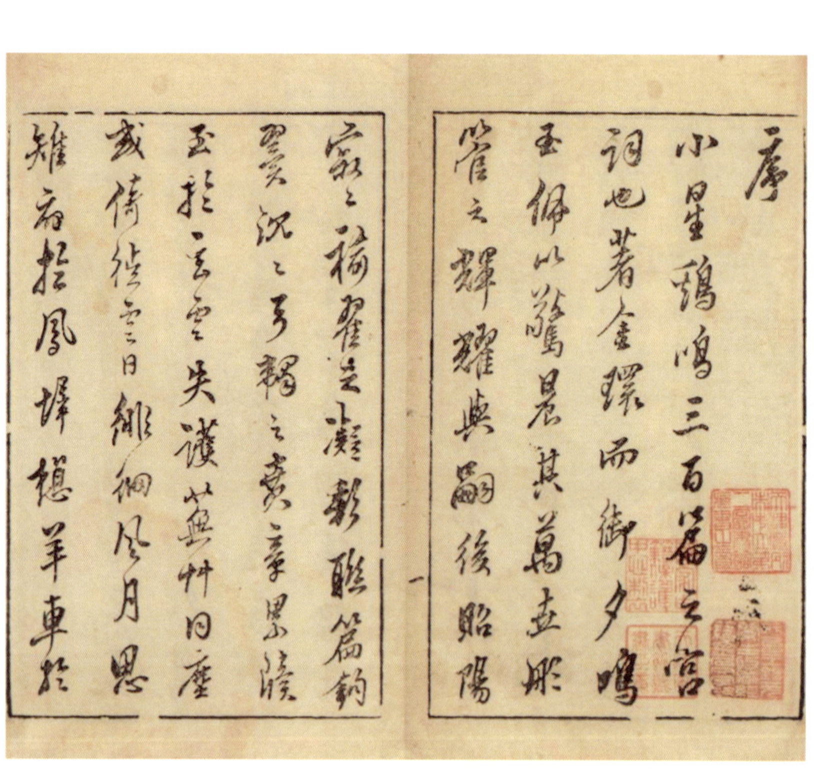

明毛晉輯《詩詞雜俎》卷首，明末汲古閣刻本，天津圖書館藏。

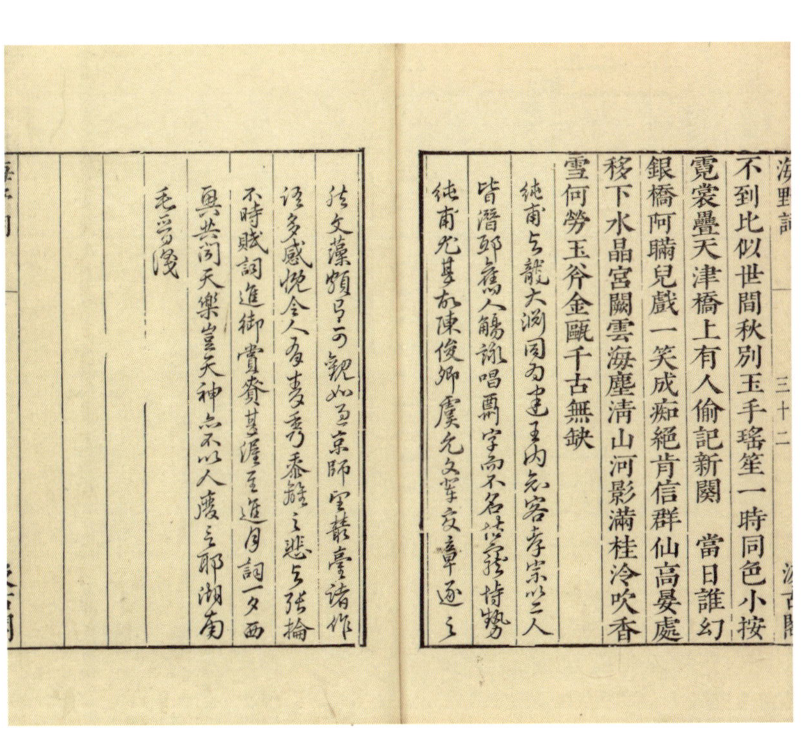

海野詞　三十二　汲古閣

不到比似世間秋別玉手瑤笙一時同色小按霓裳疊天津橋上有人偷記新闋　當日誰幻銀橋阿瞞兒戲一笑成痴絕肯信群仙高宴處移下水晶宮闕雲海塵清山河影滿桂冷吹香雪何勞玉斧金甌千古無缺

純甫與龍大淵同爲建王内知客孝宗以二人皆潛邸舊人觴詠唱酬字而不名故藉其勢純甫尤甚故陳俊卿虞允文等交章逐之然文藻頗有可觀如在京師賞龍臺諸作語多感慨令人有麥秀黍離之悲與張掄不時賦詞進御賞賚甚渥至進月詞一夕西興共聞天樂豈天神亦不以人廢言耶湖南毛晉識

明毛晉編《宋名家詞》之《海野詞》卷末，明末毛氏汲古閣刻本，美國哈佛大學哈佛燕京圖書館藏。

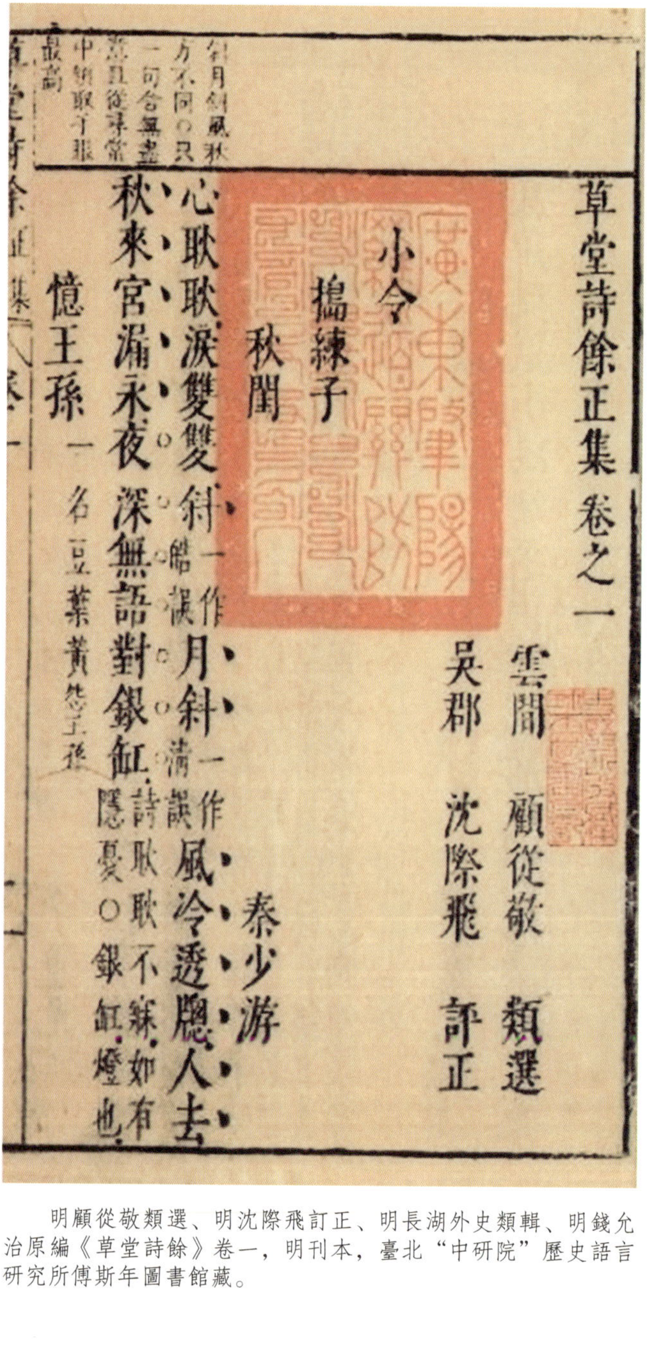

草堂詩餘正集卷之一

雲間　顧從敬　類選
吴郡　沈際飛　評正

小令

擣練子

秋閨　　　　秦少游

心耿耿，淚雙雙。斜一作皓月斜一作清風冷透窻。人去秋來宫漏永，夜深無語對鍬缸。詩：耿耿不寐，如有隱憂。○鍬缸，燈也。

憶王孫　一名豆葉黄、怨王孫

斜月斜風，秋方不同。○只一句含無盡意，且從辭常中領取，于非最高。

明顧從敬類選、明沈際飛訂正、明長湖外史類輯、明錢允治原編《草堂詩餘》卷一，明刊本，臺北“中研院”歷史語言研究所傅斯年圖書館藏。

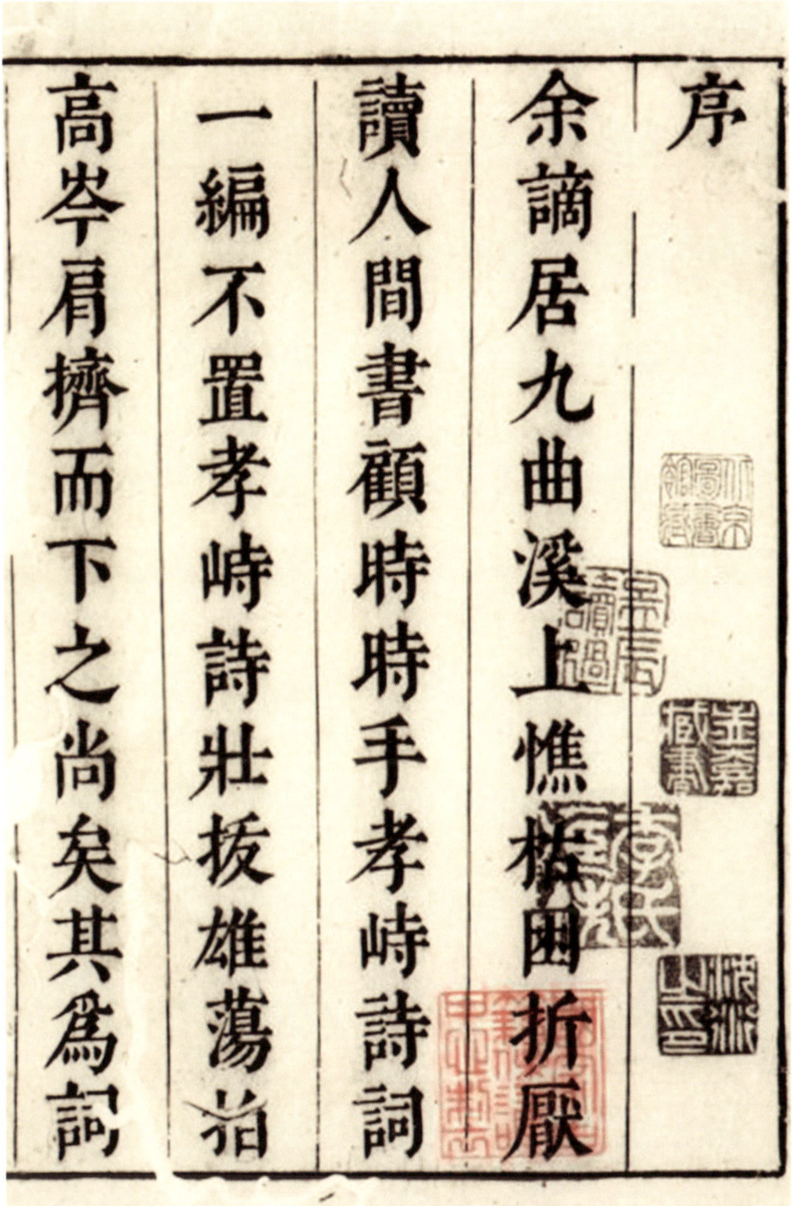

序

余謫居九曲溪上憔悴幽折厭

讀人間書顧時時手孝峙詩詞

一編不置孝峙詩壯拔雄蕩皆

高岑肩擠而下之尚矣其爲詞

明王屋撰《草賢堂詞箋》卷首，明崇禎八年至九年（1635—1636）吴熙等刻本，中國國家圖書館藏。

尊前集引

存一居士顧梧芳撰

嘗慨古樂之不復也將非華蕺不振僉趨夷習展轉失真而無已耶何則循流遡源躡鈞天猶可想像迷沿聲襲響咫尺玄白罔鑒爰自淳風日瀉凡在含識莫不眩文喪朴今觀古樂府質擴悠藴不拘平側率多協韻歷攷填詞舉動按調音律並嚴是知古樂府觸類于古詩而填詞抽緒于近體然近體造端梁陳更唐天寶開元其格始純又况填詞之精工哉若玄



《尊前集》卷首，清乾隆十七年（1752）刻本，美國哈佛大學哈佛燕京圖書館藏。

# 重刻詩餘圖譜序

塡詞非詩也然不可謂無當於詩也詩三百篇郊廟之所登聞明良之所賡和學士大夫之所宣播窮巖邃谷田畯紅女之所咏吟採之輶軒被之絃管靡不洋洋纚纚可諷可詠刪定一經炳烺千古此與王迹爲存亾者也詩止矣豈乎難繼矣詩亾而後有樂府樂府亾而後有詩餘詩餘者樂府之派別而後世歌曲之開先也李唐以詩取士爲律爲古爲排爲絶爲五七言爲長短句非不較若列



明張綖編《詩餘圖譜》卷首，清乾隆十七年（1752）刻本，美國哈佛大學哈佛燕京圖書館藏。

# 明人詞籍序跋輯校

彭志 輯校

浙江大學出版社

本著述是2019年中國藝術研究院基本科研業務費項目『明人詞籍序跋彙編』
（項目編號：2019—補—11）資助成果

# 凡例

一、序，『序，緒也』[一]，文體名稱，又稱序文、序言、敘、敘文、敘言、引、引言、導言、弁言、題辭、題記等。『序者，序典籍之所以作也』[二]，一般位於集子前面，或爲作者自作，陳述作品主旨、著作經過等；或爲他人代作，介紹評述著作、闡述理論思想等。跋，『按題跋者，簡編之後語也』[三]，又稱後、後序、後記、自記、附記等。跋一般附於集子後面，或爲自撰，或爲代作，内容主要是評介、鑒定、考釋、記述等。跋是對序的補充，放置於集子的後面，與書首的序遥相呼應，形成一個整體。序和跋有着悠久的發展歷史，其源頭可上溯至孔子的《書序》和子夏的《詩序》，但一般認爲最早的一篇序文是司馬遷的《太史公自序》，隨着時間推進及創作推動，序與跋的内容及形式愈加多樣豐富。

二、著述取名『明人詞籍序跋輯校』，在『序跋』之前，有兩個定語限制，一爲『詞籍』，一爲『明人』。詞籍指稱内容豐富，在這裏包括詞别集、選集、總集、詞話、詞譜、詞韻等。《四庫全書總目》卷一九八將詞籍分爲五類，包括别集、總集、詞話、詞譜、詞韻[四]，所涉外延極廣，幾乎

囊括所有的詞學材料，在這裏采用此種廣義概念。另一個定語『明人』，指的是明人編纂、刊刻的詞籍，既包括明朝人新創的詞籍，亦包括明人彙編的前代詞人詞籍，但並不包括後人撰寫的明人詞籍序跋。概而言之，『明人詞籍序跋輯校』云云，意在呈現明代人書寫的本朝詞籍或前朝詞籍的序跋，觀照的是明人的『當代』詞學觀。

三、序跋體現在詞體上，多由歷代詞人、詞學愛好者、詞學家、書商等撰寫，一般保存在詞的各種别集、選集、總集、詞話、詞譜、詞韻、詞律等著作中。詞之序跋，有兩種較普遍的形式，一種是單篇詞前的小序及詞後的跋，如蘇軾《水調歌頭·明月幾時有》之詞前小序；一種是詞籍前的序文及詞籍後的跋文，如歐陽炯《花間集序》。金元以降，詞前撰有小序漸漸成爲一種趨勢，而詞後出現跋文也不再稀見，但此類單首詞前的序及跋，文字簡潔、篇幅短小，多敘述一首詞的撰寫背景，有一定詞學價值，但其可挖掘的深度有限。鑒於此，本著所收録的序跋一般會將詞前小序及詞後短跋排除在外，著録的特殊情況會加以説明。

四、本書以序跋作者的生年爲順序進行排列。生年不可考者，則綜合參照其卒年、科第、交遊等情況具體處理。而無名氏序跋，則統一置於最後。

五、具體到每篇明人詞籍序跋，則主要包括撰者小傳、序跋録文、詳細出處、注釋等。撰者小傳包括字號、籍貫、生卒年、仕歷、著述等情況。詳細出處首列較精版本，若有今人影印本，也一同著録，並詳細至頁碼，以便精確定位查找。注釋則對一些異文、字句等特殊情況予以

說明。

六、需要特別説明的七類情形。其一，本書對明人詞籍之中的凡例，一般都予以收録，蓋因其與詞籍序跋關係密切，並是重要的詞學文獻，題詞之類也視重要程度予以適當收録。其二，對於元明、明清易代之際之人，一般以其政治身份的變易作爲衡量其在故國、新朝間的選擇，特殊情況者，則會加按語説明。其三，竹枝詞是屬於詩，抑或是詞的一種，學界尚存在爭議，爲較爲完整地展現有明一代詞學文獻，對於那些主要收録竹枝詞的詞籍，其序跋亦會酌情收録。其四，明人對詞曲的文體界限，尚缺乏非常系統清晰的論述，詞曲往往雜糅在一塊，對於詞曲合集者，則其序跋一般都會予以收録；而那些雖爲曲之序跋，但涉及到詞之關節處，亦會酌情收録。其五，長篇組詞的序跋，會視文獻重要程度，予以適當收録。其六，相比與清詞中興，明詞雖整體上處於低谷，但亦存在域外傳播，因此，爲呈現明詞的域外影響，亦酌情收録域外人士撰寫的明編詞籍序跋。其七，所據古籍字跡漫漶、難以辨識處，俱以『□』標示。

七、明人詞籍序跋是重要的文獻資料，其價值主要體現在四個方面：第一，明人詞籍序跋的收集、整理具有重要的文獻價值；第二，明人詞籍序跋具有重要的詞學理論價值；第三，細讀序跋文本與作爲一種文體的價值；第四，明人詞籍序跋的研究有益於揭示詞人心態，尋找詞學思想轉變之動因。

## 注

[一]明吴訥撰、于北山校點《文章辨體序説》,北京:人民文學出版社,一九九八年,第四二頁。

[二]南宋王應麟《玉海》卷二〇四,《景印文淵閣四庫全書》第九四八册,臺北:臺灣商務印書館,一九八六年,第三四〇頁。

[三]明徐師曾撰、羅根澤校點《文體明辨序説》,北京:人民文學出版社,一九九八年,第一三六頁。

[四]清永瑢等《四庫全書總目》,北京:中華書局,二〇〇三年,第一八〇七頁。

# 目次

# 陳謨

陳謨，字一德，號心吾，江西泰和人。生於元大德九年（一三〇五），卒於明洪武二十三年（一三九〇）。於元季參加科舉，未第。行義修潔，曾主持清節書院，爲時人所重。洪武初，徵至京師議禮，引疾辭歸。明初開科，受聘爲廣東、江西考試官。編撰有《海桑集》《書經會通》《詩經演疏》等。

## 張子靜樂府序

始予得張子靜《靈宮樂部曲》四章而讀之，愛其兼有《麗情》《團扇》《花間》之趣，且辭翰俱美，恨不識其人，意非今時耳目所及也。曁物色鮮后，則吾盧陵先輩也，僅僅交一臂而去，嘗恨不得其全集而讀之。兹復聚首，乃辱以集爲貺，桂隱、聞廷二劉先生序其端矣，極所推服，予晝簾夜燭把玩，不能釋手。子靜復介予題辭，嗚呼！予七十又二，子靜踰八望九矣，『三影』之韻度，于湖之俠氣，尚往來於心，不尚可徵乎？當其壯遊武昌，我龍洲道人神交物表，買桂花，

上南樓，載酒黄鶴磯下，少年俊邁，蓋可想見。今具存集中，惜無好事者刻梓以傳，徒使四方見其一二者以爲古人也。昔留侯佐漢，服其籌策者以爲必雄傑偉丈夫也，及見，則如美婦人焉。讀子静詞，孰不曰此月下秦淮海、花前晏小山也。抑有知其皤然雪顛、歎然窶人、癯然列仙者乎？吾又以子静盛年不偶於場屋，安知其中無留侯之所存哉？若留侯者，方益斂其華，擊節於大風之歌，彼其薈蔚朝隮，婉孌斯饑，國風之傷，楚騷之怨，蓋未嘗一介懷抱，則吾子静獨擅之。嗚呼！世道之感嘆欷嘘，其不在是哉？

明陳謨撰《海桑集》卷五，天津圖書館藏。此處據《景印文淵閣四庫全書》第一二三二册，臺北：臺灣商務印書館，一九八六年，第五八九—五九〇頁。

# 葉蕃

葉蕃，字叔昌，號高臥先生、紫華山人，安固（今浙江瑞安）人。生於元延祐二年（一三一五），卒於明洪武十五年（一三八二）。元末舉人，兩舉進士而不中，遂棄去。明洪武九年（一三七六），爲永嘉儒學訓導，

後以病辭歸。所著詩文因山寇侵襲，遭煨烬，僅自志及詞翰因附於葉氏譜後而幸以保留。

## 《寫情集》序

《寫情集》者，誠意伯括蒼劉先生六引三調之清唱，四上九成之至音也。先生生於元季，蚤藴伊、吕之志，遭時變更，命世之才，沉於下僚，浩然之氣，阨於不用。因著書立言以俟知者，其經濟之大，則垂諸《郁離子》；其詩文之盛，則播爲《覆瓿集》；風流文采英餘，陽春白雪雅調，則發泄於長短句也。或憤其言之不聽，或鬱乎志之弗舒，感四時景物，託風月情懷，皆所以寫其憂世拯民之心，故名之曰《寫情集》，釐爲四卷。其詞藻絢爛，慷慨激烈，盎然而春温，肅然而秋清，靡不得其性情之正焉。宜其遇知聖主，君臣同心，撥亂世反之治，以輔成大一統之業，垂憲於萬世也。先生當是之時，深知天命之有在，其蓋世之姿，雄偉之志，用天下國家之心，得不發爲千彙萬象之奇而龍翔虎躍也。嗚呼！千載之前，千載之後，英邁挺卓，能幾人哉？今先生既薨，其仲子仲璟與其長孫廌謀以是篇鋟梓垂遠，以蕃於先生辱平昔之好，命爲之序。顧蕃愚陋，何敢措詞？追摹高風，其容讓乎？時洪武十三年歲在庚申春正月上澣，永嘉儒學訓導、安固紫華葉蕃叔昌序。

明劉基撰《誠意伯詞》卷首，據趙尊嶽輯《明詞彙刊》，上海：上海古籍出版社，二〇一二年，第一四五六頁。

# 劉崧

劉崧，初名楚，字子高，號槎翁，江西泰和人。生於元至治元年（一三二一），卒於明洪武十四年（一三八一）。七歲能詩，元末舉於鄉。明洪武三年（一三七〇），以才學薦舉至京，召爲兵部職方司郎中，遷北平按察司副使。洪武十三年（一三八〇），徵拜禮部侍郎，又擢吏部尚書，尋因疾，致仕歸。踰年，再徵爲國子司業。卒謚恭介。編撰有《槎翁詩集》《槎翁文集》《職方集》《北平八府志》《北平事迹》《嶺南録》《東遊録》等。

## 劉尚賓東溪詞稿後序

余友陳子泰、蕭子儀數過余，稱東溪劉尚賓之賢，因出其所賦詞稿一帙，凡數十闋，余亟請誦之，則其閑寧清適，如空山道者；其風流疏俊，如金陵子弟；其閑情幽怨，如放臣棄婦色慘意莊；其述懷撫事，如故京老人感今道舊，語咽欲泣，亦何能言哉！昔稼軒送春一詞沉痛忠憤，悲動千古，至今讀之，使人毛髮寒豎，淚落胸臆，真悲歌慷慨之雄士哉！尚賓芳年雅志，亹亹傾竭，庶幾聞風而興者。惜余不習音律，不能爲尚賓商歌之。然憂患之餘，亦不忍聞矣。余友有蕭翀者，雅好古，善洞簫，他日尚賓能過余武山北岩下，風清月白之夕，當與數子者命洞簫，爲子和《品令》之章，而尚賓自歌之，其亦有足樂於余志者乎？二友歸，其爲尚賓言之。

明劉崧撰《槎翁文集》卷八，明嘉靖元年（一五二二）徐冠刻本，北京大學圖書館藏。此處據《四庫全書存目叢書》集部第二四册，濟南：齊魯書社，一九九七年，第四八四—四八五頁。

## 林弼

林弼，原名唐臣，字元凱，號梅雪道人，龍溪（今福建漳州）人。生於元泰定二年（一三二五），卒於明洪武十四年（一三八一）。元至正八年（一三四八）進士，授建寧考亭書院山長，擢漳州路知事。洪武二年（一三六九），以儒士修禮樂書，授吏部考功主事。洪武三年（一三七〇），出使安南。尋遷豐城令，以事入獄，詔令釋放。起用後，再出使安南。不久，擢禮部主事，後官至登州知府。編撰有《林登州集》《梅雪齋稿》《使安南集》《宋儒會解》《詩經解義》等。

### 梁山樵唱集序

《梁山樵唱》者，古定倪君孟明樂府集也。君蚤歲自大江以南游揚州，歷覽燕、趙、齊、魯之墟，嵩、岱、河、洛之雄。僑京師十數年，鉅公聞人定文字交，貴游豪士氣誼相許，其偉邁奮發，醞藉風致，一寓樂府。故或追事吊古以舒情泄憤，或嘲花誚柳以賞心行樂，其意雄，其詞婉，其

聲渾和壯厲，有中州作者氣，大爲酸齋貫公、玉霄滕公稱賞。洎來漳，愛梁山泉石之勝，卜築其下，酒酣耳熱，浩歌一曲，樵夫牧子皆狎聞之而知其譜，因名曰《梁山樵唱》云。一日出示余，余雖不審其聲，而粗識其語意，知其足以鳴國家治平之盛，與《陽春白雪集》並行於世也。然余聞長短句者，詩之餘也，雖南北之聲不同，其爲詩之餘也則一，君能詩，得李、杜家法，具在别集。是編特其緒耳，知孟明者當不專於是也。

明林弼撰《林登州遺集》卷十三，清康熙四十五年（一七〇六）林輿刻本，中國國家圖書館藏。

# 凌雲翰

凌雲翰，字彦翀，號柘軒，仁和（今浙江杭州）人。約生於元至順元年（一三三〇），卒於明洪武二十三年（一三九〇）。元至正十九年（一三五九）鄉薦，除平江路學正，不赴。明初，舉杭州府學訓導。洪武十四年（一三八一），被薦舉爲成都府學教授。後以瀆職之罪，遭貶南荒而卒，歸葬西湖。工詩善詞，著有《柘軒

集》。

## 鳴鶴遺音序

世傳全真馮尊師《蘇武慢》廿篇，前十篇道遺世之情，後十篇論學仙之事，道園先生謂費無隱獨善歌之，則能知者亦罕矣。及觀先生所作，非惟足以追配尊師，而使世之汩没塵埃、流連光景者聞之，而有遺世獨立、羽化登仙之想，則是篇於世，其可少乎？著雍閹茂之歲燈夕後三日，偶閲《道園遺稿》，欲盡和之，甫成一篇，輒爲韻拘筆，弗得騁。於是行思坐惟，或得一句一韻，索紙書之，越三日又成四篇，尚少人半，意殊悶悶。廿三日，城南醉歸，擁爐孤詠，連得四篇半，興未已，而夜寒手龜，不能足也。明日更成二篇半，并《無俗念》一篇，凡十又三篇，覽者幸爲正焉。

明凌雲翰撰《柘軒集》卷五，清抄本，中國國家圖書館藏。

# 鄭　真

鄭真，字千之，自號滎陽外史，鄞縣（今浙江寧波）人。約生於元至順三年（一三三二），卒於明永樂十四年（一四一六）。元末，科舉中廢，遂潛心讀書。明洪武四年（一三七一）鄉試第一，後授臨淮教諭。秩滿入京，朝會賦詩，頗得朱元璋讚賞，升任廣信府教授。編撰有《滎陽外史集》《學範》《四明文獻》等。

## 録鄉先生詞翰後題

先祖蒙隱先生樂於稱道人，有一詞之善，必手録之，夷考其人，皆吾鄉典刑，後學模範。數十年來，衣冠故家凋喪零落，問其子孫，不知宗譜之傳，況敢望誦其遺文於殘編斷簡之一二乎？此原伯魯之訓，當世君子深嗟重嘆而不自已者也，予於是竊有感焉。詞凡若干篇，并録集後，皆倣此，庶使覽者知吾鄉文獻所自云。

明鄭真撰《滎陽外史集》卷三十七,天津圖書館藏。此處據《景印文淵閣四庫全書》第一二三四册,臺北:臺灣商務印書館,一九八六年,第二〇八—二〇九頁。

## 史　遷

史遷,字良臣,號清齋,江蘇金壇人。元末隱居,以教授爲生。明洪武中,用辟召,除蒲城知縣,遷忻州知州,復知廉州。工詩。著有《青金集》。

### 和元遺山樂府序

予在童穉時,聞鄉先輩誦元遺山先生鴈丘詞,嘗記其首二句云:『恨人間、情是何物?直教生死相許。』餘悉忘之矣。洪武丙辰,予自蒲城令蒙恩守忻州,始知遺山墓在城南十里,曰韓巖,社暇日,往焉。豐碑屹立於莽蒼之中,題曰『詩人元遺山之墓』,問其子孫,已無遺類矣。訪其文詞於忻之士人,得《滹沱河新渠記》。一樂府百餘篇,前所謂鴈丘詞始得完續。屬邑定襄

令周忠重浚其渠，落成之日，一客有請記其事者，兼求和其詞，且曰：『昔東坡居惠州時，和淵明詩，迨今嘉其事。』予曰：『西施嘗病心而顰，里之醜婦見而美之，歸亦效焉，而見者皆走。蓋彼知美顰，而不知顰之所以美也，子之請得無近乎？』客曰：『古人歌詩猶今之歌曲，使人優游涵詠而得其性情之正，樂府又詩之餘也。況遺山忻人，而公爲忻守，記則剖民之功，以識用水之次第，使民不争，亦何施不可？』因自計曰：『爲李當附勝己者，但世殊事異，要當有下手處，非特用韻是宜。』步驟其軌轍，因撰《重開新渠記》，并次鴈丘詞以遺之。公暇遂陸續填韻，其義則盡倣遺山本意。未幾，而予以前任祀事去官，歸田之五年得其全集於故友潘敬先。仲子用予約三百餘篇，思欲畢其和，以終忻人之請，乃以貧病神思，忽忽未克。果今録其詞，每篇則綴所和于後，仍高下一字以識别，但愧續貂之形穢云。

明史遷撰《青金集》卷六，清抄本，中國國家圖書館藏。此處據《北京圖書館古籍珍本叢刊》第九七册，北京：書目文獻出版社，一九九八年，第四七六—四七七頁。

# 孫作

孫作，字大雅，又字次知，江蘇江陰人。常以大雅字行。元至正末，携家避兵於吴，受張士誠征召，旋以母病謝去，後客松江。明洪武六年（一三七三），召修《大明日曆》，授翰林院編修，乞改太平府教授。召爲國子監助教，尋分教中都，逾年還國學，擢授司業。歸卒於家。著有《滄螺集》等。

## 天籟集後序

余以洪武甲寅春，掾姑孰郡文學。時真定白溟子南分教諸生，間示其祖蘭谷先生《天籟集》。謹按先生諱樸字仁甫，後改字太素，姓白氏，號蘭谷，金季寓齋先生樞密院判之子也。寓齋生三子，先生其仲子也。先生生長兵間，流離竄逐，父子相失。遂鞠於元遺山先生所，遺山教之成人，始歸其家。先生少有志天下，已而事乃大謬。顧其先爲金世臣，既不欲高蹈遠引以抗其節，又不欲使爵禄以汙其身，於是屈己降志，玩世滑稽，徙家金陵，從諸遺老放情山水間，

日以詩酒優遊，用示雅志，以忘天下。詩詞篇翰，在在有之。是編計詞二百餘首，名《天籟集》。兵燹散失，其孫滇得之姑孰士大夫家，傳寫失真，字多謬誤。余既考訂一二，歸之。以召赴京，復求語以敘之。余惟先生詞章翰墨揮灑奮迅，出於天下，既以得名當時，板行於世，余又何足以輕重哉！然有不可以不一言者，先生出處大節，微而婉，曲而肆。庸人孺子所不能識，非志和、龜蒙、林君復往而不返之儔可同日語。故序，以著其出處之大略云。洪武丁巳春二月，國學助教江陰孫大雅序。

元白樸撰《天籟詞》卷末，清趙氏小山堂抄本，中國國家圖書館藏。

# 姜福四

姜福四，塘栖（今浙江杭州）人。生卒年不詳。南宋著名詞人姜夔八世孫。博稽經史，善吟詠，工草書。洪武初，以同邑王軫薦，徵爲刑部主事，力辭不就，遂屏跡，士大夫多以詩章贈之。著述不可考。

## 跋姜忠肅祠堂鈔本

公詩一卷，歌曲六卷，早已板行；暮年復加删竄，定爲五卷，無雕本，藏於家。經兵火兩朝，流離遷播，帖軸無隻字，而此編獨存，屬有呵護其間，非偶然也。病後閒居，録寫兩本，一付兒子，一付猶子通，世世寶之，尚當廣其行焉。洪武十年二月二十四日八世孫福四謹志。

夏承燾箋校《姜白石詞編年箋校》『各本序跋』，上海：上海古籍出版社，一九八一年，第一九六頁。

# 唐文鳳

唐文鳳，字子儀，號夢鶴，安徽歙縣人。明永樂中，薦授興國知縣，著有政績，改趙王府紀善。著有《梧岡集》等。

# 跋楊彦華書虞文靖公《蘇武慢》詞後

余嘗讀虞文靖公《道園集》，觀其高文大策，醇辭雅論，知公所學博洽淹貫，而究極本原，研精探微，心解神會，故經緯彌綸之妙，臻古作者之域，真一代大手筆也。推其緒餘，字畫之偉，歌詞之麗，亦皆超詣而不凡。今按調寄《蘇武慢》詞十二闋，蓋和馮尊師所作。其自序經閲累歲而成，飄飄然有出塵想，如在九霄之上，下視世紛膠擾，曾不足以入其靈臺丹府，所謂不喫烟火食，所道乃神仙中人語也。史稱南獄真人降生，豈其然乎？余僚友楊春庵酷嗜此詞，喜而書之，聯爲巨軸，字體蕭散俊逸，有晉唐人氣。或遇風清月霽之夕，馮、虞二公有知，當乘雲御風而來。尋歌審音，玩書留跡，亦復絶倒也，故跋以歸之。[一]

明唐文鳳撰《梧岡集》卷七，唐氏三先生集本。此處據《景印文淵閣四庫全書》第一二四二册，臺北：臺灣商務印書館，一九八六年，第六二六頁。

## 校

[一]按：唐文鳳撰《跋楊彦華書虞文靖公〈蘇武慢〉詞後》爲組詞之跋，爲呈現明代詞籍序跋的豐富狀

貌，兹著録此跋。

## 陳敏政

陳敏政，字志行，原籍長興（今浙江湖州），後卜居仁和（今浙江杭州）。明宣德二年（一四二七）進士，初授潛江知縣。景泰中，由通判擢知南康府，復社倉，修石堤，建白鹿書院。爲政廉平不苛，恭勤慎密，百廢俱興，賢聲蔚起。

### 《樂府遺音》序

古人之詩如今之歌，□□可協之聲律，故可用之閨門鄉黨而達於邦國，以感發人之善心，而懲創逸志，其有關於世教，非小小也。迨夫周室陵夷，詩廢不講，而世俗之樂流於淫僻，詩樂始岐而爲二。至漢高祖有《房中歌》十七章，武帝定郊祀之禮，乃立樂府，采詩夜誦，有趙代秦楚之謳，凡歌詩二十八家二百十四篇，此樂府之始也。下迨魏、晉、唐、宋，始以詩詞爲樂府，多

述民俗之事矣。然大率作於文人才士，而非采之里巷者也，其於古人勸懲之意微矣。鄉先達存齋瞿先生，自少英敏，負雋才，無書不覽，靡學不通，而尤長於詩詞，□通音律，其所作樂府，皆可詠可歌，□□□愛之。敏政每以宦遊東西，不獲□□儀範爲恨[二]。今致仕歸，乃獲聞其制□□二於交游間[三]，適先生猶子暹携《樂府遺音》集過予，曰：『先伯遺文甚多，知者往往來索觀，酬應弗給也。今將以是集刊梓，以應朋友之求，幸先生有以序其首。』予曰：『先生之文，當世所重也。顧予何人，而敢犯運斧郢門之譏乎？』於是辭之再，辭之三，而暹不予諾也。乃伏而讀之，則見其五七言、古近體可與唐之儲王諸作者並駕，而長短句、南北詞直與宋之蘇、辛諸名公齊驅，非獨詞調高古，而其間寓意諷刺，所以勸善而懲惡者，又往往得古詩人之遺意焉。是集一出，天下之士莫不爭先快睹，其傳世垂遠也必□[三]，姑書此以塞暹請，且致景仰之意□[四]。□字德宣[五]，少居京師，能走四方，懋遷有無，以奉其親，殖其家。而倜儻仗義，善交士大夫，中朝名公貴人莫不愛而重之。晚年以先塋在杭，不可遠離，與其兄德恭歸錢唐。既徵文立碑以顯其先德，復營宅置産以居其弟昆。其於先生遺文，若《興觀集》，若《詠物詩》，若《剪燈新話》，集覽鐫誤，俱已刊行。其餘蓋將次第刊之未已也。吁！若德宣者，其可謂富而好禮者歟！因併及之。天順七年歲在癸未仲冬吉旦，賜同進士中議大夫南康府知府致仕，同郡陳敏政序。

明瞿佑撰《樂府遺音》卷首，明抄本，中國國家圖書館藏。此處據《續修四庫全書》第一七二三册，上海：上海古籍出版社，二〇〇二年，第四二五頁。

## 校

[一]趙尊嶽輯《明詞彙刊》亦著録了陳敏政《樂府遺音序》（上海古籍出版社，二〇一二年，第一二〇三頁），此處作『不獲一親儀範爲恨』。

[二]《明詞彙刊》本此處作『乃獲聞其制作一二於交游間』。

[三]《明詞彙刊》本此處作『其傳世垂遠也必矣』。

[四]《明詞彙刊》本此處作『且致景仰之意焉』。

[五]《明詞彙刊》本此處作『暹字德宣』。

# 葉盛

葉盛，字與中，號蜕庵，自號白泉、涇東道人、澱東老漁等，江蘇崑山人。生於明永樂十八年（一四二

○），卒於明成化十年（一四七四）。明正統十年（一四四五）進士，授兵科給事中。代宗繼位，升其爲都給事中。明景泰三年（一四五二），遷山西右參政，協贊獨石等處軍務。明天順二年（一四五八），以右僉都御史巡撫兩廣。成化元年（一四六五），轉左僉都御史，巡撫宣府。成化三年（一四六七），擢禮部右侍郎。成化五年（一四六九），改吏部右侍郎。成化九年（一四七三），轉吏部左侍郎。卒謚文莊。編撰有《水東文稿》《水東詩稿》《菉竹堂小稿》《涇東小稿》《菉竹堂集》《西垣奏草》《邊奏存稿》《兩廣奏草》《上谷奏草》《葉文莊公奏議》《秋臺詩話》《水東日記》《南畿志》《菉竹堂書目》等。

## 書《草堂詩餘》後

《草堂詩餘》前集八卷，後集八卷，此則書坊本，前後集上下四卷，始周美成《水龍吟》，終蘇東坡《卜算子》，有脱板，校之别本字稍大者，則此本闕七十四首，疑此是續刊節本，然又有别本所無者，因録補遺一卷附後。盛幼時，先叔父家見此書，手之不置。先叔父見之，斥曰：『童子未讀書，何用得此？』即奪而藏之。先是，先叔父嘗一日對客，坐讀仁孝《勸善書》，時盛垂髫，還自塾中，旁立侍，叔父初不知盛之稍有知也。他日，復對客，偶及《勸善書》某事，取檢未得，盛即請曰在第幾卷第幾板，果然，由是以穎異見稱，期勉甚至也。嗚呼！言猶在耳，今三十餘年矣。碌碌無成，其于先生長者期待之意，何如哉！

明葉盛撰《菉竹堂稿》卷八，清初抄本，山東省圖書館藏。此處據《四庫全書存目叢書》集部第三五册，濟南：齊魯書社，一九九七年，第三一八頁。

# 王 㒜

王㒜，字廷貴，江蘇武進人。生於明永樂二十二年（一四二四），卒於明弘治八年（一四九五）。明景泰二年（一四五一）進士，授翰林院編修。進講經筵，屢預纂修。明成化元年（一四六五），爲南京翰林院學士。歷南京國子監祭酒、南京吏部左侍郎、南京户部尚書。弘治元年（一四八八），擢南京吏部尚書。弘治七年（一四九四）致仕。卒贈太子太保，謚文肅。編撰有《毘陵志》《王文肅集》《思軒文集》等。

## 倡和壽詞後題

聽玉楊公叔理，錫山徵士也。蓋其家故高貲，其昆弟多爲顯官，其爲人亦有才可用。公一

不以屑意，脱略紈綺，遺落世故，幽棲一壑，扁舟五湖，日與幽人韻士相從爲文字遊，泊然如布素中人。至於酒酣興至，作爲詩歌，清新俊逸，景與意會，點染成圖，平淡簡遠，又儼然晉、宋間人風致。雖嘗斥其餘貲，以濟貧餒，朝廷聞之，授以冠服，然終非其志也。公今年五十有六，嘗於誕降之辰，作詞自壽，其昆弟子姓和之，其塾賓李舜明和之，士林諸友又和之，而公又手録其先每遇誕日所作詩并舜明所通和爲一卷，携來南都，予竊觀焉。前輩嘗言白樂天爲人誠實洞達，好爲詩以紀年歲，蓋自壯至老，無歲無之。蘇長公素重樂天，間亦效其所作，千載之下，取而閲之，不必觀公年譜，考公家傳，可以備得其爲人。聽玉此作，其亦有慕於二公者哉？公去，是其福益臻，其壽益永，紀年之作亦日以富。後之人又將有慕而爲者，其名豈不與二公同垂於不朽哉？

明王與撰《思軒文集》卷十一，明弘治刻本，北京大學圖書館藏。此處據《續修四庫全書》第一三二九册，上海：上海古籍出版社，二〇〇二年，第五三〇頁。

# 周瑛

周瑛，字梁石，號翠渠，又號蒙中子，福建莆田人。生於明宣德五年（一四三〇），卒於明正德十三年（一五一八）。明成化五年（一四六九）考中進士，知廣德州，遷南京禮部郎中，出爲撫州知府，調知鎮遠。弘治初，爲四川參政，進右布政使，以母喪歸，乞致仕。編撰有《教民雜録》《祠山雜辨》《經世管鑰》《律吕管鑰》《字書纂要》《翠渠類稿》《翠渠摘稿》《詞學筌蹄》《書纂》等。

## 《詞學筌蹄》序

詞家者流，出於古樂府，樂府語質而意遠。詞至宋，纖麗極矣。今考之詞，蓋皆桑間濮上之音也。吁！可以觀世矣。《草堂》舊所編以事爲主，諸調散入事下。此編以調爲主，諸事併入調下。且逐調爲之譜，圜者平聲，方者側聲，使學者按譜填詞，自道其意中事，則此其筌蹄也。凡爲調一百七十七，爲詞三百五十三，釐爲八卷。編録之者，托蜀府教授蔣華質夫；考正

之者，則蜀士徐樆山甫也。弘治甲寅，翠渠病叟莆田周瑛書。

明周瑛撰《詞學筌蹄》卷首，清初抄本，上海圖書館藏。此處據《續修四庫全書》第一七三五册，上海：上海古籍出版社，二〇〇二年，第三九二頁。

## 吴寬

吴寬，字原博，號匏庵，世稱匏庵先生，長洲（今江蘇蘇州）人。生於明宣德十年（一四三五），卒於明弘治十七年（一五〇四）。明成化八年（一四七二）舉禮部、廷試皆第一，授翰林院編修。明弘治八年（一四九五），擢吏部右侍郎，後轉爲吏部左侍郎，改掌詹事府，入東閣，專典誥敕。明弘治十六年（一五〇三），纍官至禮部尚書，卒於任，追贈太子太保，謚文定。吴寬平生與沈周、王鏊等交誼深厚，行履高潔，兼善書法，詩文恬雅，富於典則，以文章德行爲世推重。編撰有《匏翁家藏集》《書經正蒙》《平吴録》等。

## 跋天全翁詞翰後

長短句莫盛於宋人，若吾鄉天全翁，其庶幾者也。翁自賜還後，放情山水，有所感嘆不平之意，悉於詞發之。既没，而前輩風流文采，寥寥乎不可見已。明古舊爲翁所知愛，得此數篇，示予光福舟中，酒酣耳熱，相與歌一二闋，水風山月間有不勝其嘅然者矣。

明吴寬著《匏翁家藏集》卷四十九，明正德三年（一五〇八）吴奭刻本，復旦大學圖書館藏。此處據沈乃文主編《明别集叢刊》壹輯第五五册，合肥：黄山書社，二〇一三年，第五四六頁。

# 馬洪

馬洪，字浩瀾，號鶴窗，又自號瑤石山人，仁和（今浙江杭州）人。約生活於明景泰至成化年間。布衣

不仕，清修苦節。善詩詠，而詞調尤工，有《花影集》《和曹堯賓遊仙詩》。

## 《花影集》序

予始學爲南詞，漫不知其要領。偶閲《吹劍録》中載：東坡在玉堂日，有幕士善歌，坡問曰：『吾詞何如柳耆卿？』對曰：『柳郎中詞，宜十七八女孩兒按紅牙拍，歌「楊柳外、曉風殘月」，學士詞，須關西大漢執鐵板唱「大江東去。」』緣是求二公詞而讀之，下筆略知蹊徑。然四十餘年，僅得百篇，亦不可謂不難矣。法雲道人嘗勸山谷勿作小詞，山谷云：『空中語爾。』予欲以空中語名其集，或曰不文，改稱《花影集》。花影者，月下燈前，無中生有，以爲假則真，謂爲實猶涉虚也。〔一〕

明陳天定選輯《古今小品》卷四，清道光九年（一八二九）刻本，上海圖書館藏。

### 校

〔一〕馬洪『《花影集》序』在不少文獻中都有著録，如田汝成撰《西湖遊覽志餘》卷十三、楊慎撰《詞品》卷六、卓人月輯《古今詞統》卷四。上據陳天定選輯《古今小品》卷四，文末尚有『須知柳郎中有花影意，蘇學

士亦有花影意，文心縹緲，纔不板煞』的評騭之語。

## 殷 重

殷重，約生活於明成化年間。

### 玉田詞題記

聲音之道久廢，玉田張君獨振戛乎喪亂之餘，豈特藉以怡適性情，殆將以繼其傳也。後之君子得是帙而遡之，則去希微不遠矣。况幾經兵燹，猶自璧全，非天有以寶之能至此乎？尚德君子，幸共表章，庶于好古之懷無憾焉耳。吴門孝思殷重識。

清江昱撰《山中白雲詞疏證》卷首，稿本，中國國家圖書館藏。

# 井　時

井時，約生活於明成化年間。

## 玉田詞題記

成化丙午春二月朔，偶見是帙鶴城東門藥肆中，即購得之，南村先生手鈔者，蓋百餘年矣，凡三百首，惜無録目，五月初九日輯録，以便檢閲。或笑余衰遲目眩，何不求諸善書者，曰身健在，飽食終日，豈不勝博奕乎，何計字之工拙，使得時時展玩，恍惚坐春風中，聽玉田子慷慨灑落之言笑焉。併録以記歲月。井時年六十有五。

清江昱撰《山中白雲詞疏證》卷首，稿本，中國國家圖書館藏。

# 朱存理

朱存理，字性甫，又字性之、性父，號野航，長洲（今江蘇蘇州）人。生於明正統九年（一四四四），卒於明正德八年（一五一三）。不樂仕進，少從杜瓊遊。以吴門老儒自居，終身不仕。酷愛藏書，聞有異本，必多方訪求之。博學善作詩文，工於考證，書畫、賞鑒尤精。編撰有《樓居雜著》《野航詩稿》《野航文稿》《野航漁歌》《鶴岑集》《旌孝録》《經子鈎玄》《吴郡獻徵録》《珊瑚木難》等。

## 跋《鳴鶴餘音》後

右《鳴鶴餘音》一卷，所刻馮尊師、虞學士《蘇武慢》二家詞也。學士從孫字勝伯者，居吴中，有文稱於時。里人金伯祥與其子鏐從遊，勝伯嘗刻學士《道園遺稿》，復刊此詞，皆鏐手書也。鏐字南仲，别有巾箱小板之刻，與此無異。勝伯裝嵌成册，手書跋後。成化間，予從其家得之，求題於匏庵吴公，公出示項秋官所作，喜爲書一過於此册後。他日又得凌雲翰之作，附

書之。吾友沈潤卿購藏金氏刻板，今併二家以寄潤卿，俾續刻之。雲翰與秋官生雖先後同爲杭人，蓋此詞和者甚寡，項亦將因雲翰而唱和之者乎？伯祥名天瑞，與弟析居十年，復合，庭生瑞竹，有楊廉夫、鄭明德一時名作美之，别號安素。其平生樂善尚義，著聞鄉邦，實吴之名士也。浸浸百餘年間，遂將泯没之矣，故特於斯附見，弗爲贅也。然潤卿富而好禮，少年嗜學，蓋與伯祥今古同心也。

明朱存理撰《樓居雜著》，清丁氏當歸草堂抄本，南京圖書館藏。此處據沈乃文主編《明别集叢刊》壹輯第六十册，合肥：黄山書社，二〇一三年，第四四四頁。

## 程敏政

程敏政，字克勤，中年後號篁墩，又號篁墩居士、篁墩老人，安徽休寧人。生於明正統十年（一四四五），卒於明弘治十二年（一四九九）。明成化二年（一四六六）進士及第，爲榜眼，授翰林院編修。歷左諭德，直講東宫。學問賅博，與李東陽齊名。孝宗嗣位，擢少詹，直經筵。官終禮部右侍郎。弘治十一年（一

四九八），主考會試，遭彈劾賣題，下獄，後敕其致仕。出獄憤恚不已，發癰卒，詔贈禮部尚書。著述繁贍，主要有《篁墩集》《明文衡》《宋遺民録》《新安文獻志》《宋紀受終考》等。

## 《天機餘錦》序目

余所藏名公長短句，裒合成篇，或後或先，非有詮次，多是一家，難分優劣。涉諧謔則去之。名曰《天機餘錦》，編爲四卷。九重傳出，以冠於篇首，諸公轉次之。一代儒宗，風流自命，詞章幼眇，世所矜式。當時或作艷曲，謬爲公詞，今悉删去。以俟詢訪。標目拾遺云。敏政識。[一]

題明程敏政編《天機餘錦》卷首，明藍格抄本，臺北『國家圖書館』藏。

### 校

[一]按：王兆鵬認爲《天機餘錦》應爲明嘉靖年間的書商或牟利的士人所編，而託名於程敏政，詳細考證可參見其《詞學秘籍〈天機餘錦〉考述》（《文學遺産》一九九八年第五期）。喬光輝則認爲《〈天機餘錦〉序目》應爲陳敏政所作，詳細論據可參見其《〈天機餘錦〉『敏政識』探微》（《中國韻文學刊》一九九九年第二期）。

# 李東陽

李東陽，字賓之，號西涯，湖廣茶陵(今湖南茶陵)人，以戍籍隸京師。生於明正統十二年(一四四七)，卒於明正德十一年(一五一六)。明天順八年(一四六四)進士，選翰林院庶吉士。明成化元年(一四六五)，授編修。明弘治四年(一四九一)，由左庶子兼侍講學士，進太常少卿。後擢禮部右侍郎兼侍讀學士，入内閣專典誥敕。弘治八年(一四九五)，以原官受命入文淵閣參預機務。後進太子太保、禮部尚書兼文淵閣大學士。累遷少師兼太子太師、吏部尚書、華蓋殿大學士。正德七年(一五一二)致仕。歷仕英宗、憲宗、孝宗、武宗四朝，卒後謚文正。工詩，明成化、弘治年間，以其爲首，形成了『茶陵詩派』。著有《懷麓堂文集》《懷麓堂詩集》《懷麓堂後集》《懷麓堂續稿》《西涯古樂府》《講讀録》《求退録》《燕對録》《麓堂詩話》等，輯有《南詞》。

## 《南詞》序

自有詩，而長短句寓焉，南風之操，五子之歌，是以周之頌三十一篇，長短句居十八；漢郊

祀歌十九篇，長短句居其五，至短簫鐃歌十八篇，留長短句，謂非詞之源乎？迄於六代江南《采蓮》諸曲，去倚聲不遠，其不即變爲詞者，四聲猶未諧暢也。自古詩變爲近體，而五七言絶句傳於伶官，樂部長短句典所依，則不得不更爲詞。當開元盛日，王之涣、高適、王昌齡詩句流播旗亭，而李白《菩薩蠻》等詞亦被之詞曲，古詩之於樂府，近體之於詞分鑣並騁，非有先後，謂詩降爲詞，以詞爲詩之餘，殆非通論矣。予從故藏書家得珍秘繕本，載宋、元諸名家所作詞本凡六十四家，計八十七卷，目曰《南詞》，藏於家塾，庶幾可以洗《草堂》之陋，而倚聲知所宗矣。時歲在天順六年夏四月上浣，西崖主人書於懷麓堂之西書院[一]。

民國吴昌綬、清朱祖謀校《南詞》卷首，董氏誦芬室抄本，中國國家圖書館藏。

## 校

[一]按：王兆鵬著《詞學史料學》（中華書局，二〇〇四年）第一一七至一一八頁引録了李東陽這篇『《南詞》序』，並謂『此序自開篇至「殆非通論矣」，實際上是一字不改地鈔襲清初汪森的《詞綜序》，托命李東陽而已。』汪森《詞綜序》作於清康熙十七年戊午（一六七八），李東陽《南詞序》作於明天順六年（一四六二），究竟是否李東陽此序爲托名，在無確切文獻依據前，暫係於李東陽名下未爲不可，聊備一説。

# 林俊

林俊，字待用，號見素、雲莊，福建莆田人。生於明景泰三年（一四五二），卒於明嘉靖六年（一五二七）。明成化十四年（一四七八）考中進士。初授刑部主事，歷任雲南按察副使、南都察院僉都御史、湖廣按察使、工部尚書、刑部尚書等職。爲官清廉正直，平生崇尚理學。移疾乞休，加太子太保，追贈少保，謚貞肅。編撰有《見素集》《尚書精蘊》《泉州府志》《濯舊》《西征集》等。

## 《詞學筌蹄》序

壤歌衢謡，發而爲鄉雲南風，爲風雅頌，爲《離騷》，爲古樂府，爲慢詞。嗚呼！亦極矣。都俞吁咈，渾噩變也；美刺興賦，比都俞吁咈變也。《上之爲》《君馬黄》《有所思》《出塞曲》，又變也，其又變則《青門引》《帝臺春》《金人捧露盤》《魚遊春水》，是故言出爲章，今固拘以體製；辭出爲聲，今固拘以音律；洪殺翕闢、伸縮正變爲天然，今固拘以刻意苦思。於呼！亦極

矣。詞始於漢，盛於魏、晉、隋、唐，而又盛於宋，即所謂白雪體者，或以事名調，或以時名調，或以遇名調，或以人名調，或以句名調，被害弦，按歌板，法不得以己意損增。詞日多而調日廣，若《古今詞話》《玉林詞選》《草堂詩餘》所載，豪雄壯浪，綺麗而絢藻，要之，去鄭衛之音、女真之曲者無幾。第幸出大家言造意命，詞竟弗爽于正，故相鶩以爲李嶠《水調歌》，明皇謂真才子；王介甫金陵懷古《桂枝香》，東坡謂野狐精；少遊《踏莎行》，東坡謂『少遊已矣，萬人何贖』；冠卿《多麗》，識者謂拱璧夜光；仲殊之詞，謂篇篇字字高處不減唐人風致。其然耶？舊編以事爲主，詞系事下，平側長短未易以讀。蜀藩方伯吾鄉周先生翠渠，以調爲主，事併調下，調爲譜，圜者平聲，方者側聲，讀以小圈，以便觀覽。以付蜀府教授蔣華質夫編録。蜀士徐楠山甫考正，調凡若干，詞凡若干，釐爲八卷。後學程度較勝舊本，名曰《詞學筌蹄》，閲而序之如此。弘治九年歲在丙辰，見素子莆田林俊書。

明周瑛撰《詞學筌蹄》卷首，清初抄本，上海圖書館藏。此處據《續修四庫全書》第一七三五册，上海：上海古籍出版社，二〇〇二年，第三九一頁。

# 李宗準

李宗準，字慵軒，明弘治間朝鮮人，係安東出身的金宗直一派。生於朝鮮端宗三年，即明景泰五年（一四五四），卒於朝鮮燕山君五年，即明弘治十二年（一四九九）。著有《慵齋遺稿》。弘治五年（一四九二）寫刻印過元好問《遺山樂府》三卷。

## 《遺山樂府》跋

樂府，詩家之大香奩也。遺山所著，清新婉麗，其自視似羞比秦、晁、賀、晏諸人，而直欲追配於東坡、稼軒之作，豈是以東坡爲第一而作者之難得也耶？然后山以爲子瞻以詩爲詞，如教坊雷大使之舞，雖極天下之工，要非本色。李易安亦云：子瞻歌詞皆句讀不葺之詩耳，往往不協音律。王半山、曾南豐文章似西漢，若作小歌詞，則人必絶倒，不可讀也。乃知别是一家，知之者少。彼三先生之集大成，猶不免人之譏議，况其下者乎？夫詩文分平側，而歌詞分五

音、五聲，又分六律，清濁輕重，無不克諧，然後可以入腔矣。蓋東坡自言平生三不如人，歌舞一也，故所作歌詞，間有不入腔處耳。然與半山、南豐皆學際天人，其於作小歌詞，直如酌蠡水于大海，豈可謗傷耶？吾東方既與中國語音殊異，於其所謂樂府者，不知引聲唱曲，袛分字之平側、句之長短，而協之以韻，皆所謂以詩爲詞者，捧心而顰其里，袛見其醜陋耳。是以文章巨公，皆不敢强作，非才之不逮也，亦如使中國人若作鄭瓜亭、小唐雞之辭，則亦必且使人撫掌絶纓矣。唯益齋入侍忠宣王，與閻、趙諸學士游，備知詩餘衆體者，吾東方一人而已。然使后山、易安可作，未知以弊衣緩步爲真孫叔敖也耶？以此知人不可造次爲之，雖未知樂府，亦非我國文章之累也。愚之誦此言久矣，今以告監司廣源李相國。相國曰：『子之言是矣，然學者如欲依樣畫胡蘆，不可不廣布是集也。』於是就舊本考校殘文誤字，謄寫净本，遂囑晉州慶牧，使任綉梓。時弘治紀元之五年，壬子重陽後一日，都事月城李宗準仲鈞識。[一]

金元好問撰《遺山樂府》卷末，據吴昌綬、陶湘輯《景刊宋金元明本詞》，上海：上海古籍出版社，二〇一二年，第九〇六—九〇七頁。

**校**

[一]按：李宗準係朝鮮李朝人，曾在明弘治五年（一四九二）寫刻印過元好問《遺山樂府》三卷，並撰寫

跋文附於後。朝鮮李朝與明朝的關係頗爲密切，不僅以謝恩使、奏請使、進香陳慰使等名義向明朝朝貢，在面對倭亂、後金時，兩者更能守望相助。某種意義上，朝鮮李朝幾乎相當於明朝的屬國，雖兩者間隸屬關係呈現的樣貌更爲複雜，從上引跋文署名出現明朝弘治年號便可見一斑。考慮到具體的歷史情境，以及更爲重要的詞籍的域外傳播，兹將李宗準《遺山樂府跋》著録，以作管窺。

# 楊南金

楊南金，字本重，號用章，晚號兩依先生，鄧川（今雲南洱源）人。生於明天順元年（一四五七），卒於明嘉靖十八年（一五三九）。明成化二十二年（一四八六）舉人，明弘治十二年（一四九九）進士，知泰和縣，後得罪權貴，遭削去官職。嘉靖初年，復被啓用，授湖廣僉事，晉江西參議，以老辭官歸鄉。潛心著述，主要有《禆鄉集》《守土訓》《三教論》等，並重修《鄧川州志》。

## 《升庵長短句》序

太史公謫居滇南，托興於酒邊，陶情於詞曲，傳詠於滇雲，而溢流於夷徼。昔人云：『喫井

水處皆唱柳詞。』今也不喫井水處亦唱楊詞矣。吾聞君子之論曰：公辭賦似漢，詩律似唐，下至宋詞、元曲，文之末耳，亦不減秦七、黄九、東籬、小山，噫！一何多能哉！或曰：君子不必多能，王右軍之經濟以字掩，李伯時之詩文以畫掩，公之高文大作，毋乃爲詞曲所掩乎？予答之曰：君子不必多能，爲能未多，而求爲君子者，言也；若夫能，已多矣，不必去其多能而後爲君子也。猶女子言在德不在色，爲嫫母，言可也，若夫莊姜，則柔荑凝脂，螓首蛾眉，固其自有也，奚必亂髮壞形而始爲貞專哉？觀者以是求之。嘉靖丁酉正月望日，兩依居士楊南金序。

明楊慎撰《升庵長短句》，明嘉靖刻本，南京圖書館藏。此處據《續修四庫全書》第一七二三册，上海：上海古籍出版社，二〇〇二年，第四七七頁。

## 吴一鵬

吴一鵬，字南夫，號白樓，學者稱白樓先生，長洲（今江蘇蘇州）人。生於明天順四年（一四六〇），卒於明嘉靖二十一年（一五四二）。明成化二十二年（一四八六）中舉，明弘治六年（一四九三）進士，改翰林院

庶吉士。弘治八年（一四九五），除編修，預修《大明會典》。明正德二年（一五〇七），進侍講，充經筵講官。正德四年（一五〇九），預修《孝宗實録》成，外任南京刑部廣東司員外郎。正德五年（一五一〇），遷禮部祠祭司郎中，劉瑾伏誅後，復爲侍講，進侍講學士，歷國子祭酒、太常卿。世宗初，召拜禮部右侍郎，尋轉左侍郎。嘉靖三年（一五二四）九月，以本官兼翰林學士，入東閣專管誥敕，充修《武宗實録》副總裁。嘉靖四年（一五二五），進禮部尚書。嘉靖五年（一五二六），出爲南京吏部尚書，加太子少保，致仕。卒贈太子太保，謚文端。著有《吴文端公集》等。

## 少傅桂洲公詩餘序

予自歸田，不通朝貴之問者將十年。少傅桂洲公獨念一日之雅，悉以登仕以來奏議應制諸集十餘卷見告，讀之，未嘗不嘆公啓沃之忠、籌畫之精，而一時明良遭逢之盛也。今年冬，巡按侍御陳君蕙以公詩餘命吾郡守王侯儀刻焉，俾予序之。予曰：一鵬老矣，何足以知公哉？夫天之生才甚難，才而遇尤難。惟公性度凝重，智識高明，而又濟之以淹貫古今、明適體用之學，是以下筆千言，曾不構思。隨機應物，無有凝滯，殆天有意於聖皇制禮作樂，一新中興之治，而閒世之英所以生也。區區文字之餘，以此而窺公，抑末矣！而况於兹集也哉？雖然，古之賢士藉之以陶寫性情，固不廢也。李太白兩詞之後，歐陽公《平山集》盛傳於世，如十二

月鼓子詞，爲王荆公所稱，而未嘗進御。東坡先生多即席上口占歌詞，如《水調歌頭》『瓊樓玉宇』之句，聞於禁中，僅取『終是愛君』之賞而已，而未嘗大用。若公際風雲之會，履樞機之任，調燮之暇，游戲翰墨，風動泉流，而皆上賡帝歌，下鳴雅頌，與二三元老更倡迭和於廟堂之上，比之歐、蘇二公之遇過之矣。今觀諸一編之中，許國之志，憂時之誠，溢於言表。雖倉卒寓興，而莊重典雅，婉麗清新。渢渢乎雍熙太和之音也，於乎休哉！古之善詞者，温庭筠、韋莊、馮延巳之流，失之浮艷；周美成、柳耆卿、康伯可之流，失之淺近；辛幼安、劉改之、陳同甫之流，失之粗豪。如公之作，華而有則，樂而不淫，實詞林之宗匠也。宜侍御君之賢，拳拳刻之也乎。雖然，予竊聞公每召對便殿，進侍行幄，忠言嘉謨，隨事規益，終日亹亹，深契聖衷，都俞吁咈之詳，有非左右可得而傳，而天下陰受其賜則多矣。由此觀之，公昔之寄我者，皆其略也，而況於茲集也哉！他日金匱石室之藏，必有良史書之，以媲美虞謨商訓於千載之上。世之欲知公者，尚當求其大者可也。嘉靖戊戌冬十一月，資善大夫太子少保南京吏部尚書致仕前禮部尚書兼翰林院學士專管誥勅兼國史副總裁長洲吴一鵬書。

明夏言撰《桂洲集》卷首，據趙尊嶽輯《明詞彙刊》，上海：上海古籍出版社，二〇一二年，第八〇八頁。

# 王九思

王九思，字敬夫，號渼陂，别署紫閣山人，鄠縣（今陝西户縣）人。生於明成化四年（一四六八），卒於明嘉靖三十年（一五五一）。明弘治九年（一四九六）進士，考選庶吉士，授翰林檢討，改吏部文選司郎中。坐劉瑾黨，降壽州同知，尋勒致仕。談詩論文，倡導復古，爲『前七子』之一。閒美風流，不拘禮節，而談笑有韻，尤長於艷曲小令，皆秀麗雄爽、新奇工美，極人情之致。編撰有《渼陂集》《碧山樂府》《西遊隨筆》《南曲次韻》等。

## 《碧山詩餘》序

夫詩餘者，古樂府之流也，後人謂之詩餘云。漢、魏以上樂府拘題而不拘體，作者發揮題意，意盡而止，體人人殊。至于唐、宋始定體格，句之長短，字之平仄，咸循定體，然後協音，乃若情之所發，隨人而施，與題意漫不相涉，故亦謂之填詞云。余自出京後，見太白、蘇、黄諸作，

恒愛之，間有所感發，應酧贈賀，輒倣而爲之，不自量其才之弗逮也。然亦漫不省記，稿多遺亡，所僅存者十三四耳。邑侯郜原宋公，一日過我，語及斯帙，遂持去，捐俸刻諸梓，余愧，甚辭，弗能得也。公，東魯豪傑之才也，書無不讀，文無不能。莅鄠未及期月，清操遐慮，養民造士，親賢遠奸，政教爲之一新，乃其好善之誠，存長不廢如此。於戲！推是心也，以之任重焉往而不可也，大雅君子尚有以企宋公之賢，予之俚語，奚足道哉？奚足道哉？時嘉靖辛亥春正月丁巳，碧山八十四，逸史王九思自序。

明王九思撰《碧山詩餘》卷首，明嘉靖刻本，中國國家圖書館藏。此處據《續修四庫全書》第一七二三册，上海：上海古籍出版社，二〇〇二年，第四四三頁。

## 蘇臺雲翁

蘇臺雲翁，未詳姓名，約生活於明正德年間。

《竹山詞》跋

竹山先生出義興鉅族。宋南渡後，有名璪字宣卿者，善書，仕亦通顯，子孫俊秀，所居檀溪山之勝。故先生貌不揚，長於樂府，此稿得之於唐士牧家藏本，至正乙巳秋七月録。正德丁卯季夏十日，蘇臺雲翁志。

元吴訥編、民國梁啓超跋《百家詞》之《竹山詞》卷末，明抄本，天津圖書館藏。

# 戴冠

戴冠，字仲鶡，河南信陽人。明正德三年（一五〇八）進士，授户部主事。以建言貶廣東烏石驛丞。起官，嘉靖中歷山東提學副使，以清介聞。著有《戴氏集》《邃谷集》等。

## 和朱淑真斷腸詞跋

始予得朱淑真《斷腸詞》於錢塘處上陳逸山，閱之，喜其清麗，哀而不傷。癸亥歲除之夕，因乘興偏[一]和之，且繫以詩，盖欲益白朱氏之心，非與之較工拙也。已而，携之遊都下，以呈大復先生，間有一二字爲所許者。比來漸覺玩物喪志，欲遂棄之，竊嘆當時好事，故不忍焉。況歷今寒暑幾易，而所就莫加于前，抑又何也？乃題而藏之篋底，以懲曠廢，或者他日苟有所進，亦得以正其謬盭云耳。弘治乙丑九月望後三日題。

明戴冠撰《戴氏集》卷十一，明嘉靖二十七年（一五四八）張魯刻本，南京圖書館藏。此處據《四庫全書存目叢書》集部第六三册，濟南：齊魯書社，一九九七年，第八〇頁。

### 校

[一]此處『偏』當爲『徧』。

# 陳宗謨

陳宗謨，字文訓，號西渠子，福建長樂人。明正德八年（一五一三）舉人。明嘉靖元年（一五二二），以鄉薦任東平學正。後任助教、南京國子監監丞。乞養歸。

## 《草堂詩餘》序

《草堂詩餘》，詩之餘也。説者疵其慢耍俚俗，流連光景，故其弊也，致使語言顛複，首尾混淆。西渠子曰：詩訖三百，是後流爲二十有四：賦、頌、銘、贊、文、誄、箴、詩、行、詠、吟、題、怨、嘆、章、篇、操、引、謡、謳、歌、曲、詞、調，皆其六義之餘，而古人作之，豈贅也耶？《南陔》《白華》《華黍》，有聲無詞，音之至也。周漢而下，古樂府補樂歌，節以調應，詞以樂定，題號雖不同，所以宣暢其一唱而三嘆，詩餘樂府，蓋相爲表裏者也。卜子夏云：『雖小道，必有可觀。』其在兹乎？吕峰子偕其外君子仙洲，方將極意於詩者也，因予言，遂録以序之，梓而達諸天下

也。時嘉靖十七年戊戌仲冬月哉生明，南京國子監監丞陳宗謨書。

宋何士信輯《精選名賢詞話草堂詩餘》卷首，明嘉靖間閩沙陳鍾秀刻本，中國國家圖書館藏。

## 吴大器

吴大器，仁和（今浙江杭州）人，自稱越吴山人。明正德十四年（一五一九）舉人。明嘉靖十年（一五三一），任懷仁知縣。

### 詩餘合選序

歌詞有調，其來遠矣。自古昔樂府之音廢，而淫哇呫囁之聲作，雅道湮焉。李唐而下，百家並起，而彌盛於宋，然一時膾炙，蕩焉無紀，鮮有得其雋永之味者。吾鄉虛臺楊子擊而傷之，

乃披閲詩餘，摘其調之有名、詞之尤艷者，各著一篇，凡八十有八首，彙爲小帙，與韻字並梓以傳，收寘奚囊，庸便遊覽，識者韙之。嗟夫！梨園迭奏，玉樹初翻。詞之不競，乖亂久矣。三復楊子，寧不有感于斯文？越吴山人吴大器著。

明楊言編《詩餘便覽》，明雨花齋刊巾箱本，日本前田育德會尊經閣文庫藏。

## 毛鳳詔

毛鳳詔，字瑞成，湖北麻城人。明正德十六年（一五二一）進士，知江浦縣。嘉靖間，擢監察御史，巡按陝西、雲南。尋謫嘉定州判官，歷升推官同知，終雲南僉事。博學有文名，著有《聚峰文集》《浦江志略》等。

### 《中州樂府》後序

聲音之道與政通，固矣。然以三百篇考之，成周，治矣，而夫子不無删焉；鄭、衛，亂矣，而

夫子或有取焉，何哉？則亦以天理之在人心不可變，而人之賢不肖不可必，故聖賢之所去取，惟其人不惟其時，惟其言不惟其人，惟其意不惟其言。《中州樂府》作於金人吴彦高輩，雖當衰亂之極，今味其辭意，變而不移，憫而不困，婉而不迫，達而不放，正而不隨，蓋古詩之餘響也。是故儼山陸公有取焉，亦孔子待鄭、衛之意。韶承命分校畢，敬識淺語，以俟公之教焉。嘉靖丙申九月庚辰，屬吏毛鳳韶謹書。

金元好問輯《中州集》附《中州樂府》卷末，明末毛氏汲古閣刻本，中國國家圖書館藏。

## 彭汝寔

彭汝寔，字子充，嘉定州（今四川樂山）人。明正德十六年（一五二一）進士，授南京吏科給事中。嘉靖初，吕柟、鄒守益以爭大禮下詔獄，汝寔不畏權貴，抗草論救。數忤當事，遂奪職歸。奉親結廬山中，授徒講學。編撰有《兑陽集》《得山堂集》《六詔紀聞》等。

# 近刻中州樂府敘

聲韻之流，至於樂府，不知其變，其凡有幾。漢《房中》樂昉有斯名，周人宫中樂章已奏《關雎》《鵲巢》矣。李唐而下，其變斯極。按《樂録》《技録》《樂府遺聲》《新聲》所載瑟調、楚調、鐃歌、和歌，正附幾五十門，爲魚龍鳥獸，爲車馬征戍，爲佳麗怨思，爲蕃胡都邑，神仙遊俠，時景觴酌，各若干十百曲。説者謂兩《出塞》《蜀道難》，音響足比金石，皆樂府曲諸不易作也。沈宋以降，直至宋、金、元世，至有以樂府名家，如吴彦高學士者矣。《中州樂府》一帙，蓋金尚書令史元遺山集也，凡三十六人，總一百二十四首，以其父明德翁終焉。人有小敘志之，中間亦有一二憐材者，文亦爾雅，蓋金人小史也。蜀左轄我儼山陸先生，會計之暇，目不瞬於檢閲，偶得是編，示余兑陽山樓，曰：『金、宋分疆，程學行于南，蘇學行于北，一時文獻未可謂無人。三百年來，完顔立國淺陋，故前爲宋所掩，後爲元所壓，使豪傑無聞焉，甚可痛也。編中訛誤，煩爲校讎，與瑞成謀梓之，且以寓世變之感。』夫遺山，當有金哀宗之季，國步危促，宋知金仇之不可共，而忘豺狼之不可親，慘禍交臨，不幸生際其時與士者，爲之臣妾，莫能奮飛，悲憤于邑之情可想也。故其形之聲韻，暢懷杯酒，繫念君國，多可哀愍，采風者所不棄也。明妃、烏孫主、蔡琰之流，皆以嬋娟不能自謀，遠嫁胡沙，馬上之樂，呻吟節拍，世皆憐而存之，矧是編乎？

嗚呼！王風國風，由俗而變，江河之趨也。變至檜陳，亂極思治矣，此仲尼删詩意也。然則我儼山先生圖刻之意，其重有感於是編乎？其重有取於是編乎？嘉定守貴陽高登遂刻之九峰書院云。嘉靖十五年歲次丙申冬，漢嘉後學彭汝寔拜書。

金元好問輯《中州樂府集》卷首，明嘉靖十五年（一五三六）高登九峰書院刻本，中國國家圖書館藏。

## 方鵬

方鵬，字子鳳，一字時舉，號矯亭，江蘇崑山人。生於明成化六年（一四七〇），卒年不詳。明正德三年（一五〇八）進士，授禮部主事，轉刑部員外，改吏部郎中，歷南京武選郎，擢山西提學副使，然意殊悒悒不樂，以疾辭。用薦徵拜春坊庶子，遷太常卿。詩文典雅，不事雕琢，編撰有《矯亭集》《崑山人物志》《責備餘談》《矯亭存稿》《觀感録》《治心要語》等。

# 跋《近體樂府》後

《近體樂府》一帙，吾友西巖顧公之手筆也。公每有作，必以示予，而予謬有撰述，亦必於公是正。今歿四年矣，德音孔遐，無任人琴俱亡之感。厥子憲副君緘寄是帙，寔予之所未見，而於所謂《靜觀堂稿》亦不附入，豈嫌其不古耶？予嘗讀之既矣，其旨婉，其辭暢，有悠然忘世之意，有浩然樂天之真，有翛然高飛遠舉之興。按而歌之，足以養人沖澹和平之心，而銷其富貴功名之念，其於世教，未必無補。非近世靡麗之音導欲而增悲者可同語也。孟子曰：『今之樂，猶古之樂也，惟貴乎有補於世耳。』

明方鵬撰《矯亭續稿》卷三，明嘉靖十四年（一五三五）刻十八年（一五三九）續刻本，南京圖書館藏。此處據《四庫全書存目叢書》集部第六二册，濟南：齊魯書社，一九九七年，第八二頁。

# 唐寅

唐寅，字伯虎，一字子畏，號六如居士、桃花庵主、逃禪仙吏，江蘇吴縣人。生於明成化六年（一四七〇），卒於明嘉靖二年（一五二三）。弘治十一年（一四九八）南京舉人第一。次年入京會試，被累謫爲吏，不就返鄉。浪遊名山，佯狂縱酒，以賣畫爲生。工山水人物花鳥，風格雅麗纖媚。與文徵明、沈周、仇英合稱明代畫壇四大家。爲人崇尚才情，風流倜儻，自稱『江南第一風流才子』。著有《六如居士全集》《六如詞》《畫譜》等。

## 《嘯旨》後序

右《嘯旨》一編，館閣暨鄭馬諸書目，皆不著所撰人名氏。内述其事，始於孫登、嵇康先生，遂係以内激外激運氣撮唇之法甚詳；而于聲則云未譜聲音，蓋激氣而成者。邵子謂：『物理無窮，而音聲亦無窮；唯無窮乃可以配無窮，故以音聲起數，御天下古今物理之變。聲則起于

甲而止于庚，多良千刀妻宫心之類是也；音則起于子而止于戌，古黑安夫卜東乃走思之類是也。』與沙門神珙之法稍異。神珙則以内外八攝總其聲，三十六母總其音。法雖不同，其於音聲則括盡而無遺矣。然有字有聲者雖多，而有聲無字者亦爲不失，必皆以翻切得之。翻者翻出其音，切者切出其聲；如徒公、徒丁、顛東、丁顛謂之翻，徒東謂之切也。其他無字之音聲，如水聲、風聲之類，皆可翻切，今黄冠師符呪秘字，亦有聲而無字，梵門密語，若一字呪合普林二字爲一呼，至有三合、四合者，彈舌取之，而皆無字；及其號召風霆，驅役神鬼，若運諸掌。今嘯亦有聲而無字，豈吾儒感天地贊化育之餘意歟？聲雖未譜其間，稱或取聲自上齶出，或自舌上出者。四聲唯平聲有上下，蓋氣自上齶出爲上平聲，氣自舌上出爲下平聲；上去入聲無上下者，仄聲故也。平聲清而仄聲濁，竊想嘯之爲聲，必出於平而不出於仄矣。孫稽仙去遠矣，白骨生蒼苔，九原不可作，安得善嘯之士以譜其聲而習之？登泰山，望蓬萊，烈然一聲，林石震越，海水起立，此亦此生之大快也！子儋朱君，好古博雅，一時俊彦之良，無有逾者。於僕契分甚厚，暇日出是編以相勘校，因曰：『嘯之失其旨也久矣，幸存此編，略知梗概，不刊諸梓，以傳於世；則羊禮俱亡，後人何所考據。子盍爲我敘其事於編後，以遺同志。幸遇反隅之士，衍而習之，庶幾復有以嘯名於天下者，知由此書以發其端云。』[二]

明程明善撰《嘯餘譜》卷首，明萬曆刻本，北京師範大學圖書館藏。此處據《四库全書存

目叢書》集部第四二五册，濟南：齊魯書社，一九九七年，第二九八—二九九頁。

### 校

〔二〕程明善《嘯餘譜》卷首著録有唐寅《〈嘯旨〉後序》，然文末缺『子儋朱君……知由此書以發其端云』一段文字，現據明嘉靖刻本《唐伯虎集》卷下收録《〈嘯旨〉後序》補充完整。

## 陸深

陸深，初名榮，字子淵，號儼山，上海松江人。生於明成化十三年（一四七七），卒於明嘉靖二十三年（一五四四）。明弘治十八年（一五〇五）進士，選庶吉士，授編修。世宗時歷國子祭酒，充經筵講官。忤輔臣，謫延平同知。遷山西提學副使，改浙江。歷江西參政、四川布政使，召爲光禄卿、太常卿，兼侍讀學士。纍官至詹事府詹事，贈禮部右侍郎，謚文裕。工書善文，詩氣清拔，鑒賞博雅，爲辭臣冠。編撰有《陸文裕公外集》《儼山文集》《儼山詩微》《儼山外集》等。

## 跋龍江泛舟曲

律詩變小詞，詩餘，小詞之變也；詩餘變爲曲子，金、元時人最盛。有腔有調有板，謂之北曲；南曲，北曲之變也。病餘間一爲之，將令小僮歌以陶寫，猶得詩人之意者，風土之音存焉爾。所謂纏綿宛曲之辭、綺羅香澤之態，殆南曲之謂與？

明陸深撰《儼山文集》卷九十，明嘉靖二十五（一五四六）至三十年（一五五一）雲間陸楫刻本，北京大學圖書館藏。此處據沈乃文主編《明别集叢刊》貳輯第二册，合肥：黄山書社，二〇一五年，第五八頁。

# 陳霆

陳霆，字聲伯，號水南，德清（今浙江湖州）人。約生於明成化十三年（一四七七），卒於明嘉靖二十九

年（一五五〇）。明弘治十五年（一五〇二）進士，授刑科給事中。明正德元年（一五〇六），因忤逆宦官劉瑾，謫判六安州，後移知休寧。正德五年（一五一〇），劉瑾伏誅後，復官刑部主事，次年出任山西提學僉事。不久，即辭官返鄉，隱居渚山，放情山水，鋭意述作。編撰有《水南稿》《水南閒居録》《渚山堂詩話》《渚山堂詞話》《唐餘紀傳》《山堂瑣語》《兩山墨談》等。

## 《渚山堂詞話》序

始余著詞話，謂南詞起於唐，蓋本諸玉林之説。至其以李白《菩薩蠻》爲百代詞曲祖，以今考之，殆非也。隋煬帝築西苑，鑿五湖，上環十六院。帝嘗泛舟湖中，作《望江南》等闋，令宫人倚聲爲棹歌。《望江南》列今樂府，以是又疑南詞起於隋，然亦非也。北齊蘭陵王長恭及周戰而勝，於軍中作《蘭陵王》曲歌之，今樂府《蘭陵王》是也。然則南詞始於南北朝，轉入隋而著，至唐、宋昉製耳。在昔花庵詞客、《古今詞話》等，要皆論詞之成書，今全本亡矣。至見於《草堂》之箋者，緒餘一二，觀者無得焉。是道也，某少而習授，老而未置。其倚腔成調者，既登集矣，至於咀英吸華，品宫量徵，閲習久而話言頻，則是編之繼來，花庵之有嗣也。嗟乎！詞曲於道末矣。纖言麗語，大雅是病。然以東坡、六一之賢，累篇有作。晦庵朱子，世大儒也，『江水浸雲』『晚朝飛畫』等調，曾不諱言。用是而觀，大賢君子，類亦不

淺矣。抑古有言，渥五色之靈芝，香生九竅，嚥三危之薇露，美動七情。世有同嗜必至，必知誦此。不然，則閼弦罷奏，齊聲妙嘆，寄意於山水者故在也。於商琴者非病云。嘉靖庚寅秋七月吉日，陳霆序。

明陳霆撰《渚山堂詞話》卷首，據唐圭璋編《詞話叢編》第一册，北京：中華書局，一九八六年，第三四七頁。

# 王尚絅

王尚絅，字錦夫，號蒼谷，河南郟縣人。生於明成化十四年（一四七八），卒於明嘉靖十年（一五三一）。弘治八年（一四九五）舉河南鄉貢，弘治十五年（一五〇二）進士，授兵部職方主事。弘治十六年（一五〇三），父親王璇去世，守喪三載。正德三年（一五〇八），調吏部稽勳，次年調驗封，升員外郎，後又調稽勳，任郎中。正德七年（一五一二），出爲山西左參政。正德十三年（一五一八），調任四川左參政，不就。嘉靖八年（一五二九），再調山西左參政，未就任。嘉靖九年（一五三〇），遷浙江右布政使，卒於官。著有《蒼谷

全集》《蒼谷集録》等。

## 瑶池壽詞卷後序

瑶池壽詞，尚絅爲祖母李太君九十壽者也。思惟太君罔極，嘗疏請終養歸，不俟報。既而得旨，宥許養，終九十有五，絅長恨終天矣。時惟二泉、柏齋諸君子各垂詞章，此卷所集，則爲澶淵三王所作也，一龍湫子邃伯，一端溪子德徵，一玉溪子公濟，三子者同出澶淵，絅均辱麗澤之末，愧自不才，病廢山林，撫卷懷人，有風月冥會者焉。題如三子者，固希世之珍，在尚絅者，又傳家之寶也。迴憶年光，十易寒暑，太君亡恙，當百有二歲矣。嗚呼！恫哉！乃聞玉溪、龍湫會空同諸子於繁臺，則斯集也，庶乎有墨華涓滴之灑哉！稽首以俟。

明王尚絅撰《蒼谷全集》卷八，清乾隆二十三年（一七五八）王純密止堂刻本，中國國家圖書館藏。此處據《四庫未收書輯刊》伍輯第一八册，北京：北京出版社，二〇〇〇年，第三七二頁。

# 史道

史道，字克弘，號鹿野，河北涿州人。生於明成化二十一年（一四八五），卒於明嘉靖三十二年（一五五三）。正德八年（一五一三）順天府鄉試，中解元。正德十二年（一五一七）中進士，授庶吉士。嘉靖十五年（一五三六），任都察院右僉都御史，巡撫大同。嘉靖十八年（一五三九）十月，升爲兵部右侍郎兼都察院左僉都御史。嘉靖二十年（一五四一）六月，任兵部左侍郎，並奉命回部管事。嘉靖二十一年（一五四二），因私縱蒙古使臣石天爵，被罷免爲民。嘉靖二十九年（一五五〇）八月，北邊蒙古軍進攻北京，重獲起用，後任兵部左侍郎。嘉靖三十年（一五五一）七月，因軍功升爲兵部尚書，兼任都察院右僉都御史，並協理京營戎政。後遭彈劾，上疏請求致仕，獲允，加太子少保。卒於家。

## 桂洲詞序

詞，詩之餘也，古樂府之變體也。騷人墨客，往往欲擅埸而不可得，盖以體裁旨趣貴超逸

清越，典雅雄渾，優游高遠，而有遺音餘味者，是其爲可尚也。近世如《花間集》《草堂詩餘》，非無所取，然類多粉之言，或又非出□□人之手。至於一韻而疊十五六□□桂洲公之是作者，尤爲古今所難也。且其間應制、寫懷、答和率皆倉卒□灑，而忠君愛國、惜賢憫下之情藹然，其去嘲弄風月、留連光景者遠矣！公華國之文、經世之業，載在史册，傳之天下者多矣！此特膏馥之剩者，夫是詞之刻也久矣！至歲辛丑秋，青原侍御譚君得之，遂出示道曰：良金美玉世所本有也，非人人之必見者，以其用之者不慱也。桂洲公詞，戊戌歲刻於吴下，又三年，始及一見，得非傳之猶未廣□□□郭君鏗憲僉郭君，時敘二君子□然，乃授之梓，以再刻雲中，嘉靖辛丑冬十月賜。賜進士第嘉議大夫巡撫山西大同地方贊理軍務兵部右侍郎兼都察院左僉都御史，涿郡史道書。

明夏言撰《桂洲先生詞》卷首，明萬曆十五年（一五八七）吴萊刻本，臺北『國家圖書館』藏。

# 張綖

張綖，字世文，一作世昌，號南湖居士，江蘇高郵人。生於明成化二十三年（一四八七），卒於明嘉靖二十二年（一五四三）。明正德八年（一五一三）舉人，八試進士不第，謁選爲武昌通判，遷知光州，罷歸。工詩善詞，編撰有《南湖詩集》《杜詩通》《杜詩本義》《詩餘圖譜》《草堂詩餘别録》等。

## 《草堂詩餘别録》序

歌詠以養性情，故聲歌之詞有不得而廢者。詩餘者，唐宋以來之慢調也，吴文節公於《文章辨體》亦有取焉。雖亦艷歌之聲，比之今曲，猶爲古雅，故君子尚之。當時集本亦多，惟《草堂詩餘》流行於世，其間復猥雜不粹。今觀老先生硃筆點取，皆平和高麗之調，誠可則而可歌。復命愚生再校，輒敢盡其愚見，因於各詞下漫注數語，略見去取之意，别爲一録呈上，倘有可取進教，幸甚。嘉靖戊戌五月十三日録上。

明張綖輯《草堂詩餘别録》卷首，明嘉靖二十六年（一五四七）抄本，上海圖書館藏。

## 《淮海長短句》跋

陳後山云：『今之詞手，惟有秦七、黄九。』謂淮海、山谷也。然詞尚豐潤，山谷特瘦健，似非秦比。此在諸公非其至，多出一時之興，不自甚惜，故散落者多。其風懷綺麗者，流播人口，獨見傳録，盖亦泰山毫芒耳。字復舛誤，頗爲辨正。其有一二字不可校者，不欲以臆見輒易，存闕文之意，更俟善本正之。嘉靖己亥中秋日，南湖張綖識。

北宋秦觀撰《淮海集》之《淮海長短句》卷下，明嘉靖二十四年（一五四五）刻本，中國國家圖書館藏。

## 《詩餘圖譜》自序

往時外舅王西樓妙達音旨，嘗見其觀古詞合律者，輒曰此宫聲也，角聲也。或曰商調、越

調、大小石調也。叩之，遂得聞精論，倚其調有作，呈上，過蒙與進。且曰：新聲日盛，斯制也，其將不傳乎？吾於子有望矣。予後裒得唐宋以來及我朝諸名人詞，無慮數百家，暇日諷詠，亦似有得。間見當世君子，詩文高並古人，獨於詞調或不留意，謂其不屑留意也。竊欲私作一譜，與童蒙共之，而未遑也。近檢篋笥，得諸詞，爲成圖譜三卷，後集四卷，以副西樓翁之意。嗚呼！聲音之道微矣哉！夫盈穹壤間，聲像而已矣。象以止異，聲以流同，此禮樂所由作也。然則合異而同，非聲音不能通矣，是故禮待樂而後成。虞庭以樂育人才，和上下，格神人，而始諸永言。聖門興詩成樂，亦爲成材終身之序。程子謂古人之詩如今人之歌曲，當是時，金元度曲未出，所謂歌曲者，正謂詞調耳。是則雖非古聲，其去今人之曲不有間耶？由是而溯諸古，非其階梯也乎？孔子曰：吾猶及有馬者，借人乘之。借馬細事，而聖人思焉，其欲存舊也如此。詞雖小技，不猶有大於借馬者乎？或曰鼓舞鴆毒，奈何！夫固謂其遡溯諸古也。若徒以其麗而淫焉，則靡靡之音，未見非古，欣欣之樂，殆不可以今廢鄭衛之什，正懲邪誨，此又存夫人耳。極知細慚雕篆，卑甚魚蟲，然前輩風流，亦或因兹而見。且今之淫曲甚矣，稍存舊制，爲溯古之地可也。嘉靖丙申歲夏四月下浣日，高郵後學南湖居士張綖序。

明張綖撰《詩餘圖譜》卷首，明嘉靖十五年（一五三六）刻本，臺北『國立中央圖書館』藏。

# 《詩餘圖譜》凡例

一　詞調各有定格，因其定格而填之以詞，故謂之填詞。今著其字數多少，平仄韻脚，以俟作者填之，庶不至臨時差誤，可以協諸管弦矣。按諸調字有定數，而句或無常，蓋取其聲之協、調不拘，拘句之長短，此惟習熟縱横者能之。

一　詞格多是雙調，後段謂之换頭，前後相同者惟列前段圖說，後段可以類推，則云同前省文也。惟與前段有異者，乃俱列之。

一　詞中字當平者用白圈，當仄者用黑圓，平而可仄者白圈半黑其下，仄而可平者黑圓半白其下。其仄聲又有上、去、入三聲，則在審音者裁之，今不盡著。《太和正音譜》字字討定四聲，似爲太拘。嘗聞人言，凡詞曲上、去、入聲與舊調不同者，雖可歌，播諸管弦，則齟齬不協。不知此，正由管弦者泥習師傳、無變通耳。若欲得夫聲氣之正，必有至人神悟黄鐘之律，然後可。非黍筒牛鐸所能定也。

一　韻脚初入韻者謂之起，平韻起，仄韻起。承上韻者謂之叶，平叶，仄叶。有换韻者曰换，平韻换，仄韻换。有句中藏韻者初曰中韻起，中平韻起，中仄韻起。藏頭承上者曰中叶。中平叶，中仄叶。

一　圖後録一古名詞以爲式，間有參差不同者，惟取其調之純者爲正。其不同者，亦録其

詞于後，以備參考。

一　詞有同一調而名不同者，蓋調有定格，不可易，名則可易。如東坡赤壁《念奴嬌》因末有『酹江月』三字，後人作此調者，即謂之《酹江月》，又謂之《赤壁詞》，又謂之《大江東去》。因其一百字，又謂之《百字令》之類是也。亦有義同而名異者，如《蝶戀花》謂之《鳳栖梧》《鵲踏枝》，《紅綉鞋》謂之《朱履曲》之類是也。今皆列註名下，云一名某，一名某，使覽者知其同調。其有名同而調異，則並録其詞于後。凡名詞之義，吴人都玄敬嘗著其説于《南濠詩話》，要之，不盡如都説。蓋古人説是因篇首之字名之，如詩《關雎》之類，或是取篇中字之雅者名之，如《書梓材》之類。後人承之，即謂之某調耳。故苟不異其音節，則名亦可易。

一　圖譜分爲六卷，二卷小令，二卷中調，二卷長調。每卷之調又以字數爲序。按詞體大略有二：一體婉約，一體豪放。婉約者欲其辭情醖藉，豪放者欲其氣象恢弘。蓋亦存乎其人，如秦少游之作多是婉約，蘇子瞻之作多是豪放，大抵詞體以婉約爲正，故東坡稱少游爲今之詞手，後山評東坡詞『雖極天下之工，要非本色』，今所録爲式者，必是婉約，庶得詞體。又有惟取音節中調，不暇擇其詞之工者，覽者詳之。

一　《圖譜》未盡者，録其詞于後集，仍註字數韻脚于下，分爲十二卷。庶博集衆調，使作者采焉。

明張綖、明謝天瑞撰《詩餘圖譜》卷首，明萬曆二十七年（一五九九）謝天瑞刻本，中國國家圖書館藏。此處據《續修四庫全書》第一七三五册，上海：上海古籍出版社，二〇〇二年，第四七二—四七三頁。

## 楊慎

楊慎，字用修，號升庵，新都（今四川）人。太子太師楊廷和之子。生於明弘治元年（一四八八），卒於明嘉靖三十八年（一五五九）。明正德六年（一五一一）中進士第一，授翰林修撰，後移疾歸。嘉靖初，起充經筵講官，明嘉靖三年（一五二四），拜翰林學士，因上疏議大禮案，詔獄廷杖削籍，謫戍雲南永昌衛，卒死貶所。居滇三十餘年，投荒多暇，於書無所不覓。學識博洽，著述頗豐，詩文雜著多至近三百種，有《升庵集》《升庵外集》《升庵遺集》《升庵長短句》《陶情樂府》《二十一史彈詞》等行世。

## 跋趙文敏公書巫山詞

巫山十二峰，在楚蜀之交，余嘗過之，行舟迅疾，不及登覽。近巫山王尹於峰端摹得趙松雪石刻小詞十二首，以樂府《巫山一段雲》按之可歌。古傳記稱帝之季女曰瑤姬，精魂化草，實爲靈芝。宋玉本此以托諷，後世詞人轉加緣飾，重葩累藻，不越此意。余獨愛袁崧之語，謂秀峰疊崿，奇構異形，林木蕭森，離離蔚蔚，乃在霞氣之表。仰矚俯睇，不覺忘返，自所履歷，未始有也。山水有靈，亦當驚知己於古矣。尋此語意，使人神遊八極，而爽然自失於曄花温瑩之外，欲以袁意和趙詞，以洗兹丘之黷，未暇也。乃臨松雪墨妙一紙，邀曹太狂作圖，藏之行笥，爲他日遊仙輿端云。

明楊慎著《太史升庵文集》卷十，明萬曆十年（一五八二）張士佩等刻、萬曆二十年（一五九二）余一龍重修本。此處據沈乃文主編《明別集叢刊》貳輯第三〇册，合肥：黄山書社，二〇一五年，第一四〇頁。

## 《辭品》敘

詩辭同工而異曲，共源而分派。在六朝，若陶弘景之《寒夜怨》，梁武帝之《江南弄》，陸瓊之《飲酒樂》，隋煬帝之《望江南》，填辭之體已具矣。若唐人之七言律，即填辭之《瑞鷓鴣》也。七言律之仄韻，即填辭之《玉樓春》也。若韋應物之《三臺曲》《調笑令》，劉禹錫之《竹枝辭》《浪淘沙》，新聲迭出。孟蜀之《花間》，南唐之《蘭畹》，則其體大備矣。豈非共源同工乎？然詩聖如杜子美，而填辭若太白之《憶秦娥》《菩薩蠻》者，集中絶無。宋人如秦少游、辛稼軒，辭極工矣，而詩殊不强人意。疑若獨藝然者，豈非異曲分派之説乎？昔宋人選填辭曰《草堂詩餘》，其曰草堂者，太白詩名《草堂集》，見鄭樵書目。太白本蜀人，而草堂在蜀，懷故國之意也。曰詩餘者，《憶秦娥》《菩薩蠻》二首爲詩之餘，而百代辭曲之祖也。今士林多傳其書，而昧其名。故於余所著《辭品》首著之云。嘉靖辛亥仲春花朝，洞天真逸楊慎敘。[二]

明楊慎撰《辭品》卷首，明珥江書屋刻本，中國國家圖書館藏。

校

〔二〕楊慎『《辭品》序』亦見載於明卓人月、明徐士俊輯《古今詞統》卷首（《續修四庫全書》第一七二八册，上海：上海古籍出版社，二〇〇二年，第四四五—四四六頁），兩處文字大體相同，惟文末無署名『嘉靖辛亥仲春花朝，洞天真逸楊慎敘』。此外，在開篇處有眉批『余謂齊、梁以前樂府多長短句，其體未定，不宜入詞，但可以煬帝《望江南》爲始。』又按：明楊慎評點《草堂詩餘》卷首亦著録了楊慎此序，題作《草堂詞選敘》（明閔瑛璧刻朱墨套印本，中國國家圖書館藏），兩處文字高度雷同，僅於序末文字表述略有差異，『今士林多傳其書，而昧其名，余故爲之批騭，而首著之云。洞天真逸升庵楊慎撰。』

# 李濂

李濂，字川父，一作川甫，號嵩渚，祥符（今河南開封）人。生於明弘治元年（一四八八），卒於明嘉靖四十五年（一五六六）。明正德八年（一五一三）鄉試第一，次年成進士，授沔陽知州，遷寧波同知，擢山西提學僉事。嘉靖五年（一五二六），以大計免歸，益肆力於學，遂以古文名於時。里居四十餘載，著述甚富，主要有《祥符先賢傳》《嵩渚文集》《觀政集》《乙巳春遊稿》《汴京遺跡志》等。

## 批點《稼軒長短句》序

稼軒辛忠敏公幼安，歷城人也，少與党懷英同師蔡伯堅，筮仕決以蓍，懷英得坎，因留事金。稼軒得離，遂浩然南歸。紹興末，屢立戰功。嘗作《九議》暨《美芹十論》上之，皆切中時務，累官兵部侍郎、樞密都承旨。晚年解印綬歸，僑寓鉛山之期思。帶湖瓢泉，渚煙溪月，稼軒吟嘯于其間，亦樂矣哉。今鉛山縣南二里許有稼軒書院，而分水嶺下，厥墓在焉。余家藏《稼軒長短句》十二卷，蓋信州舊本也，視長沙本爲多。序曰：稼軒有逸才，長於填詞。平生與朱晦庵、陳同父、洪景盧、劉改之輩相友善，晦庵《答稼軒啓》有曰：『經綸事業，股肱王室之心；遊戲文章，膾炙士林之口。』劉改之氣雄一世，其寄稼軒詞有曰：『古豈無人，可以似吾稼軒者誰？』後百餘年，邯鄲張埜過其墓，而以詞酹之曰：『嶺頭一片青山，可能埋得凌雲氣？』又曰：『謾人間、留得陽春白雪，千載下無人繼。』觀同時之所推獎，異代之所追慕，則稼軒人品之豪、詞調之美，概可見已。晦庵之没也，時黨禁方嚴，稼軒獨爲文哭之，卒之日家無餘財，僅遺平生著述數帙而已。烏虖！賢哉！長短句凡五百六十八闋，余歸田多暇，稍加評點，間於登臺步壠之餘，負耒荷鋤之夕，輒歌數闋，神爽暢越，蓋超然不覺塵思之解脱也。惜乎世鮮刻本，開封貳郡歷城王侯詔讀而愛之，曰：『予忝爲稼軒鄉後進，請壽諸梓。願惠一言，以爲觀者

先。』余聊摭稼軒之取重於當時後世者如此，其中妙思警句，則評附本篇云。嘉靖丙申春二月，嵩渚山人李濂川父書于碧雲精舍。

南宋辛棄疾撰、明李濂評《稼軒長短句》卷首，明嘉靖十五年（一五三六）王詔刻本，中國國家圖書館藏。

## 碧雲清嘯序

余嘗閲《花間》《尊前》《金筌》《漱玉》《清真》《聊復》《稼軒》《古山》等集，皆詞曲也。昔人謂之詩餘，又謂之長短句。蓋其體昉于唐，而李太白氏寔爲之倡，今所傳《憶秦娥》《菩薩蠻》二曲，乃倚聲填詞之祖也。嗣有温飛卿、皇甫松輩亦稱妙絶，人並膾炙焉。逮宋盛時，歐陽永叔、蘇子瞻、黄魯直、秦少游、晏同叔、張子野諸子咸富填腔之作，要之以醖藉婉約者爲入格，故陳無己評子瞻詞高才健筆，雖極天下之工，然終非本色，以其豪氣太露也。而子瞻獨稱少游爲今之詞手，豈非取其醖藉婉約爾邪？程子曰：古人之詩如今之歌曲，當是時，金、元度曲未出，所謂歌曲，正指填詞耳。而范文正、朱文公諸大儒亦嘗有作，一洗香奩粉澤之陋，超然自得於筆墨蹊徑之外，使人讀之，有瀟灑出塵之想，洋洋乎盈哉！竊觀近世以文章名家者，多弗究

心於此，若曰吾不屑爲也，豈其然乎？惟誠意伯劉公伯温平生所作幾三百首，神藻絢爛，光溢簡帙。蓋自伯温之後，寥寥百餘年間，有作者不過數首而已，豈非引商刻羽之調填腔寔難，而陽春白雪之音屬和自寡邪？余幼嗜聲律，喜誦古人雅曲，撫景觸事，潦草效顰，寫興適情，游戲翰墨，陶陶然而樂也。耕鋤之暇，積稿漸多，爰命童史輯録，藏之篋笥，漫題其簡首，曰《碧雲清嘯》。碧雲者，余小子山居之堂名也；清嘯，其自放云。

明李濂《嵩渚文集》卷五十六，明嘉靖刻本，浙江大學圖書館藏。此處據《四庫全書存目叢書》集部第七一册，濟南：齊魯書社，一九九七年，第九五—九六頁。

## 乙巳春遊稿序

余少厭塵囂，雅尚丘壑。然家本大梁，苦無山水間，嘗閲嶽圖海經，洞函嶠録，輒嗒然坐忘，意馳神往。蚤歲宦游四方，每遇佳山水，必掉鞅以遊。探奇窮幽，竟日忘倦，乃若京師之西山，襄陽之鹿門，湖南之大别、洞庭，京口之金、焦，吴門之虎丘，無錫之慧山，杭州之西湖，會稽之雲門、天姥、若耶、剡谿，四明之天童、雪竇、阿育王山，台、温之赤城、鴈蕩，河東之底柱、龍門，罔不遂眺覽之願焉。嘉靖丙戌免歸，時年三十有八，杜門掃軌，不復遠遊，盖逾二十年于兹

矣。乙巳暮春，暄陽載和，覺獵心之復萌，適婚嫁之甫畢，乃策杖渡河，駕言西邁，入王屋，躡天壇，觀濟源池，裴徊于龍潭、盤谷之間，吊古懷賢，殊有情興，還經甯邑，過山陽，問竹林遺蹟，遂入六真山，尋列僊丹竈，迤邐至百家巖、駝峰嶺、石門潭，暫憩共城之百泉書院。爰陟蘇門山絶頂，訪孫登嘯臺、邵子安樂窩，觴詠于泉上之涌金亭，留連數日，興盡而返，樂哉！斯遊良足慰吾平生也已。往返僅二十日，得遊記十二首，雜文三首，五七言雜體詩五十九首，詩餘長短句十首，合爲一帙，寘之几案，時一展閱，恍若身在巖瀑間。雲翲霞蔚，猿鳥亂啼，清賞既足，而吟嘯以歸也。昔宗少文好遊名山，西走荆巫，南登衡岳，晚歸江陵，嘆曰：『吾老矣，諸山恐難徧歷，惟澄懷觀道，卧以遊之。』凡所經履，悉圖之于室，謂人曰：『撫琴動操，欲令衆山皆響。』抑余之輯是稿也，其諸少文圖山于室之意乎？稿凡五卷，秘不以示人。明年丙午秋，廵撫大中丞池陽柯公枉駕敝廬，偶見之客堂，躍然喜曰：『廣志抒抱遊之大義，疾誦一過，心骨灑然，是不可不鋟梓以傳。』乃屬開封太守桂林白侯刻之郡齋，余固辭焉而未能也。姑漫爲之序，以諗諸同好者。

明李濂《嵩渚文集》卷五十八，明嘉靖刻本，浙江大學圖書館藏。此處據《四庫全書存目叢書》集部第七一册，濟南：齊魯書社，一九九七年，第一〇六至一〇七頁。

# 楊儀

楊儀，字夢羽，號五川，江蘇常熟人。生於明弘治元年（一四八八），約卒於明嘉靖三十七年（一五五八）後。嘉靖五年（一五二六）進士，授工部主事，轉禮、兵二部郎中。官至山東按察司副使。以病乞歸，家居惟以讀書、著述爲事。編撰有《南宫集》《高坡異纂》《金姬傳》《古虞文録》《隴起雜事》《螭頭密語》《驪珠隨録》等。

## 重刻桂翁詞序

元相《桂翁詞》六卷，初刻於吴郡，再刻於鉛山，三刻於閩中。每刻成則新譜復出，公盛德大業，天下具瞻，片紙隻字散落人間，莫不爭先快睹，貴如珙璧。至是陳生堯文又得《鷗園新曲》，併前六卷並刻以傳，知儀嘗受公恩紀，因以相示。儀謂公以伊周之求，遭逢堯舜之主，制作在朝廷，勳業在海内，威名在四夷。儀昔爲公屬吏，凡邦國之事，靡不奔走。攀附仰睹，一時

君臣際會，禮遇絶席，未嘗不私竊稱慶，以爲唐虞之盛，不是過也。今雖廢棄，草莽宗服，令德長懷永慕，而不能贊爲一辭，獨公嘗濫及，二詞今亦載在卷中。敬因公意序次其説，儀聞之風雅變而爲離騷，離騷變而爲樂府。自漢而上，以樂寫音，故風雅篇什悉可被之管弦。唐初歌詞猶用五七言詩，今其存者，必須雜以虚聲，乃可入調，故唐中葉始變而爲長短句，蓋按拍寫聲以成其調。是則古之樂由人聲生，後世詞曲用以譜樂，朱子所謂永依聲者是也。古樂之猶存者，篇章在風雅，義理在樂經。至於名物度數，悉散失而無傳焉，君子蓋深惜之。今世詞調相傳，輕重疾徐，抑揚頓挫，雖不能盡合於古，而亦皆不出於六宫十一調之分。昔賢謂五音爲天音，八聲爲天化。後之君子苟能因詞以尋調，因調以審天音，因天音以盡天化，則古樂之遺響將庶幾其得之矣。自唐以下，名儒碩德皆嘗留意而不廢者，殆亦有見於斯乎？竊嘗三復公卷中諸篇，典雅沉重得之宫調，風流醖藉得之大小石，健凄激梟得之雙調，清新緜邈得之仙吕，感嘆悲傷得之商角，惆悵雄壯得之正宫，或發而爲富貴妙適，或發而爲飄逸深玄，絛暢滉漾，終不失古樂之遺聲。公昔示儀詞中語，所謂詞場三昧，妙理難傳者，真獨得之矣，是故衣冠文會所不能無，壯士遊客所不能少，卿雲、晨露之歌似亦難爲軒輊也往在乎？寅歲，儀繆領霸州之命，公屬詞書扇以爲贈言。時方夜暑，使至拜，辱於今司，成程舜敷，座中執燭，誦之一闋，既終，坐客皆歔欷動色，再歌之，凉飆肅然，左右皆掩泣而走。明日篇章遂傳布都下，兒童輿皂皆能歌之，乃知禮樂之化入人深，而感人遠至於如此。公之再召入相也，道過吴門，以疏草若干卷、詞曲

二卷示儀，儀仰而嘆曰：我朝中興，一代制作明備，盡在疏中，可以方之。周禮其事，則廟廊之大典，儀非其人不敢僭言。至若此辭，公憫時憂國之忠，進退審擇之正，君臣始終之義，悉具無遺，遠追風雅而近方詩史，諷詠其辭，光霽在目，世之學者蓋不待親承德教，而平生大略可仰思過半矣，豈特鏤玉雕瓊與古今詞家相爲比擬者哉？此又誦公詞者所當知也。刻既成，敬書其末。嘉靖丙午二月朔旦，門人常熟楊儀再拜謹序。[二]

明夏言撰《桂翁詞》卷首，明嘉靖二十五年（一五四六）常熟陳堯文刻本，臺北『國家圖書館』藏。

## 校

[二]明嘉靖二十五年（一五四六）常熟陳堯文刻本《桂翁詞》卷首著録的楊儀《重刻桂翁詞序》字跡漫漶，多處無法識別，以明萬曆十五年（一五八七）吴萊刻本《桂洲先生詞》卷首著録之楊儀《重刻桂翁詞序》補闕字。

# 王廷表

王廷表，字民望，號鈍庵，臨安（今浙江杭州）人，僑居阿迷（今雲南開遠）。生於明弘治三年（一四九〇），卒於明嘉靖三十三年（一五五四）。明正德五年（一五一〇）舉人，正德九年（一五一四）進士，授台州推官，後爲刑部郎中。嘉靖元年（一五二二），擢升爲四川按察司僉事，因冒犯權要，橫遭誣陷中傷，被勒令致仕。里居三十餘載，苦讀詩書，與楊慎相善。編撰有《鈍庵讀史》《鈍庵詩集》《桃川剩集》等。

## 長短句跋

宋人無詩而有詞，論比興，則月下秦淮海，花前晏小山；較筋節，則妥帖坡老，排奡稼軒，所以擅場絶代也。至元人曲盛而詞又亡，本朝諸公於聲律不到心，故於詞曲未數數然也。高季迪之《扣舷》、劉伯温之《寫情》，號爲琤琤矣。吾友升庵楊子，乃至音神解，奇藻天發，率意口占，警絶莫及。嘗語表曰：『李冠、張安國《六州歌頭》聲調雄遠，哀而不傷，于長短句中殊爲

雅麗，恨少有繼者。』乃援筆爲吊諸葛詞，其妥帖排奡，可並蘇、辛而軋張、李矣。表嘗評楊子詞爲本朝第一，而《六州歌頭》在升庵長短句中第一，楊子笑曰：『子豈欲爲稼軒之岳珂乎？』因跋兹集，并附其語。嘉靖癸卯春正月望，臨安王廷表書。

明楊慎撰《升庵長短句》卷末，明嘉靖刻本，南京圖書館藏。此處據《續修四庫全書》第一七二三册，上海：上海古籍出版社，二〇〇二年，第四七七頁。

## 邵經濟

邵經濟，字仲才，號泉厓，仁和（今浙江杭州）人。生於明弘治六年（一四九三），卒於明嘉靖三十七年（一五五八）。嘉靖五年（一五二六）進士，授工部主事，再升郎中，官至成都知府。著有《西浙泉厓邵先生文集》《西浙泉厓邵先生詩集》。

## 柳亭詞引

名字之義，古有之乎？曰：禮也，古之制也，後世益之以號，非制也。侈稱號，以别名字者也。放情山水者，失之僻役；志幻怪者，失之誣僻與誣侈，益過矣。新安桒子僑于杭，號柳亭，群公詩歌，璀瑋盈帙，予何能言而來柳亭之請耶？第柳亭懷故匪僻，念祖匪誣，而侍御先君，時在心目，詞以况之，良足休哉。或曰：以詞和詩，古之制乎？曰：詞者，詩之餘也，麗而則者也，制也，試一按拍填腔，三引六調，爲柳亭子歌之。

明邵經濟撰《西浙泉厓邵先生文集》卷七，明嘉靖四十一年（一五六二）張景賢、王詢等刻本，中國國家圖書館藏。此處據《續修四庫全書》第一三三九册，上海：上海古籍出版社，二〇〇二年，第五三五頁。

# 皇甫汸

皇甫汸，字子循，號百泉山人，長洲（今江蘇蘇州）人。生於明弘治十一年（一四九八），卒於明萬曆十一年（一五八三）。明嘉靖八年（一五二九）進士，官工部主事。多次遭貶，曾爲黄州推官、南京稽勳郎中、開州同知，官至雲南按察司僉事，以計典論黜。好吟詠，工書法，與兄衝、涍、弟濂並有才學，有『皇甫四傑』美譽。著有《皇甫司勳集》《解頤新語》《百泉子緒論》等。

## 跋《桂洲集》

戊戌之秋，汸承蹇出理楚黄，時桂洲元相贈之以詞，并以内閣所録一篇視之曰：吴匠氏善梓，爾歸，其謀諸，且爲我紀之。乃郡守王公儀樂任其事，汸也校而刊焉。夫詞，固樂府之流而聲歌之餘也。是故詠物之詞婉，攬景之詞麗，述情之詞艷，諷事之詞莊，不以博極而該，不以研思而工，故綴文之士猶或病諸，而鴻筆鉅卿所不棄而弗爲者也。若公之宏博載於紬史，嘉藻發

於賡歌，典則陳於講幄，愷直形於疏奏，觀茲篇者，合公應制，扈畢群集，宣金石、被管弦，乃知天之生公將以鳴盛世，緯國華，不徒詞人之甲乙而已，梓諸吴，吴之人詠而興焉。首被雅化，是故陳公蕙采風我土，遂樂董其成云。是歲冬十月既望，後學皇甫汸謹識。

明夏言撰《桂洲集》卷末，趙尊嶽輯《明詞彙刊》，上海：上海古籍出版社，二〇一二年，第八四三頁。

## 陳如綸

陳如綸，字德宣，號午江，别號二餘，江蘇太倉人。生於明弘治十二年（一四九九），卒於明嘉靖三十一年（一五五二）。嘉靖十一年（一五三二）進士，知侯官縣，擢刑部主事。歷官江西按察、福建布政司參議，乞歸。工詩文，著有《冰玉堂綴逸稿》《蘭舟漫稿》《遊閩稿》《二餘詞》《四書易講議》等。

## 《二餘詞》自序

吾州里諸君子行敦道義，藝崇風雅。凡燕集過從，以詞倡酬。或用韻，或限韻，恒循擊鉢刻燭故事，而相角不相下，騷壇稱盛焉。予從諸君子後，其詞成必予，及予必和，予詞成，必及諸君子，必和予。兹輯予詞，得若干闋，固惟率其意興所詣者耳。若夫諧歌協音，鍊句鍛字，夫我則不暇。嘉靖庚戌春三月，二餘居士書於紫蓉精舍中。

明陳如綸撰《二餘詞》卷首，明萬曆刻本，中國國家圖書館藏。此處據《四庫全書存目叢書》集部第九六册，濟南：齊魯書社，一九九七年，第五五九頁。

# 簡紹芳

簡紹芳，字西畯，新喻（今江西新余）人，僑寓蜀中。約生於明弘治十二年（一四九九）。弱冠客遊滇

南，與楊慎相善。年幾六十，始歸鄉。編著有《西罍丛稿》《楊升庵年譜》。

## 《長春競辰餘稿》序

蜀成王殿下《長春競辰餘稿》，寔睿藻之子册也。升庵楊太史以示簡紹芳，恭受卒業，乃稽首颺言曰：『逸豫之音多靡，讙愉之詞鮮工。』固也，今銀潢朱邸，開國天府，安富尊榮，蔑尚矣。而侈弗登諸心，怠弗措諸體，游藝苑，窮理窟，搜奇抉隱，掇秘討元。雲翰揮灑，日無漏晷。故賸章脱簡，鑿金玉而罔遺屑，擬宫詞百韻，宋元樂府數十闋，皆托永巷，籌景光，摧情素，形遇與。摸寫造物，興寄塵表，涵育靈哲，以資詠歌者也先。王平八風，制九歌，定七音，以奉五聲。使人平心和德，協成其化者，此其意歟？抑聞謹二宫之度，而餘無美艷之御服，既綴之衣，而重緝揮金之箠，緣綺麗之情，爲恭儉之德，推聲教之妙，著身政之實。是故動天地，感鬼神，贊皇猷而化天下，豈唯暉賁岷峨，潤濯江漢而已哉？北海東平工書，能賦，特流詞小技耳。視斯廣哉，熙熙乎者，殆睹龍光企鳳彩，邈乎不可及也已。嘉靖戊申中元日，西壂山人簡紹芳熏沐稽首拜書。[二]

明朱讓栩撰《長春競辰餘稿》卷首，明嘉靖二十八年（一五四九）蜀藩刻本。此處據《四庫未收書輯刊》伍輯第一八册，北京：北京出版社，二〇〇〇年，第六二六—六二七頁。

### 校

［二］朱讓栩《長春競辰餘稿》係詩詞曲合集，卷二爲詩餘類，爲呈現有明一朝詩、詞、曲各體的互動情況，兹予以著録。

## 吴承恩

吴承恩，字汝忠，號射陽山人，山陽（今江蘇淮安）人。約生於明弘治十三年（一五〇〇），一作生於明正德二年（一五〇七），約卒於明萬曆十一年（一五八二）。明嘉靖二十三年（一五四四）歲貢生，授長興縣丞，後爲荆王府紀善。隆慶初，歸山陽，放浪詩酒間。工於詩文，著有《射陽先生存稿》《西遊記》等。

### 花草新編序

選詞衆矣，唐則稱《花間集》，宋則《草堂詩餘》，詩盛於唐，衰於晚葉。至夫詞調，獨妙無

倫，宋雖名家，間猶未逮也。宋而下，亦未有過宋人者也。然近代流傳，《草堂》大行，而《花間》不顯，豈非宣情易感而含思難諧者乎？余嘗欲柬汰二集，合爲一編，而因循有未暇者。今秋逃暑，始克爲之。因復益以諸人之本集，諸家之選本，記録之所附載，翰墨之所遺留，上遡開元，下斷至正，會通銓擇，録而藏之。其義例則以大小差後先，以短長爲小大。字數相懸，雖同宫不必合[一]；曲名本一，雖異拍不必分[二]。一曲而作者衆則取之嚴，作者希則待之恕。取之嚴，所以表式；待之恕，聊以備員。重其人兼重其言[三]，惟其藝，不惟其類[四]。麗則俱收，鄭、衛可班於雅、頌；洪、纖並奏，鄶、曹無間於齊、秦。仍復批評，竊比於鄭箋；原本上希於卜序。句度中分，庶詠歌之無誤；菁英旁點，示警策之當知。所愧爽彼鹹酸，狹於漁獵。蓋從吾好，祇據家藏，呈諸俊賞，庶或有同余者乎？昔人審音樂府，故律吕須精；今兹取玩文房，辭而已矣。是編也，繇《花間》《草堂》而起，故以花草命編。

明吴承恩撰《射陽先生存稿》卷二，民國十九年（一九三〇）北平故宫博物院圖書館鉛印本，臺灣大學圖書館藏。此處據沈乃文主編《明別集叢刊》貳輯第五六册，合肥：黄山書社，二〇一五年，第一一七至一一八頁。

## 校

〔二〕此處有雙行小注『如《浣溪紗》《華胥引》，同是黄鐘宫，而有先後之别之類。』

〔三〕此處有雙行小注『如《錦堂春》《雨中花》，有古近之類。』

〔三〕此處有雙行小注『如韓、范、司馬、文文山之類。』

〔四〕此處有雙行小注『如教坊使丁仙現之類。』

# 顧夢圭

顧夢圭，字武祥，號雍里，江蘇崑山人。生於明弘治十三年（一五〇〇），卒於明嘉靖三十七年十二月二十三日（公曆已入一五五九年一月三十日）。正德十一年（一五一六）舉應天鄉試，嘉靖二年（一五二三）進士，授刑部浙江司主事，改南京吏部稽勳司主事，遷驗封司郎中。嘉靖六年（一五二七），擢廣東右參議，分守雷州、廉州二府。遷江西左參議，丁憂期滿，升爲山東按察副使。嘉靖十七年（一五三八）二月，調任河南提學副使，後升福建左參政。嘉靖二十年（一五四一），因平定賊寇功勞，擢本省按察使。嘉靖二十二年（一五四三）三月，升江西右布政使，因病疏請致仕歸鄉。工詩文，編撰有《疣贅録》《疣贅續録》《就正

編》等。

# 《玉霄僊明珠集》序

海峰吴公自髫齔時，即以英慧馳名。既長，博貫群籍，著述甚富，必欲方駕班、馬、韓、歐，而齊梁綺靡之習，不屑爲也。顧其才情逸邁，復以餘興製新詞若干首，出以示余。余愛其意態流動，似艷而寔雅，無一語蹈襲前人，將携歸草堂，録而藏之，以爲篋笥之珍。公曰：『子亦何靳一品題以惠我乎？』余乃嘆曰：『公平日所抱負，豈徒文藝乎哉？』經綸匡濟之猷，無施不宜，第以勁氣高標，横罹讒忌。位至藩省，遽棲遲於林壑，未得展布，以澤蒼生。所托以自娱者，不過盛藻芳翰，吟弄物華，知公者雖珍愛之，而又重致惜焉。公自題此帙曰《明珠集》。余謂明珠暫淪於淵，而燁然照乘之輝，終不可掩。今日四方多故，安知無好賢之卿相降蒲輪於虎丘之陽，而林壑翰墨之娱，公詎能久戀之乎？漫書以俟。嘉靖丁巳孟秋望日，南園拙叟顧夢圭書。

明吴子孝撰《玉霄僊明珠集》卷首，明嘉靖刻本，中國國家圖書館藏。此處據《四庫全書存目叢書》集部第四二二册，濟南：齊魯書社，一九九七年，第六五頁。

# 薛應旂

薛應旂，字仲常，號方山，江蘇武進人。生於明弘治十三年（一五〇〇），卒於明萬曆三年（一五七五）。明嘉靖十四年（一五三五）進士，知慈溪縣，累遷南京考功郎中。因得罪權臣嚴嵩，遭貶建昌通判。歷浙江提學副使，以大計罷歸。早年受學於歐陽德、邵寶、吕柟等人，爲南中王門代表之一，編著有《宋元資治通鑒》《方山薛先生全集》《考亭淵源録》《四書人物考》《高士傳》《薛子庸語》《甲子曾紀》《憲章録》《薛方山紀述》等。

## 《玉堂餘興》引代鍾石先生作

自風雅湮而古詩亡，樂經熸而諸調作，詞也者，固六藝之餘而樂府之流也。比聲成音，亦自與政相通，而能使人興起。謂今之樂猶古之樂，非邪？桂洲公自諫院詞林進秩宗，以登元相，文章禮樂，鼓鑄陶鈞，固已達之上下矣。乃復感事述情，發玄摛藻，而辭於是乎形焉，故曰

《玉堂餘興》云。鉛山令某將刻以傳，屬余引之簡端，余取而讀之，見其和平慷慨，蘊藉敷揚，而忠愛懇惻之誠，協恭勸勉之義，蓋渢渢乎溢於言表。而考衷協度，該物著倫，又非特寄興焉而已也。乃若其中羨溼野之爲有道，美後渠之不通政府，則公之好尚又因是益昭矣。昔漢武帝命司馬相如、李延年輩采新聲，諧音律，下樂官掌記，今觀其所陳，未免矯誕嚦雜，其視此何如哉？乃知是刻雖公之餘藝，固亦可傳也已。[一]

明薛應旂撰《方山薛先生全集》卷三，明嘉靖刻本，上海圖書館藏。此處據《續修四庫全書》第一三四三册，上海：上海古籍出版社，二〇〇二年，第六一—六二頁。

## 校

[一]薛應旂『《玉堂餘興》引』亦見載於趙尊嶽輯《明詞彙刊》著録之夏言《桂洲集》卷首（上海古籍出版社，二〇一二年，第八〇七頁），題爲費寀撰，據薛應旂《方山薛先生全集》卷三『《玉堂餘興》引代鍾石先生作』，可知此序撰者應爲薛應旂。兩處文字有較大不同，兹迻録如下：自風雅湮而古詩亡，樂經熸而諸調作。詞也者，固六藝之餘而樂府之流也。比聲成音，亦自與政相通，而能使人興起，故曰今之樂猶古之樂也。桂洲公歷諫垣詞苑，進秩宗，以登元相，文章禮樂固以達之天下矣。乃復於賡歌之暇感事述情，發玄摛藻，而製爲詞調，久之成帙，因命曰《玉堂餘興》云。余邑鉛山令，朱侯選將，刻以傳徵，寀引之簡端，余展讀

之，和平慷慨，蘊藉敷揚，其諸忠愛懇惻之誠，協恭規諭之義，蓋渢渢乎溢於言表，而該物著倫，考衷協度，又非特寄興焉爾也。若其中羨涇野之有道，美後渠之不通政府，則公之好尚，又因是益昭矣。昔漢武帝命司馬相如、李延年輩采新聲，諧音律，下樂官掌記，今觀其所陳，未免矯誕孋雜。唐自李白而下，率多填詞慢調，迨宋益靡，厥能引括風雅，以不失乎古之遺音，則自永叔、子瞻、希文、元晦之外，不多見也，今乃僅見斯帙耳。是雖公之緒藝，固亦可傳也已。嘉靖辛丑夏六月朔，賜進士出身通議大夫南京吏部右侍郎前國子祭酒春坊太子庶子兼翰林侍講掌翰南院同修國史經筵講官鍾石費寀著。

## 朱日藩

朱日藩，字子價，號射陂，江蘇寶應人。生於明弘治十四年（一五〇一）。明嘉靖二十三年（一五四四）進士，授烏程知縣，遷南京刑部主事，歷兵部、禮部郎中。嘉靖三十八年（一五五九），出知九江府，卒於官。著有《山帶閣集》等。

# 《南湖詩餘》序

吁！三百篇以來，聲音之道，變也極矣。是故國風散而《離騷》興，《離騷》歇而五言作，五言極而六朝麗，六朝工而唐律盛，唐律慢而宋詞填，宋詞度而元曲靡。是故魏晉以還，歷代制作秪郊廟讌饗樂章，稍存雅則，自餘閨情宮怨之什，棼如矣。然美人託詠於顯王，宓妃取諭於賢臣，使其哀音柔弄，果足以達誠所天，一旦聆之，爲之泫然回心焉。是故亦諷諫之一端也，可盡少哉。吾郡南湖張先生，弱冠作無題詩及香奩雜詩數十首，一時盛傳，以爲淮海才子。乃去年秋，先生嗣子惟一刻先生全集成，持過涇上，以序見屬。集自弘治辛酉迄嘉靖庚子。編年分類，凡四卷，各以其時，長短句附諸後。予讀之竟，嘆曰：『先生真才子哉！先生固詩人之雄也！』昔元稹之歌詞，宮中傳誦，號爲元才子，及觀《長慶集》，其可傳者殆不止是。先生以奇才卓識，不獲早售於時，優遊田廬，輟耕之暇，紓寫心曲，聊復耳耳。乃其集入楚後，詩格更奇，辭更古，旨趣更沈著，方將超西崑之畛域，闖少陵之堂室，電激猋騰，軒豁一世。惜當日傳者徒見其杜德機而止爾。然予聞新安有程方岳旦者，奇士也，與先生善，每醉後歌先生詩曰：『野性素於時事薄，羈懷翻共酒杯親。』又曰：『黄金易鑄鑪中像，白玉難開璞裏心。』輒爲之泣下不能已。吁！若程公者何邪？非有感於託諷之深如此邪？此固可以占先生才

情之妙矣。或問先生長短句，予曰：《詩餘圖譜》備矣。先生從王西樓遊，早傳斯技之旨。每填一篇，必求合某宮某調、某調第幾聲、其聲出入第幾犯，務俾抗墜圓美，合作而出。故能獨步於絶響之後，稱再來少游。予每欲擇其詞之精者合少游詞成一帙，以遺鄉人，爲詞學指南，第多事來未遑耳。先生名綖，字世文，别號南湖，起家武昌倅，擢守光州。在兩郡咸有惠政，其詳具載顧按察所作墓誌中。予不文，勉荅惟一之意如此。嘉靖壬子仲春吉，同郡射陂朱日藩撰。

明張綖撰《南湖詩餘》卷首，明張綖撰、明王象晉編《詩餘圖譜》《秦張兩先生詩餘合璧》後附，明末毛氏汲古閣刻《詞苑英華》本，北京大學圖書館藏。此處據《四庫全書存目叢書》集部第四二五册，濟南：齊魯書社，一九九七年，第二八七頁。

## 袁　袠

袁袠，字永之，号胥臺，吴縣（今江蘇蘇州）人。生於明弘治十五年（一五〇二），卒於明嘉靖二十六年

（一五四七）。嘉靖五年（一五二六）進士，選庶吉士，改刑部主事。謫戍湖州，後用薦起，官至廣西提學僉事。編撰有《袁永之集》《禮部集》《胥臺集》《世緯》《皇明獻實》《吴中先賢傳》等。

## 江南春词序

江南隩壤，吴會名都。揚州表於夏紀，藪澤夸於周耤。江海溝瀆，既多沃溉；岡巒墳衍，寔繁生殖。賦貢雄于九服，貨財流于五方。儒賢卓傑，敦言公弦誦之教；禮俗豈弟，襲季子揖遜之節。風流論議，則矜高王、謝；辭章篇翰，則因循張、陸。美風洋洋，難殫述矣。加以皇圖晏寧，户版藩滋，閭閻櫛比，構宇綺錯。既庶既富，頗涉華奢。服食技藝，奇巧焜燿。遨遊舞咢，駢闐充溢。歲無虚月，時無間日。令節嘉辰，往來相屬。春陽百戲，驩賞九旬。履端獻壽，秉簡迎祥。剪綵鏤金，互遺夸勝。燃燈張樂，競賽紫姑。是以水涘山隅，聯輿並鷁。楊園花墅，累榭駢筵。閶闔天門，廛闤衢市。虎丘靈界，踵接巖阿。童冠成行，娼姬侍列。娱心騁目，惑情蕩意。雖乖雅化，亦徵繁會矣。有元倪隱君者，高潔成性，文采有章，家本江南，綴《江南春》詞二首，頗敘樂土之懷，兼感黍離之嘆。韻旨清遠，寔爲雅製。我吴先輩追和厥辭，或述宴游，或標風壤；或抒己志，或賦閨情。迭奏金聲，積盈緗素。袠也無文，亦嘗尾續，并邀同志，抽演緒餘。蓋曰猶賢乎已云爾。

明袁袠撰《衡藩重刻胥臺先生集》卷十四，明萬曆十二年（一五八四）衡藩刻本，北京大學圖書館藏。此處據《四庫全書存目叢書》集部第八六册，濟南：齊魯書社，一九九七年，第五八八頁。

## 何良俊

何良俊，字元朗，號柘湖，華亭（今上海松江）人。生於明正德元年（一五〇六），卒於明萬曆元年（一五七三）。少懷濟世之志，二十年不下樓，雅好通經學古。明嘉靖中以歲貢生入國學，薦授南京翰林院孔目。後棄官，移家蘇州，專事著述。編撰有《柘湖集》《何氏語林》《四友齋叢説》等。

### 《草堂詩餘》原序 正集

顧子汝所刻《草堂詩餘》成，問序於何良俊。何良俊曰：夫詩餘者，古樂府之流別，而後世

歌曲之濫觴也。[二]爰自上古鴻荒之世，禮教未興，而樂音已具。蓋樂者，繇人心生者也。方其淳和未散，下有元聲，則凡里巷歌謡之辭，不假繩削而自應宫徵，即成周列國之風，皆可被之管弦是也。迨周政迹熄，繼以强秦暴悍，繇是詩亡而樂闕。漢興，《郊祀》《房中》之外，别有《鐃歌辭》，如《雉子班》《朱鷺》《芳樹》《臨高臺》等篇。其他蘇、李雖創爲五言詩，當時非無繼作者，然不聞領於樂官，則樂與詩分爲二明矣。魏、晋以來，曹子建《怨歌行》七解，爲晋曲所奏。他如横吹、相和、平調、清調、清商、楚調諸曲，六朝並用之，陳、隋作者猶擬樂府歌辭，體物緣情，屬詠雖工，聲律戾矣。唐太宗以文教開國，又玄宗與寧王輩皆審音，海内清宴，歌曲繁興，一時如李太白《清平調》、王維《鬱輪袍》及王昌齡、王之涣諸人，略占小詞，率爲伎人傳習，可謂極盛。迨天寶末，民多怨思，遂無復貞觀、開元之舊矣。[三]宋初，因李太白《憶秦娥》《菩薩蠻》二辭以漸創製，至周待制領太晟府樂，比切聲調，十二律各有篇目，柳屯田加增至二百餘調，一時文士復相擬作，而詩餘爲極盛。然作者既多，中間不無昧於音節，如蘇長公者，人猶以鐵綽板唱『大江東去』譏之，他復何言耶？繇是詩餘復不行，而金、元人始爲歌曲，蓋北人之曲以九宫統之，九宫之外，别有道宫、高平、般涉三調，總一十二調。南人之歌亦有南九宫，然南歌或多與絲竹不叶。豈所謂土氣偏詖，鐘律不得調平者耶？總而覈之，則詩亡而後有樂府，樂府闕而後有詩餘，詩餘廢而後有歌曲，大抵創自盛朝，廢於叔世。[三]元聲在，則爲法省而易諧；人氣乖，則用法嚴而難叶，兹蓋其興革之大較也。然樂府以皦逕揚厲爲工，詩餘以婉麗流暢爲

美，即《草堂詩餘》所載，如周清真、張子野、秦少游、晏叔原諸人之作，柔情曼聲，摹寫殆盡，正辭家所謂當行、所謂本色者也，第恐曹、劉不肯爲之耳。假使曹、劉降格爲之，又詎必能遠過之耶？是以後人即其舊詞稍加隱栝，便成名曲，至今歌之，猶聳心動聽。[四]嗚呼！是可不謂工哉！余家有宋人詩餘六十餘種，求其精絶者，要亦不出此編矣。顧子，上海名家，家富詩書，代傳禮樂。尊公東川先生博物洽聞，著稱朝列，諸子清修好學，綽有門風，故伯、叔並以能書供奉清朝。仲、季將漸以賢科起矣。是編乃其家藏宋刻本，比世所行本多七十餘調，是不可以不傳。今聖天子建中興之治，文章之盛，幾與兩漢同風，獨聲律之學，識者不無歉焉。然是編於聲律家，其可少哉？他日天翊昌運，篤生異人，爲聖天子制功成之樂，上探元聲，下采衆説，是編或大有裨焉，觀者勿謂其文句之工，但足以備歌曲之用，爲賓燕之娱耳也。東海何良俊撰。[五]

明顧從敬等輯、明沈際飛等評《鐫古香岑批點草堂詩餘四集》『正集』卷首，明末南城翁少麓刻本，天津圖書館藏。

## 校

[一]有眉批云：説詩詞沿革如指掌。

〔二〕有眉批云：《花間集》皆詞，而一調中長短多寡不同，即一人一調，而數首不相類，宋創爲體格，如萬圓之莫易，寸黍不差矣。

〔三〕有眉批云：格論。

〔四〕有眉批云：近湯臨川《還魂》傳奇，稱一代詞宗，其中名曲多隱栝詩餘取勝也，他可知已。

〔五〕按：①何良俊撰寫的這篇『《草堂詩餘》原序』又見於明卓人月、明徐士俊輯《古今詞統》卷首（《續修四庫全書》第一七二八册，上海：上海古籍出版社，二〇〇二年，第四四三—四四四頁），名爲『《草堂詩餘》序』，兩文有兩處文字不同，一爲於開篇少了『顧子汝所刻《草堂詩餘》成，問序於何良俊。何良俊曰』，另一爲文末未署『東海何良俊撰』。②明顧從敬類選、明陳仁錫參訂《類選箋釋草堂詩餘》卷首（《續修四庫全書》第一七二八册，上海：上海古籍出版社，二〇〇二年，第六七—六八頁）亦著録了何良俊撰寫的這篇序言，名爲『類選箋釋草堂詩餘序』，除四則眉批外，文字大體相同，惟署名作『嘉靖庚戌七月既望東海何良俊撰』。③明胡桂芳重輯《類編草堂詩餘》卷首（明萬曆三十五年黄作霖等刻本，中國國家圖書館藏）亦著録了何良俊此序，名爲『《草堂詩餘》序』，文字高度相似，惟文末删去了『東海何良俊撰』。④明田一雋輯、明唐順之解注、明李廷機評《重刻類編草堂詩餘評林》卷首（明萬曆十六年書林詹聖學刻本，南京圖書館藏）亦著録了何良俊此序，『九宫之外别有道宫、高平、般涉三調總一』後脱文近三百字，且文末不署『東海何良俊撰』。⑤明翁正春校正、明李廷機批評《新刻注釋草堂詩餘評林》卷首（明萬曆三十六年起秀堂刻本，日本國立公文書館内閣文庫藏）亦著録了何良俊此序，惟文末不署『東海何良俊撰』。⑥明李攀龍補遺、明陳繼儒校正《新刻題評名賢詞話草堂詩餘》卷首（明萬曆四十三年書林自新齋余文傑刻本，中國國家圖書館

藏）亦著録了何良俊此序，文末署『龍飛萬曆歲次乙卯孟秋月轂旦，自新齋余泰垣重梓，以廣其傳云』。⑦明何良俊撰《何翰林集》卷八（明嘉靖四十四年何氏香嚴精舍刻本，據《四庫全書存目叢書》集部第一四二册，濟南：齊魯書社，一九九七年，第七七—七八頁）亦著録了何良俊此序。

# 王維楨

王維楨，字允寧，號槐野，華州（今陝西渭南）人。生於明正德二年（一五〇七），卒於明嘉靖三十四年（一五五五）。嘉靖十四年（一五三五）進士，選庶吉士，授檢討。歷翰林侍讀，遷南國子祭酒。便道省母，會關中地震，遂不幸歿。著有《槐野存笥稿》。

## 跋許石城所藏群公詞翰卷

今在卷者，則皆吴中長老先生之作，往皆有聲詞壇者也。彼其人骨朽矣，其言猶爲石城君

寶而藏之，乃知自剖判以來，未有不敝之軀，誠有不敝之語也。余，關以西人也，仕宦既二十歲矣，乃始行游江南，睹江南之川嶺生物及其士風，既歆然艷異之矣，乃復獲讀此卷，則大江者，固天所以界宇宙、限南北，令各不相能，非人爲也。且無論他，即詞調亦兩之矣。總之，北尚風骨，南尚色澤。然人好南音者，則十夫而九也。

明王維楨撰《槐野先生存笥稿》卷十六，明萬曆三十四年（一六〇六）黄升、王九敘刻本，復旦大學圖書館藏。此處據《續修四庫全》第一三四四册，上海：上海古籍出版社，二〇〇二年，第一六八頁。

# 顧起綸

顧起綸，字更生，號元名，江蘇無錫人。生於明正德十二年（一五一七），卒於明萬曆十五年（一五八七）。以國子生纍官至鬱林州同知。嘗條五便上之州，督府不聽，謝病歸。性直率灑脱，喜交遊，豪於詩酒，善書畫。編撰有《句漏集》《赤城集》《國雅》《續國雅》《國雅品》《九霞山人集》等。

## 跋《花庵詞選》

唐人作長短詞，乃古樂府之濫觴也。李太白首倡《憶秦娥》，悽惋流麗，頗臻其妙，爲千載詞家之祖。至王仲初《古調笑》融情會景，猶不失題旨。白樂天始調換頭，去題漸遠。揆之本來，詞體稍變矣。騷雅名流，雋語競爽，蘇長公輩才情各擅所長，其風流餘蘊，藉藉人口。厥後元季樂府之盛，概又不出史邦卿蹊徑耳。于時家握靈蛇，非蛟伯巨擘儔，能探其啥邪？是編爲淳祐間黄叔暘所選，計若干卷。遡自盛唐，迄於南宋，凡七百年，詞家箐英盡于是乎，美哉富矣。猶夫不入楚宫，彌知細腰之多；不踰越海，莫測大貝之廣。昔之《玉樹》新聲，《花間》艷染，臨風一唱，遂翩翩有鵠背扶摇之想。假令我輩浮白倚瑟，鮮嘲度曲，固不可得而廢是編。花源真隱顧起綸更生撰。

明毛晉編《詞苑英華》之《花庵詞選》卷末，明末毛氏汲古閣刻本，中國國家圖書館藏。

# 沈明臣

沈明臣，字嘉則，號句章山人，晚號櫟社長，鄞縣（今浙江寧波）人。生於明正德十三年（一五一八），卒於明萬曆二十四年（一五九六）。嘉靖中爲諸生。曾入胡宗憲幕府爲書記。後浪跡湖海，歿於里中。有詩才，著有《豐對樓詩選》《荆溪唱和詩》《越草》《吴越遊稿》等。

## 新刻邵復孺集敘

海上馮先生子喬氏乃紹介其徒汪生稷，請余序《邵復孺集》。又重以邦憲朱先生慫恿，余蓋重違兩先生旨云：邵復孺者，生勝國時，卒於洪武間，其才名籍甚，以薦起家訓導松江府學，復以子詿誤戍潁上，久之，乃赦還，卒年九十三。志盖稱其通博敏贍，嫻於文辭，雖陰陽醫卜佛老書，靡弗精核。今其集盖得三種云。而《蛾術詞選》寔通宋詞三昧。《蛾術詩選》，盖習勝國語者。《野處集》，盖雜著其言，具在覽者。自探其玄珠，兹不論著。而稷故蒙故業陳椽海邑

間，齒乃孺也。乃知海上有馮朱兩先生稱文學茂異、方正博聞之士，遂執子弟禮，游馮先生門，業已刻馮先生集矣。已又以馮先生旨刻邵先生集，顧其志可不謂加人一等哉。語曰：富者，好行其德。又曰：何知仁義已嚮其利者，爲有德。太史公非艷富厚而薄貧賤也，蓋傷貧者不得行其志耳。稷故附青雲之士哉，而蠅驥之論有味乎。稷蓋善行其德矣。先生彈鋏集業已傳海上，而又使復孺藏山之言與馮先生共布揚於天下，稷寔先後之也。復孺攻書法尤精篆隸，其私印朱文有邵復孺氏，獨冠元人印章。余蓋聞之王幼朗云。隆慶壬申秋八月望，四明沈明臣撰。

元邵亨貞撰《蟻術詞選》卷首，據吴昌綬、陶湘輯《景刊宋金元明本詞》，上海：上海古籍出版社，二〇一二年，第一〇七三頁。

## 陳耀文

陳耀文，字晦伯，號筆山，河南確山人。約生於明嘉靖三年（一五二四），約卒於明萬曆三十三年（一六

〇五）。明嘉靖二十二年（一五四三）舉人，嘉靖二十九年（一五五〇）進士，授中書舍人。累官陝西兵備副使，行太僕寺卿。告歸，杜門不出，專心著述。編撰有《天中記》《正楊》《學林就正》《學圃萱蘇》《經典稽疑》《花草稡編》等。

## 《花草稡編》敘

夫填詞者，古樂府流也。自昔選次者衆矣，唐則有《花間集》，宋則《草堂詩餘》。詩盛於唐，而衰於晚葉，至夫詞調獨絶妙無倫。然世之《草堂》盛行，而《花間》不顯，故知宣情易感，含思難諧者矣。余自牽拙多睡，嘗欲銓稡二集，以備一代典章，顧以紀緝《天中》，因循有未果者。嗣以飄泊東南，納交素友淮陰吴生承恩、姑蘓吴生岫，皆躭樂秇文，藏書甚富。余每得之假閲，輒隨筆位序之，久之，遂成六卷。移疾歸來，游息竹素，綜綴正業之餘，因復益以諸人之本集、各家之選本、記録之所附載，翰墨之所遺留，上遡開天，下訖宋末，曲調不載於舊刻者，元詞間亦與焉。其義例以世次爲後先，以短長爲小大，爲卷一十有二，計詞三千二百八十餘首，麗則兼收，不無有乖於大雅。文房取玩，略闕前輩之典刑。邑侯太初謂《天中》百卷，未便刻成，此帙無多，宜先付梓。余重違其意，漁獵剪耘，殆逾二紀，敝帚亦不忍遂弃者。所愧顧曲遠謝於周郎，酸鹹或爽於衆口，貽之詞坦，庶期寄於取材云。是刻也，繇《花間》《草堂》而起，故

以《花草》命編。時萬曆癸未末冬日之吉。

明陳耀文輯《花草粹編》卷首，明萬曆十一年（一五八三）刻本，中國國家圖書館藏。

# 王世貞

王世貞，字元美，號鳳洲，又號弇州山人，江蘇太倉人。生於明嘉靖五年（一五二六），卒於十八年（一五九〇）。嘉靖二十六年（一五四七）進士，除刑部主事，歷刑部員外郎、刑部郎中、貴州兵備副使。以父忬下獄，解官，叩闕請救，卒不免。尋遷浙江右參政，歷進太僕卿。萬曆初，以副都御使巡撫鄖陽，終南京刑部尚書。世貞才最高，望最顯，與李攀龍等號稱『後七子』。編著有《弇州四部稿》《弇州續稿》《弇州再續稿》《弇山堂别集》《弇山堂識小録》《明野史彙》《觚不觚録》《朝野異聞》《明朝叢記》《明異典述》《異事述》《嘉靖以來首輔傳》《弇州劄記》《王氏書苑》《王氏畫苑》《艷異編》《鳳洲筆記》《王氏類苑詳注》《增集尺牘清裁》《藝苑卮言》等。

## 《詞評》序

詞者，樂府之變也。昔人謂李太白《菩薩蠻》《憶秦娥》，楊用修又傳其《清平樂》二首，以爲詞祖。不知隋煬帝已有《望江南》詞，蓋六朝諸君臣頌酒賡色，務裁艷語，默啓詞端，實爲濫觴之始。故辭須宛轉緜麗，淺至儇俏，挾春月烟花，於閨幨内奏之。一語之艷，令人魂絶，一字之工，令人色飛，乃爲貴耳。至於慷慨磊落，縱横豪爽，抑亦其次，不作可耳。作則寧爲大雅罪人，勿儒冠而胡服也。〔一〕

明卓人月、明徐士俊輯《古今詞統》卷首，明崇禎刻本，上海圖書館藏。此處據《續修四庫全書》第一七二八册，上海：上海古籍出版社，二〇〇二年，第四四六頁。

**校**

〔一〕此處有眉批『弇州詞近豪爽，顧必首推工艷者，自愧未能也。』

# 劉鳳

劉鳳，字文起，更字子威，號羅陽，長洲（今江蘇蘇州）人。生於明嘉靖六年（一五二七），卒於明萬曆三十八年（一六一〇）。嘉靖二十三年（一五四四）進士，授中書舍人，遷侍御史，以言事謫爲福建興化府推官，移浙江吴興通判。嘉靖三十七年（一五五八），任湖州府同知，遷廣東按察僉事。補河南按察僉事，遭彈劾，歸家。編撰有《劉子威集》《續吴先賢贊》《續吴録》《吴郡考》《劉子襍俎》《太霞雜俎》《禪悦小草》《燕語》等。

## 詞選序

樂之不可作久矣，古樂之不可好有由來矣，然一何微哉？非至精不能得其數，非至神不能通其變，何者？其數易知也，其和無所取之，取之，其耳也，不可傳也。自宋胡瑗來，無復有言律者。往韓宛洛司馬嘗志樂時，亦有喜事，少年欲學之，皆不可嘗。欲授予，予亦謂非所及

也。樂府古詩，其漢以來樂乎？被之聲，當必近之。而今亦不可作，降則爲詞，爲曲，雖愈下，趣然皆樂之遺乎？是由可沿之求律吕也。詞自唐始，元其變也。曲始金大定間，亦至元而變。又分而南北，迄於今。然金之曲，今已不能歌矣。北人不能歌南，南人不能歌北，則雖强之，終亦不可矣，則知師乙所言宜歌商、宜歌齊者，固然哉！風之趣不可返，猶南北之異音不可通也。則古樂，豈所望哉？然詞今亦不能歌，惟曲用焉。則因所習以求聲律不易耶？第所謂九宫十七調，惜知者益寡，雖吴、越之間，夫人而能爲曲，然夫人而不昧於所謂宫與調也。往祝允明、唐伯虎、文徵仲諸公皆高才，似通於音，惜不使之典樂，一求胡明仲之遺。逮近者爲曲，悵悵乎不能引商流徵，所謂俚工也。若古黄門名倡，丙疆景式，其可望之執翟秉羽者哉？可憫矣！《詞選》者，予門人所葺宋元人作。夫詞發於情，然律之風雅，則罪也。以綢繆婉孌、懷思綿邈、醞藉風流、感結凄怨、艷冶宕逸爲工，雖有以激梟撟健、雄舉典雅爲者，不皆然也。元人概名之樂府，非也。樂府，雅也，古也；詞，鄭也，今也，何得同？特就而取裁焉，亦不廢夷昧之意也。

明劉鳳撰《劉子威集》卷三十七，明萬曆刻本，中國國家圖書館藏。此處據《四庫全書存目叢書》集部第一二〇册，濟南：齊魯書社，一九九七年，第三六一頁。

# 王祖嫡

王祖嫡，字胤昌，一作字蔭昌，號師竹，河南信陽人。生於明嘉靖十年（一五三一），卒於明萬曆二十年（一五九二）。嘉靖三十七年（一五五八）舉人，隆慶五年（一五七一）進士，改庶吉士，後授檢討。丁内憂歸，起遷國子司業。仕終右春坊、右庶子兼翰林侍讀。晚習禪誦。著有《師竹堂集》《王先生文集》《書疏叢抄》《表烈外史》《家庭庸言》等。

## 奉旨擬撰詞曲有序

主上沖齡踐阼，勤政講學，寒暑靡輟，中外傳頌久矣。會左右襲仇閹故智，上頗爲所惑，慈聖知之，誠諭嚴懇。竄其尤者數人，餘責黜有差。輔臣復極諫便殿，臺省交章，而給舍王君守誠至引撞郎事，上爲感悟，蠹惑諸具，悉令毁棄。輔臣思以翰墨娱上，遂疏史臣更番入直，凡禁苑所藏圖書畫卷，發令題跋，殆無虚日。文華講畢，入大内，披閱鑒賞，孜孜忘倦。聲色玩好，

無隙可入矣。一日，奉旨撰二十八字詞曲，每一字一曲，又發八曲爲式。予適右頰腫痛，註籍服藥，以情懇院長不獲，復傳先進八曲，上亟欲覽，力疾勉成，以爲餘可弗作。忽一日晚，傳二十曲限，明早進。時街鼓已動，而頗侵淫至頸，不可忍，呻吟拮據，至五鼓，幸就，以爲病中譫語，棄去，不復視。越旬餘，於户曹館郭生希泰所見一帙，則諸史臣詞曲咸載。蓋上發内閣選擇爲録者，予倖十收五六，漫讀之，不知爲己作也。夫詩變而爲詩餘，惟宋人最工，然多托意閨闈，寄情花鳥，雅致俊才得以自運，故悽婉流麗能動人耳。兹義取對君，格專應制，至于仁義禮智、孝弟忠信等字，束以《花間》之體，即使秦、周、康、柳爲之，亦失故步。而予章句拘儒，雅弗嫺此，矧病軀深夜催促嚴急？既寡檢閲之資，又乏閒適之趣，乃欲藻秀差强，聲律弗舛，不甚遠哉！雖然，往應制者大都頌爾，而伯可諸詞淫褻柔曼，類于俳優，視唐人《鬱輪袍》《清平調》又每下焉，斯藝之垢也。上所命題，咸倫理之大，象形之顯，即文房諸具，亦輿几盤匜之意，非前代聲色遊豫，屬其臣夸詡而詠調也。乃予所作，時寓規諷，上不以爲罪，猶見録也，豈非詞垣盛事、儒臣希遘也哉？伏日曝書，偶見此稿，謹葺而恭識之。其他應制諸作，另爲一編，兹不具云。[二]

明王祖嫡撰《師竹堂集》卷六，明天啓刻本，中國國家圖書館藏。此處據《四庫未收書輯刊》伍輯第二三册，北京：北京出版社，二〇〇〇年，第七九—八〇頁。

校

[二]按：王祖嫡《奉旨擬撰詞曲有序》亦見載於趙尊嶽輯《明詞彙刊》（上海古籍出版社，二〇一二年，第一七一二頁）。

# 李蓘

李蓘，字於田，號少莊，晚號黄谷山人，河南内鄉人。生於明嘉靖十年（一五三一），卒於明萬曆三十七年（一六〇九）。嘉靖三十二年（一五五三）進士，選庶吉士，授檢討，改南京禮部郎中，出爲提學副使，罷歸。鄉居後，縱情聲伎。富藏好學，編撰有《李於田集》《宋藝圃集》《元藝圃集》《黄谷瑣談》《丹浦款言》《於壖注筆》《樾蔭瘠語》等。

## 《花草粹編》敘

常見古之執一藝、效一術者，其創始之人殫其聰明智慮，而藝術所就，精美莫逾，遂稱作者

之聖。次有相觀起者，亦殫其聰明智慮，淫巧變態日新日盛，若鬼工神手不可摹擬，於是稱述者之明，而其道大行於世。及久而傳習者衆，則人狃於恒所見聞，若以爲易辨，了不復顓顓措意，率以爛惡相尚，而其法浸衰。又久則法遂蔑，不可追矣。此不獨爲藝術者有然，而至爲文、爲字、爲詞賦、爲詩與曲，靡不爾爾，玆豈非風會之流而忘於復古者之一大慨耶？蓋自詩變而爲詩餘，又曰雅調，又曰填詞，又變而爲金元之北曲矣。當其初變詞也，彼唐末宋初諸公竭其聰明智巧，抵於精美。所謂曹、劉降格爲之，未必能勝者，亦誠然矣。北曲起，而詩餘漸不逮前，其在於今則益泯泯也。蓋士大夫既不素嫻弦索，又不概諸腔譜，漫焉隨人後，而造次涂抹，淺易生硬，讀之不可解，筆之冗於簡册，不知迴視，古法猶有毫末存焉。否也，無怪乎其詞湮而書之存者稀也。朗陵陳晦伯博雅操詞，好古興嘆，乃取平生搜羅，合於《花間》《草堂》二集爲十二卷，曰《花草粹編》，使夫好古之士得其書而學焉，則庶乎窺昔人梱之域，拾遺佚於千百而爲雅道之一助也。萬曆丁亥三月二十一日，順陽李蓘撰。

宋沈義夫撰、明陳耀文輯《花草粹編》，民國二十二年（一九三三）陶鳳樓影印明萬曆刊本，上海圖書館藏。

# 許孚遠

許孚遠，字孟中，號敬庵，德清（今屬浙江湖州）人。生於明嘉靖十四年（一五三五），卒於明萬曆三十二年（一六〇四）。從唐一庵學，登嘉靖四十一年（一五六二）進士，授南京工部虞衡主事，後調南京吏部考功。隆慶初，移疾歸，出爲廣東僉事。萬曆初，擢南京太僕丞，出爲建昌守，遷陝西提學副使，歷晉右僉都御史，巡撫福建。擢南京大理卿，晉南京兵部右侍郎，改北兵部左侍郎，稱疾乞歸。卒贈南京工部尚書，謚恭簡。與馮從吾、劉宗周、丁元薦等名儒友善。著有《論語述》《牧政略》《鄉飲會通》《敬和堂集》《敬庵語要》等。

## 《升庵長短句》序

新都楊升庵先生名滿天下，不佞孚遠自爲兒童時聞之，則欣欣嚮慕云。已而得睹先生所著《丹鉛輯録》《譚苑醍醐》《蓺林伐山》等編，知其博極群書，精究名理，當代儒者稀有也。比

歲入關中，友人遺我以先生文集，展閱篇次，庶幾睹其大全。然頗浩瀚，未暇卒業。頃方伯姚公復示以新刻先生長短句，且謂是編出侍御楊公所。侍御公爲先生從子，先生手澤所存，不忍一字之遺，而欲廣其傳於後者也。姚公命孚遠曰：『子盍序之？』孚遠竊惟先生學問文章如嶽瀆之高廣，如星斗之燦爛，後世小子曾未窺其涯涘，挹其餘輝，而何敢置一喙於其際？雖然，孟氏不云乎觀水有術，必觀其瀾，日月有明，容光必照，此非獨以喻聖人之道。古今名世述作超前絶後，固各有源本所自來也。先生以相家子廷對擢第一，爲館閣之臣，顧無毫髮介其胸次，而抗疏議禮，觸犯忌諱，甘心貶黜，以終其身，此何等人物哉？天生異材，投之閒寂，困之厄窮，達觀造化之理，探索經史之藴。經綸滿腹，無所發洩於致主匡時之略，而僅著爲文詞，其縱横變化，窮極綺麗，有以也。然則尚論先生者，當先知其人品與其學術，而後可以讀其文詞。長短句，文之末流也，先生蓋出其餘力爲之，而非所以先也。孚遠又竊觀楊文忠勳業之盛，及先生材品之高，而知其世德作求流芳未艾。今侍御公雅意文業，紹文忠父子而昌厥家聲者，豈徒以文詞爲訓已哉？敬爲序。德清許孚遠撰。

明楊慎撰《升庵長短句》卷首，據趙尊嶽輯《明詞彙刊》，上海：上海古籍出版社，二〇一二年，第三四六—三四七頁。

# 任良幹

任良幹，字直夫，號南嶠，全州（今廣西桂林）人。明嘉靖四年（一五二五）舉於鄉，授潛江教諭，二十二年（一五四三）知楚雄。編纂有《詞林萬選》等。

## 《詞林萬選》序

古之詩，今之詞也。二《雅》二《頌》，有義理之詞也。填詞小令，無義理之詞也。在古曰詩，在今曰詞，其分以此。故曰：『詩人之賦麗以則，詞人之賦麗以淫。』蓋自漢已然，况唐以降乎？然其比于律吕，叶于樂府，則無古今，一也。雖然，邪正在人，不在世代，于心，不于詩詞。若《詩》之《溱洧》《桑中》『鶉奔』『雉鳴』，雖謂之今之淫曲可也。張于湖、李冠之《六州歌頭》、辛稼軒之《永遇樂》、岳忠武之《小重山》，雖謂之古之雅詩可也。填詞之不可廢者以此。升庵太史公家藏有唐宋五百家詞，頗爲全備，暇日取其尤綺練者四卷，名曰《詞林萬選》，皆《草堂

詩餘》之所未收者也。間出以示走，走驟而閲之，依緑水，泛芙蓉，不足爲其麗也。茹九畹之靈芝，咽三危之瑞露，不足爲其甘也。分織女之機絲、秉鮫人之綃杼，不足爲其巧也。蓋經流水之聽，受運風之斤者矣。遂假録一本，好事者多快見之，故刻之郡齋，以傳同好云。時嘉靖癸卯季春吉，奉政大夫守楚雄府，桂林任良幹書。

明毛晉編《詞苑英華》之《詞林萬選》卷首，明末毛氏汲古閣刻本，中國國家圖書館藏。

## 宋廷琦

宋廷琦，山東成武人。行跡不詳，約明嘉靖時在世。曾任廣宗、鄠縣知縣。著有《郜原集》等。

### 《碧山詩餘》後序

山東鄗人聞太史王渼陂之名舊矣，及壯遊京師，獲睹其文集及諸樂府，始竦然大駭。曰：

『是何富且奇也！』既而叨尹鄠邑，辱侍几杖。一日，盃酒從容，談及詩餘，先生咲顧其孫曰：『山木，吾春雨亭有一束書，取來。』拜領以歸，詳覽精思者累日，見其篇少趣多，衆體咸備，或慷慨激烈，或舒徐和平，或醒藉含蓄，或清淑簡易，要皆華敏高妙，與李太白、温飛卿爲千年友，蘇、黄而下不論也。始復竦然大駭，曰：『是何雅且麗也！』夫美而愛，愛而傳，公也。遂鋟諸梨，與好藝文者共之。先生名九思，字敬夫，號渼陂，一號碧山，今八十四歲。□□且日事詠歌，無異少年云。時嘉靖辛亥春正月戊午日，城武後學宋廷琦書。

明王九思撰《碧山詩餘》卷首，明嘉靖刻本，中國國家圖書館藏。此處據《續修四庫全書》第一七二三册，上海：上海古籍出版社，二〇〇二年，第四四三頁。

## 蔣　芝

蔣芝，字世和，華陽（今四川成都）人。約生活於明嘉靖年間。刻印過《黄詩内篇》《入楚吟》等。

# 《詩餘圖譜》序

文詞至宋，斯盛極矣。自歐陽公首倡於時，文人詞客彬彬輩出，眉山有蘇子瞻，豫章有黄魯直，臨川有王介甫，彭城有陳無已，高郵有秦少游，皆文詞宗工，諸家集可睹也。而秦之賦才特長於詞，故謂其以詞爲詩，蓋秦之于詞，猶騷之屈、詩之杜，千載絶唱也。東坡嘗題其《踏莎行》云『萬人何贖』，山谷則曰：『少游醉卧古藤下，誰與愁眉唱一杯。』荆國則稱其清新婉麗，鮑、謝似之。後山乃謂今之詞手，惟有秦少游、黄山谷。誦群公之論，即秦之長於詞，殆天賦也歟？當時傳播人間，雖遠方女子亦知膾炙，至有好而至死者，非鍼芥之感，何至爾爾？嗟夫！長淮大海，精華之氣，振古于兹。南湖張子，後少游而生者，其地同，才之賦又同，雅好詞學，自得三昧，兹地靈之再洩也歟？嘗作《詩餘圖譜》六卷，嗟夫！秦之遺風流韻盡在是矣。余素非知譜法前具圖後系詞，燦若黑白，俾填詞之客索駿有象，射雕有的，殆於詞學章章也。若夫審陰陽之元聲，完平淡之大雅，一以上復依永之道，音，玩斯圖也，稽虚待實，無不盡意。顧作者何如？兹張子志也。然則揚淮海之波，匯巫峽，引修江，浥吕梁，帶金陵而注之海，斯人之收功，吾將望洋也乎！成都百潭蔣芝書。

明張綖、明謝天瑞撰《詩餘圖譜》卷首，明萬曆二十七年（一五九九）謝天瑞刻本，中國國家圖書館藏。此處據《續修四庫全書》第一七三五册，上海：上海古籍出版社，二〇〇二年，第四七一頁。

## 周遜

周遜，字昌言，號五津居士，四川成都人。明嘉靖三十五年（一五五六）進士，以疾居家。後徵爲刑部主事，累官雲南參議，辭歸。著有《五津詩集》。

### 刻《詞品》序

聲音之道，愚未之有考也。近得升庵翁所著《詞品》，三日讀之，未嘗釋手。微求其端，大較詞人之體，多屬揣摩不置，思致神遇，然率於人情之所必不免者以敷言，又必有妙才巧思以將之，然後足以盡屬辭之藴。故夫詞成而讀之，使人恍若身遇其事、怵然興感者，神品也；意思流通、無所乖逆者，妙品也；能品不與焉。宛麗成章，非詞也。是故山林之詞清以激，感遇

之詞淒以哀，閨閣之詞悦以解，登覽之詞悲以壯，諷諭之詞宛以切。之數者，人之情也。屬辭者，皆當有以體之。夫然後足以得人之性情，而起人之詠嘆。不然，則補織牽合，以求倫其辭，成其數，風斯乎下矣。然何以知之？詩之有風，猶今之有詞也。語曰動物謂之風，由是以知不動物非風也，不感人非詞也。翁爲當代詞宗，平日游藝之作，若長短句，若《填詞選格》，若《詞林萬選》，若《百琲明珠》，與今《詞品》，可謂妙絶古今矣。愚雖未能悉讀諸集，山林之詞大率清以激也，不然，則舒以適也。閨閣之詞大率悦以解也，不然，則和以節也，他可類見矣。然猶未承面命，姑記于此，以俟取正於他日。嘉靖甲寅仲秋朔日，成都後學周遜序。

明楊慎撰《辭品》卷首，明珥江書屋刻本，中國國家圖書館藏。

## 劉大昌

劉大昌，又名善充，字泰之，號珥江，新都（今四川成都）人。明嘉靖七年（一五二八）舉人。性恬淡高潔，不樂仕進。以詩賦自娱，絶迹公府。與楊慎相善，對其著述多所訂正。

## 《辭品》後序

《辭品》者，升庵太史公所著也。人列其辭，辭取其粹，侈或連章，約僅一句。上起南北六朝，以至於唐，下逮五季、宋、元，以迄於近，可謂之博抑且精焉。蓋自漢、魏以還，江左而下，未窺六甲，先製五言，人人自謂握靈蛇之珠，家家自謂抱荆山之玉，於是乎鍾嶸《詩品》出焉。勿欺數行尺牘，即表三種人身。右軍、大令父子爭能，仲寶、宋宗君臣角勝，於是乎庾肩吾《書品》出焉。草堂謫仙之鬘辭，百代曲調之祖；蘭畹樊川之麗什，一時風流之宗。以至《金荃》《花間》《遏雲》《白雪》，纍纍珠貫，靡靡瑶翻。必參以伍而定于一，始統其宗而會之元，於是乎太史公《辭品》出焉。然鍾氏以三品品詩，顛倒實夥；庾郎以九品品字，銖兩亦移；升庵兹編，拔其孔翠，莜其蕭稂，既流例不形，俾臨文自見。先民有作，彼時而此時；今吾於人，誰毁而誰譽。不特表汲古脩綆之深沉，又以著洪鐘待叩之藴藉。薄言觀者，其垂意焉。嘉靖辛亥仲春二月，珥江劉大昌序。

明楊慎撰《辭品》卷末，明珥江書屋刻本，中國國家圖書館藏。

# 少岳道人

少岳道人，約生活於明嘉靖年間。

## 《簡齋詞》跋

右詞三卷從磬室借録，因再閲。原本乃磬室手鈔，可愛，遂留之，而以此本歸焉。磬室知余之重其手跡，當亦不吝也。第一卷爲南唐二主，第二卷爲《陽春集》，南唐相馮延巳所著，志南唐君臣競尚浮靡，逐於聲律技藝，而不復知政理之事，其敗亡晚矣。然其詞調往往逸麗流暢，無不可誦，至於怨聲鮮不嗚咽，要亦奇風之餘習也。知音之事當不棄焉。第三卷爲簡齋去非詞，尤古雅頓挫，閑閑可詠，字字可愛。人言簡齋善冥搜靜覓，頗得佳句，信哉！閒窗漫題，兼質諸磬室，他日□定，當爲刻之以傳。嘉靖甲辰冬十一月二日少岳道人復初氏識。[一]

宋陳與義著、白敦仁校箋《陳與義集校箋》附録五『諸家著録、題識』，杭州：浙江古籍出版社，二〇一四年，第一〇四一頁。

**校**

[二]按：白敦仁校箋《陳與義集校箋》附録五『諸家著録、題識』收録了少岳道人《〈簡齋詞〉跋》，並於文末有『此帙馮詞已不存，字迹亦非明人手筆，當是乾、嘉人從之轉録，審其款式，必出宋本矣』按語，在無確切的文獻依據前，似不應否定此跋的真實性。

## 黄中

黄中，字文卿，括蒼（今浙江麗水）人。明嘉靖中，以鄉薦任鉛山知縣，擢監察御史，升天津兵備副使。『括蒼詩派』代表詩人之一。

# 桂洲詞後跋

夫詞倚聲而長短其句，蓋詩之變，而樂章之流也。《花間》《陽春》馳響盛唐，至宋，秦、黄諸公攟搜衆製，鏤刻無形，稱一伐詞手。然而流連岑寂、穠纖脂澤之態或不能免，程子謂其褻天，叔暘以爲得璣羽而失鯨鵬，有以也。夫太師桂洲公，紫閣弼亮之暇，會景□物意興所到，輒形而爲詞，援牘駿發，動諧齊律，而渾涵莊重，一洗宿陋。摛藻而不失其真，綴奇而不墜其實，披之絲管，充之庭萬，中正和樂，美哉洋洋乎。遐追韶英，而唐宋不足多矣，是知天生偉人經世翊聖綿，國家千百年禮樂之治，其大雅之製與騷人文士，自是不同如此。詞凡六卷，吴本曰《桂洲集》而刻之，鉛者曰《玉堂餘興》，然皆微有訛舛。公入召時，命中校而刻之，刻成，冠之曰《桂洲詞》。近作詞九闋、詩三十八首，□□爲一卷，以附之云。時嘉靖丙午首夏再旬一日，後學鉛山縣知縣栝蒼黄中謹識。

明夏言撰《桂洲先生詞》卷末，明萬曆十五年（一五八七）吴萊刻本，臺北『國家圖書館』藏。

黄　中

# 楊肇

楊肇，約生活於明嘉靖年間。

## 《陳建安詩餘》序

□□□大夫石陽陳公寓游姑蔑之墟，□□□事乃間譔調詞。時□□□□□□□□□□閱獎藉遂□□□□□□□□□□□□谿翁□作聯成編帙，一□□□□□□然稱□因名其集曰《建安詩餘》□□□□□□□治屬肇序焉。惟風□湮□□□□府逸而詞調興是固□我之由□七情之暢緒乎。情有漓慤□□□款端世有隆汙，故風有正變。古□□笑卿大夫，交際位著，以微言相感。當揖讓之時，必稱詩諷詠，以諭其志。蓋別賢不肖，觀盛衰焉。故成周盛時，周公、召公夾輔成王，衆賢雜遝，濟濟和讓，而頌聲作。其詩曰：『有卷者阿，飄風自南。豈弟君子，來游來歌，以矢其音。』《爾雅》釋之曰：『藹藹萋萋，臣盡職也；噰噰喈喈，民協服也。』言大賢君子虛

中屈體求賢，用吉士以爲長養，民必與之。游衍歌詠，以陳□其聲音，優游伴奐，以宣洽其情性。率□細繹，以永著其聞望。當時二南歌周□之風多，士秉肅雍之德。萬國頌《皇鷟》，□醉之治王，□隆盛有由，然哉！迨其變□南山□與□風怨作惠頃以下詩，遂□焉。《傳》謂聲音之道與政相通者，非與□惟□德緝熙□章□焕端，揆碩輔之賢燮，和樞極匹休。周召攬才籲俊如弗逮，遑公夙以文雅兼受知遇，故其居謙推美之德、感知保鑠之情。登高懷遠之興，罔不昭融契合。表著見于聲詞，鏗然蔚然。雖謂之風雅之餘，可也。至于思述贈唁之類，亦皆事括古今體。綜唐宋縟，采英格峻，踔窬泫如，鸞翔鳳噦，希覯之珍甚傳布昭灼藻朗□不渝也已。《詩》曰：『鳳凰鳴矣，于彼高岡。梧桐生矣，于彼朝陽。』言當及時樹勳烈也。公今新被休命，列秩京兆□是陟華歷要，展布才猷，下以綏擾人□寧謐畿甸，上爲圭璋引翼煇煌謨烈，邕鳴國家之盛，媲美成周之隆，則其雋勒旂常□鼎巖巖舄奕至章顯也。然則公之所可傳布者，豈獨詩詞已耶？或曰：公抱瑰才瑋學，凝敏妙之思，摛文賦詩，馳騁秦漢晉魏上下數千載間。其于宮覘吏治，率多以文采瑑飾，所在洋洋爀煒著聲。若夫詞調允矣，其公之餘乎。雖然婆律栴檀，太山之末也，有同馨焉；璆琳璣貝，玉淵之積也，有並瑑焉。喻兹選言之義，不可闕矣。叔孫子云：太上立德，次立功，立言是謂不朽。因言以徵德，考功則其讀是集者，固亦可以知人而論世也與。嘉靖丙午維夏之吉，後學華山楊肇譔。[一]

明陳德文撰《陳建安詩餘》卷首，明嘉靖間刻藍印本，中國國家圖書館藏。

**校**

[一]按：楊肇《〈陳建安詩餘〉序》字跡漫漶，較多處難以辨識，斷句多依語意。

# 程　寬

程寬，約生活於明嘉靖年間。

## 石陽陳建安詩餘敘

文章關世，神明内腴之符，詞曲感人和平。風流之□藝，兼游者弛張之妙也。詩能興者，鼓□之□□鬱懮欣，遂性靈彰矣。不詭不騫，物□□□□□可絃樂音和矣，兹則言夫聲詩□□□□□云爾。詩固有古今乎哉。樂府濫□□□□□□淵玄太白樹的於開元，猶存□□□□□日靡汴宋氣，則彌豪黄鐘清□□□□□無射宫註曰越調如趙彦肅□譜□□

者，可以見宋一代詩餘之概矣。然君子□由之彰性靈也、著物則也、和樂音也，則今之詩，猶古之詩也。故以歐陽、六一、蘇子瞻、辛幼安、陳同甫輩並襲近覡，歷有傑作，求其可以追駕前人。善鳴盛世者，其維石陽陳公乎？石陽出宰建安，擅超遠之器蘊、天人之華清。標毓諸贛水，精英發于香城。琴涵玄韻，罕擬其群。花媚春皇，自適其樂。久馳聲於朝野，愈肆力於文章，蓋遠追漢魏之軌而曠變季世之□者也。是□也，則時淹太末之境，而幽思□雲眼逢元老之青，而賡歌弄月，玉□□宣□□愛君憂國之緒。山迴川決，頻□□□□□□身勤。吾道夢繫蒼生，歲月須□□□□□□步事業浩渺聊因窺豹於□□□□□□出以示寬載睹粲然允堪行□□□□□輝台鼎之咳唾不凡藥籠故□□□□□象行且見之矣。行且贊贊□□□□□□乃石陽之小者、近者，嗚呼孰知石陽之大□、遠者？□水宗江□□以汎濊之眇，而有遺山愛恒岱，寧以卷□□，而不撫敬屬梓人。附驥簡末。[一]

明陳德文撰《陳建安詩餘》卷末，明嘉靖間刻藍印本，中國國家圖書館藏。

**校**

[一]按：程寬《石陽陳建安詩餘敘》字跡漫漶，較多處難以辨識，斷句多依語意。

## 劉時濟

劉時濟，字白峰，江西餘干人。監生，曾任休寧主簿、歙縣令。明嘉靖年間在世。

### 跋詩餘後

幽人覽翠汀洲，馳情雲岳，故秘思之抽，鴨[二]悉所懷，而川馳雲飛之變，亦各鳴其逸志也。臞翁風日流麗，霽晚孤吹之評，豈肆喙乎？昔稱豪士卑冠蓋，誘松桂，每寓迭詠中，故歷辭藻，可以涵性情，離囂俗，襟懷邁庸，崢峨迭興，詩之裨益多矣。唐宋名豪冠秦、蘇，率散質，詩餘載亦富，雖不能袪譏步春，獲美雄渾，然肖翹繽紛，變眩曲盡，謂詞人之冠也亦宜。故復刻之，以資後學三餘之暇。物多厄於不遇，《草堂詩餘》，古佳制也，數十年來，蹈襲舊刻，類多模糊剥落，閲者憑意認字，付之想像，不便者久之，其死於不遇也。得李南津公倡新董正，一二三同志相與竟成之，昔之厄，而今之遇，猶諸美珠在溷，濯以清泉而自明矣，閲者其毋得珠忘泉。白峰劉

時濟謹識。

明李謹輯《新刊古今名賢草堂詩餘》，明嘉靖十六年（一五三七）劉時濟刻本，南京圖書館藏。

**校**

〔二〕此處據字形、語意，疑爲『暢』之誤。

## 李謹

李謹，號南津子，廣東四會人。明嘉靖七年（一五二八）舉人，嘉靖十一年（一五三二）進士。嘉靖十三年（一五三四），知歙縣事。輯有《新刊古今名賢草堂詩餘》。

## 《新刊草堂詩餘》引

南津子曰：詩自三百篇而降，氣運相沿，屢觀其變，其道已不純古。衰頹至於唐季，而詩餘之變漸盛，至宋則又極焉。其體裁則繁，音節則輕，辭則近褻，而妍巧混，論敦厚之意，存者寡矣。嗟乎！其去古也，詎不遐哉？予政暇，嘗閱集中雖多名流，以詩道盛，未妙過，故不能高振而樂習之。若太白，挺天縱之才，抱大雅之嘆，爲唐宗賢，而有《憶秦娥》《菩薩蠻》二曲，深可怪也。較之曲，蓋亦非齊驅矣。客有聞者曰：『信斯言也，曷以傳耶？』曰：求據步於正室，當引轡於康衢，弗傳，固宜也。然而桉作者之遺，考時風之弊，其庶幾可以興歟？故刻而傳之，是爲引。嘉靖己酉仲秋望日，賜進士第文林郎知歙縣事四會津子李謹書。

明李謹輯《新刊古今名賢草堂詩餘》，明嘉靖十六年（一五三七）劉時濟刻本，南京圖書館藏。

# 唐 錡

唐錡，字子薦，號池南，雲南晉寧人。明嘉靖五年（一五二六）進士，知定遠縣，授御史，巡按湖廣，轉河南按察司僉事，以執法不阿忤權要，歸隱於鄉，專心著述。與謫滇的楊慎相處甚善，名列『楊門六學士』之一。

## 《升庵長短句》序

夫人情動於中而有言，言發於外而爲聲，聲比乎節而成音。孰非心也？心之感物，情有七焉；言之宣情，聲有五焉；音之和聲，律有六焉。雖其舒慘廉厲，噍嘽正變之感不同，然皆性也，皆出於自然也。是故非氣弗昌，豪宕超逸，昌其氣者也。非材弗達，精深宏博，達其材者也。非興弗融，春容順適，融乎興者也。三者具而後可以言詩矣。升庵太史之寓南中也，池南子嘗過之，既覿其輝而覽其芳矣。太史不以池南子之愚且闇也，授以近稿，池南子函歸，雖歷

吴、楚、韓、衛、燕、趙、秦、晉之間十餘年，弗暇，則已暇，必玩誦。有知己友輒出示，知己友嗜之，無異池南子之嗜也。則相與評曰：太史之詩，殆所謂昌其氣、達其材、融乎其興者乎？所謂本乎性、發乎情、止乎禮義，而出於自然者乎？古不暇論，即今所稱李空同、何大復、鄭少谷、徐迪功、薛西原、孫太初，七子頡旿，未知優劣，然則太史固當世之雄也。池南子病歸，伏枕席者阻門户，出門户者阻舟車，池涵一水，雲掩千山，迂迴百里，倏忽三年，以太史者懸懸也，太史亦不以池南子之迂且疏也，客便輒通刺，并以長短句投之，池南子恍如太史之神交而默契也，讀之盡，且曰：金元部曲，淫褻妖艶，其溺人也久，乃有黄鐘大吕希世之音乎？其思冲冲，其情隱隱，其調間遠悲壯，而使人有奮厲沉窣之心，其寄意於花鳥江山，烟雲景候，旅况閨情，無怨怒不平，而有拳拳戀闕之念，將平其氣，斂其材，忘於興而出於自然者，亦不知其所以然矣。其晉魏以上古樂府、《離騷》之流，風雅之變乎？而知太史之雄也。雖然，代言紀事，史職也；典則謹嚴，史體也。摛雅振頌，發揚鴻烈，銘之金石，載之旂常，奚不可者。顧乃孤吟苦調，嘯詠咨嗟於窮荒寂寞之濱者，謂之何哉？抑聞太史每語人曰：池南子，池南子，是能知詩者，吾差有取焉。嗟予奚足以副教哉，遂詮次爲《長短句》序。嘉靖庚子仲冬長至日，晉寧池南唐錡。

明楊慎撰《升庵長短句》卷首，明嘉靖刻本，南京圖書館藏。此處據《續修四庫全書》第一

七二三册，上海：上海古籍出版社，二〇〇二年，第四五六頁。

# 汪惟穌

汪惟穌，即一得山人，明人。

## 《詞府全集》後跋

是集之編，其愛禮存羊之遺意歟？詩亡而有樂府，樂府闕而有詩餘，詩餘廢而爲歌曲，大抵創自盛朝，廢於叔世。兹蓋興革之大較也，方今天下治平，制尚純雅，海内宗工，依韻比賦，下陋歌曲，上追三百，遡詩餘、樂府之流，以藹《康衢》《擊壤》之歌者，或於□編有賴也。故曰是集之編，其愛禮存羊之遺意□[二]。所編有小令，有中調，有長調，備體製也。有別□[三]，崇忠賢也；有附集，挹流波也；有補遺，俟後賢也；有音韻，便考索也。餘詳敘略，兹不復贅，敢僭續貂，以與同志者勉。嘉靖丁巳中秋日，一得山人拜書於聚奎精舍。

題明鱅溪逸史輯《彙選歷代名賢詞府全集》，明嘉靖三十六年（一五五七）刻本，上海圖書館藏。

**校**

〔二〕闕字『□』當作『歟』。

〔三〕闕字『□』當作『集』。

## 鱅溪逸史

鱅溪逸史，明新都（今屬四川成都）人。

# 《彙選歷代名賢詞府全集》敘略

一　詩餘始南北朝，盛於唐、宋，而極於金、元。國朝雖崇尚古雅，而餘波所及，亦不乏人。舊本編止於唐、宋，其雅調猶或不能無逸，今蒐輯金、元、國朝所傳，併唐、宋編所逸，合得千幾百首，嚴加汰選，所存僅若干首，合併舊本成編。

一　舊本以時景分調，檢閱爲艱，今所編以小令、中調、長調爲之分類，每闋盡揭作者之意爲題，各卷首列諸調之次爲目録，以便觀者。

一　諸詞多有省言襯字，間入方語，不分句讀，一時恐難暢誦。今用圈依韻，點爲讀，遇字省□□出之。

一　舊本前賢所選，不復去取，但於註中所附舊調，盡爲揭出。

一　舊本已經方塘公圈取，今不敢湮没，每遇舊本各闋，題首存以陰陽點識別之。

一　舊本箋注欠純，今悉削去，其有詞話可玩者，間或刊入。

一　所編不分新舊集，但以各調目録中註以新舊若干調字分別之。

一　卷首總揭英賢序次，當朝之下，以見名筆相承之緒，然年代先後，不暇詳察，名號殊稱，因人習熟，觀者當自辨之。

一　長短句名曰曲，取其曲盡人情，惟婉轉嫵媚爲善，不以豪壯語爲尚，如岳武穆、文文山、汪文節公、謝疊山諸公之作，則又忠義所發，感激人心，不可以常例編也，爲別集。

一　所編之中，有近體、集句、迴文及譜名，文成調寄，情比樂府者，皆文匠心思之巧，今蒐輯，可得若干首，爲附集。

一　國朝名公之筆尚多，特以僻處山林，不得閱選，兹略蒐所聞，計得二百餘首，合併舊本成編。湖海天寬，俊傑何限，尚當遍求，以漸附入，故另有補遺一集以俟。

一　詞多轉喉叶音，平仄用韻，視詩較寬，然自有法，非浪語也。今附周德清《音韻》一帖於後，庶便考叶。

題明鏞溪逸史輯《彙選歷代名賢詞府全集》，明嘉靖三十六年（一五五七）刻本，上海圖書館藏。

## 楊　金

楊金，號後峰，安徽當塗人。明嘉靖十七年（一五三八）進士。嘉靖二十九年（一五五〇），知嚴州府。

能詩工書，著有《後峰集》。

## 《重刻草堂詩餘》序

古太師陳民風以考俗，而里巷之歌謠皆得以昭華於異代。説者謂有章曲者曰歌，無章曲曰謡，而注韓詩者亦云，以是考之，則曲調非後來之變也，《擊壤》其濫觴乎？至《陽春》，則其流演矣，君子謂風雅同出而異用，是故豳風亦曰雅，而大小雅之變則曰風，非無雅也。雅不用而風存也，風變而爲騷賦，入漢魏則流爲五言，五言，其唐體之祖乎。蓋再變而曲調成，猶黄鐘之再變而有子聲，變半聲之入調焉耳，非有出于樂之外也。詩餘，曲而盡，婉而成章，其亦調成而曲備者乎？好古者可以考風而知化矣。唐多逸，宋多典，亦多詞人，學士之所操弄，而愛君憂國之意，又每托於婦人女子之詞，則其不能自已之情，真有足以感動人者，其志亦可采矣。其大約皆本詩之六義，豈曰取其辭而已乎？間有艷辭，亦並存之，盡其變也。變極則反，反而正，不有待於時耶？夫聲詩，古樂之餘耳，詩餘，又其支流也。若遡流窮源，以求所謂考中宣風者，則不在詩餘之例。舊集分爲上下卷，今仍之，刻於睦之郡齋。時嘉靖甲寅春日，當塗楊金識。

宋何士信輯《草堂詩餘》卷首，明嘉靖三十三年（一五五四）楊金刻本，中國國家圖書館藏。

# 石遷高

石遷高，字謙甫，恩縣（今屬山東德州）人。生年不詳，卒於嘉靖二十八年（一五四九）。明嘉靖七年（一五二八）舉人，嘉靖八年（一五二九）進士，知内黄縣，入爲工科給事中，升户科，出知大名府。歷江西按察司副使、河南布政司右參政、陝西按察使、四川右左布政使。嘉靖二十八年（一五四九），遷都察院副都御史，巡撫山西。

## 《桂洲集》跋

桂洲詞製於元相桂洲翁密勿之暇，玄思雅致，經世華國，作者鮮儷焉。先是，侍御陳公蕙曾刻之吴，吴之人珍傳之。嗣扈蹕渡河，諸詞未布也，時侍御樊公得仁按歷畿南風紀之餘，雅重文教，乃承命遷高曰：『子知夫桂翁扈蹕諸作乎？其言指而遠，其事肆而隱，其理興而則，渢渢乎大雅之稀音也，有裨世教多矣。盍併刻之以溥厥傳？』遷高弗轂，祗若命焉。竊惟驪珠

和璧，爲世通珍寶之至也。姚典姒謨，與世永傳言之，善也。元相翁製作一出，傾動詞林，樂相侈美，謂非言之善而寶之至者乎？雖然，此特其緒餘耳，豈足以盡翁哉？若夫啓沃之良，賡歌之美，開布之誠，調爕之忠，吁俞之謨，峻偉之業，則固足以垂竹帛而勒鼎彝，自有天下之信史，書之，豈惟文詞已哉？庚子歲冬十月望日，大名府知府後學石遷高謹識。

明夏言撰《桂洲集》卷末，據趙尊嶽輯《明詞彙刊》，上海：上海古籍出版社，二〇一二年，第八四三頁。

# 沈懋孝

沈懋孝，字幼真，號晴峰，學者稱長水先生，平湖（今屬浙江嘉興）人。生於明嘉靖十六年（一五三七），卒於明萬曆四十年（一六一二）。明隆慶二年（一五六八）進士，選庶吉士，授編修，歷南京國子司業。萬曆間，中蜚語謫兩淮鹽運司判官，起河南巡撫，辭不赴任。致仕歸，退居小淇園，授徒講學，專事著述。編撰有《滴露軒藏稿》《洛誦編》《石林蕢草餘編》《賁園草》《水雲緒編》《淇林雅詠》等，合稱《長水先生文抄》。

## 《竹枝詞》引

楊維楨氏有别業於武林之吴山，余嘗至其處，遺刻尚存，一稱鐵崖主人，一稱鐵篴居士，晚又卜居雲間南郭，今草玄閣巋然在焉。其人高簡，以才自雄。國初曾有弓旌之逮，作《老婦吟》。稱疾不出，亦其志也。所賦《江南竹枝詞》，本性情之正，托貞閨之思，淡焉自哦於松雲竹月間，以砭元末時流淫哇聲色，放浪恣睢之習。蓋吴越湖山千里，頓爲之一洗粉黛，而出清華風斯遠□。其時高品自虞伯生、楊仲弘、張伯雨諸公而下，屬和者一百四十餘家，士林流布焉。夫江東文物風流，其來自遠，吴趨有行，采菱有曲，飄飄雅致，風動到今，使夫漁歌牧管、巷里之謳、壠壤之謡得以並軌高流，而大弘雅道，其所裨風教，佐金石，喻人而人不知，入人而人自化者，顧宜何如也？因刻而傳之。

明沈懋孝撰《長水先生文鈔》『水雲緒編』，明萬曆刻本。此處據《四庫禁燬書叢刊》集部第一六〇册，北京：北京出版社，一九九七年，第二七〇頁。

# 陳文燭

陳文燭，字玉齋，號五嶽山人，湖北沔陽人。生於明嘉靖二十一年（一五四二），卒於明萬曆三十七年（一六〇九）。嘉靖四十四年（一五六五）進士，授大理寺評事，出知淮安。萬曆二年（一五七四），遷四川提學副使，轉參漕事。萬曆五年（一五七七），升爲山東左參政，丁憂歸。萬曆十一年（一五八三），復除起任四川左參政，升福建按察使，官至南京大理寺卿，致仕歸。著有《二酉園文集》《二酉園詩集》《二酉園續集》《五嶽山房集》等。

## 《花草新編》序

此亡友胡汝忠詞選也，命名以花草，蓋本《花間集》《草堂詩餘》所從出云。夫詞自開元以逮至正，凡諸家所詠歌與翰墨所遺留，大都具備，乃分派而擇之精，會通而收之廣，同宫而不必合，異拍而不必分。因人而重言，取藝而略類，其汝忠所究心者與？拔奇花于玄圃，拾瑶草于

藝林，俾修詞者永式焉。汝忠既没，計部丘君抱渭陽之情，深宅相之感，奉使九江，捐俸梓行。遇不佞，語曰：『吾舅氏有屬于先生否乎？』憶守淮安，汝忠罷長興丞，家居在委巷中，與不佞莫逆，時造其廬而訪焉。曾出訂是編，而幸傳于世，汝忠託之不朽矣。汝忠諱承恩，號射陽居士，海内操染家無不知淮有汝忠者。生有異質，甫周歲未行時，從壁間以粉土爲畫，無不肖物，而鄰父老命其畫鵝，畫一飛者，鄰父老曰：『鵝安能飛？』汝忠仰天而笑，蓋指天鵝云，鄰父老吐舌異之，謂汝忠幼敏，不師而能也。比長，讀書目數行下，督學使者奇其文，謂汝忠一第如拾芥耳，汝忠工制義，博極群書，寶應有朱凌溪者，弘、德間才子也，有奇子如子价，朱公愛之如子，謂汝忠可盡讀天下書，而以家所藏圖史分其半與之，得與子价並名射湖之上，雙璧競爽也。子价後守九江，汝忠髒骯終身，僅以貢爲長興丞。長興有徐子與者，嘉、隆間才子也，一見汝忠，即爲投合把臂，論心意在千古，過淮訪之，謂汝忠高士，當懸榻待之，而吾三人談竹素之業，娓娓不厭，夜分乃罷。汝忠舐筆和墨，間作山水人物，觀者以爲通神佳手。弱冠以後，絶不落筆，家四壁立。所藏名畫法書頗多，人謂汝忠于王方慶之積書、張弘靖之聚畫，侔諸秘府者，可十一焉。且也平生恬淡自守，廉而不穢。其詩文出入六朝三唐，而詞尤妙絶，江淮寶之。其稿與所藏泯滅殆盡，而家無炊火矣，余于汝忠有人琴俱亡之痛云。幸此編之行而述其大概，俟續高士傳者采焉。

明陳文燭撰《二酉園續集》卷一，明萬曆刻本，北京大學圖書館藏。此處據《四庫全書存目叢書》集部第一三九册，濟南：齊魯書社，一九九七年，第四一六—四一七頁。

# 姚舜牧

姚舜牧，字虞佐，號承庵，烏程（今浙江湖州）人。生於明嘉靖二十二年（一五四三），卒於明天啓七年（一六二七）。明萬曆元年（一五七三）舉人，歷官新興、廣昌二縣知縣。一生精力，殫於窮經，編撰有《承庵文集》《樂陶吟草》《來恩堂草》《孝史警世》《家訓警俗編》《性理指歸》《四書五經疑問》等。

## 題《花間集》

《花間集》乃大蜀廣政年間衛尉少卿字弘基者所集，載在唐歐陽炯者甚詳，與《草堂詩餘》並傳。顧《草堂詩餘》刻廣而傳之者衆，《花間集》似少有聞也。然讀其詞，率多小令，乃纖纖

而刺人骨，翩翩而令人舞，靡靡而使人忘倦，豈聲音之感人自有不可廢者哉？三百變而騷賦，騷賦變而古樂府，古樂府變而辭，辭變而曲，抑時使然也。雖欲使還爲古，何可得也？况鄭聲之淫，衛音之蕩，齊音之敖辟驕志，即古亦有不能挽者，奈之何其責於辭？讀其辭以愉快吾心，不溺其辭以持正吾志，斯兩得之矣。《花間》也，《草堂》也，即古三百之遺也。吾老矣，偶覽此帙，而把玩焉，知其亦可傳也，遂書以題其首。〔一〕

明姚舜牧撰《來恩堂草》卷三，明刻本，中國國家圖書館藏。此處據《四庫禁燬書叢刊》集部第一〇七册，北京：北京出版社，一九九七年，第五五—五六頁。

## 校

〔一〕中國國家圖書館藏明萬曆八年（一五八〇）茅氏凌霞山房刻本《花間集》卷首亦著録了姚舜牧此序，於文末有署『萬曆壬子季夏之吉，烏程姚舜牧書於芳實軒中。』

# 馮夢禎

馮夢禎，字開之，號具區，又號景純，别署真實居士，秀水（今浙江嘉興）人。生於明嘉靖二十七年（一五四八），卒於明萬曆三十三年（一六〇五）。明隆慶四年（一五七〇）中舉，萬曆五年（一五七七）進士，選庶吉士，除翰林院編修。萬曆十五年（一五八七），因得罪權貴，京察以浮躁外謫，量移南司業，累遷南國子監祭酒。萬曆二十六年（一五九八），劾免，遂不復出。爲人高曠，好讀書，築快雪堂於西湖孤山之麓。編著有《快雪堂集》《歷代貢舉志》《快雪堂漫録》《西湖竹枝集》等。

## 序田子藝先生《縵園心調》

《縵園心調》者，吾友田子藝先生所著詩餘、南北詞曲也。詞曲本詩餘，詩餘本唐人之詩，唐人之詩本漢、魏古選，漢、魏古選本三百篇，雖曰愈趨愈下，其爲宣達性情、古今雅俗，一也，以故勝士名流不惜降格爲此。子藝高才不遇，爲老廣文，其胸臆納結，未免發之著作，此調，太

倉稊米耳。然其胸中一段超然灑落處，挾日月而驅風雷，與紅塵隔絶者，此亦可以窺見一班也。雖然，詞曲亦難言矣。嘗聞本朝王渼陂先生欲填北詞，迎善歌者至家，閉門學唱三年，然後操筆，遂能與金、元人爭奇。而高永嘉《琵琶》爲世所尸祝，識者猶恨其不諧宫調，蓋詞曲之難如此，而子藝優爲之。余不知度曲，興到，以意爲之，俗謂之隨心令，以故不敢輕率填詞，子藝之學無所不通，宜筆端遊戲乃爾。余不知詞曲，能知子藝也。子藝索序，遂書此以質之。

明馮夢禎撰《快雪堂集》卷一，明萬曆四十四年（一六一六）黄汝亨、朱之蕃等刻本，北京大學圖書館藏。此處據《四庫全書存目叢書》集部第一六四册，濟南：齊魯書社，一九九七年，第五七—五八頁。

# 夏樹芳

夏樹芳，字茂卿，號習池，别號冰蓮老人，江蘇江陰人。生於明嘉靖二十九年（一五五〇），卒於明崇禎

八年（一六三五）。明萬曆十三年（一五八五）舉人，因母年邁，棄官歸養。隱居毗山東麓，以設塾授課爲業。學深善文，著述頗多。著有《消暍集》，編纂有《冰蓮集》《栖真志》《茶董》《奇姓通》《法喜志》《女鏡》《詞林海錯》《酒顛》等。

## 刻《宋名家詞》序

夫詞至宋人而詞始霸，曼衍繁昌，至宋而詞之名始大備。其人韶令秀世，其詞復鮮艷穲人，有新脱而無因陳，有圓倩而無沾滯，有纖麗而無冗長，有峭拔而無鉤棘。一時之以賡和名家，而鼓吹中原，不啻肩摩於世云。古虞有子晉毛氏，篤心汲古，其風流閑雅甚都，蓋連然韻士也。家住昆湖之曲，凡遇快書，戛戛乎，堂堂乎，輒欲梓以行世。忼慨對客，頫意校讐，剞劂輩百千餘人，悉以汗青相角。鄴架之上，浩蕩扶疏，而江左稱善藏書者無踰毛氏焉。茲刻《宋名家詞》凡十人，攟摭儁異，各具本色。余得而下上之，轆轤酣暢，若同叔之玄超，小山之流媚，柳屯田之翻空廣調，六一居士之清遠多風，幾最按拍。加以坡翁之卓絶，山谷之蕭疏，淮海之搴芳，東堂之振藻，亟爲引商。至於幼安之風襟豪上，睥睨無前，放翁之不倫不理，乾坤莽蕩，又勃勃焉欲搴裳濡足以遊之。數公者，人各具一詞，詞各呈一伎倆，好事者或於皓月當空，澹煙初放，春花欲醉，秋葉可餐，命童子執紅牙板，對良朋浮白，隨撫一闋歌之，慨焉慷焉，劃然長嘯

而低徊焉。若欬唾九天，不自知明河之落衣袖也。或謂柳枝團扇，桃葉釵頭，有盭正則之騷經，似設泥犁之種子，其然乎？其不然乎？則濮上桑間，胡以不删而慇懃詔世哉？且也，元獻、文忠、稼軒、澤民諸君子，立朝建議，大義炳如，公餘眺賞之暇，諷詠悲歌，時爲小令，時作長吟，孰知其所以合？孰知其所以離？固風雅之别流，而詞壇之逸致也。夫宇宙間調調刁刁，萬籟豈一？而琴瑟、箜篌、琵琶，猶然爲海印發光，矧夫詞調棼綸，一段靈光溢於性府，盡屬元聲之所奴，而參伍錯綜，又爲南北九宫之所必繫者乎？言未畢，子晉囅然笑曰：『不穀書淫，無慚玄晏。自兹伊始，浸假而《十三經》，又浸假而《二十一史》，余且賓賓捐橐以從事焉。』則是刻也，謂子晉之遊戲三昧可也，繙經播史，棟宇流虹，且以爲諸刻之嚆矢可也。冰蓮老人夏樹芳書。

明毛晉編《宋名家詞》卷首，明末虞山毛氏汲古閣刻本，臺北『國家圖書館』藏。此處據《續修四庫全書》第一七一九册，上海：上海古籍出版社，二〇〇二年，第一—四頁。

# 趙南星

趙南星，字夢白，號儕鶴，又署清都散客，河北高邑人。生於明嘉靖二十九年（一五五〇），卒於明天啓七年（一六二七）。明萬曆二年（一五七四）進士，授汝寧府推官，稍遷户部主事。乞歸，再起考功司郎中，主京察，與政府忤，削籍歸。光宗立，起左都御史，改吏部尚書。魏忠賢矯旨奪爵，謫戍代州，四年後病卒。崇禎初，贈太子太保，追謚忠毅。世以趙南星、鄒元標、顧憲成稱『東林三君』。著有《趙忠毅公詩文集》《味檗齋文集》《學庸正説》《史韻》《笑贊》《離騷經訂詁》《芳茹園樂府》等。

## 刻《花草稡編》序

天地間皆文也，散于星辰、風雨、雷電、山川、草木、鳥獸、蟲魚，而人耳得之成聲，目得之成色，思之於心，宣之於口，書之於筆。其高者以爲三百篇，其次以爲漢魏，其次以爲唐人之詩，又其次以爲宋詞、元曲，皆有興會極則知其解者。元曲猶三百篇也，而况其上者乎？世所傳

《花間集》《草堂詩餘》，朗陵陳晦伯少之乃取野史小説所載以增益之，名曰《花草稡編》，即未可盡，然亦可謂富矣。余司理汝南，時數過晦伯，晦伯頽然長者，平生惟讀書，日辨色起，手一編，至暮即寢不燭。專纂輯鈎考，不甚著作，絶不詩。酒腸甚大，遇敵輒呼巨觥，不爲令，又不喜歌曲，是以所取詞不必工，且有出韻者。今年夏，余流覽一過，稍有所點定。吴昌期見而嫺焉，曰是刻諸朗陵未廣也，請余序，將令其子貞復之江南翻刻之，余輒書以付之。今林下多讀書者，或亦有涉乎此以消永日云爾。

明趙南星撰《趙忠毅公詩文集》卷七，明崇禎十一年（一六三八）范景文等刻本，上海圖書館藏。此處據《四庫禁燬書叢刊》集部第六八册，北京：北京出版社，一九九七年，第一四九頁。

## 湯顯祖

湯顯祖，字義仍，號海若，又號若士，晚年號繭翁，别署清遠道人，江西臨川人。生於明嘉靖二十九年

（一五五〇），卒於明萬曆四十四年（一六一六）。明隆慶四年（一五七〇）舉人，萬曆十一年（一五八三）進士，授南京太常博士，歷詹事府主簿、禮部祠祭司主事。萬曆十九年（一五九一），因抗疏彈劾大學士申時行，謫徐聞典史，稍遷遂昌知縣。上計京師，奪官歸里，家居二十年卒。明代臨川派首要人物。著有《玉茗堂集》《問棘郵草》《紅泉逸草》《五侯鯖字海》《續虞初志》《臨川四夢》等，又評有《花間集》等。

## 《花間集》序

自三百篇降而騷賦，騷賦不便入樂，降而古樂府，古樂府不入俗，降而以絶句爲樂府，絶句少宛轉，則又降而爲詞，故宋人遂以爲詞者，詩之餘也。乃北地李獻吉之言曰：『詩至唐，古調亡矣，然自有唐調可歌詠，猶足被管弦。宋人主理不主調，於是唐調亦亡。』嘗考唐調所始，必以李太白《菩薩蠻》《憶秦娥》及楊用修所傳其《清平樂》爲開山，而陶弘景之《寒夜怨》、梁武帝之《江南弄》、陸瓊之《飲酒樂》、隋煬帝之《望江南》，又爲太白開山。若唐宣宗所稱『牡丹帶露珍珠顆』《菩薩蠻》一闋，又不知何時何許人，而其爲《花間集》之先聲，蓋可知已。《花間集》久失其傳，正德初楊用修遊昭覺寺，寺故孟氏宣華宮故址，始得其本，行於南方。《詩餘》流徧人間，棗梨充棟，而譏評賞鑒之者亦復稱是，不若留心《花間》者之寥寥也。余於《牡丹亭》之夢之暇，結習不忘，試取而點次之，評隲之，期世之有志風雅者，與《詩餘》互賞，而唐詞

之反，而樂府，而賦騷，而三百篇也，詩其不亡也夫！詩其不亡也夫！萬曆乙卯春日，清遠道人湯顯祖題於玉茗堂。

五代趙崇祚輯、明湯顯祖評《花間集》卷首，明萬曆間刻朱墨套印本，中國國家圖書館藏。

## 于若瀛

于若瀛，字文若，號子步，晚號念東，山東濟寧人。生於明嘉靖三十一年（一五五二），卒於明萬曆三十八年（一六一〇）。萬曆十一年（一五八三）進士，除户部主事，歷任鳳陽推官、兵部職方主事、右僉都御史、陝西巡撫。卒贈右副都御史。崇禎十五年（一六四二），賜謚襄敏。工書善詩，著有《弗告堂集》。

# 靳將軍擬譜詩餘題辭

靳大壯詩餘如幽籟薄林、清響散抄，又如落英點砌、芬媚窺簾，蓋其寄懷寫況已獨富乎財情，命象鎔篇自脗合乎譜調。然長吟變化無垠，短韻旨趣自足。遇幽思閨情既爾温夷，至登覽吊古亦復開朗。雖詞雄横槊，身已致於青雲；神敝紆箋，志未酬於白首。使遊于聞山陽之笛而凄其歸鴻，聽河内之琴而哀唳矣。爾其抽身百戰，投老一廛，家無膏腴之田，匣有干將之劍，翩翩俠色，時時逼人，顧緘口韜鈐，刻心鉛槧，裒集得百五十餘首，無調不備，無韻不諧，語其藴藉，大略可睹。雖未能身登玉堂，述帝王之統會，亦可謂詞振金聲，入唐、宋之廊廡者矣。

明于若瀛撰《弗告堂集》卷二十二，明萬曆刻本。此處據《四庫禁燬書從刊》集部第四六册，北京：北京出版社，一九九七年，第一四八頁。

# 錢允治

錢允治，初名府，後以字行，更字功父，一作功甫，號少室，長洲（今江蘇蘇州）人。生於明嘉靖三十二年（一五五三），卒於明天啓四年（一六二四）。諸生，能詩詞，尤有書名。與許重熙爲書友，鈔校刻書不輟。著有《少室先生集》《澹山雜識》等，編刊《類編箋釋國朝詩餘》《類編箋釋續選宋元詩餘》《類編箋釋續選草堂詩餘》等。

## 《類編箋釋國朝詩餘》序

詞者，詩之餘也。曲，又詞之餘也。李太白有《草堂集》，載《憶秦娥》《菩薩蠻》二調，爲千古詞家鼻祖，故宋人有《草堂詩餘》云。若其分類箋釋，則起於勝國人所爲，大都如《六家文選》，必引某句出於某人，未免牽合傅會，殊爲東坡所厭。今兹集一遵舊本，旁求博采，彙萃本朝名人所製，續於二集之後，凡若干卷，然什百之一，尚多遺亡也。與陳明卿孝廉稍爲注釋，略

加標記，然亦什百之一，尚多掛漏也。竊意漢人之文，晉人之字，唐人之詩，宋人之詞，金、元人之曲，各擅所能，各造其極，不相爲用。縱學窺二酉，才擅三長，不能兼盛。詞至於宋，無論歐、晁、蘇、黄，即方外閨閣，罔不消魂驚魄，流麗動人，如唐人一代之詩，七歲女子亦復成篇，何哉？時有所限，勢有所至，天地元聲，不發於此則發於彼，政使曹、劉降格，必不能爲，時乎？勢乎？不可勉强者也。我朝悉屏詩賦，以經術程士，士不囿於俗，間多染指，非不斐然，求其專工稱麗，千萬之一耳。國初諸老，犁眉、龍門尚洽宋季風流，體制不繆。迨乎成、弘以來，李、何輩出，又耻不屑爲。其後騷壇之士試爲拈弄，才爲句掩，趣因理湮，體段雖存，鮮稱當行。正、嘉而後，稍稍復舊，而弇山人挺秀振響，所作最多，雜之歐、晁、蘇、黄，幾不能辨。又何耶？天運流轉，天才駿發，天地奇才，不終詘於腐爛之程式，必透露於藻繢之雕章，時乎？勢乎？不可勉强者也。然詞者，詩之餘也。詞興而詩亡，詩非亡也，事理填塞、情景兩傷者也。曲者，詞之餘也。曲盛而詞泯，詞非泯也，雕琢太過、旨趣反蝕者也。詩降而詞，筋骨盡露，去漢、魏樂府千里矣。詞降而曲，略無藴藉，即歐、蘇所不屑爲，而情至之語，令人一唱三嘆，此無他，世變江河，不可復挽者也。嗟乎！有一代之興，必有一代之製。而我朝監於一代，郁郁之文，炳焕宇内，即填詞小技，遂出宋、元而上，幾欲篡其位，兹非國家文運之隆、人才之盛，何以致是哉？兹因太末翁元泰强爲彙萃，而見聞不廣，收録艱難，且時日局迫，引用乖方，未免顧此失彼，遺漏掛誤，詎能媲美《草堂》《花間》詞選諸集？又愧嘲風詠月，無補世教。然因詞以審

音，因音以知律，因律以識樂，引商刻羽，鏗鏘鼓舞，推之郊廟朝廷之上，未必無助云爾。知音君子尚賴是救是正，可也。萬曆甲寅季秋既望，吴郡錢允治撰。[一]

明錢允治編、明陳仁錫釋《類編箋釋國朝詩餘》卷首，明萬曆四十二年（一六一四）刻本，上海圖書館藏，據《續修四庫全書》第一七二八册，上海：上海古籍出版社，二〇〇二年，第二一二—二一三頁。

## 校

[一]錢允治『《類編箋釋國朝詩餘》序』又見於明顧從敬等輯、明沈際飛等評《雋古香岑批點草堂詩餘四集》『新集』卷首（明末南城翁少麓刻本，天津圖書館藏），兩處文字幾無差别，惟題作『《國朝詩餘》原序』，並將文末的『萬曆甲寅季秋既望』删去，另多出了三則眉批，即：①『尚多遺亡也』處有眉批『持衡於古，存者晨星，而且日久論定；持衡於今，作者乇蝟，而且見踈聞局，其難易相去萬萬也。非獨詩餘，選詩選集選文皆然，遺亡掛漏，是集不免，余特加增補，爲錢氏束晢云。』②『情景兩傷者也』處有眉批『確論。』③『詎能媲美《草堂》《花間》詞選諸集』處有眉批『宋詞元曲，有名同而調實不同者，如楊用修《一枝花》《折桂令》諸作，乃曲也，混入集中，何耶？』

錢允治『《類編箋釋國朝詩餘》序』亦見載於明卓人月、明徐士俊輯《古今詞統》卷首（《續修四庫全書》

第一七二八册，上海：上海古籍出版社，二〇〇二年，第四四六—四四七頁），兩處文字大體相同，惟文末删去了『兹因太末翁元泰强爲彙萃……吴郡錢允治撰』一段文字。此外，多出了兩則眉批，即：①『尚多遺亡也』處有眉批『持衡於古，存者晨星，而且日久論定；持衡於今，作者毛蝟，而且見疎聞局，其難易相去萬萬也。非獨詩餘，選詩選集選文皆然。』②『情景兩傷者也』處有眉批『開多少人眼光。』

# 《合刻類編箋釋草堂詩餘》序

先刻《草堂詩餘》，無如雲間顧汝所家藏宋本爲佳，繼坊間有分類注釋本，又有毘陵長湖外史《續集》本，咸鬻於書肆，而於國朝未遑也。惟注釋本脱落繆誤，至不可句。太末翁元泰見而病之，博求諸刻，愈多愈繆，乃倩余任校讐之後，又命余搜葺國朝名人之作，并毘陵《續集》盡加注釋，凡三編焉。刻既成，復請序其事。余於末編稍吐緒餘，僭書其上矣，兹又何言哉？惟是見聞不廣，遺漏尚多，願吾海内君子憫其凋落，出所珍藏，俾付翁氏，以類添入，或更爲一卷，庶幾雕繪滿眼，雲錦爛然，詫爲大全，不亦美乎？若夫詩之名餘，堂之名草，已具前言，兹不再續。萬曆甲寅長至日，老生錢允治撰。長洲陳元素書。

明錢允治編、明陳仁錫釋《類編箋釋國朝詩餘》卷末，明萬曆四十二年（一六一四）刻本，

上海圖書館藏，據《續修四庫全書》第一七二八册，上海：上海古籍出版社，二〇〇二年，第二九一—二九二頁。

## 虞淳熙

虞淳熙，字長孺，號德園，錢塘（今浙江杭州）人。生於明嘉靖三十二年（一五五三），卒於明天啓元年（一六二一）。萬曆十一年（一五八三）進士，授兵部職方主事。遷主客員外，補稽勳司郎中，黨人力攻之，削籍歸。凡三十載卒。淳熙家貧無書，與其弟淳貞搜奇獵秘，閉門抄寫，方術陰符，靡不通曉，已而偕隱南山以終老。著有《德園全集》《㩲務山館集》《蔬齋匪語》《孝經集靈》《孝經邇言》《今文孝經説》《塤篪集》《大學繁露演》等。

### 劉伯堅詩餘序

詩之餘音，浸至而儇俏，其調嗽隋唐流響。錦帷綺席，爲《金荃》《蘭畹》《花間》《草堂》之

屬，第堪使李令伯家雪兒歌之耳，去風騷猶逖，安問雅頌？惟蜀人庚曜卯君以八斗之才，聊傾一勺，如《菩薩鬘》《憶秦娥》，是其百篇之餘。《水龍吟漫》《大江東去》，是其諸集之餘。太白奎文，光聯井鬼。尚匪我明伯溫、用修之偶，視周、柳、秦、黄、關、鄭、白、馬，直微星四餘，幽幽小宗矣。而後乃今有伯堅先生，孕雲臺天池之里，左庚曜而右卯君，拍肩携手，恒鴈行也。伯堅登高能賦，業稱大夫，已由虎觀遷虎林。秉木鐸，揚金聲，情至典劇，溢而出帝青萬斛，不啻侈矣。纍纍小璣，萬卷之餘，猶足問上清之價。似風似騷，固也，似雅頌，惟伯堅。似宋似元，固也，似隋唐，惟伯堅。似庚曜，似卯君，固也。屬對必兩，古人與之爲三，成伊有象，亦惟伯堅。或以比於其郡帷席間物，堆香奪錦，猶非其似。試問鄉人洛下閎者，三垣燦燦，其似哉！照我金牛之分，奎宿後身，不離壽星岩畔，而太白經天，兩經此地，伯堅與我子弟信有緣也。繼聲嗣響，豈其餘音？正音行，余先爲之負弩矣。

明虞淳熙撰《虞德園先生集》卷五，明天啓三年（一六二三）錢塘虞氏墐務山館刻本，臺北『故宫博物院』圖書文獻館藏。此處據《四庫禁燬書叢刊》集部第四三册，北京：北京出版社，一九九七年，第二二二頁。

## 張大復

張大復，本名彝宣，字元長，又字心其，自號寒山子，江蘇崑山人。生於明嘉靖三十三年（一五五四），卒於明崇禎三年（一六三〇）。明諸生。中年屢試不第，又因父亡哀傷過度而失明。晚年多病纏身，自號病居士。編撰有《噓雲軒文字》《梅花草堂筆談》《崑山人物傳》《聞雁齋筆談》《寒山堂新定九宫十三攝南曲譜》等。

### 艷詞引

世無窮途道喪，分別興之，所到不妨嘔出驚人心，故不然也。須隨場作戲，開眼便覺天地濶。撾鼓非狂，林卧不知寒暑，更上牀空，筭老驥自壯，何関唾壺？蓮花不染，曾出泥下。是以維摩榻伴，天女鮮禪；摩登室中，慶喜證法。即腐即奇，非花非幻。漫露净丑之脚，恣逞兒女之歡。看他布袋猢猻，東跳西勃；始知門前田地，水緑山清。當場傀儡，還我爲之；大地衆

生，從渠笑罵。詞共一百二十首。

明張大復撰《聞雁齋筆談》卷六，明萬曆三十三年（一六〇五）顧孟兆等刻本，中國國家圖書館藏。此處據《四庫全書存目叢書》子部第一〇四册，濟南：齊魯書社，一九九七年，第五七四—五七五頁。

# 董其昌

董其昌，字玄宰，號思白，別號香光居士，華亭（今上海松江）人。生於明嘉靖三十四年（一五五五），卒於明崇禎九年（一六三六）。明萬曆十七年（一五八九）進士，選庶吉士，授編修。未久，皇長子出閣，充講官。坐失執政意，出爲湖廣提學副使，後督湖廣學政。萬曆三十四年（一六〇六），告歸，賦閒江南。光宗立，詔爲太常寺卿，掌國子司業。明天啓二年（一六二二），擢禮部右侍郎，拜南京禮部尚書。明崇禎七年（一六三四），加太子太保致仕。卒贈太子太傅。福王時，追謚文敏。其昌天才俊逸，書畫超群。著有《容

臺文集》《學科考略》《畫禪室隨筆》《筠軒清秘録》等。

## 江南春題詞

《莊》與《騷》，皆楚人之作也，能讀《莊》者可以讀《騷》，所謂寓言十九者，非耶？梁昭明序陶徵君集，而少其《閑情》一賦，彼真以《溱洧》爲淫風，而《九歌》之解珮捐珥，爲《周秦行紀》之儷也，固矣。吏部徐大冶爲舍人時，和倪瓚《江南春》之詞，每韻八首，又廣之爲四時，而夏秋冬各八首，雖文生於情，而意若有託，非僅僅《比紅》詩、《香奩集》等者，且窄韻奇語疊出不枯，如渡瀘之師七縱猶擒，如桃源之路再入不誤，先時和者皆自廢矣。豈非『蒹葭』『白露』獨寫伊人之懷，鐵心石腸不掩廣平之藻者乎？大冶之佐天官之業，亦可知矣。余既爲補圖，復爲此弁之。大冶家世中吴而居於楚，其所得於《莊》《騷》者多也。

明董其昌撰《容臺文集》卷三，明崇禎三年（一六三〇）董庭刻本，清華大學圖書館藏。此處據《四庫全書存目叢書》集部第一七一册，濟南：齊魯書社，一九九七年，第三四二頁。

# 沈瓚

沈瓚，字子勺，一字孝通，號定庵，江蘇吴江人。生於明嘉靖三十七年（一五五八），卒於明萬曆四十年（一六一二）。萬曆十四年（一五八六）進士，授南京刑部主事。萬曆二十年（一五九二），自郎中出爲江西按察司僉事。萬曆二十二年（一五九四），卸職歸鄉。萬曆四十年（一六一二），起補廣東按察司僉事，入境卒。編纂有《靜暉堂集》《近事殘叢》等。

## 跋

古詩三千篇有奇，删十而存一，非聖於詩者能之乎？終不舉翼《易》之筆以評詩，其故何也？古詩之變爲五七言古風，爲近體，爲長短句，變愈甚，評者滋多，其故又何也？譬之兩間煙雲川岳，以至林莽飛走之屬，無不有象有情，繪者以三寸管收之尺幅間，能令觀者即其象，會其精。復有人焉從旁而指其用意用筆之妙，將觀者躍然，别有悟入，而繪者亦默默，意爲之消。

有友張連叔氏精繪事，能以數百尺絹繪四時風雨晦明之狀爲一巨卷，而過脉處了無痕跡。一時出所繪示吾家天羽，天羽從旁指其用意用筆之妙，余爲躍然，連叔亦默默首肯，以爲得心之同。夫古詩如虞廷之繪日月星辰，山龍藻火，朴而雅，玩之而弗竟，當以不評評之；下此如唐宋元名家之畫，不評固無減，評之而趣乃益露。詩餘以參差頓挫爲奇，殆米顛父子及近日陳白陽筆，院畫之外，别有一種機法，若其近而遠、澹而雋、艷而真，又與近體以上相似，以評評之，固無不可。吾家天羽夙具靈心慧眼，以評連叔畫者評詩餘，又何所不可？東山秦明府菘崑，從臾是舉，俾公海内簿書之餘，不輟吟詠，是誠儇令也哉！余喜繪事而不知詩，竊以評繪者評詩，夫亦曰以古詩還古詩，以近體還近體，以詩餘還詩餘。評與不評，聽人自會，評者之旨有當於觀者可知，設觀者之見更有加於評者，評者亦俛首聽焉。鹿城沈瓚馨孺氏書。

明顧從敬等輯、明沈際飛等評《鎸古香岑批點草堂詩餘四集》，明末南城翁少麓刻本，天津圖書館藏。

# 陳繼儒

陳繼儒，字仲醇，號眉公，又號麋公、無名釣徒，華亭（今上海松江）人。生於明嘉靖三十七年（一五五八），卒於明崇禎十二年（一六三九）。明諸生。工詩善畫，盛年即絶意仕進，築室東佘山，隱居不出，以著述爲事。崇禎中，公卿交薦，皆以疾辭。著述頗豐，主要有《眉公全集》《邵康節外紀》《逸民史》《讀書鏡》《虎薈》《偃曝談餘》《巖棲幽事》《古今韻史》《古今奇聞》《福壽全書》《狂夫之言》《銷夏部》《辟寒部》《珍珠船》《群碎録》等。

## 《秋水庵花影集》敘

峰泖間久無閒人矣。自眉道人開徑東佘之陽，施子野從泖上築墓西佘之陰，簾櫳窈窕，花竹參差，遠近始有褰裳而遊者。余不設藩垣，聽人往來，如簷燕，如隙中野馬。而子野嚴扃鐍，以病辭，中酒辭。顧閣上嘈嘈，數聞弦索度曲聲，則子野所自製詞也。客唐突不得入，横折花

枝，呵詈委道旁而去，而子野默默笑自如。子野好日出酣眠，而能讀書至夜半，未嘗作低迷欠伸態。好與人轟飲惡戰，而能數月持酒戒甚堅。好治經術，工古今文，而能旁通星緯、輿地與二氏、九流之書。掉弄而爲樂府詩餘，跌宕馳騁，凡古今當行家，意崛僵未肯下。嘗謂余曰：『子老矣，請時時過我，俯首拍掌而和之。暇則爲我題數行，傳海内，海内故有天耳，人當爲施郎點頭耳。』夫典者，謂其曲盡人情也。詩，人人可學，而詞曲非才子決不能。子野才太俊，情太癡，膽太大，手太辣，腸太柔，心太巧，舌太纖。抓搔痛癢，描寫笑啼，太逼真，太曲折。當其志敞意得，摇筆如風雨，强半爲旁人掣去。或寫素屏紈扇，或題郵壁旗亭，或流播於紅綃麗人、黄衣豪客之口，而猶未睹子野之大全也。今《花影集》一出，上至王公名士，下至馬卒牛童，以及鷄林象胥之屬，皆咄咄吁駭，想望子野何如人。購善本，换新聲，擲餅金斛珠當不吝惜，豈特爲『三夢』、《四聲猿》之畏友而已乎？昔山谷遇秀鐵面道人，訶其筆墨勸淫，恐墮犁舌。故其叙晏叔原集云：『妙年美士，近知酒色之娱；苦節臞儒，晚悟裙裾之樂。鼓之舞之，皆叔原罪也。』子野學道，請以山谷爲戒。子野曰：『吾樂府詩餘，非平章風月，則約束鶯花，艷語麗情，十不得一，况謔浪俱是文章，演唱亦是説法，秀道人見之，即使木人歌、石兒舞可也。雖然，此集既行，願將風流罪過，向古佛發露，懺悔一番。敢問眉先生新創苕帚庵，其義云何？』余曰：『有沙彌請法，佛教之誦「苕帚」二字，誦「苕」則失「帚」，誦「帚」則失「苕」，誦至三年，忽然上口，遂爾大悟。子野能捨無始來才子習氣，作苕帚庵三年鈍人乎？便不落綺語債矣。』子野稽

首曰：『懺悔竟。』

明施紹莘撰《秋水庵花影集》卷首，明末刻本，北京大學圖書館藏。此處據《四庫全書存目叢書》集部第四二二册，濟南：齊魯書社，一九九七年，第九六—九七頁。

## 《詩餘圖譜》序

詩祖三百篇、《離騷》，特文之餘也；詞，詩之餘也；曲，又詞之餘耳。詩文發乎情，止乎禮義，若旁溢而爲詞，所謂提不定，撩不住，謔浪游戲，幾不知其所終。故晏元獻公未嘗作婦人語點入詞中，而蘇眉山遂欲一洗綢繆宛轉之度及香澤綺羅之態，然銅將軍鐵綽板、教坊雷大使舞袖，終非本色，故晁補之獨推秦七、黄九與張三影、柳三變爲當行家詞，蓋難言哉！曹縣萬子馨先生，詩壇之渠帥也。其所撰詩文幾與身等，藏副名山，不盡行，而先行其《詩餘圖譜》，有白有黑，有黑白之半，按圖而填之，倚聲而調之，抑揚老嫩，發端後殿，與中間過度頓挫之法，種種畢具，其痛快者可以助黄衫豪客之叵羅，其纖濃者可以約紫綃侍兒之紈扇。詞如夜光明月，《圖譜》如翡翠百寶盤，珠璣陸離流走，而終不能跳擲於寶盤外，法令森嚴，其誰敢干之？萬先生有功於詞家如此。子馨嘗爲曲陽令，早賦歸來，當事者速之出山，屈爲松郡幕參軍，夙夜

在公，稍暇，即焚香讀書，拈詩詞如故。既不必望以晏叔原之小謹，又非筆墨勸淫犯綉[一]鐵面佛法所訶戒，發乎情，止乎禮義，其得詞之中聲正聲者乎？昔東坡守杭，見毛澤民詞，謂坐客曰：『郡僚有詞人，不及知，某之罪也。』折簡追還，留數月，毛法曹繇此知名。今禹修郡大夫待子馨亦復如是，不可謂不遇矣。故題《圖譜》後，知世上有澤民，則必有東坡賞鑒者出，古今人豈甚相遠哉！八十一翁陳繼儒頓首撰。

明萬惟檀撰《詩餘圖譜》卷首，明崇禎十年（一六三七）自刻本，中國國家圖書館藏。

**校**

[一]此處『綉』當作『秀』。

## 題顧仲方詞序

顧仲方先生以雕龍綉虎之才爲鳳閣侍從，長安諸薦紳咸東錦交先生，片言片楮往往爲寶。時因杯酒間忽動鄉國之想，乃請作《江南春》樂府，使一片燕塵頓豁，而身游于小桃弱柳隊中。至于詠物閨情，各抒才韻，繪儗所至，生氣湊合，可以奪化工之權，結思人之涕。蓋出其餘膏剩

腹，便能鼓吹詞場，遞傳千古，譜風流者，舍仲方，吾誰與歸？ 吾謂此曲當以司空圖松枝筆、李廷珪豹囊墨及薛濤五色雲錦箋各書數通，以佐花月，而又令綠珠、雪兒從步絲幛後，醉拍紫玉板唱之，則一字一絹可也。

明陳繼儒撰《陳眉公集》卷六，明萬曆四十三年（一六一五）史兆斗刻本，上海圖書館藏。此處據《續修四庫全書》第一三八〇册，上海：上海古籍出版社，二〇〇二年，第七八頁。

## 題筆花樓詞序代

詞家獨元人升堂，沿及國朝，則楊用修、祝允明，庶幾攝齋廊廡。若近代諸家非不有白雪聲，然核古實則乏才情，工藻繢則鮮本色，非字懸千金、胸富五車未易語。此今仲方先生，此詞皆從長安風沙煙塵中以綺語破愁思羈況，故片言落人間，賈者紙爲貴，歌兒舌爲燥也。昔人有云：不恨吾不見古人，但恨古人不見我。惜哉！ 仲方之生也晚，藉令馬東籬、關漢卿諸名家與公角逐而赴詞壇，未知鹿死誰手。

明陳繼儒撰《陳眉公集》卷六，明萬曆四十三年（一六一五）史兆斗刻本，上海圖書館藏。

此處據《續修四庫全書》第一三八〇册，上海：上海古籍出版社，二〇〇二年，第七八—七九頁。

## 葉向高

葉向高，字進卿，號臺山，福建福清人。生於明嘉靖三十八年（一五五九），卒於明天啓七年（一六二七）。萬曆十一年（一五八三）進士，選翰林院庶吉士，累官吏部尚書，建極殿大學士，引病歸。光宗立，召還。崇禎初贈太師，謚文忠。著有《蒼霞草》《小草篇》《玉堂綱鑑》《福廬山志》《説類》等。

### 《草堂詩餘》引

嘗謂詩言志也，自古騷人墨士，莫不感時起興，觸景而賦之詩，若春有芳草之遊，夏有緑荷之賞，秋有黄花之飲，冬有白雪之詠，皆其事也。少游秦公、耆卿柳公輩非一人，其長短之調，四時之辭，本各隨時而賦，足以暢幽懷，寫衷曲，至悠然也。但刻者多失其類，散亂混淆，遂失

作者之意。今九我李先生留心此集，考古校證，以春景彙分三卷，其夏秋冬各一焉，各加注釋，編爲一帙，名曰《注釋草堂詩餘》，而付之剞劂氏。予展讀之，其分類明，注釋旁訓詳，評論當，後之有志於學詞者，先之圖譜以審其韻，後之評釋以繹其義，則不患無所助云。臺山葉向高撰。

明李廷機注釋《新鍥李太史註釋草堂詩餘旁訓評林》卷首，明萬曆二十八年（一六〇〇）刻本，南京圖書館藏。

## 題硃批注釋草堂詩餘引

嘗謂天運有四時，曰春、曰夏、曰秋、曰冬，而古之文人墨士莫不感時起興，睹物興思，對景題詠焉。若春有芳草之游，夏有緑荷之賞，秋有黄花之飲，冬有白雪之詠，皆其事也，少游秦公、耆卿柳公輩非一人，其長短之調、四時之辭各隨時而賦之，但後世剞劂者多失其時序次第，散亂混淆，遂使作者之意不明矣，良可惜哉。余年友九我李君，昔選《草堂詩餘》，業已通行宇内，兹謝政里居，復取是編，詳加品騭，分門拆類，注釋評論，靡不精確。嗚呼！我君逝矣，手澤猶存，余因得閱是集，大娱心目，其分類也明，其注視也詳，其評論也當，有志於學詞者，先之

圖譜以審其韻，後之評注以繹其義，則不患詞之無小補云。爰付梓人，加意朱批，以公同志。時天啓乙丑歲春王正月，福唐年弟臺山葉向高書於退賢草堂。[一]

明李廷機評注《新刻硃批注釋草堂詩餘評林》，明天啓五年（一六二五）周文耀套印本，中國國家圖書館藏。

**校**

[一]題喬山書社梓《草堂詩餘引》（明曾六德參釋、明董其昌評定《新鋟訂正評註便讀草堂詩餘》卷首，明萬曆三十年喬山書社刻本，中國國家圖書館藏）的内容與葉向高《題硃批注釋草堂詩餘引》高度雷同，應爲書商竄改所致。

## 王象晉

王象晉，字藎臣，又字三晉，號康寧，新城（今山東桓台）人。生於明嘉靖四十年（一五六一），卒於清順

治十年（一六五三）。明萬曆三十二年（一六〇四）考中進士，授中書舍人，四十一年（一六一三），考選優異，升任翰林、御史等職。後被重新起用，歷任河南按察使、浙江右布政使等職。明亡前夕，辭官歸里，優遊林下，絶跡仕途。編撰有《清寤齋欣賞編》《翦桐載筆》《二如亭群芳譜》《秦張兩先生詩餘合璧》《清寤齋心賞編》等。

## 重刻《詩餘圖譜》序

填詞，非詩也，然不可謂無當於詩也。詩三百篇，郊廟之所登聞，明良之所賡和，學士大夫之所宣播，窮巖邃谷，田畯紅女之所詠吟，采之輶軒，被之弦管，靡不洋洋纚纚，可諷可詠，删定一經，炳烺千古，此與王迹爲存亡者也。詩止矣，逮乎難繼矣！詩亡而後有樂府，樂府亡而後有詩餘。詩餘者，樂府之派别而後世歌曲之開先也。李唐以詩取士，爲律，爲古，爲排，爲絶，爲五七言，爲長短句，非不較若列眉，然此李唐之詩，非成周之詩也。詩餘一脈，肇自趙宋，列爲規格，填以藻詞，一時文人才士交相矜尚，或發紓獨得，或酬應鴻篇，或感慨今昔，或欣厭榮落，或柔態膩理，宣密諦而寄幽情，或比物托興，圖節敘而繪花鳥。憶美人者盻西方，思王孫者怨芳草，望西歸者懷好音，抱孤憤者賦楚些。譬照乘之珠，連城之玉，散在几席，晶光四射，爲有目人所共賞，有心人所共珍，豈不膾炙一時，流耀來裔哉？然可謂唐詩之餘，非周詩之餘

也。宋崇寧間，命周美成等討論古音，比律切調，於時有十二律六十家八十四調，而柳屯田遂增至二百餘調，總之，以李青蓮之《憶秦娥》《菩薩蠻》爲開山鼻祖，裔是而降，遞相祖述，靡不换羽移商，務爲艷冶靡麗之談。詩若蕩然無餘。究而言之，詩亡於周而盛於唐，詩盛於唐而餘於宋。總之，元聲本之天地，至情發之人心，音韻合之宮商，格調協之風會，風會一流，音響隨易，何餘非詩？何唐、宋非周？謂宋之填詞即宋之詩，可也，即李唐成周之詩，亦可也。南湖張子創爲《詩餘圖譜》三卷，圖列於前，詞綴於後，韻脚句法犁然井然，一批閱而調可守，韻可循，字推句敲，無事望洋，誠修詞家南車已。萬曆甲午、乙未間，予兄霽宇刻之上谷署中，見者爭相玩賞，竟携之而去。今書簏所存，日見寥寥，遲以歲月，計當無剩本已。海虞毛子晉，博雅好古，見予讐校此編，遂請歸而付之剞人，使四十年前几案間物頓還舊觀，亦一段快心事也。若曰月露風雲，此騷人墨客之小技，無當實用，請以質之三百篇。至於探詞源，稽事因，編次歲月，舉散見於群籍中者，類而綴之，别爲一卷。則子晉已先得我心，亦庶幾博雅之一助云。崇禎乙亥小春月，濟南王象晉書於天中之冰玉軒中。

明毛晉編《詞苑英華》之《詩餘圖譜》卷首，明末毛氏汲古閣刻本，中國國家圖書館藏。

## 《秦張兩先生詩餘合璧》序

詩餘盛於趙宋，諸凡能文之士，靡不舐墨吮毫，爭吐其胸中之奇，競相雄長。及淮海一鳴，即蘇、黄且爲遜席，蓋詩有別才，從古志之。詩之一派，流爲詩餘，其情郅，其詞婉，使人誦之，浸淫漸漬而不自覺。總之，不離温厚和平之旨者近是，故曰詩之餘也。此少游先生所獨擅也。南湖張先生與少游同里閈，慕少游之爲人，輒效少游之所爲詩文，因取宋人詩餘，彙而圖之爲譜，一時名公神情丰度、規式意調，較若列眉，誠修詞家功臣已。今觀先生長短句諸作，命意懇至，摛詞婉雅，儼然少游再生，豈天地精粹清淑之氣盡匯於長淮烟波浩渺間耶？何相肖之甚也。予不能詩，更不能詞，而甚慕兩先生之所爲詩若詞，特合兩先生詞併而梓之圖譜之後，使後世攻是業者，知詞雖小道，自有當行，無趨惡道，亦未必非修詞之一助也。崇禎乙亥長至日，濟南王象晉撰。

明毛晉編《詞苑英華》之《秦張兩先生詩餘合璧》卷首，明末毛氏汲古閣刻本，中國國家圖書館藏。

# 朱之蕃

朱之蕃，字元介，號蘭嵎、定覺主人，山東茌平人。生於明嘉靖四十三年（一五六四）。萬曆二十三年（一五九五）狀元及第，授翰林院修撰。萬曆三十三年（一六〇五），奉命出使朝鮮。萬曆三十九年（一六一一），擢升爲少詹事。官至南京禮部侍郎。編有《江南春詞》《詞壇合璧》《中唐十二家詩集》《盛明百家詩選》等。著有《朱蘭嵎太史詠物詩》《雨山編》《金陵圖詠》《紀勝詩》《落花詩》《奉使稿》《南還雜著》等。

## 《詞壇合璧》序

聲詩之作，根抵性情，緣染時代。泥古而厭薄目前，溺今而倦追往昔，胥失之矣。溯詞之興，故詩之餘事，實《風》之末流。三百篇中，不廢里巷歌謡，而與《雅》《頌》並列，豈得謂詞爲卑鄙，而不足與漢、魏、三唐繼響千載乎？升庵楊公博極群書，淹洽百代，而猶於《詞品》注意研搜，至若《草堂詩餘》一編，詳加評騭，當與唐人所選《花間集》並傳無疑矣。《詞的》搜羅彌

廣，《宫詞》模寫最真，信爲昆圃球林，總屬藝林鴻寶；匯梓成帙，致足佳觀。時一披閲，無論光彩陸離，宫商協和，而作者之深情恍然目接，輯者之見解璨矣畢陳。視《粹編》之淆雜、《妙選》之挂漏，大有徑庭矣。各刻自有敘述，楊確既備，藻繪益彰，不肖何能更贅一詞以助觀聽。惟嘉與共刻之舉，遂題簡端，家置一編於座右，當通今古而常新云爾。

明茅暎輯評《詞的》，詞壇合璧本，中國國家圖書館藏。

# 王嗣奭

王嗣奭，字右仲，號於越，别署遥集居士、鄞塘田叟、拙修老人、艱貞居士等，學者稱爲偶翁先生，鄞縣（今浙江寧波）人。生於明嘉靖四十五年（一五六六），卒於清順治五年（一六四八）。明萬曆二十八年（一六〇〇）舉人。官至涪州知州。入清不出，拒不薙髮，並不穿清服。著有《杜臆》《密娱齋集》等。

## 《唐詞紀》跋

詞盛於宋而芽蘖於隋唐間，然與詩異途，詞之盛，詩之衰也。弇州謂詩道未成，不宜閱詞，良然。至謂詞興而樂府亡，竊未敢信。詞未興而古樂府先亡矣。唐人擬作樂府甚多，然不可以被管弦，管弦者乃唐名家絶句，此亦樂府之變，猶雅之與鄭樂亡乎哉？輯唐詞者非通人，抹擷龐雜，編次舛紊，且魯魚莫正。然詞盡於此亦可觀覽。戊寅秋七月取閱一過，雖一語之佳亦標之以丹，能善用之，未必非詩料也，鄭貞□士奭識。

明董逢元輯《唐詞紀》，明萬曆刊本，上海圖書館藏。

# 蘇茂相

蘇茂相，字宏家，號石水，福建晉江人。生於明隆慶元年（一五六七），卒於明崇禎三年（一六三〇）。

明萬曆二十年(一五九二)聯捷進士,授户部主事。萬曆二十五年(一五九七),典試貴州,假歸省母,復命出爲彰德守,又任河南副使,不久督學江西,後辭官歸鄉,家居十載。後又晉南尚寶少卿,升太僕寺卿,擢都御史,巡撫浙江。因督剿海寇有功,升任兩淮漕撫,總督倉場。後任户部尚書,改任刑部尚書,以年老疏辭。著述頗多,編撰有《皇明寶善類編》《東征行稿》《蘇氏韻輯》《先覺要言》《正氣編》《奏除妖公案》《定亂紀略》《淮草》《浙草》《葵雲草》等。

## 白猿奇書兵法雜占彖詞敘

兵家有雜占彖詞,名曰《白猿奇書》,相傳爲李衛公作。後有梁將劉鄩序。上而日月雲星風雨雷電之變,下而山川草木鳥獸蟲豸之靈,中而人事國計,以及厭禳占驗之術,罔不巨纖俱備。其詞明白易於成誦,用兵者喜談之。顧余聞爲將者,不制天,不制地,不制人,故我往彼亡,則天時不必拘;置死後生,則地利不必紐。昆陽三千,淝水五千,皆摧百萬强敵,則人衆不足恃。總之,在因敵變化以取勝而已。故曰:微乎微,至於無形;神乎神,至於無聲。唐太宗嘗語衛公曰:『兵法十章萬句,不出多方以誤之一語。』嗚呼!談兵者其知之哉!天啓二年壬戌端陽月晉江蘇茂相書。

唐李靖撰《白猿奇書兵法雜占彖詞》卷首，明天啓二年（一六二二）蘇茂相抄本，東北師範大學圖書館藏。

## 湯賓尹

湯賓尹，字嘉賓，號睡庵，别號霍林，安徽宣城人。生於明隆慶元年（一五六七），約卒於崇禎初。明萬曆二十二年（一五九四）中舉，次年榜眼及第，授翰林院編修。萬曆三十四年（一六〇六），遷右春坊右中允。萬曆三十六年（一六〇八），爲左春坊左諭德。萬曆三十八年（一六一〇），任會試同考官。後進南京國子監祭酒。萬曆三十九年（一六一一）京察時，因韓敬案遭降職外調，繼而削籍。喜結黨，爲宣黨首領。善作八股文。著有《睡庵集》《宣城右集》《一左集》《再廣歷子品粹》等。

## 題《詩餘畫譜》

嘗以至情無言，真景無形。情流斯言吐，形散則景爛若。然山川大地已屬影子，况復漚吐不已嗣以摹畫，不幾影中覓影乎？以非影子，情景從何著落？謂詩中畫，即是無形之圖繪；謂畫中詩，即是無言之詠歌，何妨情流形散哉！從徑山披此圖，了然解情景者，遂書此以往。

明汪氏輯《詩餘畫譜》，上海：上海古籍出版社，一九八八年，第一頁。

# 胡震亨

胡震亨，原字君鬯，改字孝轅，自號赤城山人，晚號遯叟，浙江海鹽人。生於明隆慶三年（一五六九），卒於清順治二年（一六四五）。家多藏書，嗜之如命，日夕研讀不倦。萬曆二十五年（一五九七）舉人，除合肥令，有治聲，遷德州知州，因母老未赴任。後任定州知州，改兵部職方司員外郎。晚年家居，著述頗豐，主

要有《赤城山人稿》《唐音統籤》《海鹽縣圖經》《讀書雜録》《靖康咨鑒録》《李杜詩通》等。

## 宋詞二集敘

宋人詞多不入正集，好事家皆爲總集，如曾氏及今代汝南陳氏者，亦無幾，以此失傳最多。虞山子晉毛兄，懼其久而彌湮也，遂盡取諸家詞刻之。先是，已行晏元獻以下十家詞矣，至是周美成以下十家復成帙，日有益而未已。子晉於書無弗藏，無弗讀，宋人之集，其餘。子晉爲文宗秦漢，爲詩宗開元、大曆，宋人之詞，其餘。能兼之，斯能嗜之，不虛也。汝南之輯《粹編》也，實姑蘇吴生佐之後成。文學天性，推吴人，自昔有然，恨無從起晦伯復共賞此耳。夫詞之爲用，近言之則曲，正言之即樂也。《六州》《十二時》之詞，宋固用之廊廟，用之朝廷焉。因沿至今，昭代爲烈。曲可小，樂不可小也。子晉斯編，蓋將備樂一經於宋，俟千古之言樂者之采擇，抑第爲紅牙紫管奢拍遍。宋人有詞，宋人自小之，曰寄謔，曰寫豪，甚曰勸酒，浸使後人卑其格律爲淡淅。子晉幾無以張宋存詞之傳，功在詞諸家，故不細。庚午夏之朔，海鹽胡震亨遯叟識。

明毛晉編《宋名家詞》，明末虞山毛氏汲古閣刻本，臺北『國家圖書館』藏。此處據《續修四庫全書》第一七一九册，上海：上海古籍出版社，二〇〇二年，第三八九—三九二頁。

# 鄭以偉

鄭以偉，字子器，一作子龠，號方水，江西上饒人。生於明隆慶四年（一五七〇），卒於明崇禎三年（一六三〇）。明萬曆二十九年（一六〇一）進士，改庶吉士，授翰林院檢討，累遷詹事府少詹事。明泰昌元年（一六二〇），官至禮部右侍郎，直講筵。明天啓年間，因忤魏忠賢，上書告歸。崇禎二年（一六二九），復召爲禮部尚書兼東閣大學士，不久與徐光啓並相。卒贈太子太保，謚文恪。著有《靈山藏》《明府藏》等。

## 《靈山藏詩餘》自序

詞家稱李長庚《憶秦娥》《菩薩蠻》爲後人鼻祖，不知漢魏樂府其麴蘖而詩之，枕粲衾爛、螓首蛾眉，已開紅牙麗派，則其秫與水也，釀至宋元，沈酣久而酗醽亦出乎。其間黄涪翁詠《漁父》，欲以山色水光易玉肌花貌，而女兒浦口、新婦磯頭，未脱籢妝氣。豈解酲復以酒乎。它詞雖自云空中説者，謂墮犁舌，惟范文正以一代偉人作《蘇幙遮》，有『碧雲天，黄葉地』，語寫秋

景，直比宋玉；又作『□斜陽天接水，芳草無情，又在斜陽外』，可言玄酒在堂。而《塞上秋來》數闋，世人稱爲窮塞主，則亦古之道也。我明作者如青田始開其奥，時藝既專，情爲理揜，才與趣違，而熟爛之程式，終不盡關藴藉之手，於是藻曲填塞，亦不免詞興詩亡之譏。余酷愛沈啓南詠宋帝勑岳忠武，詞云：『萬里長城麟足折，兩宫歸路烏頭白。』每諷數四，謂可敵銅將軍鐵綽板，亂蘇學士《大江東去》。又吴原博詠沙燕『身輕不受柳，風吹小穴，藏身託土隄，隄若崩時穴。更移免銜泥。誰説華堂便好棲』，不減周美成題王謝堂前物，不翅飽酪奴也。暇搜篋中詩餘，半是充餞贈人事或臨小景文情，凡陋音韻多舛，似棘喉澀吻，姑不忍吐棄。非能效前輩胡盧，又竊爲枚皋之自詆娸已。朱紫陽作《梅雪》二詞，遂不復再懼餔糠啜糟，不覺神醒□□□□饒方丈鄭以偉書。

明鄭以偉撰《靈山藏詩餘》卷首，據趙尊嶽輯《明詞彙刊》，上海：上海古籍出版社，二〇一二年，第一六二八至一六二九頁。

# 徐㶿

徐㶿，字維起，一作惟起，更字興公，閩縣（今福建福州）人。生於明隆慶四年（一五七〇），卒於清順治二年（一六四五）。萬曆間與曹學佺主持閩中詩壇，以布衣終。博文多識，工文，善草隸。喜藏書，藏書處爲紅雨樓。著有《徐氏筆精》《閩南唐雅》《巴陵遊譜》《客惠紀聞》《諧史續》《紅雨樓家藏書目》《紅雨樓題跋》等。

## 《草堂詩餘》跋

宋人選詩餘，名曰《草堂》，楊用修强爲之解，曰：李白有《草堂集》，詩餘中有《憶秦娥》《菩薩蠻》二闋，爲百代詞曲之祖，故名《草堂》，殊牽合附會。今世此書盛行，人人傳誦，然知其説者蓋寡矣。胡元瑞稱博洽，亦未釋然于此。

明徐𤊹撰《徐氏筆精》卷二『詩訂』，明崇禎五年（一六三二）刻本，中國國家圖書館藏。

## 丘兆麟

丘兆麟，字毛伯，號太丘，臨川（今屬江西撫州）人。生於明隆慶六年（一五七二），卒於明崇禎二年（一六二九）。明萬曆三十八年（一六一〇）進士。崇禎初年，以右僉都御史巡撫河南。有文名，著有《學余園初集》《玉書庭全集》《丘毛伯先生集》《史遺》等。

### 《草堂詩餘》序

詩三百篇，風雅頌，觭體□賦與觭調，大都太音中會，新聲未散。凡太史之所陳風，里巷之所歌謡，總蔽於一言者近是。緣而時歌播樂章，依詠和聲，不假繩削而宫徵自應，雖謂太和盈宇宙可也，未聞有所云《草堂詩餘》者也。詩餘名以《草堂》者，顧子汝所刻，而何良俊所序者，

良以姬轍轉東，王跡掃地，雅詩亡而雅樂幾不復作，降而嬴秦擊甕扣缶而歌烏烏者無問矣。迨卯金祚熾，秋風興詞，侈心過沛，又蘇、李著言，踵《雉子班》《朱鷺》《芳樹》《臨高臺》而創，然多詩自詩而樂自樂矣。六朝來，惟推七步成章，以爲鼓吹。豈陳、隋之《曲江》《玉樹》垂聲律而□心志者□也。李唐嗣興，貞觀、開元間而下，如王維、王昌齡、王之焕略占小詞，追步大雅，既天寶來，李青蓮《憶秦峨》《菩薩蠻》諸調，又五言六七言之正宗，而五音十二律之變韻。周待制編之以名目，柳屯田復增以二百餘，一時彬彬，猗歟盛矣。趙宋而下，如蘇東坡、歐陽修、黄山谷、秦少游所著《西江月》《浣溪沙》《驀山溪》《風流子》擬之，王介甫之《漁家傲》、宋子京之《玉樓春》等章，尤爲詩餘絶唱。金、元歌調，九宫之殊無可采，固其然也。我皇明隆興，二祖十宗，聖天子建中和之極，都人士家弦户誦，依稀太古希音云。邇來本寧李君評釋《唐詩雋》業已行世，未幾復有《明詩雋》出，自國朝諸名公錦心綉口之章，雅堪李唐繼響，垂之金石，頓新宇宙之見聞矣。兹吴寧野公更踵以《草堂詩餘雋》，余從而玩味其間，見其考古校正，編以四季景趣，注釋抉之，詩歌典核，而字句章法，評林詳細，焕然可以賞目，怡然可以賞心，盡可謂調叶陽春，詞工白雪，而遏雲繞梁之歌，《霓裳羽衣》之制，由於是乎正印。是編出吾知韻士家，耳目改觀，心神顯注，所以抽一言之精藴而衍三百之緒餘者，不但大有裨於古樂府，即以跨漢、唐、宋而留商、周之盛可也，寧直一歌曲之濫觴已已，是爲敘。時己未仲冬，臨川毛伯丘兆麟題於聽月軒齋頭。

明吴從先輯《新刻李于鱗先生批評注釋草堂詩餘雋》，明書林蕭少衢師儉堂刻本，南京圖書館藏。

## 文震孟

文震孟，初名從鼎，字定之，改字文起，號湛持、湘南，長洲（今江蘇蘇州）人。生於明萬曆二年（一五七四），卒於明崇禎九年（一六三六）。弱冠舉於鄉，以學行久負盛名。十赴會試，至天啓二年（一六二二），始舉進士第一，授翰林院修撰。時魏忠賢竊柄弄權，秩調外，旋斥爲庶民。崇禎元年（一六二八），召爲翰林侍讀，改左中允，充日講官。歷少詹事，拜禮部左侍郎兼東閣大學士，入閣預政。後因與温體仁不和，遭劾落職，閒歸故里。卒贈禮部尚書，追謚文肅。著有《藥圃詩稿》《藥圃全集》《姑蘇名賢小記》等。

## 《秋佳軒詩餘》敘

甲戌南宫之役，予之知月槎，以其文也。撤闈後，月槎以詩示予，予所心賞，不獨叹其文也。既而以詞示予，予所心賞，又不獨叹其詩也。月槎，真異人也哉！蓋秣陵山水比之吾郡尤佳，牛首、燕磯無論。凡一寓目，風壤清和，景物明秀，堪以位置筆端者，應接不暇。月槎孕靈抒藻，繪性披情，發而爲辭，先後罕儷。當夫山川風月相狎相資，他人所爲，擢髓嘔腸，攢眉擁被，窮歲月而成者，月槎得之。俄頃間長調如溟渤匯衆流，運行汩汩；小令如纖阿逗曲沼，獨照英英。月槎自成月槎，何又方之古人？即方之，亦何多讓？一語之艷，令人魂絶；一字之工，令人色飛。子野之『雲破月來』，子京之『杏枝春鬧』，不是過也。成竹在胸，揮毫直遂，高談雄辯，旁若無人。東坡之『大江東去』、幼安之『疊嶂西馳』，不是過也。情深欲語，我見猶憐。匀染無心，須臾百媚。美成之『楊柳梢頭』，耆卿之『曉風殘月』，不是過也。花外放歌，偏饒興會；尊前圖景，巧奪丹青。文子之『梁間燕，話春愁』、勝欲之『秋太淡，添紅棗』，不是過也。月槎真異人也哉！我明以詞名家者，劉誠意穠纖有致，去宋尚隔一塵，楊用脩好入六朝麗事，似近而遠。夏文愍最號雄爽，比辛詞覺少精思。予於月槎無間然矣。昔万俟雅言精於音律，自號詞隱，山谷稱之爲一代詞人，黄玉林云：『雅言發妙音於律吕之中，運巧思於斧鑿之

外，蓋詞之聖也。』然則月槎，其一代詞人乎？抑詞之聖乎？吾無以名之。展玩茲編，留連嘆賞，然豈終無以名之，亦曰絶妙好辭而已。崇禎乙亥秋日，吴郡友人文震孟題於燕臺邸中。

明易震吉撰《秋佳軒詩餘》卷首，明崇禎刻本，南京圖書館藏。此處據《續修四庫全書》一七二三册，上海：上海古籍出版社，二〇〇二年，第五一三—五一六頁。

# 王思任

王思任，字季重，號遂東、謔庵、稽山外史，山陰（今浙江紹興）人。生於明萬曆三年（一五七五），卒於清順治三年（一六四六）。萬曆二十二年（一五九四）中舉，萬曆二十三年（一五九五）進士。萬曆二十四年（一五九六），任興平知縣。萬曆二十七年（一五九九），任當塗知縣。萬曆三十三年（一六〇五），遷南京刑部主事。萬曆三十九年（一六一一），任青浦知縣。崇禎二年（一六二九），任松江府學訓導，次年升任國子監教授。崇禎四年（一六三一），任南京工部主事。崇禎六年（一六三三），升任郎中，後任江西按察使僉事，鎮守九江。清兵攻破南京後，魯王監國，授爲禮部右侍郎，進禮部尚書。清兵陷紹興，征召不赴，絶食而

死。工詩，善小品文。著有《王季重集》《謔庵文飯小品》等。

## 序宗遠詞

自《望江南》起，而工詞家從情取捷，遂皆軟娟流利，混俗和雅，以此稱妙，聽之如春鶯在樹，千古一語，不耐也。宗遠與文章爲敵，盡搗其巢，另作堂構，棟桷户牖，皆欲顛倒一番，所謂新詞，如琢月之斧，雕風之器，天女擎來，件件鮮貴。玩其珍者，惟恐不飽，而不知其傷指滴心，有如是之苦者。凡事不險不奇，立捨身崖上，作都盧人戲，方爲古今絶伎耳。[一]

明卓人月、明徐士俊輯《古今詞統》卷六，明崇禎刻本，上海圖書館藏。此處據《續修四庫全書》第一七二八册，上海：上海古籍出版社，二〇〇二年，第五七四頁。

### 校

[一]按：王思任《序宗遠詞》附於朱灝《桃源憶故人》（深楊霧綰雙鬟緑）後，非針對單首詞而撰的序跋，故著録之，以見其時詞壇風貌。

# 張師繹

張師繹，字克雋，號夢澤，晉陵（今江蘇常州）人。生於明萬曆三年（一五七五），卒於明崇禎五年（一六三二）。萬曆二十六年（一五九八）進士。萬曆二十八年（一六〇〇），授新喻令。萬曆三十年（一六〇二），丁父憂歸。累遷江西按察使。會魏忠賢黨焰方熾，師繹加意拯護罹黨禍正士，後拂袖歸，杜門著書，著有《月鹿堂集》《讀史一編》等。

## 合刻花間草堂序

天下無無情之人，則無無情之詩。情之所鍾，正在吾輩。然非直吾輩也。夫子删《詩》，裁贏三百，周、召二南，厥爲風始。彼所謂房中之樂、床笫之言耳。推而廣之，江濱之遊女、陌上之狂童、桑中之私奔、東門之密約，情實爲之。聖人寧推波而助之瀾，蓋直寄焉。以情還情，以旁行之情，還正行之情，要其旨歸，有情吻合於無情，斯已而已矣。鄒孟氏識得此意，齊王好

貨、好勇，至於好色，猶曰『足用爲善』，此何所足爲乎？ 正以王有此情，可以導而之善也。而佛氏苦空寂滅，捐棄倫理，厭離居室，雖其癖好焉者，抗而與吾儒爭道，而畀端外學，如焦芽之不生、冷灰之不暖、土鼓之不韻，究竟歸於斷滅焉。 其人存，其情先亡矣。 古卿大夫皆稱《詩》以言志，其子弟爲國子學，歌九德，頌六詩，習六舞，五聲八音之和，被服其風，光輝日新，化上遷善而不知其所以。 今之言詩者，如漢樂家制氏，能言其鏗鏘鼓舞，而不能言其義者，斯已爲難。 即鏤冰刻楮，無益殿最之數。 安所勤太史氏之采擇，而獻之賁鼓樅業之間乎？ 予友鍾瑞先氏閎覽博物，篤嗜古文奇字，每與予閒商風雅。 今人與居也，輒進而求之古人，所畜經史異書，盈笥充棟，次第就梓。 而《花間》之集，《草堂》之餘，復得博覽善本，先刻之。 爲禁臠《侯鯖》，暨詞林嚆矢。 自此湖光山色，雜沓笙簧，鳥語花香，間咽絲肉，而被以新聲，佐之小令，作者骨艷，歌者魂銷，遂使紅牙殢客，翠袖留髡，子仲之子，雖復不韻，無冬無夏市也婆娑。 予今而知，詩與詞之有扶於風教也。 天啓甲子初夏蘭陵張師繹克雋撰。

明楊慎品定、明鍾人傑箋校《花間集》，明天啓四年（一六二四）鍾人傑箋校本，南京大學圖書館藏。

# 張慎言

張慎言，字金銘，自號藐姑山人，山西陽城人。生於明萬曆五年（一五七七），卒於清順治二年（一六四五）。萬曆三十八年（一六一〇）進士，除壽張知縣，後調任曹縣、清河縣。泰昌間，擢陝西道御史，天啓初，督畿輔屯田，崇禎時，擢太僕少卿，歷太常卿、刑部右侍郎，召爲工部右侍郎。由左侍郎遷南京户部尚書，尋改南京吏部尚書、掌右都御史事。後寄居蕪湖、宣城間，疽發，戒勿藥，尋病卒。著有《泊水齋文抄》《泊水齋詩抄》等。

## 萬子馨填詞序

余讀萬子馨所刻填詞，蓋吟詠低徊者久之，有文章叔降之慨焉。詩之降也，流爲填詞，漢魏以來，樂府舞歌、《子夜》《讀曲》雖奥古，去填詞遠甚，然已微露其聲氣。迨至齊、梁以後，綺靡纖麗之極，不得不流而爲填詞也。至填詞而之於元之曲，益如决水於千仞之谿矣。故填詞

者，在唐以後爲詩之終，在元以前爲曲之始。然詞之至佳者，入曲則甚韻，而入詩則傷格，風會浸淫，雖作者亦不自知也。然今之樂猶古之樂，箜篌、鐃歌、觱栗、笳吹，皆可以被金石，享人鬼，而況詞與曲乎？但曲以後，再不得復有濫觴矣。三百篇柔情冓語，暨古樂府率用方言巷謡而傳之，至今膾炙不厭者，何也？故余以爲填詞者用俚用俗，若雜若諧，以填詞之格而一持以古樂府《白紵舞》歌《子夜》《讀曲》之聲氣，子馨雅能辨此矣。若元之曲再降，益不可知。識者憂之，故余讀子馨是刻，愛而推之如此。[二]

明張慎言撰《泊水齋文鈔》卷一，清康熙三十九年（一七〇〇）張茂生刻本，中國國家圖書館藏。此處據《四庫全書存目叢書》集部第一八三册，濟南：齊魯書社，一九九七年，第四四四—四四五頁。

## 校

[二]張慎言《萬子馨填詞序》亦見載於明張綖撰、明游元涇增訂《增正詩餘圖譜》卷首（明萬曆二十九年刻本，中國國家圖書館藏），以及趙尊嶽輯《明詞彙刊》著録之萬惟檀《詩餘圖譜》卷首（《明詞彙刊》，上海：上海古籍出版社，二〇一二年，第八八八頁），幾處文字大體相近，序末留有署名『崇禎丁丑新正陽城友人張慎言序』。

## 戴　澳

戴澳，字有斐，號斐君，浙江奉化人。明萬曆三十四年（一六〇六）舉人，萬曆四十一年（一六一三）進士，授虞衡主事，後以稽勳郎中假歸，家居十餘年。後兩度復出爲官，轉尚賓丞，再轉大理丞，官至順天府丞。著有《杜曲集》《豐干集》等。

### 孫子真樂府敘丁巳年

李龍眠善畫馬，秀闍黎謂其必墮馬腹中，遂更畫大士像。黄魯直喜作艷詞，秀師謂其結情業，受報有同畫馬。余謂魯直善書，便當法龍眠畫大士意，爲書《金剛經》百部以消之。然而魯直弗之信也，説者謂魯直南遷，卒死瘴海，倘亦綺語業致然耶？余曰：是不然，魯直第作綺語，關人何事，而必欲擠之死地耶？魯直之受禍，以與正不阿，致邪黨側目耳。則魯直雖作綺語，綺語不没魯直也。其死南荒，正以明其不墮馬腹耳。海陽孫子真工書善畫，又雅以詩名

時。抽其餘巧，以爲艷曲，清真宛至，不減勝國大家。然而調笑媟褻之語，似亦不可令秀闇黎見，則子真當遂墮馬腹中耶？嘗見渠喜貌諸名公韻人，積之成帙，且將付剞劂氏，以傳海内，是不可敵龍眠大士相乎？則固有以銷之矣。又况愛根即是佛根，至如歸文娟於垂死，而曰原爲其死、不爲其生，便是菩薩心，行以淫慾，超三界者也，根器自堅，遊戲皆道，秀闇黎苦不能除分别想，故多作馬腹觀耳。

明戴澳撰《杜曲集》卷七，明崇禎刻本，中國國家圖書館藏。此處據《四庫禁燬書叢刊》集部第七一册，北京：北京出版社，一九九七年，第二五〇頁。

# 姚希孟

姚希孟，字孟長，號現聞，吴縣（今江蘇蘇州）人。生於明萬曆七年（一五七九），卒於明崇禎九年（一六三六）。萬曆四十年（一六一二）中舉人，萬曆四十七年（一六一九）進士及第，選入翰林。天啓中，以母喪歸，旋被彈劾削籍。崇禎元年（一六二八），起爲左贊善，歷右庶子，爲翰林院日講官。尋移疾歸，卒謚文

毅。著有《公槐集》《響玉集》《棘門集》《沆瀣集》《秋旻集》《文遠集》《循滄集》《松癭集》《伽陵集》《風吟集》《薇天集》《丹黄集》等，總名《青溪閣全集》。

## 媚幽閣詩餘引

『楊柳岸，曉風殘月』與『大江東去』總爲詞人極致，然畢竟『楊柳』爲本色，『大江』爲別調也。蓋《花間》《草堂》爲中晚，詩家鏤冰刻玉，綿脂膩粉之餘響，與壯夫彈鋏、烈士擊壺何啻河漢？且創爲之者，出於《望江南》，本大雅罪人，豈可令慨慷激射入於幽咽旖旎之中哉？若然，則吾輩銅筋鐵骨、冰稜霜幹，奈何作此閨閤語、女兒情？而宋、元迄今，端品雅流每喜爲幽閒鼓吹，蓋鍾情者競爲纖麗，而適情者愛其閒遠。夫取境閒而托寄遠，正三百篇之遺教也。胡天胡帝而結之曰邦媛，終日射侯而申之曰我甥。字字言外，語語個中，以至於風雨雞鳴、蒹葭白鷺，皆詩之河源宿海，而詩餘之銀潢機石也。廣陵鄭超宗生于蕙心紈質之鄉，鬚眉軒翥，肝腸皎洌，其才無所不擅，而亦於小詞津津焉。余讀而笑曰：子文章之雄，又方雅之準也。而暖姝爲小詞，何異百戰老將鞭駿馬，發矢如叫梟，顧搴幃作三日新婦哉？時沛國閻古古在座，進而白槌曰：『不見夫廣平之賦梅花乎？以百鍊鋼腸而多宛依婀娜之致，貞而不僿，矩而多丰，乃所以爲廣平。』余曰：『然。』遂題而歸之。

先生留心世道，取人别有冷眼，予之受知，非以文詞，乃文詞復蒙奬借，未免過情之耻矣。（鄭元勳評）[二]

明鄭元勳輯《媚幽閣文娱二集》卷二，明崇禎刻本。此處據《四庫禁燬書叢刊》集部第一七二册，北京：北京出版社，一九九七年，第三〇七—三〇八頁。

## 校

[二]姚希孟《媚幽閣詩餘引》亦見載於姚希孟撰《響玉集》卷之餘（《四庫禁燬書叢刊》集部第一七八册，北京：北京出版社，一九九七年，第六〇四—六〇五頁），名爲《媚幽閣詩餘小序》。兩處相較，文字大體相同，惟删去了文末鄭元勳的評語。

# 張 曼

張曼，生平、事跡不詳。

## 己卯春詞引

今年六十日春，在西湖裹過，與雨雪雲霧雷相習，湖之美約領矣。或曰鬆鬆麗日，月夕風晨，何如？曼曼曰：與常者習，不知變之來，與變者習，能識常之往。天下境界，恨在有盡，爭在不盡。萬里，足下也；頃刻，千古也。一字，三百篇也。苟求其故，而故遯非遯也，盡者出，不盡者隱，至誠無息。雨雪雲霧雷也，日月風也，常也，變也。詞技雖小，患在盡也。曼曼己卯春詞，將無同。

曼曼每誦臨川道人『到來都是淚，過去即成塵』二語，今讀此一百三十字，其中淵然也，人謂曼曼工艷詞，其艷自有本領。（鄭元勳評）

明鄭元勳輯《媚幽閣文娱二集》卷二，明崇禎刻本。此處據《四庫禁燬書叢刊》集部第一七二册，北京：北京出版社，一九九七年，第三〇八頁。

# 陳仁錫

陳仁錫，字明卿，別號芝台，長洲（今江蘇蘇州）人。生於明萬曆九年（一五八一），卒於明崇禎九年（一六三六）。萬曆二十五年（一五九七），中舉。天啓二年（一六二二），探花及第，授翰林院編修。次年丁内艱，服闋起故官。後直經筵日講，掌典誥敕。會魏璫給鐵券，欲仁錫作誥詞，堅不屬草，削籍歸。崇禎元年（一六二八），起原官，旋進右中允，署國子司業事，再直經筵。以預修神宗、光宗兩朝實録，進右諭德。崇禎七年（一六三四），起爲南京國子監祭酒，剛拜命，得疾而卒。南明福王時，贈詹事銜，謚文莊。著作繁富，撰有《無夢園集》《義經易簡録》《大易同患淺言》《孝經小學詳解》《六經圖考》等，編有《明世法録》《諸子奇賞》《潛確居類書》《史品赤函》《古文奇賞》《蘇文奇賞》《八編類纂》《明文奇賞》《古文彙編》等。

## 詩餘敘

詩者，餘也。無餘，無詩，詩曷餘哉？東海何子曰：『詩餘者，古樂府之流別，而後世歌曲

之濫觴也，元聲在，則爲法省而易諧，人氣乖則用法嚴而難叶。』余讀而韙之。及又曰：『詩亡而後有樂府，樂府闕而後有詩餘，詩餘廢而後有歌曲。』由斯以談，成周列國爲一盛，而暴秦樂闕爲一衰。漢興，《郊祀》《房中》《鐃鼓》暨蘇、李爲一盛，而魏、晉、六朝、秦、隋爲一衰。太宗以下，李白、王維、昌齡輩爲一盛，而天寶爲一衰。宋有十二律，篇目增至二百餘調，爲一盛，而金、元爲一衰。其盛也，塗巷被弦管，出湯火，揚清謳，甚則太、玄、寧王，天子審音，《清平》《鬱輪袍》相繼作，而《憶秦娥》《菩薩蠻》二詞遂開宋[二]待制、柳屯田領樂創調之繁。其衰也，如秦如玄，主暴民愁，律呂道絶。乃若子建《怨歌》七解，暨横吹和平諸調，六代、陳、隋並用之。而金、元歌曲，激響千代，可謂歌曲亡詩餘、詩餘亡樂府、樂府亡詩耶？則是蕩然無餘，其何詩之有？人亦有言有能不能，余謂審音不爾，夫聲音之道，一葉而知天下秋，豈櫛比哉？凡詩皆餘，凡餘皆詩，余與陳、錢二先生重訂行世，余何知詩，蓋言其餘而已矣。甲寅中秋古吴陳仁錫書于堯峰之青莎塢。

明顧從敬類選、明陳仁錫參訂《類選箋釋草堂詩餘》卷首，明萬曆四十二年（一六一四）刻本，上海圖書館藏。此處據《續修四庫全書》第一七二八册，上海：上海古籍出版社，二〇〇二年，第六五—六六頁。

校

［二］「宋待制」當爲「周待制」。

## 續詩餘序

續經者，僭經；續詩者，僭詩；續詩餘者，法曰無僭。詩不可續，餘可續也。吾讀書堯峰，始見松陵之城郭，若龐山、同里諸漫浸焉，澹臺、寶帶、磧砂、陳湖之濱焉。松之泖、崐之玉峰焉。橫山若盤，穹窿若賓，陽山若拱，虞山若垣，錫山若龍，上方若腕，石湖若杯焉。乃陟青莎塢、萬玉限，登妙高峰，浸吾腹者，三萬六千頃之半焉。莫鼇縹緲之外，汎若水之凫，凡三十有餘峰焉。荆溪之銅官，霅川之碧巘，如鵬決起張左右翼焉。天如薺焉，舟如月焉，日月並出焉，落日之帆如雪焉。又或霧霽見一頃焉，雷起，閃一峰焉，月上，汎一波焉。吾見夫人蠛蠓焉，飛塵焉，而以拜石，則神人焉，袍笏焉，丈人焉。一草一木，皆頂禮焉。新鐘鼓之聲，壯雲山之色焉。凡此者，皆天地之餘，所謂傍望萬里之黃山，而皆青翠；俯瞰千仞之深谷，而皆黟黑。吾乃與千古文章之士遊戲於葱嶺雲濤之間，當其忽然而捉筆，亦如天之一北一南，地之影長影短，箕爲傲客，房爲駟馬而已矣，詎不可續乎哉？甲寅秋日，陳仁錫書於天湧峰。［二］

明錢允治箋釋、明陳仁錫校閱《類選箋釋續選草堂詩餘》卷首，明萬曆四十二年（一六一四）刻本，上海圖書館藏。此處據《續修四庫全書》第一七二八册，上海：上海古籍出版社，二〇〇二年，第一七五—一七六頁。

### 校

[二]陳仁錫《續詩餘序》又見載於明卓人月、明徐士俊輯《古今詞統》卷首（《續修四庫全書》第一七二八册，上海：上海古籍出版社，二〇〇二年，第四四五頁），兩處文字相較，惟文末無署名『甲寅秋日陳仁錫書於天湧峰』。此外，尚有眉批『此序無一語及詞，而詞中之妙境畢具。讀者會心於此，作詞自然靈動。』

## 施紹莘

施紹莘，字子野，自號峰泖浪仙，華亭（今上海松江）人。生於明萬曆九年（一五八一），卒於明崇禎十

三年（一六四〇）。明諸生。少負俊才，構別業於泖上，又修精舍於西佘。妙精音律，工樂府詞曲，以才艷稱。著有詞、散曲合集《秋水庵花影集》五卷。

## 《秋水庵花影集》序

峰泖浪仙行吟山谷，盤礴烟水，如槁木，如寒灰。我喪其我，不知我爲何等我也。一日，刺杖水涯，撥苔花，數游魚，藻開萍破，見耳目口鼻浮浮然在水面焉。因自念言：『此是我耶？抑是影耶？影肖我耶？我肖影耶？我之爲我，亦幻甚矣。』何必多識字，日夜與柔管作緣。平生寡交游，偏與毛氏之宗姓結納，狎之曰管城子，尊之曰穎君，以之雹掃横行，則署之曰藏鋒都尉。且愛之恤之，珍之秘之。不用之於名場呫嗶，而用之於韻事風流；不用之於詁語酸言，而用之於雄詞藻句；不用之於雌黄恩怨，而用之於嘯詠吟諧；不用之於政牘刑書，而用之於花評艷史；不用之於歌功佞德，而用之於惜粉憐紅；不用之於書算持籌，而用之於風人騷雅；不用之於北闕封章，而用之於東皋著述；不用之於青史編年，而用之於春衫記淚；不用之於諛辭表墓，而用之於艷句酬香；不用之於枉駕高軒，而用之於過溪枯衲，庶幾無負於柔管哉。宜其感恩思報，而辛苦隨我一生也。但綺語之業，日深月積，抑何不自愛至此矣。猶記十六七時，便喜吟詠，而詩餘樂府，於中爲尤多。十餘年來，費紙不知幾十萬。嘗貯之古錦囊，挑以筇竹

杖，向桃花溪畔，杏樹村邊，黄葉丹楓，白雲青嶂，席地高歌一兩篇。雖不入譜律，亦復欣然自喜。山童騎黄犢，負夕陽而歸，亦令拍手和歌，喁于互答。因擇其聲之幽脆者，命歌工教以音律。於是花月下，香茗前，詩酒畔，風雪裏，以至茅茨草舍之酸寒，崇臺廣囿之弘侈，高山流水之雄奇，松龕石室之幽致，曲房金屋之妖妍，玉缸珠履之豪肆，銀箏寶瑟之縈魂，機錦砧衣之愴思，荒臺古路之傷心，南浦西樓之感喟，憐花尋夢之閒情，寄淚緘絲之逸事，分鞵破鏡之悲離，贈枕聯釵之好會，佳時令節之杯觴，感舊懷恩之涕淚，隨時隨地，莫不有創譜新聲，稱宜迭唱。每聽雙鬟豎子拍板一聲，則泬寥傳響，情境生動，可謂極風情之致，享文字之樂矣。但浮沉濁亂於此中，我正爲我身心性命憂耳。謂當傾篋中藏，吹杖頭火，向稻花風裏，舉蒲葵扇，呼嗚嗚而播之，我見其灰飛烟滅，而我之真面目始具矣。適有客至，倚杖與語，客曰：『向聽爾詞，耳根快矣，獨不可使眼根亦受用乎？請授梨棗，使世間有眼人飽看一回也。』浪仙對曰：『我寫不言之句，故將以手爲口，爾聽無聲之詞，乃欲以目易耳耶？我且不知爾之非我，我之非爾，爾猶執耳之非目、目之非耳耶？爾不見夫花影乎？花外之影，影即非花；影中之花，花即是影。然則何有何無？何彼何此？焉知珠聲絹字非已飛之劫灰，而本無之幻相也哉？故爾若作句字觀，則些些綺語，永爲拔舍成案。若作花影觀，則滿紙胡言，隨口變滅，疏影稀微，已爲我向佛懺悔久矣。雖謂梓氏之刀爲祖龍之火，可也。』客曰：『命之矣。』乃私授剞劂，而即録浪仙之語爲之序，蓋序之變格也。

明施紹莘撰《秋水庵花影集》卷首，明末刻本，北京大學圖書館藏。此處據《四庫全書存目叢書》集部第四二二册，濟南：齊魯書社，一九九七年，第一〇二—一〇三頁。

# 秋水庵花影集雜紀

一　點板

板者，曲之尺度也。雖一定不可易，然死腔活板，歌苑宗工，自有圓融脱化之妙。烏得以一人隅見，著爲定律？故不加點。

一　添字

詞林舊刻，每添字比正句減小以示别。兹刻不分異同，大小平等。盖予雖不嫺歌，然方屬句時，未嘗不按譜審腔，查板填句。縱有添字，亦多無碍歌喉。明于譜調者，自然一覽了然，不須參差刺人眼也。

一　校閲

予不妄交，未嘗攀援附會。校讐評閲，止吾相知幾人。常見世之梓刻，有交盡顯人，評滿天下者。兹刻自覺寒酸，然寧使爲予之寒酸矣。

一　訛字

近來剞劂日繁，亥豕魯魚，正復不少。兹刻一一細校，點畫無訛。只有『纔』字或作『才』，『拚』字或作『判』，乃古字本如此。試考六書，從無『拚』字、『纔』字，當以『判』『才』爲正。

一　評語

集中樂府大套，俱已著評人姓字。其間小令詩餘，未經明註者，大約彦容、闇生、巨卿、冲如、德生爲多。蓋時常聚首，趂筆拈題，不覺其珠聯而貝合也。

一　徵歌

集中諸曲，已半付歌兒。管弦翻譜，屢屬名手，幸免鐵綽板之譏。詞壇解人不煩更費推敲，試一按板，自然入律。

一　流傳

予流連詞翰，多閲歲年，靡音麗語，每爲好事者所傳。但爾時少作，時復改竄，至有終篇一字不同者，亦有句字幾經更换者，觀者當以兹刻爲正。

一　僞竊

小詞雖極蕪陋，然自寫一得，亦頗自珍惜，奈每每爲人掩竊。曾於一歌姬扇頭，見《夢江南》十首，宛然予作，而已識他人姓字矣。如此者甚多，一一鶴聲飛上天，豈容假人耶？不敢不辨。

一 參譜

古人牌名，多有不雅馴者，予稍稍爲之更定。如【麻婆子】改【美娘兒】，【攤破地錦花】改【地錦攤花】；又如【紅綉鞋】改【雙乘鳳】，【尾聲】改【鳳毛兒】之類。蓋或因其本事，被之美名；又或因其本名，錫以新字。其音律自在，解人當自知之。舉一以例其餘可也。

一 犯調

古詞過曲，各分九宫，不可强爲配合。予詞皆一一按譜，未嘗以意出入。即間創新聲，如十一聲之類，亦必審宫辨律，摘句選聲，試一按歌，其音節頗諧，安知不有動于詞林矣？

一 用韵

嘗考北聲既濫，南音繼起，大都不過聲音相近爲韵耳。自數年前《南詞韵選》出，始奉《中原韵》爲詞林宗律。夫詩有詩韵，詞亦應有詞韵，非受持束縛，不見此道之難。但廢四聲爲三聲，以仄韻爲平韻，以閉口爲開口，此豈可爲訓耶？且予集中多少作，《韵選》未出時，業已成帙，不能一一訂改以鴃舌從事也。三卷夏景閨詞後跋語，解人幸一參觀焉。

明施紹莘撰《秋水庵花影集》卷首，明末刻本，北京大學圖書館藏。此處據《四庫全書存目叢書》集部第四二二册，濟南：齊魯書社，一九九七年，第一〇四—一〇五頁。

## 周永年

周永年，字安期，吴江（今江蘇蘇州）人。生於明萬曆十年（一五八二），卒於清順治四年（一六四七）。諸生。少負才名，制義詩文，倚待立就。與弟永言、永肩齊名，時號『三安』。遭亂坎坷，卜居洞庭西山。著有《周安期詩》《懷響齋詞》《林汲山房遺文》《鄧尉聖恩寺志》《松陵别乘》《吴都法乘》《吴中志餘》等。

### 艷雪集原序

《文賦》有之曰：『詩緣情而綺靡。』夫情則上溯風雅，下沿詞曲，莫不緣以爲準，若『綺靡』兩字用以爲詩法，則其病必至巧，累於理。僭以爲詩餘法，則其妙更在情，生於文，故詩餘之爲物本緣情之旨，而極綺靡之變者也。從來詩與詩餘亦時離時合，供奉之《清平》，助教之《金荃》，皆詞傳於詩者也。玉局之以快爽致勝，屯田之以柔婉取妍，皆詞奪其詩者也。大都唐之詞，則詩之裔，而宋之詞，則曲之祖。唐詩主情興，故詞與詩合；宋詩主事理，故詞與詩離。士

不深於比興之義，音律之用，而但長短其詩句以命之曰詞，徒見其不知變耳。吾友葛震甫挾洞庭震澤之靈秀，以游於人間，其所爲詩業已登峰造極，可謂境兼奧曠，致合騷雅，而當其推襟送抱，候月臨花，頌酒賡色，則往往以詩外之别傳，爲詞中之妙趣。試取其《艷雪集》一再歌之，奇不傷骨，靡不傷氣，而追風入麗，沿波得奇，瀟灑婉孌之情無不備寫，蓋舉樂府方俗之詞，玉壺工艷之語，香篋纖媚之調，一一寄之於詞。而得其詞者，知其深於詩，愛其詞者，并忘其工於詩也。要而論之真，至之情，必本於性。奇逸之情，必乘於才。震甫玉性不雕，雲才自舉，其自漢、魏、六朝以還周、秦諸家，而上隨所位置，各占坐席，此其根蒂所在，固有異乎今之詞人者矣。吴江周永年撰。

明葛一龍撰《艷雪篇》卷首，據趙尊嶽輯《明詞彙刊》，上海：上海古籍出版社，二〇一二年，第一七七九頁。

## 吴鼎芳

吴鼎芳，字凝父，吴縣（今江蘇蘇州）人。生於明萬曆十一年（一五八三），卒於明崇禎九年（一六三六）。年四十削髮爲僧，名大香，號唵囕。居烏程霞幕山，與烏程范汭有《披襟唱和集》，另著有《雲外録》等。

### 《徐卓晤歌》序

至人凝神，衆人徇欲。凝神則九有自超，徇欲則五道所滑。《首楞嚴》云：『汝愛我心，我憐汝色。經百千劫，常在纏縛。』嗟乎！情苗一瓣，愛種千殊，十二顛倒，賡相流變，何自苦乃爾！棲水徐子野君、卓子蘂淵文情孅美，所著《晤歌》一篇，令自十六字以至百字等，總百三十餘闋，無非摩寫紗厨月澹，綉閣香穠，鏤玉成箋，戛金爲韻。語别淚則露花點綴，敘幽蹤則風柳絲絲。霞綺漸新，煙姿遜媚，一展心動，再視魂消。如在萬花谷中陳設七寶步障，坐聆李家

寵姊清喉，聲耳相及，亦厚幸矣。不慧少事雕蟲，有辜呑鳳，幻嶠[二]諳，名髪併棄。私詫二君具有出世之禀，而爲世緣所縶，奚不揮慧劒劚柔腸？著解脱鞭騁無爲路，然後例架慈航，利涉苦海，一現婆須蜜女，一現鎖子骨菩薩，凡適子之館，覘子之儀，攬子之袪，咳子之吻，或奉頻申，或邀回顧，皆獲舍離實欲，恒住寂静，莊嚴王三昧，此等文章小技，夢想俱消，利益當何如哉？雲外僧唵囕香撰。

趙尊嶽輯《明詞彙刊》著録『徐卓晤歌』之首，上海：上海古籍出版社，二〇一二年，第一七五二頁。

**校**

[二]此處當脱『才』字。

# 萬惟檀

萬惟檀，字子馨，山東曹縣人。生年不詳，卒於明崇禎十五年（一六四二）。由恩貢知曲陽縣，有惠政。以傣馬缺額，降松江府幕。復爲湖廣保康知縣。抵任三月，李自成以數十萬騎攻擊，城陷，不屈而死。編有《詩餘圖譜》等。

## 《詩餘圖譜》説

夫《圖譜》，何爲而作也？誌學步之苦心也。詞之盛，至宋極矣！首倡則歐陽公，於時詞人蔚起，豪放不羈則有眉山蘇子瞻，雄渾得機則有豫章黄魯直，縱横如意則有臨川王介甫，醖釀不凡則有彭城陳無己，以至情詞婉約則有高郵秦少游，固皆詞家宗匠，振古于兹，殆天授，非人力也。嗣後南湖張子則列以譜法，前具圖後繫詞，燦若黑白，俾填詞之客索駿有象，射鵠有的，委於詞學有裨多矣。余小子素不諳於此道，然以玩圖識義，稽實察虚，乃謬於調中分段、段

中分句、句中分字詞，非敢悖前人，祇以諸家體别，叶諸管弦，或相乖忤，欲概填不能，欲偏采不敢，不揣茫昧，僭以己見，各成一詞，填爲《圖譜》。但求其律之合，不厭其詞之俚。嫫姆效顰，魚目溷珠，即以按道傍之劍，固有所不辭爾。是爲述蔣百潭之論而贅以著之説如右，後學萬惟檀識。

趙尊嶽輯《明詞彙刊》，上海：上海古籍出版社，二〇一二年，第八八八頁。

## 《詩餘圖譜》凡例

一　詞調各有定格，因其定格而填之以詞，故謂之填詞。今著其字數多少、平仄、韻脚，以俟作者填之，庶不至臨時差悮，可以叶諸管弦矣。

一　詞格多是雙調，後段謂之換頭，前後相同者，則字數同，平仄間有不同。其不同者，則字數平仄詳載之《圖譜》，可稽也。

一　詞中字當平者用白圈，字當仄者用黑圓，平而可仄者白圈半黑其下，仄而可平者黑圓半白其下。其仄韻又有上去入三聲，則在審音者裁之。

一　韻脚初入韻者謂之起，平起，仄起。承上韻者謂之叶，平叶，仄叶。有換韻者曰換。平換，

仄換。有句中藏韻者初曰中韻起，中平起，中仄起。藏頭承上曰中叶。中平叶，中仄叶。

一　詞有同一調而名不同者，蓋調有定格，不可易，名則可易，如東坡赤壁《念奴嬌》，因末有『酹江月』，後人作此詞者，即謂之《酹江月》，又謂之《赤壁詞》，又謂之《大江東去》，因其一百字，又謂之《百字令》之類是也。亦有義同而名異者，如《蝶戀花》謂之《鳳棲梧》《鵲踏枝》，《紅綉鞋》謂之《朱履曲》之類是也。今皆列註名下，使覽者知其調同而名異爾。

一　《圖譜》《太和正音》字字討定四聲，雖云太拘，然以叶諸管弦，庶幾不至齟齬，况初學入門，必須步步蹈矩。若其變通神化，則在大方斟酌之。

一　措詞用字上去入三聲，有通用者，有作用者，有仄而作平、入而作上去者，蓋皆圓活之法。若此譜，則一字不作，亦一韻不借，即其詞之鄙俚，具眼可不論。然以律之黄鐘，則又非黍筒牛鐸所能測已。

一　《圖譜》各列一詞以爲格，非敢擅易名人，但以古作者豪爽不拘，亦有參差上下，字數多寡、平仄出入，蓋興到筆隨，不礙詞人之致。然以釐爲定體，則不敢一一開載也。

趙尊嶽輯《明詞彙刊》，上海：上海古籍出版社，二〇一二年，第八八九頁。

# 陸雲龍

陸雲龍，字雨侯，錢塘（今浙江杭州）人。明天啓、崇禎時人，與弟陸人龍從事圖書的編輯、評選、刻印等工作。編選有《十六名家小品》《翠娱閣選評行笈必携》等。

## 《詞菁》敘

《菩薩蠻》爲《烏啼》《子夜》之變，蓋青蓮以絶代軼材，裂羈靮，另闢詞家一徑，大都以精新綺麗爲宗，故相沿英妙，淮海、眉山、周洞霄、康大晟，其品雖不得埒，以詞論，不得劣也。至我明，鬱離具王佐才，厮身帷幄，宜同稼杆，時露英雄本色，乃似柔其骨、麗其聲、藻其思，務具菁華之色，則所尚可知已。其後名賢輩出，人巧欲盡，悉爲奇險之句、幽窈之字，實緣徑窮路絶，不得不另開一堂奥。試取《花間》《草堂》並咀之，《草堂》自更新綺者，特其中有欲求新而得誤，似爲吴歈作祖，予不敢不嚴剔之。誠以險中有菁，俳不可爲菁耳。具眼者倘亦不罪我而知

我。辛未仲夏翠娱閣主人題。

明陸雲龍編選《詞菁》，據陸雲龍編《翠娱閣選評行笈必携》，明崇禎間陸氏崢霄館刊本，中國國家圖書館藏。

## 錢棻

錢棻，字仲芳，一字此生，號滌山，别號八還道人，浙江嘉善人，一作山陰（今浙江紹興）人。明崇禎十五年（一六四二）舉人。著有《蕭林初集》《蕭林二集》《讀易緒言》等。

### 《虞美人花詞》跋

若夫異卉編愁，人間植相思之樹；名姝負恨，天半峙望夫之峰。蓋騷情貫草木，故剩粉壽千春。然若耶溪畔，波影空沉，響屧廊前，麗魂斯杳。帳内珊遲，莫定是非之狀；驛邊纖骨，徒

堅伉儷之盟。至乃折腰方舞，黄鵠生悲。赤帝之髯甫落，紅顔之血爲殷。有美虞姬，化斯芳草。不隨桃李，常親魯國衣冠；獨爾掀飜，似美炎劉灰燼。楚愁默結葉底，歌聲隱隱，霸氣雖淪枝頭，暈靨重重。晨烟暮藹，耻嫁春風；素粧亭立，有同閨秀。名騅已逝而常存，漢殿既非而不變。洵葩隊貞姿，而詞壇勝韻也。吾友子一忠希屈氏，性僻行吟，氣壓彌生，憤時罵坐，恒握瑾以表潔，每披荔而逞芬。爰騰雅奏，如聞幄裏殘香；曲寫蒨容，似睹花開欲語。家爾斐冰雪爲肌，雲霞在手。溪光竹色，靜悟禪心。花氣鳥言，盡歸筆浪。乃以同懷，賡兹佳什。觀其金銑遥振，幾銷柳七之魂；遂使玉貌如生，宛遶項王之膝。豈是情多，羞作山中連理；實因俠勝，永爲楚國忠臣。昔稽康述懷香之賦，宗測圖百花之帶。孰若表斯幽質，招彼風流。美人不死，曷咎天亡？妝鏡常留，自能憐我。真足破儕俗之目論，而維彩雲于絶代者矣。

明錢棻撰《蕭林初集》卷七，明崇禎刻本，中國社會科學院文學研究所藏。此處據《四庫未收書輯刊》陸輯第二八册，北京：北京出版社，二〇〇〇年，第一二四頁。

# 高奭

高奭，字以召，號石公。明崇禎時在世。輯有《艷雪齋叢書》等。

## 詞曲評小敘

夫一代之興，必生一代之妙才。一代之才，必有一時之絶藝。春秋之詞命，戰國之縱横，以至漢之文、晉之字、唐之詩、宋之詞、元之曲，是皆獨擅其美而不得相兼，隨之千古而不可泯滅者。雖然，即是後者，惟詞曲之品稍方，而風月烟花之間，一語一調，能令人英俊而刺心，神飛而魄絶，亦惟詞曲爲然，則亦有可觀者矣。大都二氏之學，貴倩語不貴雅歌，貴婉聲不貴勁氣。夫各有其至焉，覽□手段，所以合二氏而輯之，覽是編者，可以參二氏之三昧矣。崇禎戊辰秋日，石公題于艷雪齋。

明高奭輯《艷雪齋叢書》之《詞評》，稿本，中國國家圖書館藏。此處據《北京圖書館古籍珍本叢刊》第八二册，北京：書目文獻出版社，一九九〇年，第六九二頁。

# 潘游龍

潘游龍，字鱗長，荆南（今屬湖北）人。約生活於明崇禎年間。編著有《史學提要》《古今詩餘醉》《康濟論》《笑禪録》等。

## 《詩餘醉》自序

今夫人情之一發而無餘者，非其情之至焉者也。《書》曰：『詩言志，歌詠言，聲依詠，律和聲。』則詩之爲教，典謨中已釀其餘矣。虞夏之詩未敢深論，商頌之詠革命也，曰：『我有嘉客，莫不夷懌。』其衎烈祖也。曰：『鬷假無言，時靡有爭。』則優柔雋永之旨，商殆爲詩餘之鼻祖

焉。有周采聲歌于諸侯之國，列之樂官，迄今琴瑟鐘鼓，《關雎》有餘樂；吹笙鼓簧，《鹿鳴》有餘好。尋章摘句之下，詩寧有索焉而無餘者乎？説者謂詩亡而後有樂府，樂府廢而後有詩餘，是必《清平調》創自青蓮，《鬱輪袍》始于摩詰，將愈趨愈下。周待制之十二律，柳屯田之二百調，益卑卑不足數矣。彼少游、魯直、長公、幼安、竹屋、白石諸公，不且以詩餘滅價乎？若我明之劉伯温、楊用修、吴純叔、文徵仲、王元美，若而人又何敢樹幟詞壇哉？信乎詩餘之未可以世論也。余于詩則醉心于絶句，于歌行，而于詞則醉心于小令，謂其備極情文而饒餘致也。蓋唐以詩貢舉，故人各挾其所長以邀通顯，性情真境半掩于名利鉤途，詞則自極其意之所之，凡道學之所會通、方外之所靜悟，閨帷之所體察，理爲真理，情爲至情，語不必蕪，而單言隻句，餘于清遠者有焉，餘于摯刻者有焉，餘于莊麗者有焉，餘于悽惋悲壯、沈痛慷慨者有焉。令人撫一調，讀一章，忠孝之思，離合之况，山川草木，鬱勃難狀之境，莫不躍躍于言後言先，則詩餘之興起人，豈在三百篇之下乎？獨惜向有選較者，每以襍體硬牽附于時序，殊失作者之旨。余乃爲比事類情，尋爲次第，藏之素篋，自以爲枕中秘未過也。而胡子曰從强欲示之同好，因有嘲之者曰：『《花間》長短各體，大小異令。是役也，錯綜而位置之奪倫，否歟？』余曰：『否。』蓋詞與曲異，曲須按腔挨調而後成闋，有意鋪張，此新聲之所以無餘味也。空中之音，水中之月，象中之色，鏡中之境，可摹而不可即者，其詩餘也。蓋無俟較高，平分南北。按篇目，而余之醉心于古今詞者久矣，遂記其言之餘而爲引。荆南潘游龍識于十竹齋之舍舫。

明潘游龍輯、明陳斑等訂《新選古今詩餘醉》卷首，明胡正言十竹齋刻本，天津圖書館藏。

# 管貞乾

管貞乾，婁江（今屬江蘇）人，生平事跡不詳。

## 《詩餘醉》附言

遡未有文字之先，文字藏性情間；既有文字之後，性情沁文字間。今人莊語、雄語、經濟語、金華殿中語，畢竟不如情致語爲流暢。今文臺閣體、碎金體、誥詔羽檄體、天才人才鬼才三絶之體，畢竟不如風流體爲駘蕩。余落魄無似，日與鱗長潘先生閒評世務，人未嘗不咲余輩之未字、理嫁娘衣也，而余兩人言之極懇，至每愴懷，輒髮豎，惟自問，併疑爲癡迂而狂奴黠態爾爾也。一日，見先生反覆古今詩餘，曰：『我常消受此，而玩最雋永，低徊風景，縷縷情懷，古人

起我何多哉！』余曰：『噫！感矣。』詩之爲物，大要騷屑，其所感往往悒鬱英雄，於其奇麗韻絶之句結緣獨厚，所以竦肩袖手，走醋甕，缺石蓮，負古錦囊，日驀投金渚。余考詩餘之作，自崇寧、元豐諸君子詠歌之不足，而描情寫景嫋嫋不絶者也，夫人情與思亦何盡之，有束於格，則情不能暢，思不能溢。既[二]可以變興比賦之制爲騷斌，即可以變騷賦之制爲五言，可以變五言之制爲古風，即可以變古風之制爲七言排律、爲樂府歌行，又何不可因律絶而變爲詩餘也哉？某牌名可以展出某意，非某牌名不足以婉轉某情。幽格之臆，嬌嬈之筆，亦既無致弗轉，無轉弗倩已，矧牌名之設？先是李青蓮有《憶秦峨》《菩薩蠻》二調，原非創自有宋，蓋詩自三百篇遞創格，詩餘可謂情文之至矣乎？何怪先生之沉酣於兹也。先生取宋彦之所集，與國朝名勝之所作，合而編之，曰《詩餘醉》。先生嘗抵掌連雞飛兔，醉心於縱衡家；嘗救患恤弱、忼慨立義，醉心於游俠傳；嘗潑墨作高文典册、含毫擬草檄飛書，醉心於相如、枚皋之才；嘗淹灌《南華》，博通内典，醉心於支遁、許掾之談；嘗與余流涕時艱，搉利弊，策本末，聚米借箸，有封居胥、踏賀蘭意，醉心於董、賈、衛、霍之學。一動以雲物、林丘、閨情、旅思之變現，又喜聽夭韶女郎唱『曉風殘月』之章。然則先生安往而不醉心哉？寧獨詩餘也？先生分别次第，特出深心，非僅以便覽者之睫。先之以時序，律呂之所以從陰陽也；終之以邊思，見有情之不忘於倥傯也。笳聲凄楚，堪走胡宵之騎；河骨愴心，猶憐閨夢之人。唐詩不廢《塞上曲》《昭君怨》，咸此志也，斯豈非宗尼父删詩之餘意？首二南，而末豳風，終魯頌乎？拊是編者，又不可以

不知也。婁江管貞乾觀執甫題。

明潘游龍輯、明陳斑等訂《新選古今詩餘醉》卷首，明胡正言十竹齋刻木，天津圖書館藏。

## 校

[二]按：『既』當作『即』。

# 沈際飛

沈際飛，字天羽，自署吴門鷗客、震峰居士、古香岑居士、毘陵長湖外史等，江蘇崑山人。行跡不詳，約明崇禎年間在世。有評點《草堂詩餘》，以及《詞譜》等傳世。

# 序《草堂詩餘四集》

説者曰：『周人制爲樂章，漢世則有樂府，晉、宋之際有古樂府，與漢人之樂府不可同日語也。再變而爲隋、唐、五代之樂歌，又變而爲宋、元之長短句，愈降愈下矣。』此以風氣貶詞者也。或曰：『曰風、曰雅、曰頌，三代之音；曰歌、曰吟、曰行、曰操、曰辭、曰曲、曰謡、曰諺，兩漢之音；曰律、曰排律、曰絶句，唐人之音。詩至於唐而格備，至於絶而體窮，宋不得不變而之詞，元不得不變而之曲。』此以體裁貶詞者也。或曰：『風、雅，本歌舞之具，漢不能歌風、雅，則爲樂府歌之。風、雅但可作格，而不可言調。唐用絶句爲歌，則樂府但可爲格，而不可言調。由兹而下，詩變爲詞，詞變爲曲，代代如之。蓋古今之音大半不相通，則什九失其調。』此以音義言詞而爲詞解嘲者也。而不知詞吸三唐以前之液，孕勝國以後之胎，斟量推按，有爲古歌謡辭者焉，有爲騷賦樂府者焉，有爲五七言古者焉，有爲近體歌行者焉，有爲五七言律者焉，有爲五七言絶者焉。而元人之曲則大都吞剥之，故説者又曰：『通乎詞者，言詩則真詩，言曲則真曲。』斯爲平等觀歟。而又有似文者焉，有似論者焉，有似序、記者焉，有似箴、頌者焉。於戲！文章殆莫備於是矣。非體備也，情至也。情生文，文生情，何文非情？而以參差不齊之句，寫鬱勃難狀之情，則尤至也。彼瓊玉高寒，量移有地；花鈿殘醉，釋褐自天；甚而桂子荷香，流播

今人，動念投鞭，一時治忽因之。甚而遠方女子讀淮海詞，亦解膾炙，繼之以死，非鍼石芥珀之投，曷繇至是？雖其鐫鏤脂粉，意專閨幨，安在乎好色而不淫？而我師尼氏刪國風，逮《仲子》《狡童》之作，則不忍抹去，曰：『人之情，至男女乃極。』未有不篤於男女之情，而君臣、父子、兄弟、朋友間反有鍾吾情者。况借美人以喻君，借佳人以喻友，其旨遠，其諷微；僅僅如歐陽舍人所云『葉葉花牋，文抽麗錦；纖纖玉指，拍按香檀。不無清絶之詞，用助嬌嬈之態』而已哉！或又曰：辛稼軒以詩詞謁蔡光，蔡云：『子之詩，未也，當以詞名。』馬鶴窗與陸清溪皆出菊莊之門，而清溪得詩律，鶴窗得詞調，詩與詞幾不可强同。而楊用修亦曰：詩聖如子美，不作填詞；宋人如秦、辛，詞極工矣，而詩不强人意。則不見夫李白之《憶秦峨》《菩薩蠻》，王建之《調笑令》，白居易之《憶江南》，昔日以爲詩而非詞，今日以爲詞而非詩；讀者自作岐觀，而作之者夫何岐乎？故詩餘之傳，非傳詩也，傳情也。傳其縱古横今，體莫備於斯也。余之津津焉評之而訂之，釋且廣之，情所不自已也，嵇康曰：『著書妨人作樂耳。』共然？豈其然？

吳門鷗客沈際飛天羽父自題。[二]

明顧從敬等輯、明沈際飛等評《鐫古香岑批點草堂詩餘四集》卷首，明末南城翁少麓刻本，天津圖書館藏。

## 校

［二］沈際飛『序《草堂詩餘四集》』亦見載於明卓人月、明徐士俊輯《古今詞統》卷首（《續修四庫全書》第一七二八册，上海：上海古籍出版社，二〇〇二年，第四四七—四四八頁），題作『詩餘四集序』，兩處文字相較，删去了文末署名『吴門鷗客沈際飛天羽父自題』。此外尚有一則眉批、數則夾注，眉批云：『古人託閨怨而吟惜春，豈好作婦人語乎？』四則夾注爲雙行小字，即：①『量移有地』後有夾注：『神宗讀坡詞，至「瓊樓玉宇，高處不勝寒」，嘆曰：「蘇軾終是愛君。」量移汝州。』②『釋褐自天』後有夾注：『俞國寶詞「明日重移殘酒，來尋陌上花鈿」，高宗以爲酸氣，改作「重扶殘醉」，即日釋褐。』③『一時治忽因之』後有夾注：『柳耆卿西湖詞：「三秋桂子，十里荷香。」金主聞之，遂起投鞭渡江之志。』④『繼之以死』後有夾注：『長沙妓愛秦少游詞，許嫁之，後聞秦訃，一慟而絶。』⑤『鶴窗得詞調』後有夾注：『劉泰，字士亨，號菊莊，景泰間人。陸昂，字元偁，號清溪。馬洪，字浩瀾，號鶴窗。』

## 《古香岑草堂詩餘四集》發凡

一　銓異

調有定名，即有定格，其字數多寡，平仄韻脚較然，中有參差不同者：一曰襯字，文義偶不聯暢，用一二字襯之。密按其音節，虚實間正文自在，如南北劇這字、那字、正字、個字、却字之

類，從來詞本即無分别，不可不知。一曰宮調，所謂黄鐘宮、仙呂宮、無射宮、中呂宮、正宮、仙呂調、歇指調、高平調、大石調、小石調、正平調、越調、商調也。詞有名同，而所入之宮調異，字數多寡亦因之異者，如北劇黄鐘《水仙子》與雙調《水仙子》異，南劇越調過曲《小桃紅》與正宮過曲《小桃紅》異之類。一曰體製，唐人長短句皆小令耳，後演爲中調，爲長調，一名而有小令，復有中調、有長調，或系之以犯、以近、以慢别之，如南北劇名犯、名賺、名破之類。又有字數多寡同，而所入之宮調異，名亦因之異者，如《玉樓春》與《木蘭花》同，而以《木蘭花》歌之，即入大石調之類。又有名異而字數多寡則同，如《蝶戀花》一名《鳳棲梧》《鵲踏枝》，如《念奴嬌》一名《百字令》《酹江月》《大江東去》之類，不能殫述。

一　比同

詞中名多本樂府，然而去樂府遠矣；南北劇中之名又多本填詞，然而去填詞遠矣。今按南北劇與填詞同者：如《青杏兒》即北劇小石調，《憶王孫》即北劇仙呂調，《生查子》《虞美人》《一剪梅》《滿江紅》《意難忘》《步蟾宫》《滿路花》《戀芳春》《點絳唇》《天仙子》《傳言玉女》《絳都春》《卜算子》《唐多令》《鷓鴣天》《鵲橋仙》《憶秦娥》《高陽臺》《二郎神》《謁金門》《海棠春》《秋蕊香》《梅花引》《風入松》《浪淘沙》《燕歸梁》《破陣子》《行香子》《青玉案》《齊天樂》《尾犯》《滿庭芳》《燭影摇紅》《念奴嬌》《喜遷鶯》《搗練子》《剔銀燈》《祝英臺近》《東風第一枝》《真珠簾》《花心動》《寶鼎現》《夜行船》《霜天曉角》，皆南劇引子。《柳梢青》《賀聖

朝》《醉春風》《紅林檎近》《驀山溪》《桂枝香》《沁園春》《聲聲慢》《八聲甘州》《永遇樂》《賀新郎》《解連環》《集賢賓》《哨遍》，皆南劇慢詞，外此，鮮有相同者。

一　疏名

調名必有所取，如《蝶戀花》取梁元帝句『翻堦蛺蝶戀花情』，《滿庭芳》取吴融句『滿庭芳草易黄昏』，《點絳唇》取江淹句『明珠點絳唇』，《鷓鴣天》取鄭嵎句『家在鷓鴣天』，《踏莎行》取韓翃句『踏莎行草過春溪』，《西江月》取魏萬句『只今惟有西江月』，《惜餘春》取太白賦，《浣溪沙》取少陵詩，《瀟湘逢故人》取柳渾詩，《青玉案》取《四愁詩》。《菩薩鬘》，西域婦髻也。《蘇幕遮》，西域婦帽也。《尉遲杯》，敬德飲酒，必用大杯也。《蘭陵王》，入陣必先歌其勇也。《生查子》，『查』古槎字，張騫事也。其他或取篇首之字明之，或取篇中字之雅者名之，如《大江東去》《如夢令》《人月圓》《疏簾淡月》之類，可以意推。

一　研韻

上古有韻無書，至五七言體成而有詩韻，至元人樂府出而有曲韻。詩韻嚴而瑣，在詞當併其獨用爲通用者綦多，曲韻近矣。然以上支紙寘分作支思韻，下支紙寘分作齊微韻，上麻馬禡分作家麻韻，下麻馬禡分作車遮韻，而入聲隸之平上去三聲，則曲韻不可以爲詞韻矣。錢塘胡文焕有《文會堂詞韻》，似乎開眼，乃平上去三聲用曲韻，入聲用詩韻，居然大盲，世不復考，將詞韻不亡於無而亡於有，可深嘆也，願另爲一編正之。

一　分帙

《正集》裁自顧汝所手，此道當家，不容輕爲去取，其附見諸詞並鱗次其中。《續集》視顧選尤精約，悉仍其舊。《別集》則余僭爲排纘，自宋泝之，而五代而唐而隋，自宋沿之，而遼而金而元。博綜《花間》《樽前》《花庵選》，宋元名家詞，以及稗官逸史，卷凡四，詞凡若干首。《新集》錢功父始爲之，恨功父蒐求未廣，到手即收，故玉石雜陳，竽瑟互進，兹删其什之五，補其什之七，甘於操戈功父，不至續尾顧公。

一　著品

評語，前未有也，近閩中墨本、吴興朱本有之，非嘌囈，則隔搔，見者嘔噦。兹集精加披剥，旁通仙釋，曲暢性情，其靈慧新特之句用○，爾雅流麗之句用﹅，鮮奇警策之字用◎，冷異巉削之字用﹆，鄙拙膚陋字句用丨，復用•讀句，以便覽者不囁嚅於開卷，心良苦矣。

一　證故

注釋不曉創之何人，而金陵本、閩中本、浙中、吴中本，轉展相襲，依樣葫蘆，顯者複説，僻者闕如，大可噴飯。今細細查注，微顯闡幽，不複不脱，間有援引非倫，亦如郭向注《莊》意，言之外別有新趣耳。

一　刊誤

一句訛則一篇累，一字訛則一句累。同時才人腐毫八股業，皇及填詞？ 即留心騷雅，高

者工詩，其次制曲。《詩餘》正、續本帝虎亥豕，訛謬滋興，誰與講訂？錢功父新編訛以傳訛，差落顛倒，甚而調名亦混，如王元美《西江月》混入《少年遊》、蘇景元《踏莎行》混入《木蘭花》、王止仲《踏莎行》混入《水龍吟》、徐小淑《霜天曉角》六調混爲三調、楊用修《鶯啼序》一調割爲二調，尤可笑者，《金字經》《水仙子》《天淨沙》《一枝花》《折桂令》《梁州序》皆以北曲混入，今茲考訂正文，附註訛字，次其前後，芟其混入，可謂犂然。若夫名氏影借，本色難晦，故物宜還，併政之。

一　定譜

維揚張世文作《詩餘圖譜》七卷，每調前具圖，後系辭於宮調，失傳之日爲之規規而矩矩，誠功臣也。但查卷中一調先後重出，一名有中調、長調，而合爲一調，舛錯非一。錢塘謝天瑞更爲十二卷，未見釐剔。吴江徐伯曾以圈別黑白易淆，而直書平仄，標題則乖。且一調分爲數體，體緣何殊？《花間》諸詞未有定體，而派入體中，其見地在世文下矣。古歙程明善因之刻《嘯餘譜》，於天瑞兄弟也。余則以一調爲主，參差者明注字數多寡，庶定格自在，神明惟人，即此是譜，不煩更覓圖譜矣。

一　竢喆

是刻歷時一載，繙閱數番，衡古摧今，心血欲槁。所歉者，古人之詞，隨烟月以奄逝；今人之詞，方雲霞其蔚蒸，如升庵《填詞選格》《詞林萬選》《詞選增奇》《填詞玉屑》《詩餘補遺》《古

今詞英》《百琲明珠》等書已不復見，矧宋元遺本，其飽蠹覆瓿者，不知幾何矣。又如我明宋潛溪、解大紳、王陽明、王守溪、于廷益、何大復、唐荆川、楊椒山、莫廷韓、梅禹金、湯海若、黄貞父、湯嘉賓、駱象先、鍾伯敬、丘毛伯、陶石簣、屠赤水、王百穀、袁中郎諸公，集中無詞。而陳眉公、張侗初、李本寧、馮具區、王永啓、錢受之、鄒臣虎、韓求仲、顧鄰初、王季重、董玄宰、譚友夏、趙凡夫諸公尚未有集。坐井窺管，自分不免。有同志者，不妨惠教，以嗣續編。

一　誡翻

坊人嗜利，更惜費，翻刻之弊所繇始也。邇來訐告追板，而急於竊其實，巧於掩其名，如《詩餘》舊本，按字數多寡編次，今以春夏秋冬編次矣。至本意送别、題情、詠物諸詞，儘不可以時序論，必硬入時序中，不妥莫甚。太末翁少麓氏志趨風雅，敦懇兹集，捐重貲精鐫行世。吾懼夫後來市肆有以春夏秋冬故局刻之者，不然，以四集合編，稍增損評註刻之者，而能逃於翻之一字乎？夫抹倒閲者一片苦心爲不仁，罟吞刻者十分生計爲不義，詎嘿嘿而已也。先此布告。古香岑天羽居士言。

明顧從敬等輯、明沈際飛等評《鐫古香岑批點草堂詩餘四集》卷首，明末南城翁少麓刻本，天津圖書館藏。

# 《草堂詩餘別集》小序

夫人入五都之市，見藏山隱海，沈沙棲陸，靈物緯寶，目駭耳回。而轉而之山巔河湄，滲漓茀鬱，交錯如綉，徘徊流連不能已，何也？日對要官華使，攬轡登車，所志澄清。而一與羽流釋子諷唄齋薰，服食咽氣，究無生之學，爲三十六帝之外臣，則百慮冰息，何也？撾鼓伐鐘，笙鏞柷敔，朋鳴輩響，煩手淫聲，可以遺憂忘老，而倏焉徹懸，有狀若飛僊者。曼聲嗚嗚，繞梁遏雲，則昏情爽曙。曰過願之始，服錦綉綺紈，蜚襳垂髾，翩翩五陵年少，而使之着故脱新、布袍草蹻，泊如也，有脱落風塵者矣。奉觴羞異，丹穴之雛，玄豹之胎，如澠如陵，秖覺情盤景遽。一朝飲以清茗，享以藜菽，除煩滌腥，其視沈頓厭飫，不大有徑庭耶？何也？不貴同而貴別也。[二]詩餘之有別集，有味乎？言別也。滄浪氏云：『詩有別才，有別趣。』餘何獨不然？夫雕章縟采，味腴搴芳，詞家本色。則掀雷扶電，瞋目張膽者，大雅罪人矣。而不觀顥穹之軒如轟、如閉陰縱陽者乎？吾且於致取別。國有嫡統，有庶統，固曰：紫色鼃聲，餘分閏位。而綴學之士或紹雕龍之慶，或汗窮愁之簡，何國蔑有？吾且於時取別。詞體一，而作者涸思乾慮，爲騷而昆弟屈、宋，爲賦而衙官鮑、謝，爲論而輿隸陸、賈，意製相詭，言語妙天下，吾且於體取別。東至泰遠，西至邠國，南至濮鉛，北至祝栗，風聲可暨，文教施焉，彼神經怪牒，每出自遐

陬，而側辭艷曲，必裁自神州赤縣之家也乎？吾且於風取別。其通人時喆，揚芳飛采，翹然爲後進望，宜傳而著之。而間有身沉名晦，亦一語魂絶，一字色飛。豈曰朽簡牘哉？又況禪儷搦管，惠我三昧，美艷自陳，傳神阿堵，乃土苴棄之也，吾且於材取別。別於正、別於續之謂別也，而有不可別者焉。[二]塊然中處，喜則心氣乘之，怒則肝氣乘之，思則脾氣乘之，恐則腎氣乘之，悲憂則肺氣乘之，驚則五藏之氣乘之，人流轉於七情，而別集中，忤合萬狀，觸目生芽，愁然而思，悽然而驚，啞然而笑，瀾然而泣，噭然而哭，搥擊肺腸，鏤刻心腎，年千世百，無智愚皆知有別歟？無別歟？夫然，而正猶之續，續猶之別，咸詩之餘，非別有所謂餘也，標新領異，庶幾聯珠唱玉云爾。[三] 古香岑居士沈際飛漫書。[四]

明顧從敬等輯、明沈際飛等評《雋古香岑批點草堂詩餘四集》『別集』卷首，明末南城翁少麓刻本，天津圖書館藏。

## 校

[二]有眉批云：即此便是作文妙旨。

[三]有眉批云：曉此數段，纔足盡詞之情，窮詞之變。

[三]有眉批云：彙千古于齊觀，等百家于一視。

〔四〕沈際飛『《草堂詩餘別集》小序』亦見載於明卓人月、明徐士俊輯《古今詞統》卷首(《續修四庫全書》第一七二八册,上海:上海古籍出版社,二〇〇二年,第四四八—四四九頁),題作『詩餘别集序』,兩處文字相較,大體相同,惟删去了文末的署名『古香岑居士沈際飛漫書』。

# 陳龍正

陳龍正,初名龍致,字愓龍,别號幾亭,浙江嘉善人。生於明萬曆十三年(一五八五),卒於清順治二年(一六四五)。明崇禎七年(一六三四)進士,十年(一六三七)授中書舍人,左遷南京國子監丞。南明福王時,召爲禮部祠祭司員外郎,不就乞歸,偶感微疾,遂絶飲食,怡然而逝。著述主要有《幾亭全書》《幾亭外書》《政書》《學言》《救荒策會》《程子詳本》《朱子經説》《陽明先生要書》《皇明儒統》等。

## 四子詩餘序乙亥

物有體,體有貴賤,文至於四六,體斯降矣。然而隨物賦形,蘇子於抽青媲緑中見之,而古

今推大文人者歸焉，不以體賤貶也。詩至於排律、七言律，體斯降矣。然精微縹渺，卓犖沉雄之概，子美率於近體見之，而古今推詩宗者必歸焉，不以體賤貶也。詩又降而有餘，詩之盡，曲之初矣。然亦問其所存者何志，所賦者何意。若志存乎潔身，而意主乎移風，雖古昔先王《九歌》是勸，《皇極》是訓，足使輔翼而行，又何嫌乎體之降哉？楊、墨害道，至於無父無君，其篇章非不頡頏《語》《孟》也，鞅斯害政，至於赤渭水，毒七國，其屬詞立句，未嘗不垂爲後人式也，又豈得以體掩其惡哉？初聞四君以詩餘相唱和，竊疑之，及以扇頭四望樓見寄所存與賦，殆皆閒靜之思、蕭散之致。淫哇嘈雜，毫不涉焉。審皆若是，雖純以詩餘唱和，何傷乎？噫！審皆若是，又豈特無傷云爾乎？[一]

明陳龍正撰《幾亭全書》卷五十六，清康熙刻本，中國國家圖書館藏。

## 校

[一]王屋撰《草賢堂詞箋》『庚集』卷末亦著録了陳龍正《四子詩餘序》（明崇禎八年至九年吴熙等刻本，中國國家圖書館藏），並於文末署有『陳龍正題』。

# 文震亨

文震亨，字啓美，長洲（今江蘇蘇州）人。生於明萬曆十三年（一五八五），卒於清順治二年（一六四五）。文徵明曾孫，詩文書畫均得其家傳。天啓五年（一六二五），以恩貢生入國子監。崇禎初，因獻新製琴譜有功，授武英殿中書舍人。崇禎十三年（一六四〇），因受黄道周案牽連廷杖入獄，後獲釋。順治二年（一六四五），南京淪陷，憂憤投河未死，遂絶食殉國。乾隆時，追謚節愍。著有《長物志》《香草詩選》《金門録》《文生小草》《福王登基實録》等。

## 俞光禄先生近體樂府小引

以古樂府而成詞，又何以稱詩餘也。譬諸五行然，金行之盛，清貴堅勁，而其餘則爲淒惋；木行之盛，條達蓊蔚，而其餘則爲姸麗；水行之盛，縱横逶迤，而其餘則爲冷澹；火行之盛，輕揚明潔，而其餘則爲飄忽；土行之盛，雄厚博大，而其餘則爲沉壯，以其盛比詩，以其餘

而比詞。故夫詞者，其旨不專風雅，其材不純書史，其法不本俳偶而又不避巧令，言將焰發而譜調以束之，思欲泉溢而平昃以範之。自非性情筆舌別具靈通，鮮有不襲五行衰敗之氣以爲餘者，而詞之道亡矣。俞光禄先生學如海，才如鋒，文成于入手，句賡于刻燭，吾黨業尊寶母，而壇奉之，而近體樂府一出，宋膏元馥，無所比擬，而兼鑄諸氏，聽者享其諧，視者享其藻，而玩世垂世之語，又時露英雄本色，信乎備五行之氣盛而比詩，餘而比詞，非其才、其學、其性情筆舌，安能咀新吐麗，若斯也夫。以先生負王佐略，人謂其傲睨似朔，而不知其趾步在名教之中，逍遥似莊，而不知其道術融君子之駁詞章小技，原不足以盡先生。然使先生不帷謨幄猷分龍夔稷契之坐而雕香刻艷，爭眉山、淮海之席。夫舉世之不能盡先生也，又寧直一詞章而已哉。崇禎丁丑春三月，同郡社晚文震亨拜手撰并書。

明俞彦撰《俞少卿集》，明崇禎刻本。此處據《四庫未收書輯刊》陸輯第二三册，北京：北京出版社，二〇〇〇年，第二三三—二三五頁。

# 譚元春

譚元春，字友夏，號鵠灣，竟陵（今湖北天門）人。生於明萬曆十四年（一五八六），卒於明崇禎十年（一六三七）。屢次鄉試不中，至天啓七年（一六二七）始中解元。後死於赴京會試途中。與鍾惺同爲竟陵派領袖。著有《譚友夏合集》等。

## 辛稼軒長短句序

詩不可如詞，詞不可如曲，唐、宋、元所以分。予又謂曲如詞，詞如詩，亦非當行。要皆有清冽無欲之品，肅括弘深之才，瀟灑出塵之韻，始可以擅絶技而後名世。余廬居多暇，常携《稼軒長短句》，散步於荒墟平疇間，不哭而歌，壹似乎違禮者。然一入其中，形神棲泊，所謂聞犬聲，望煙火，便知息身之有地耳。稼軒與晦庵、同父，常以詞唱和，二公猶存寬衣博帶氣，不如稼軒，一片煙月自肺腑中結出也。方諸古人，其淵明之詩、雲林之畫、懷師之書、梅亭之四六、

致遠漢卿之曲乎？予頗欲下批點，而其後裔子良氏欲速梓以傳，子良家譜，正欲載其平生風烈，屢立戰功，没無遺貲，惟圖書數卷，爲一代偉人韻流，足以訓子孫者。予特論其詞章之美，非其意也。嗚乎！此詞章之所以美也。[一]

明譚元春著、陳杏珍標校《譚元春集》卷三十一，上海：上海古籍出版社，一九九八年，第八二〇—八二一頁。

**校**

[一]有佚名手批『此文可入正史』。

# 阮大鋮

阮大鋮，字集之，號圓海、石巢、百子山樵，又稱皖髯，安徽懷寧人。生於明萬曆十五年（一五八七），卒於清順治三年（一六四六）。萬曆四十四年（一六一六）進士，授行人。天啓元年（一六二一），擢户部給事

中，以憂歸。天啓四年（一六二四），補爲工部給事中。崇禎元年（一六二八），爲光禄卿，遭彈劾爲魏忠賢同黨，於次年名列欽定逆案。南明弘光朝時，因馬士英力薦，爲兵部右侍郎，擢兵部尚書兼右副都御史。清順治三年（一六四六），清兵渡江，遁走金華，尋剃髮降清，獲封軍前内院職銜，後死於仙霞嶺。大鋮詩文俱佳，尤善詞曲，著有《詠懷堂詩集》《春燈謎》《雙金榜》《燕子箋》等。

## 仲茅先生近體樂府小引

噫！詩餘者，風雅門之宗語也。□草江蘺，其香以氣；曙霞汐月，延暉在景，惟餘故佳耳。村學究廣袖危冠，鏜鏜槌講鼓裝演傖父，提唱家風，固何與性情事。即蕭騷天問，寂寞玄言，令賢知者魂慄而神苦，以語移情，未始合也。誠能於色聲現在指點，皆靈姑婦勃谿宫商遞譜，使讀之者蹄與笑俱汗從涕下，斯微塵之現大地。嘻！笑而作箝鎚興觀之道，于斯聖矣。仲茅先生博聞淹識，仙掌藝林，而且内足于懷，外齊乎物，睹兹五濁之界，情僞百端，倚朝菌爲枯榮，爭偶機于綫索，憐蟲心熱，醒虱情深，遂爾原本蒙莊，于喁品令，審音按拍，鏤影吹香，此曼倩所爲，抑解于詼談，嗣宗因而寓懷于嘯旨也。其高者軼金石、馭雲霞，微而嫗孺恒言，廣長無漏，此當其天機凑合之會，即先生亦烏知其所以然而然。噫嘻至哉！夫霜滿烟平，流鈴自語，梅花鐵篴，響落空江，聽者内視，身心了無是處，矧復名利可言。先生此詞，殆掃性命之葛

藤，通鬼神之睇笑，直爲六義四始之壇開一棒喝，彼眉山、淮海諸子政愧衙官，而况昭代新都與武功耶？予因其詞之出于先生也，故曰：風雅之宗語，而非小道也。崇禎丁丑清明日，石巢友弟阮大鋮拜手撰。

明俞彦撰《俞少卿集》，明崇禎刻本。此處據《四庫未收書輯刊》陸輯第二三册，北京：北京出版社，二〇〇〇年，第二三一至二三二頁。

## 卓發之

卓發之，字左車，號蓮旬，仁和（今浙江杭州）人。生於明萬曆十五年（一五八七），卒於明崇禎十一年（一六三八）。天啓中，嘗僑寓南京。崇禎六年（一六三三）鄉薦，僅中副貢。編著有《漉籬集》《水一方詩草》《今文線》《經世略》等。

## 蓮漏詞序

禪人之目詞人曰如盲詠日，又曰如射覆盂，此千秋文士一大鑪鞴矣。然而遂以一切詞賦爲障道因緣，將俗漢不鮮稱詩者，便得樂見照明金剛三昧耶？如傳法悟道諸偈頌，何嘗非黄絹幼婦，亦有因小玉『半詞秋波』一句而得悟者，則艷詞樂府即是古德機緣，但生盲射覆輩不得藉口耳。余于寒江舟次偶向雪照言大鮮脱人，自非所拘，若詞家者流，未晰玄旨，有道之言，未盡風騷，不免各隳事理二障，庶幾以詞人之詞譚禪人之禪，則隨處説法，兩不負隳。雪照遂倡爲蓮漏一體，彈指而得數十首，盖以淨行之餘音而兼風人之逸響，此詞壇之梵唄，亦清泰之《竹枝》，經言一一蓮花，出三十六百千億光，普爲十方衆生説微妙法，今此法音宣流，即匡山木蓮花，風漂水激時，一一葉中所放之光明也，豈必直至成佛而後轉法輪耶？

明卓發之撰《漉籬集》卷十，明崇禎傳經堂刻本，中國國家圖書館藏。此處據《四庫禁毀書叢刊》集部第一〇七册，北京：北京出版社，一九九七年，第四五三—四五四頁。

# 董守正

董守正，原名應輔，字相宜，後改淡子、澹子，號蕊指道人，晚號不拙老人、百拙道人、百不老道，鄞縣（今浙江寧波）人。生於明萬曆二十一年（一五九三），卒於清康熙二十一年（一六八二）。少負才，以家貧至京師謀職，得任襄陽屬員。因承天推官程九萬薦，得以從戎，後因戰功擢守備。宣大總督趙光忭喜其書畫，奏授密雲游擊。明亡後，賣畫自給。編撰有《百石詩畫譜》《梅花三十樹詩畫譜》《百花百鳥集》等。

## 詩餘花戲序

詩餘何爲而作也？曰：餘於病。問：病何以作詩餘也？曰：餘於不病。然則詩餘病乎？病餘詩乎？曰：兼有之。問：何以兼有也？曰：以愛花因得花病，是花能養人，亦能累人也。既累乎人，曷又以花爲戲也？曰：花之無主，猶主之不可花。當其病，則百花皆戲也。當其不病，則百花皆主也。試問主爲誰？曰：姓鳳名仙，别號龍膽先生，始於洛陽，遷於

芙渠，□堇人也。其先世以橘井好施，植杏林千樹，中有虎刺，人莫之攖，亦莫之害。騣騣蘭蓀，綿綿錦帶也。及先生以兔絲不靈，凌霄無分，遂製芰荷衣，卜居於白蘋紅蓼之渚。與虞荔、申棖、梅福、李青蓮爲木筆交，時剪春羅，寫玉堂富貴，得金錢輒換葡萄、竹葉，邀十姊妹：醋醋石氏、容華楊氏、滴滴金氏、紅佛桑氏、淑芳桂氏、麗春花氏、緑萼梅氏、珠珠蘭氏、剪秋羅氏、淑媛李氏，或執鼓子，或執鈴兒，或執十樣錦，買木蘭舟，放浪於山丹、石蠏之下。金盞互酬，玉甌狼藉。歌遏翠雲，響裂石竹。不復知爲櫻桃之口、楊柳之腰也。已而林禽倒景，夜合幽光，姊妹催歸，張錦燈籠。而告曉蝴蝶栩栩，都在丁香枝上、豆蔻梢頭。嗟嗟！蒲質幾何，而堪粉團之銷爍耶？菱花對覽，聞不嘆黄花太瘦生，有子宜男，謀諸史君子，曰：先生之病多在白牡丹、粉紅蓮身上，非水仙不能活。於是延之上座。水仙曰：紅姑娘樂乎？先生含笑不答，於以用藥，大抵鬱李潤燥，枳殼寬胸，山查消食垢，梔子清三息，款冬花斂肺嗽，牡丹皮去熱蒸。日涉其味，可等霜下傑，長春老少年。先生曰：不然，吾以不言代桃李，以無事爲合歡，以脱食當胡麻飯，以清靜得延壽果，任鷄冠報曉，金雀鳴春，明月蘆汀一竿，草閣梅花三弄，何病之有？第恨病有餘而詩不足，詩有餘而花不足。病餘？詩餘？花餘？吾不能解。時辛巳菊月，百花主人題於蘄水五快樓中。

明董守正撰《詩餘花戲》，清順治刻本，上海圖書館藏。

# 周懋宗

周懋宗，初字石候，又字因仲，號蘧庵，山陰（今浙江紹興）人。生於明萬曆二十一年（一五九三），卒於清順治三年（一六四六）。爲郡監生，與兄懋谷、弟懋宜並有才名，譽稱『周氏三鳳』，結因社。舉業不得志，以酒人自放，遊戲詞曲，著《禪隱三劇》《石侯易釋》《諺箋》等。

## 《辭品》序

樂府者，三百篇之變也。漢興，唐山夫人、李協律、、馬卿、枚叔爲最勝，然皆用之於郊廟，蓋猶有姬公考父之遺風焉。至東京當塗之世，逐臣怨子、騷人悲士，如《董逃》《上留》諸篇，一彈三嘆，則多慨慷激楚之音矣。靡極於六代，而李唐振之，然自李、杜之外，止能工五七言，而樂府則衰。青蓮《草堂集》復載詩餘，有《菩薩蠻》《憶秦娥》，則又樂府之變焉。長短成調，參差和律，如唐季《花間集》所録，則皆《草堂》之濫觴也。迨於歐、蘇、秦、黄，而詩餘翕然稱盛。

柳三變、周美成能作婉孌語，辛棄疾、岳珂能爲悲壯語，此其選也。及北風日競，關、白、馬、鄭變詞爲曲，而瞿宗吉、聶大年尚存餼羊，然佳者亦不數得也。國朝人文方盛，錦窠老人、康對山、王渼陂輩皆操北音，祝希哲、唐子畏皆操南音，歌曲騰而詞學則茀廢矣。升庵先生慨然思起而存之，於是上迄六朝，下迨國初，搜剔剪截，穿引包籠，撮述編綴，爲《辭品》四卷，稗官正史所未見之人，《花間》《草堂》所未載之筆，莫不粲然畢備，使讀者知詞學焉。抑予於是而又有感也。三百篇之詩，房中朝廟協以絲竹，漢、魏之際，歌工止能歌四篇，至過江止傳一篇，而歌旋以亡。唐之梨園坊曲，所歌如《清平調》及小説所載，王渙之[二]『黄河遠上』之句，皆絶句耳，而樂府之聲又廢。故雖傳，雅如升庵先生止能存其辭，不能考其聲之若何也。予家舊藏此書，丹鉛紛襍，云出自先生之筆，予不忍其不行也，因校鋟之，以公之雅人，必有能嗜而讀之者，則亦先生之志也。萬曆戊午季春，汝南周懋宗書。

明楊慎撰《楊升庵辭品》，明萬曆四十六年（一六一八）周懋宗刻本，浙江圖書館藏。

**校**

[二]『王渙之』當作『王之渙』。

# 錢繼登

錢繼登，字爾先，號龍門，晚號簣山翁，浙江嘉善人。生於明萬曆二十二年（一五九四），卒於清康熙十一年（一六七二）。明萬曆四十四年（一六一六）進士，授刑部主事。出守饒州，旋謫歸。崇禎末，任右僉都御史，巡撫淮陽。入清後隱居，精心經史，尤專於《易》。晚年皈依佛法，又悟禪乘之學。著有《壑專堂集》《東皋問耕録》《易簣》《南華拈笑》《孫武子繹》《經史環應編》等。

## 《草賢堂詞箋》序

余謫居九曲溪上，憔枯困折，厭讀人間書，顧時時手孝峙詩詞，一編不置。孝峙詩壯拔雄蕩，拍高岑肩，擠而下之，尚矣。其爲詞，爽籟四發，如漸離筑，如彌正平鼓，然其爲情致之語，呢呢曲盡，秦七、柳三當遜之。蓋出入宋元諸詞人中，掉臂獨行，不求伴侣者也。黄魯直好爲小詞，秀鐵面呵之爲犯綺語戒。夫人苦不情至耳，有至情必有至性，歌詞之道微矣。謂忠臣孝

子之慨慷，羈人怨女之喁切，有情與性之分，知道者不作是岐觀也。孝峙衫履俊達，外似率放而内秉堅孤，不趨徑捷，不受人憐，每歲暮逼除，無突可黔，無瓶可儲，則趨入靈塔庵，同二三老衲，枯坐守歲，熒然一燈淡墨，寫小詞一紙而已。及其遇古今忠孝俠烈之事，高吟邐發，血從筆流，氣從指出，淵淵作金石之聲，蓋古之至性豪舉，陳同父、辛幼安之流亞也。幼安詩詞氣味深老，人但知其爲詞場名宿，然觀其爲帥荆南與同父譚東南形勝，胸中經畫，寧減吟《梁父》之隆中叟哉？深山鷓鴣一闋，愀乎有睠懷宗國之悲焉。孝峙深心雄抱，不得遇時大展，而發爲歌詞，間以餘閒，涉獵計然之七策，往往數奇，多詘詘亦自喜，蓋胸中有奇欝礨磈，無聊而漫試其英雄成敗之意，得駕而爲幼安，蓬藁而爲孝峙，其爲才人之致一也。夫士苟無悠悠之意，其爲文章行誼必無以越流俗而追古人。孝峙詞云：「最愛浮萍飄寄，官河不屬人。」其意念閒遠可想見矣。及觀其酒言、時興諸闋，雄快勁徹，莊周、管樂自許矣，是豈悠悠者哉。崇禎八年冬十二月，友弟錢繼登序。

明王屋撰《草賢堂詞箋》卷首，明崇禎八年（一六三五）至九年（一六三六）吴熙等刻本，中國國家圖書館藏。

# 茅元儀

茅元儀，字止生，號石民，歸安（今浙江湖州）人。生於明萬曆二十二年（一五九四），卒於明崇禎十三年（一六四〇）。茅坤裔孫，自幼好讀兵書，崇禎初，以薦授翰林院待詔，改授副總兵官，治舟師戍守覺華島，旋以兵譁下獄，遣戍漳浦，憂憤國事，鬱鬱而卒。編著有《石民四十集》《嘉靖大政類編》《平巢事蹟考》《青油史漫》《三戍叢談》《西峰淡話》《藝圃甲編》《福堂寺貝餘》《武備志》等。

## 《唾香集》序

詞何爲而作也？曰殆樂府之一變乎？樂府何爲乎而詞也？曰吾烏知其所以然也。分篆而傭隸，傭隸而草行，日趨日便，日解日媚，氣固然耶？詞之列於藝苑也，將何居？吾方思之而若有得也。殆天之河漢乎？草木之筠乎？百骸之眉乎？日月星辰炳所循也，而無河漢，則霄宇不韻。嘉黍良材，衆所資也，而無修筠，則岑壑不韻。耳目口鼻，形所司也，而無列

眉，則風止不韻。然流鶯弄響，而必責之以喈喈；舞女蹁躚，而必責之以肅顫。顧質無姿，徒善輶蔽。于是吾友吴六郎，吾家茅仲子起而謂曰：『兩人方有詞也，今輯之，而名曰《唾香》，質子言以序之。』曰：色聲味觸，萬物資生。構采持新，亦於展力。而兩子者顧有取于香也，先得吾之同，然吾何益吾言？雖然，吾臆之將唾而香可啜耳，恐無香之可唾也。以無心待有情，有情何限以無情。佚有心，有心立窮，二子其識之。

明茅元儀撰《石民四十集》卷十七，明崇禎刻本，中國國家圖書館藏。此處據《續修四庫全書》第一三八六册，上海：上海古籍出版社，二〇〇二年，第二二四頁。

## 王屋

王屋，初名畹，字蘭九，後字孝峙，浙江嘉善人。生於明萬曆二十三年（一五九五）。著有《草賢堂詞箋》《蘗弦齋詞箋》《蘗弦齋雜箋》等。

王　屋

## 《草賢堂詞箋》自序

辭者，詩之餘也。王生之詞，王生之詩之餘也。作詩二十年，人莫得其要。一日出其餘，而人遽艷之物顧上其餘哉。今人家有良田數百頃，衣食其租，而有餘貲，則必營隙地以爲園囿，憑高以爲臺，即下以爲池，磊石以爲山，徙竹種樹以爲林，築精藍以爲游息之所，藏古書、圖畫、鼎彝之屬以供宴賞，蓄名酒、儲良茗以待客，客過而樂之忘歸焉。至若倉廩之實、府庫之充，主不以示客，而客亦莫之問，物情之上，餘類如此矣。昔者孔子之教人也，曰：游于藝、行有餘以學文，繇斯以譚，則文固行之餘而藝者，士君子之園囿也。然則世有行不脩而文著，家不給而有山林旨蓄之樂者，必無是矣。於乎此，予所爲愧於文、愧於藝，而愧於行者也。詞凡千二百有奇，削其七而存其三，分甲、乙等十集。集成，序而名之曰《草賢堂詞箋》，草賢堂，魏人以謂崔瑗也。崇禎八年六月十九日。

明王屋撰《草賢堂詞箋》卷首，明崇禎八年（一六三五）至九年（一六三六）吴熙等刻本，中國國家圖書館藏。

## 《草賢堂詞箋》考約

詞箋者，箋無名氏之詞而名之也。無名氏，初不知何代人，與其姓名、邑里俱莫可考，久之，稍稍得其真。曰：浙之嘉善人也，本王姓，名屋，字孝峙，別字鮮民，一名某，字無名，人多稱之曰王蔚伯。或曰：蕙蘗也，蕙喻其芳，蘗喻其味也。雖其説不一，信否不可知。然崇禎初，嘉善實有其人，瘠而多髯，年三十餘，布衣襤褸，寠人也，而好爲博施兼濟之談，與人交無貴賤、少長、親疏，一以忠廉貞信規之。其人不悦，則舍去，或悔而反之，則亦反。無家時，止于僧房與人家之空舍。有書千餘卷，行即自隨已，而人盡竊之，因不復索。性多病，喜服食脩煉之方，所至終日剉劑無閑。時好論著，在髫歲，即以詩號其輩流，積二十年，得數千篇，間爲詞，亦千餘調。辛未夏，或于垝垣蓁棘中得其所棄瓢，蓋詞草也。圖毁木傳之，不果。而道人吴止仲獨挈五十緡倡之，無名笑曰：『吾與營我詞，無寧營我腹。』乃盡籍其錢付酒家，日往醉飽，經年不絶。又五祀，爾斐、止仲、子顧復相聚，謀曰：『無名詞日益侈，今不刻，後且將不勝。』乃偏告嘗所往來，僉曰：『諾！』遂并輯三氏之詞附焉，得二十卷，始乙亥五月，迄丙子五月刻成。是役也，止仲獨任二十千，餘則爾斐諸人分任之。或曰無名氏之書數百卷，詞特其一耳。然他論著世莫之上顧，獨上其詞，識者謂見其春華也。

明王屋撰《草賢堂詞箋》卷首，明崇禎八年（一六三五）至九年（一六三六）吴熙等刻本，中國國家圖書館藏。

# 董守諭

董守諭，字次公，鄞縣（今浙江寧波）人。生於明萬曆二十四年（一五九六），卒於清康熙三年（一六六四）。少受業於黄道周。天啓四年（一六二四）舉人，屢考進士不中。魯王監國時，授貴州户部司主事。清兵渡江後，杜門著書以終。晚年專治易經，頗有所得。編撰有《擥蘭集》《匪風集》《讀易一鈔》《讀易二鈔》《卦變考略》等。

## 詩餘花戲小引

夫托物諷詠，即景流連。非塵視冠冕，莎薜簦笠，不戀戀於陰璽，而有志枕漱者之爲哉？

吾世代□□，先生翠拾長卿葉，羅虬九錫[二]丹鉛爲泉。卉[三]借天機而作色[三]，標題淡艷，抽[四]。有時唤睡起[五]，貯深閨細語，有[六]夢入之夫人，似隔紗窗幽照。低光吐於筆下，華鬘攬於毫端。比王勃青蒼之璧，玉箸金劍；並黽蒙書帶之詞，疏烟曉露。一展卷則步障舒霞，若聲歌則曲簾振響。何必采忘憂之草，公子懷思；佩解意之香，佳人沾媚耶？如諭才同朽櫟，辨味勞薪。既欲浮湘而披莽，復將涉江而頌橘。東菑故耜，荒穢堪悲；北畝新渠，糞除焉力。甘寒爨於曉蓐，不抱慤於朝蔬。囊括岷山，傲種不饑之芋；硯耕西嶽，勤耘救窮之芽。正苦志於蕉夢，忽茹臭於蘭心。一讀再讀有餘致，唱予和汝得孤吟。是用窮歡於晨夕，□賞於川阿者也。是爲引。己丑一陽來復之月，侄守諭敬撰。

明董守正撰《詩餘花戲》，清順治刻本，上海圖書館藏。

# 校

[一][二][三][四][五][六]此數處原刻殘缺多字，依語意點斷。

# 徐汧

徐汧，字九一，號勿齋，長洲（今江蘇蘇州）人。生於明萬曆二十五年（一五九七），卒於清順治二年（一六四五）。天啓七年（一六二七）中舉，崇禎元年（一六二八）考中進士，改翰林院庶吉士，授檢討，遷詹事府右春坊右庶子，充日講官。京師陷落，福王召爲少詹事兼翰林院侍讀學士。明年，南京失守，衆多文武官員迎降，汧慨然太息，作遺書戒二子勿事新朝，遂投虎邱新塘橋下死。著有《二株園集》等。

## 《秋佳軒詩餘》序

予於月槎先生聞聲相思二十年矣，頃持至建武，始獲把臂。挹其清粹，禀其勁楷，器思方格，嶤然弗可幾也。使事甫竣，驅車遄發，方恨傾倒於月槎者未至巳。予門人黄司李捧手授一編，則月槎所著詩餘也，司李將月槎命，屬予序之。曩予所諷習者，月槎制舉義，即詩若古文辭，曾未貫佩，譬諸玉海千尋，此其一勺耳。而謂是編也，足以窺映津涉，則吾豈敢？然月槎

器思方格，未嘗不可畢睹也。填詞家大率工爲纖冶靡嫚，自詭雕章，間出逸態橫生，逋峭風流，蓋可知矣。月槎獨以矜廉潔清之懷，發其歷落蕭散之思，跨凌阡陌，蟬脱畦徑，奇絶異語，往往而有。鍾嶸評劉公榦『壯氣愛奇，動多振絶』，陽休之序陶淵明『放逸之致，栖託仍高』，舉似月槎，庶幾有當乎？彼夫巧累於理，既巧不可階；質傷於野，亦質不宜慕。有如高俊之才，絶去雕潤淹華之概，不入寒澁，借古申今，罕云牽引感物，造端不煩，綴緝是爲難及耳。或當山高水清，月明風動，雁初鶯早，葉落花開，携月槎是編，抑揚吟詠，於以領會機賞，感蕩心靈，殆所謂先生移我情者耶？繇是進而求月槎之詩若古文辭，雖杼軸一心，而堂奥深遠，抑豈管闚筐舉所能測量哉？辛巳秋杪，吴趨友弟徐汧題於玉山公署。

明易震吉撰《秋佳軒詩餘》卷首，明崇禎刻本，南京圖書館藏。此處據《續修四庫全書》一七二三册，上海：上海古籍出版社，二〇〇二年，第五一七—五一九頁。

# 毛晉

毛晉，初名鳳苞，字子久，一作子九，晚更今名，字子晉，號潛在，别署隱湖、戊戌生、篤素居士、汲古閣主人等，世居虞山（今江蘇常熟）東湖。生於明萬曆二十七年（一五九九），卒於清順治十六年（一六五九）。少爲諸生，屢試不第，以布衣自處。性嗜卷軸，訪佚搜秘，所藏多爲宋本，構建汲古閣、緑君亭、目耕樓、讀禮齋、續古草廬庋藏之，竟達八萬四千餘册。毛氏藏書之外，亦刊刻群書，經史子集，靡有不刻，自明萬曆至清初四十餘年，共刻書多達六百餘種。編著有《和古今人詩》《隱湖題跋》《明詩紀事》《宋名家詞》《詞苑英華》《六十種曲》《海虞古今文苑》《汲古閣毛氏藏書目録》《毛詩草木鳥獸蟲魚疏廣要》等。

## 跋《金荃集》

飛卿本名岐，并州祈人，宰相彦博之裔，與李義山、段柯古等號西崑三十六體，而温、李尤著。相傳有《方城令詩集》五卷、《漢南真稿》十卷、《握蘭》《金荃》等集，今不盡傳，僅見宋刻

《金荃集》七卷、《别集》一卷。參之邇來分體本子，略有不同。其小詞亦名《金荃集》，尚容嗣鐫。

明毛晉撰《隱湖題跋》，清末丁祖蔭刻虞山叢刻本，遼寧省圖書館藏。此處據馮惠民、李萬健選編《明代書目題跋叢刊》，北京：書目文獻出版社，一九九四年，第一九八二頁。

## 跋《香奩集》

沈夢溪云：『和魯公凝有艷詞一編，名《香奩集》，凝後貴，乃嫁其名爲韓偓，今世傳韓偓《香奩集》，乃凝所爲也。』此説惟劉潛夫信之，石林、遯齋、虛谷諸公俱以爲誤。引吴融『和韓侍郎無題詩』三首，乃致光親書《裊娜》《多情》等詩爲證，則斯編是致光作無疑矣。如凝之《香奩》，乃浮艷小詞集名，偶同耳。况凝自謂不行於世，後人又何必借韓侍郎行本以實之耶？

明毛晉撰《隱湖題跋》，清末丁祖蔭刻虞山叢刻本，遼寧省圖書館藏。此處據馮惠民、李萬健選編《明代書目題跋叢刊》，北京：書目文獻出版社，一九九四年，第一九八二頁。

## 跋《中州樂府集》

家藏《中州集》十卷，逸其樂府，梓人告成，殊怏怏。然既得樂府一帙，乃九峰書院刻本也，不勝劍合之喜。第詞俱雙調，淆雜無倫，一一按譜釐正，如《望海潮》諸闋與譜不侔，未敢輕以意改，其小敘已見詩集中，不復贅云。

明毛晉撰《隱湖題跋》『續跋』，清末丁祖蔭刻虞山叢刻本，遼寧省圖書館藏。此處據馮惠民、李萬健選編《明代書目題跋叢刊》，北京：書目文獻出版社，一九九四年，第二〇〇一—二〇〇二頁。

## 跋《珠玉詞》

同叔，撫州臨川人也。七歲能屬文，張知白以神童薦，真宗召見，與千餘人並試廷中，神氣不懾，援筆立成。帝異之，使盡讀秘閣書，每所諮訪，率用寸方小紙細書問之。繼事仁宗，尤加信愛。仕至觀文殿大學士，以疾請歸，留侍經筵。及卒，帝臨奠，猶以不親視疾爲恨。特罷朝

二日，贈謚元獻。一時賢士大夫，如范仲淹、歐陽修等皆出其門。擇婿又得富弼、楊察。賦性剛峻，遇人以誠，一生自奉如寒士。爲文贍麗，應用不窮，尤工風雅，間作小詞。其暮子幾道云：『先公爲詞，未嘗作婦人語也。』古虞毛晉記。

明毛晉編《宋名家詞》，明末虞山毛氏汲古閣刻本，臺北『國家圖書館』藏。此處據《續修四庫全書》第一七一九册，上海：上海古籍出版社，二〇〇二年，第二五頁。

## 跋《六一詞》

廬陵舊刻三卷，且載樂語於首，今删樂語，匯爲一卷。凡他稿誤入，如《清商怨》類，一一削去。誤入他稿，如《歸自謡》類，一一注明。然集中更有浮艷傷雅，不似公筆者，先輩云疑以傳疑，可也。古虞毛晉記。

明毛晉編《宋名家詞》，明末虞山毛氏汲古閣刻本，臺北『國家圖書館』藏。此處據《續修四庫全書》第一七一九册，上海：上海古籍出版社，二〇〇二年，第五二頁。

## 跋《樂章集》

耆卿初名三變，後更名永，官至屯田員外郎，世號柳屯田。所制樂章，音調諧婉，尤工於羈旅悲怨之辭，閨帷淫媟之語。東坡拈出『霜風凄緊，關河冷落，殘照當樓』，謂唐人佳處不過如此。一日，東坡問一優人曰：『吾詞何如柳耆卿？』對曰：『柳屯田宜十七、十八女郎按紅牙拍唱「楊柳岸，曉風殘月」，學士詞須銅將軍鐵綽板唱「大江東去」。』言外褒彈，優人固是解人。古虞毛晉記。

明毛晉編《宋名家詞》，明末虞山毛氏汲古閣刻本，臺北『國家圖書館』藏。此處據《續修四庫全書》第一七一九册，上海：上海古籍出版社，二〇〇二年，第九三頁。

## 跋《東坡詞》

東坡詩文不啻千億刻，獨長短句罕見。近有金陵本子，人爭喜其詳備，多渾入歐、黄、秦、柳作，今悉删去。至其詞品之工拙，則魯直、文潛、端叔輩自有定評。古虞毛晉記。

明毛晉編《宋名家詞》，明末虞山毛氏汲古閣刻本，臺北『國家圖書館』藏。此處據《續修四庫全書》第一七一九册，上海：上海古籍出版社，二〇〇二年，第一四七頁。

## 跋《山谷詞》

魯直少時使酒玩世，喜造纖淫之句，法秀道人誡云：『筆墨勸淫，應墮犁舌地獄』。魯直答曰：『空中語耳』。晚年來亦間作小詞，往往借題棒喝，拈示後人，如效寶寧勇禪師《漁家傲》幾闋，豈其與《桃葉》《團扇》鬥妖艷邪？古虞毛晉記。

明毛晉編《宋名家詞》，明末虞山毛氏汲古閣刻本，臺北『國家圖書館』藏。此處據《續修四庫全書》第一七一九册，上海：上海古籍出版社，二〇〇二年，第一七七頁。

## 跋《淮海詞》

晁氏云：『今代詞手，惟秦七、黄九。』或謂詞尚綺艷，山谷特瘦健，似非秦比。朝溪子謂少

游歌詞當在東坡上。但少游性不耐聚稿，間有淫章醉句，輒散落青簾紅袖間，雖流播舌眼，從無的本。余既訂訛搜逸，共得八十七調，集爲一卷，亦未敢曰無闕遺也。古虞毛晉記。

明毛晉編《宋名家詞》，明末虞山毛氏汲古閣刻本，臺北『國家圖書館』藏。此處據《續修四庫全書》第一七一九册，上海：上海古籍出版社，二〇〇二年，第一九三—一九四頁。

## 跋《小山詞》

諸名勝詞集删選相半，獨《小山集》直逼《花間》，字字娉娉嫋嫋，如攬嬙施之袂，恨不能起蓮、鴻、蘋、雲，按紅牙板唱和一過。晏氏父子具足追配李氏父子云。古虞毛晉記。

明毛晉編《宋名家詞》，明末虞山毛氏汲古閣刻本，臺北『國家圖書館』藏。此處據《續修四庫全書》第一七一九册，上海：上海古籍出版社，二〇〇二年，第二三一—二三二頁。

## 跋《東堂詞》

澤民自敘少時喜筆硯淺事，徒能誦古人紙上語。嘗知武康縣，改盡心堂爲東堂。簿書獄訟之暇，輒觴詠自娛，托其聲於《蓦山溪》，如圖畫然。凡詩、文、畫、簡、樂府，總名《東堂集》，盛行於世。昔人謂因『贈瓊芳』一詞見賞東坡得名，果爾爾耶？古虞毛晉記。

明毛晉編《宋名家詞》，明末虞山毛氏汲古閣刻本，臺北『國家圖書館』藏。此處據《續修四庫全書》第一七一九册，上海：上海古籍出版社，二〇〇二年，第二六四頁。

## 跋《放翁詞》

余家刻放翁全集已載長短句二卷，尚逸一二調，章次亦錯見，因載訂入《名家》。楊用修云：『纖麗處似淮海，雄慨處似東坡。』予謂超爽處更似稼軒耳。古虞毛晉記。

明毛晉編《宋名家詞》，明末虞山毛氏汲古閣刻本，臺北『國家圖書館』藏。此處據《續修

四庫全書》第一七一九册，上海：上海古籍出版社，二〇〇二年，第二八六頁。

## 跋《稼軒詞》

蔡元[一]工於詞，靖康中陷虜庭，稼軒以詩詞謁見，蔡曰：『子之詩則未也，他日當以詞名家。』故稼軒晚年來卜築奇獅，專工長短句，累五百首有奇。但詞家爭鬥穠纖，而稼軒率多撫時感事之作，磊砟英多，絶不作妮子態。宋人以東坡爲詞詩，稼軒爲詞論，善評也。古虞毛晉記。

明毛晉編《宋名家詞》，明末虞山毛氏汲古閣刻本，臺北『國家圖書館』藏。此處據《續修四庫全書》第一七一九册，上海：上海古籍出版社，二〇〇二年，第三八八—三八九頁。

### 校

[一]『蔡元』當爲『蔡光』之誤。

## 跋《片玉詞》

美成於徽宗時提舉大晟樂府，故其詞盛傳於世。余家藏凡三本：一名《清真集》，一名《美成長短句》，皆不滿百闋；最後得宋刻《片玉集》二卷，計調百八十有奇，晉陽强焕爲敍。余見評注龐雜，一一削去，釐其訛謬，間有兹集不載，錯見清真諸本者，附《補遺》一卷，美成庶無遺憾云。若乃諸名家之甲乙，久著人間，無待予備述也。湖南毛晉識。

明毛晉編《宋名家詞》，明末虞山毛氏汲古閣刻本，臺北『國家圖書館』藏。此處據《續修四庫全書》第一七一九册，上海：上海古籍出版社，二〇〇二年，第四三四頁。

## 跋《梅溪詞》

余幼讀《雙雙燕》詞，便心醉梅溪。今讀其全集，如『醉玉生春柳』『髮梳月』等語，則『柳昏花暝』之句又不足多矣。姜白石稱其奇秀清逸，有李長吉之韻，蓋能融情景於一家，會句意於兩得，豈易及耶？湖南毛晉識。

明毛晉編《宋名家詞》，明末虞山毛氏汲古閣刻本，臺北『國家圖書館』藏。此處據《續修四庫全書》第一七一九册，上海：上海古籍出版社，二〇〇二年，第四五九頁。

## 跋《白石詞》

白石詞盛行於世，多逸『五湖舊約』及『燕雁無心』諸調。前人云：花庵極愛白石，選録無遺。既讀《絶妙詞選》，果一一具載，真完璧也。范石湖評其詩云有『裁雲縫月之妙手，敲金戛玉之奇聲』，予於其詞亦云。蕭東夫於少年客游中獨賞其詞，以其兄之子妻之。不第而卒，惜哉！湖南毛晉識。

明毛晉編《宋名家詞》，明末虞山毛氏汲古閣刻本，臺北『國家圖書館』藏。此處據《續修四庫全書》第一七一九册，上海：上海古籍出版社，二〇〇二年，第四六八頁。

## 跋《石林詞》

少藴自號石林居士，晚年居卞山下，奇石森列，藏書數萬卷，嘯詠自娱。所撰詩文甚富，有《建康集》《審是集》《燕語》，後人合編《石林總集》百卷行世。外《石林詞》一卷，與蘇、柳並傳，綽有林下風，不作柔語殢人，真詞家逸品也。其爵里始末具載年譜及本傳。湖南毛晉識。

明毛晉編《宋名家詞》，明末虞山毛氏汲古閣刻本，臺北『國家圖書館』藏。此處據《續修四庫全書》第一七一九册，上海：上海古籍出版社，二〇〇二年，第四八七—四八八頁。

## 跋《酒邊詞》

伯恭，相家子，欽聖憲肅皇后從姪也。性極孝友，置義莊，贍宗族貧者。其立朝忠節，胡安國、張九成輩極嘉與之。晚忤秦檜意，乃致仕，卜築清江楊遵道故第，竹木池館，占一都之勝。又繞屋手植岩桂，顔其堂曰薌林。自詠云：『須知道，天教尤物，相伴老江鄉。』又絶筆云：『真香妙質，不耐世間風與日。』豈米顛所謂『衆香國中來，衆香國中去』，薌林亦庶幾耶？湖南毛晉識。

明毛晉編《宋名家詞》，明末虞山毛氏汲古閣刻本，臺北『國家圖書館』藏。此處據《續修四庫全書》第一七一九册，上海：上海古籍出版社，二〇〇二年，第五一八頁。

## 跋《溪堂詞》

時本《溪堂詞》卷首《蝶戀花》以迄禫尾[二]《望江南》共六十有三闋，皆小令，輕倩可人，中間字句舛繆，無從考索。既獲《溪堂全集》，末載樂府一卷，今依其章次就梓。近來吴門抄本多《花心動》一闋，其詞云：『風裏楊花，輕薄性，銀燭高燒心熱。香餌懸鈎，魚不輕吞，辜負釣兒虚設。桑蠶到老絲長絆，針刺眼淚流成血。思量起，拈枝花朵，果兒難結。海樣情深忍撇，似夢裏、相逢不勝歡悦。出水雙蓮，摘取一枝，可惜並頭分折。猛期月滿會姮娥，誰知是初生新月。折翼鳥，甚是于飛時節。』疑是贋筆，不敢溷入，附記以俟識者。湖南毛晉識。

明毛晉編《宋名家詞》，明末虞山毛氏汲古閣刻本，臺北『國家圖書館』藏。此處據《續修四庫全書》第一七一九册，上海：上海古籍出版社，二〇〇二年，第五二九—五三〇頁。

## 校

〔二〕『禫尾』當爲『䏲尾』之誤。

## 跋《樵隱詞》

平仲，三衢人，仕止州倅，禮部尚書友之之子。負才玩世，頗有毛伯成之風。撰《樵隱集》十五卷，尤延之爲序，惜乎不傳。楊用修云：毛幵小詞一卷，惟余家有之，極賞其『潑火初收』一闋，今亦不多見。余近得楊夢羽先生秘藏《宋元名家詞》鈔本二十七種，内有《樵隱詩餘》一卷，共四十二首，調名二十有三，亟梓而行之，庶不與集俱湮耳。湖南毛晉識。

明毛晉編《宋名家詞》，明末虞山毛氏汲古閣刻本，臺北『國家圖書館』藏。此處據《續修四庫全書》第一七一九册，上海：上海古籍出版社，二〇〇二年，第五四〇頁。

## 跋《竹山词》

昔人評詞，盛稱李氏、晏氏父子及耆卿、子野、子游〔二〕、子瞻、美成、堯章止矣，蔣勝欲泯焉

無聞，今讀《竹山詞》一卷，語語纖巧，真世説靡也；字字妍倩，真六朝隃也，豈其稍劣於諸公耶？或讀『招落梅魂』一詞，謂其磊落橫放，與辛幼安同調，其殆以一斑而失全豹矣。湖南毛晉識。

明毛晉編《宋名家詞》，明末虞山毛氏汲古閣刻本，臺北『國家圖書館』藏。此處據《續修四庫全書》第一七一九册，上海：上海古籍出版社，二〇〇二年，第五六一頁。

**校**

〔一〕『子游』當爲『少游』之誤。

## 跋《書舟詞》

正伯與子瞻，中表兄弟也，故集中多溷蘇作，如《意難忘》《一剪梅》之類，今悉删正。其《酷相思》《四代好》《折紅英》諸闋，詞家皆極欣賞，謂秦七、黄九莫及也。湖南毛晉識。

明毛晉編《宋名家詞》，明末虞山毛氏汲古閣刻本，臺北『國家圖書館』藏。此處據《續修

四庫全書》第一七一九册，上海：上海古籍出版社，二〇〇二年，第五八七頁。

## 跋《坦庵詞》

介之，汴人，一名師俠，生於金閶，捷於科第，故其詞亦多富貴氣。或病其能作淺淡語，不能作綺艷語。余正謂諸家頌酒賡色，已極濫觴，存一淡妝，以愧濃抹，亦初集中放翁一流也。湖南毛晉識。

明毛晉編《宋名家詞》，明末虞山毛氏汲古閣刻本，臺北『國家圖書館』藏。此處據《續修四庫全書》第一七一九册，上海：上海古籍出版社，二〇〇二年，第六一三頁。

## 跋《惜香樂府》

長卿自號仙源居士，蓋南豐宗室也，不棲志紛華，獨安心風雅。每遇花間鶯外，輒觴詠自娱。鄉貢進士劉澤集其樂府，以春景、夏景、秋景、冬景及總詞賀生辰補遺，類編釐爲十卷，雖未敢與南唐二主相伯仲，方之徽宗，則迥出雲霄矣。湖南毛晉識。

明毛晉編《宋名家詞》，明末虞山毛氏汲古閣刻本，臺北『國家圖書館』藏。此處據《續修四庫全書》第一七一九册，上海：上海古籍出版社，二〇〇二年，第六七八頁。

## 跋《西樵語業》

楊濟翁，廬陵人也，西樵，乃清海府西山名，相去數百里。或曰曾流寓於此，因以名集，今亦無傳，但其《語業》一卷，俊逸可喜，不作妖艷情態，雖非詞家能品，其品之閒閒可想見云。湖南毛晉識。

明毛晉編《宋名家詞》，明末虞山毛氏汲古閣刻本，臺北『國家圖書館』藏。此處據《續修四庫全書》第一七二〇册，上海：上海古籍出版社，二〇〇二年，第八頁。

## 跋《竹屋癡語》

賓王詞，《草堂》集不多選，選入如《玉蝴蝶》，坊刻竟逸去。又如《杏花天》《思佳客》諸作

混入他人，先輩多拈出，以嘅時本之誤。陳造序云：高竹屋與史梅溪皆周、秦之詞，所作要是不經人道語，其妙處，少游、美成亦未及也。湖南毛晉識。

明毛晉編《宋名家詞》，明末虞山毛氏汲古閣刻本，臺北『國家圖書館』藏。此處據《續修四庫全書》第一七二〇册，上海：上海古籍出版社，二〇〇二年，第二七頁。

## 跋《夢窗甲乙稿》

余家藏書未備，如四明吴夢窗詞稿，二十年前僅見丙、丁二集，因遂受梓。蓋尺錦寸綉，不忍秘諸枕中也。今又得甲、乙二册，但錯簡紛然，如『風裹落花誰是主』，此南唐後主亡國詞讖也；『無可奈何花落去，似曾相識燕歸來』巧對，晏元獻公與江都尉同遊池上一段佳話，久已耳熱，豈容攘美？又如秦少游『門外緑蔭千頃』、蘇子瞻『敲門試問野人家』、周美成『倚樓無語理瑶琴』、歐陽永叔『佳人初試薄羅裳』之類，各入本集，不能條舉，但如『雲接平岡，對宿煙收』諸篇，自注附其集者，姑仍之，未識誰主誰賓也。古虞毛晉識。

明毛晉編《宋名家詞》，明末虞山毛氏汲古閣刻本，臺北『國家圖書館』藏。此處據《續修

四庫全書》第一七二〇册，上海：上海古籍出版社，二〇〇二年，第六七一—六八頁。

## 跋《夢窗丙丁稿》

或云夢窗詞一卷，或云凡四卷，以甲乙丙丁釐目，或又云四明吴君特從吴履齋諸公遊，晚年好填詞，謝世後，同遊集其丙丁兩年稿若干篇，釐爲二卷。末有《鶯啼序》，遺缺甚多，蓋絶筆也，與余家藏本合符。既閲花庵諸刻，又得逸篇九闋，附存卷尾。山陰尹焕序略云：『求詞於吾宋，前有清真，後有夢窗，此非焕之言，四悔之公言也。』湖南毛晉識。

明毛晉編《宋名家詞》，明末虞山毛氏汲古閣刻本，臺北『國家圖書館』藏。此處據《續修四庫全書》第一七二〇册，上海：上海古籍出版社，二〇〇二年，第一〇四—一〇五頁。

## 跋《近體樂府》

南渡而下，詩之富實維放翁，文之富實維益公，先輩爭仰爲大家，與歐、蘇並稱。但卷帙浩繁，我明尚未副棗。余於寅卯間已鐫放翁詩文一百三十卷有奇行世，而益公省齋諸稿二百卷

僅得一抄本，句錯字淆，未敢妄就剞劂。倘海内同志，或宋刻，或名家訂本，肯不惜荆州之借，俾平園叟與渭南伯共成雙璧，真藝林大勝事也。兹《近體樂府》數闋，特公剩技耳，先梓之，以當相徵券。湖南毛晉識。

明毛晉編《宋名家詞》，明末虞山毛氏汲古閣刻本，臺北「國家圖書館」藏。此處據《續修四庫全書》第一七二〇册，上海：上海古籍出版社，二〇〇二年，第一〇七一—一〇八頁。

## 跋《竹齋詩餘》

《草堂詩餘》若干卷，向來艷驚人目，每秘一册，便稱詞林大觀，不知抹倒幾許騷人。即如次仲、幾叔輩，不乏『寵柳嬌花』『燕昕鶯朊』等語，何愧大晟上座耶？《草堂》集竟不載一篇，真堪太息。余隨得本之先後，次第付梨，凡經商緯羽之士，幸兼擷焉。秋分日，湖南毛晉識。

明毛晉編《宋名家詞》，明末虞山毛氏汲古閣刻本，臺北「國家圖書館」藏。此處據《續修四庫全書》第一七二〇册，上海：上海古籍出版社，二〇〇二年，第一二五頁。

## 跋《金谷遺音》

余初閲蔣竹山集，至『人影窗紗』一調，喜謂周、秦復生，又恐白雪寡和。既更得次仲《金谷遺音》，如《茶瓶兒》《惜奴嬌》諸篇，輕倩纖艷，不墮『願奶奶蘭心蕙性』之鄙俚，又不墮『霓裳縹緲，雜佩珊珊』之疊架，方之蔣勝欲，余未能伯仲也。湖南毛晉識。

明毛晉編《宋名家詞》，明末虞山毛氏汲古閣刻本，臺北『國家圖書館』藏。此處據《續修四庫全書》第一七二〇册，上海：上海古籍出版社，二〇〇二年，第一四九頁。

## 跋《散花庵詞》

叔陽[二]自號玉林，別號花庵詞客，早棄科舉，雅意讀書，顔其居曰散花庵。嘗選唐宋詞及中興以來詞各十卷，曰《絶妙詞選》，末載自製詞四十首。有總跋云：『其間體制不同，無非英妙傑特之作。昔遊受齋，稱其詩爲晴空冰柱，樓秋房喜其與魏菊莊友善，以泉石清士目之。』余於其詞亦云。湖南毛晉識。

明毛晉編《宋名家詞》，明末虞山毛氏汲古閣刻本，臺北『國家圖書館』藏。此處據《續修四庫全書》第一七二〇册，上海：上海古籍出版社，二〇〇二年，第一五八頁。

**校**

〔一〕『叔陽』當爲『叔暘』之誤。

## 跋《和清真詞》

美成當徽廟時，提舉大晟樂府，每製一調，名流輒依律賡唱。獨東楚方千里、樂安楊澤民有和清真全詞各一卷，或合爲《三英集》行世，花庵詞客止選千里《過秦樓》《風流子》《訴衷情》三闋，而澤民不載，豈楊劣于方耶？湖南毛晉識。

明毛晉編《宋名家詞》，明末虞山毛氏汲古閣刻本，臺北『國家圖書館』藏。此處據《續修四庫全書》第一七二〇册，上海：上海古籍出版社，二〇〇二年，第一七七頁。

## 跋《後村别調》

考淳祐辛丑八月御批云：『劉克莊文名久著，史學尤精，可特賜同進士出身。』由是負一代盛名。偶有題跋，後人輒以爲定衡。所撰《别調》一卷，大率與辛稼軒相類。楊升庵謂其壯語足以立懦，余竊謂其雄力足以排奡云。湖南毛晉識。

明毛晉編《宋名家詞》，明末虞山毛氏汲古閣刻本，臺北『國家圖書館』藏。此處據《續修四庫全書》第一七二〇册，上海：上海古籍出版社，二〇〇二年，第二〇四頁。

## 跋《蘆川詞》

仲宗别號蘆川居士，三山人，平生忠義自矢，不屑與奸佞同朝，飄然挂冠。紹興辛酉，胡澹闇[二]上書乞斬秦檜被謫，作《賀新郎》一闋送之，坐是，與作詩王民瞻同除名，玆集以此詞壓卷，其旨微矣。人稱其長於悲憤，及讀《花庵》《草堂》所選，又極嫵秀之致，真堪與片玉、白石並垂不朽。凡用字多有出處，如『灑窗間、惟稷雪』云云，見《毛詩疏》：『稷雪，霰也。形如米粒，能

穿窗透瓦。』今本改作『霰雪』，又如『薄劣東風，夭斜飛絮』云云，見白香山詩《錢塘蘇小小》：『人道最夭斜。』自注：『夭，音歪。』時刻改作『顛斜』，便無韻味，姑記之，以爲妄改古人字句之戒云。古虞毛晉識。

明毛晉編《宋名家詞》，明末虞山毛氏汲古閣刻本，臺北『國家圖書館』藏。此處據《續修四庫全書》第一七二〇册，上海：上海古籍出版社，二〇〇二年，第二三六頁。

**校**

〔二〕『胡澹閽』當爲『胡澹庵』之誤。

## 跋《于湖詞》

字安國，號于湖，蜀之簡州人也。後卜居歷陽，故陳氏稱爲歷陽人。甲戌狀元及第，出自思陵親擢，故秦相孫塤居其下，檜忌惡之，以事召致於獄。檜亡，上眷益隆，不數載，入直中書，惜其不年，上嘗有用不盡之嘆。玉林集中興詞家選二十有四闋，評云：『舊有《紫薇雅詞》，湯衡爲序，稱其平昔爲詞未嘗著稿，筆酣興健，頃刻即成，無一字無來處，如歌頭、凱歌諸曲，駿發

蹈厲，寓以詩人句法者也。』恨全集未見耳。古虞毛晉記。

明毛晉編《宋名家詞》，明末虞山毛氏汲古閣刻本，臺北『國家圖書館』藏。此處據《續修四庫全書》第一七二〇册，上海：上海古籍出版社，二〇〇二年，第二四四頁。

## 跋《洛水詞》

字懷古，休寧人，世系本河北洛川，自號洛水遺民。十歲詠冰，便有『莫言此物渾無用，曾向滹沱渡漢兵』之句，舅氏黄寺丞叱非常兒，挾以自隨，以平生所得二吴之學及有聞於程大昌者，悉以付之。由鄉薦，旅試南宫，時丞相趙公典舉，見其文曰：『天下奇才也。』擢魁多士。或以道學相猜，置本經第二。論者莫不稱抑。嘗讀《宋史》，詳其功業，恨未得全集讀之。癸酉中秋，衍門從秦淮購得端明《洛水集》二十六卷，雖考之伊子志，中卷次遺逸甚多，而大略已概見矣。先輩稱其宗歐、蘇而長於文章，洵哉！急梓其詩餘二十有一調，以存其人云。古虞毛晉記。

明毛晉編《宋名家詞》，明末虞山毛氏汲古閣刻本，臺北『國家圖書館』藏。此處據《續修

四庫全書》第一七二〇册，上海：上海古籍出版社，二〇〇二年，第二七七頁。

## 跋《歸愚詞》

字常之，清孝公書思之孫，文康公勝仲之子，文定公邲之父也。丹陽人，後以文康守吴興，因家於泛金溪，與弟立象同登紹興戊午進士第，所著《西疇筆耕》五十卷、《方輿别志》二十卷、《歸愚集》五十卷、《外制集》五卷。其膾炙人口者，莫如《韻語陽秋》二十卷，前有小引，以晉人褚裒自況，托故人徐林爲之序，未果而卒。復於夢中索之，豈文人平生得力處，至死未能已已耶？其自題草廬曰：『歸愚識夷塗，遊宦泯捷徑。』故文集與詩餘俱名《歸愚》。第集中如《雨中花》《眼兒媚》諸調俱不合譜，未敢妄爲更定云。古虞毛晉記。

明毛晉編《宋名家詞》，明末虞山毛氏汲古閣刻本，臺北『國家圖書館』藏。此處據《續修四庫全書》第一七二〇册，上海：上海古籍出版社，二〇〇二年，第二八五頁。

## 跋《龍洲詞》

改之家於西昌，自號龍洲道人，爲稼軒之客，故小詞亦多相溷。如『堂上謀臣樽俎』之類是也。宋子虚稱爲『天下奇男子』，平生以氣義撼當世，其詞激烈，讀者感焉。花庵謂其詞學辛幼安，如别妾《天仙子》、詠畫眉《小桃紅》諸闋，稼軒集中能有此纖秀語耶？古虞毛晉識。

明毛晉編《宋名家詞》，明末虞山毛氏汲古閣刻本，臺北『國家圖書館』藏。此處據《續修四庫全書》第一七二〇册，上海：上海古籍出版社，二〇〇二年，第二九六—二九七頁。

## 跋《初寮詞》

字履道，真定人。築室自榜曰初寮。年十四，薦于鄉，凡四舉乃登第。由東觀入掖垣，由烏府至鼇禁，皆天下第一。或謂其受知于蔡元長，密薦于上，故恩遇如此。相傳有《初寮前集》四十卷、《後集》十卷，惜乎罕見。常讀周益公序略，極稱其詩文似坡公暮年之作，又云：黄、張、秦、晁既殁，系文統，接墜緒，莫出公右，尤長于制誥，李漢老嘆爲徽宗時一人，第見議于先

輩。或云初爲東坡門下士，其後附蔡叛蘇。或又云受學于晁以道，其後但云晁四丈，而不稱先生，未知孰是。要未可與持正、可之輩並列矣。其破子如《安陽好》九闋、六花冬詞六闋，爲時所稱。玉林不盡録，豈亦疵其人耶？古虞毛晉記。

明毛晉編《宋名家詞》，明末虞山毛氏汲古閣刻本，臺北『國家圖書館』藏。此處據《續修四庫全書》第一七二〇册，上海：上海古籍出版社，二〇〇二年，第三〇六—三〇七頁。

## 跋《龍川詞》

同甫一名同，永康人，光宗策進士，群臣奏其卷第三，御筆擢第一。既知爲同甫，大喜。又有『天留遺朕』之詔，其恩遇如此。據葉水心序其集云四十卷，今行本止三十卷，想尚多佚遺。其最著者，莫如上皇帝四書及《酌古論》，自贊云：『人中之龍，文中之虎。』真無忝矣。第本集載詞選三十闋，無甚詮次。如寄辛幼安《賀新郎》三首，錯見前後。予家藏《龍川詞》一卷，又每調類分，未知孰是。讀至卷終，不作一妖語、媚語，殆所稱不受人憐者歟？湖南毛晉識。

明毛晉編《宋名家詞》，明末虞山毛氏汲古閣刻本，臺北『國家圖書館』藏。此處據《續修

四庫全書》第一七二〇册，上海：上海古籍出版社，二〇〇二年，第三一四頁。

## 跋《龍川詞補》

余正喜同甫不作妖語、媚語，偶閲《中興詞選》，得《水龍吟》以後七闋，亦未能超然，但無一調合本集者，或云贋作。蓋花庵與同甫俱南渡後人，何至誤謬若此？或花庵專選綺艷一種，而同甫子沆所編本集特表阿翁磊落骨幹，故若出二手？况本集云詞選，則知同甫之詞不止於三十闋。即補此花庵所選，亦安得云全豹耶？姑梓之，以俟博雅君子。湖南毛晉又識。

明毛晉編《宋名家詞》，明末虞山毛氏汲古閣刻本，臺北『國家圖書館』藏。此處據《續修四庫全書》第一七二〇册，上海：上海古籍出版社，二〇〇二年，第三一六頁。

## 跋《姑溪詞》

端叔，趙郡人，辟爲中山幕府，因代范忠宣作遺表得罪，編置當涂，即家焉，自號姑溪居士。客春從玉峰得《姑溪詞》一卷，凡四十調，共八十有八闋。惜卷尾《踏莎行》爲鼠所損耳，中多

次韻小令，更長於淡語、景語、情語，如『鴛衾半擁空床月』，又如『步懶恰尋床，卧看遊絲到地長』，又如『時時浸手心頭熨，受盡無人知處涼』，即置之《片玉》《漱玉》集中，莫能伯仲。至若『我住長江頭，君住長江尾。日日思君不見君，共飲長江水』直是古樂府俊語矣。叔暘不列之南渡諸家，得無遺珠之恨耶？古虞毛晉識。

明毛晉編《宋名家詞》，明末虞山毛氏汲古閣刻本，臺北『國家圖書館』藏。此處據《續修四庫全書》第一七二〇册，上海：上海古籍出版社，二〇〇二年，第三三〇—三三一頁。

## 跋《友古詞》

伸道，莆田人，别號友古居士，忠惠公之孫也。其居距城不及五里，舍宇矮，欲壓頭，猶是伊祖舊物。劉後村過而詠之曰：『廟院蜂房居。』想羨其同居古風歟？但據忠惠公《荔子譜》云：『玉堂紅一種佳絶。』正産其地，伸道從無一語詠之，何耶？其和向伯恭木犀諸闋亦遜《酒邊詞》三舍矣。古虞毛晉識。

明毛晉編《宋名家詞》，明末虞山毛氏汲古閣刻本，臺北『國家圖書館』藏。此處據《續修

四庫全書》第一七二〇册，上海：上海古籍出版社，二〇〇二年，第三五九頁。

## 跋《石屏詞》

式之以詩鳴東南半天下，所稱南渡後江湖四靈之一也。石屏，其所居山名，因以爲號。性好遊，南適甌閩，北窺吴越，上會稽，絶重江，浮彭蠡，泛洞庭，望匡廬五老、九嶷諸峰，然後放於淮泗，歸老委羽之下。讀其自述《沁園春》一闋、自嘲《望江南》三闋，可想見其大概矣。一時樓四明、吴荆溪輩盛稱其痛念先人，固窮繼志，以爲天台詩品，莫出其右者。楊用修乃以江西烈女一事疵其爲人，不幾以小節掩大德耶？至如胸中無千百字書云云，是石屏自恨少孤失學之語，指爲方虚谷短之，抑謬矣。樓大防、陶南村所紀二則，聊附於左，以俟賞識君子。古虞毛晉識。

明毛晉編《宋名家詞》，明末虞山毛氏汲古閣刻本，臺北『國家圖書館』藏。此處據《續修四庫全書》第一七二〇册，上海：上海古籍出版社，二〇〇二年，第三六六頁。

## 又跋《石屏詞》

樓鑰云：黄岩戴君敏才，獨能以詩自適，號東臯子。不肯作舉子業，終窮而不悔。且死，一子方襁褓中，語親友曰：『吾之病革矣，而子甚幼，詩遂無傳乎？』爲之太息，語不及他，與世異好乃如此。子既長，名曰復古，字式之。或告以遺言，收拾殘編，僅存一二，深切痛之。遂篤意古律，雪巢林監廟景思、竹隱徐直院淵子，皆丹丘名士，俱從之遊，講明句法。又登三山陸放翁之門，而詩益進。一日，携大編訪予，且言：『吾以此傳父業，然亦以此而窮，求一語以書其志。』余答之曰：『夫詩能窮人，或謂惟窮然後工，笠澤之論李長吉、玉谿生，甚悲也，子惟能固窮，則詩愈昌矣。余之言固何足爲軒輊邪？』嘗聞戴安道善琴，二子勃、顒並受琴於父，父没，所傳之聲不忍復奏，乃各造新弄《廣陵》《止息》之流，皆與世異。其孝固可稱，然似稍過，果爾，則琴亦當廢矣。式之豈其苗裔邪？而能以詩承先志，殆異於此，東臯子其不死矣。

陶宗儀云：戴石屏先生復古未遇時，流寓江右武寧，有富家翁愛其才，以女妻之。居二三年，忽欲作歸計，妻問其故，告以曾娶妻，白之父，父怒，妻宛曲解釋，盡以奩具贈夫，仍餞以詞云：『惜多才，憐薄命，無計可留汝。揉碎花牋，忍寫斷腸句。道傍楊柳依依，千絲萬縷，抵不住，一分愁緒。捉月盟言，不是夢中語。後回君若重來，不相忘處，把杯酒，澆奴墳土。』夫既

別，遂赴水死，可謂賢烈也已。

明毛晉編《宋名家詞》，明末虞山毛氏汲古閣刻本，臺北『國家圖書館』藏。此處據《續修四庫全書》第一七二〇册，上海：上海古籍出版社，二〇〇二年，第三六六—二六七頁。

## 跋《海野詞》

純甫與龍大淵同爲建王内知客，孝宗以二人皆潛邸舊人，觴詠唱酬，字而不名。怙寵恃勢，純甫尤甚，故陳俊卿、虞允文輩交章逐之。然文藻頗有可觀，如《過京師望叢臺》諸作，語多感慨，令人有麥秀黍離之悲，與張掄不時賦詞進御，賞賚甚渥。至進月詞，一夕西興共聞天樂，豈天神亦不以人廢言耶？ 湖南毛晉識。

明毛晉編《宋名家詞》，明末虞山毛氏汲古閣刻本，臺北『國家圖書館』藏。此處據《續修四庫全書》第一七二〇册，上海：上海古籍出版社，二〇〇二年，第三八四—二八五頁。

## 跋《逃禪詞》

補之，清江人，世所傳江西墨梅，即其人也。其詩文亦不多見，向有，補之詞行世，或謂是晁補之，謬矣。無論字句之舛訛，章次之顛倒，即調名如《一斛珠》誤作《品令》，《相見歡》誤作《烏夜啼》之類，亦不可條舉，今悉一一釐正。但散花庵詞客一無選録，豈謂其多獻壽之章，無麗情之句耶？《草堂》集止載『癡牛騃女』一調，又逸其名，後人妄注毛東堂，可恨坊本無據，反令人疑《香奩》之或凝或偓云。古虞毛晉識。

明毛晉編《宋名家詞》，明末虞山毛氏汲古閣刻本，臺北『國家圖書館』藏。此處據《續修四庫全書》第一七二〇册，上海：上海古籍出版社，二〇〇二年，第四一五頁。

## 跋《空同詞》

叔嶼自號空同詞客，先輩稱其不減周美成，如『燕子又歸來，但惹得滿身花雨』，又『花上蝶，水中鳧，芳心密意兩相於』等語，尤艷驚一時，惜不多見。既讀《空同詞》一卷，真若遊金、

張之堂，而攬嬙、施之袂，宜花庵全録之。但卷尾《清平樂》一闋，是連可久作，可久十二歲時，其文携見熊曲肱，適有漁父過前，命賦詞，援筆立成，四座嘆服，後果爲江湖得道之士，何竟混入耶？海虞毛晉識。

明毛晉編《宋名家詞》，明末虞山毛氏汲古閣刻本，臺北『國家圖書館』藏。此處據《續修四庫全書》第一七二〇册，上海：上海古籍出版社，二〇〇二年，第四一九頁。

## 跋《介庵詞》

德莊名嘄乾、淳間，官至朝請大夫、直寶文閣、知建寧府軍府事，賜紫金魚袋，恩遇甚隆，而度量宏博。常戒趙忠定公曰：『謹勿以一魁先置胸中。』可想見其大概矣。余家舊藏《介庵詞》一卷，板甚精良，惜未得其全集。又有《文寶雅詞》四卷，中誤入孫夫人詠雪詞，又曾見《琴趣外篇》六卷，章次顛倒，贋作頗多，不能悉舉。至如席上贈人《清平樂》，昔人稱爲集中之冠，反逸去，可恨坊本之亂真也。湖南毛晉識。

明毛晉編《宋名家詞》，明末虞山毛氏汲古閣刻本，臺北『國家圖書館』藏。此處據《續修

四庫全書》第一七二〇册，上海：上海古籍出版社，二〇〇二年，第四四四頁。

## 跋《平齋詞》

舜俞，於潛人，其功烈載在史册，如毁鄧艾祠，更祠諸葛武侯，告其民曰：『毋事仇讎而忘父母。』尤爲當時稱嘆。迨卒時，御筆批其鯁亮忠慤，令抄所著兩漢詔暨詩文行世，樓大防又極賞《大冶賦》一篇，予恨未見全集。其詩餘四十有奇，多送行獻壽之作，無判花嗜酒之篇，昔人謂王岐公多富貴氣，余於舜俞之詞亦云。湖南毛晉識。

明毛晉編《宋名家詞》，明末虞山毛氏汲古閣刻本，臺北『國家圖書館』藏。此處據《續修四庫全書》第一七二〇册，上海：上海古籍出版社，二〇〇二年，第四五三頁。

## 跋《文溪詞》

《花庵詞選》云：『李俊明，名昂英，號文溪。』升庵《詞品》云：『李公昴，名昴英，資州磐石人，余家藏《文溪詞》。』又云：『名公昂，字俊明，番禺人。』未知孰是。因送太平州太守王子文

詞得名，叔陽[二]亦止選此一調，稱爲詞家射雕手。用修又極稱《蘭陵王》一首可並秦、周，余讀《摸魚兒》諸篇，其佳處寧遜『楊柳外、曉風殘月』耶？古虞毛晉識。

明毛晉編《宋名家詞》，明末虞山毛氏汲古閣刻本，臺北『國家圖書館』藏。此處據《續修四庫全書》第一七二〇册，上海：上海古籍出版社，二〇〇二年，第四六〇頁。

**校**

[二]『叔陽』當爲『叔暘』之誤。

## 跋《丹陽詞》

魯卿、常之，雖不逮李氏、晏氏父子，每填一詞，輒流傳絲竹。然紹興、紹聖間俱負海内重望，其詞亦能入雅字。常之《歸愚集》，余梓行既久，復訂《丹陽詞》一卷，以公同好。如魯卿出處大略，已詳鴻慶序中矣。海虞毛晉識。

明毛晉編《宋名家詞》，明末虞山毛氏汲古閣刻本，臺北『國家圖書館』藏。此處據《續修

四庫全書》第一七二〇册，上海：上海古籍出版社，二〇〇二年，第四七四頁。

## 跋《孄窟詞》

彦周，東武人，晁氏甥也，渭陽之誼甚篤，如《玉樓香》《青玉案》《朝中措》《瑞鷓鴣》諸調，情見乎詞矣。其席上送行云：『後夜蕭蕭葭葦岸，一樽獨酌見離情。』不讓徐勉《送客曲》。弇州先生病美成不能作情語，彦周殆能作情語者耶？海虞毛晉識。

明毛晉編《宋名家詞》，明末虞山毛氏汲古閣刻本，臺北『國家圖書館』藏。此處據《續修四庫全書》第一七二〇册，上海：上海古籍出版社，二〇〇二年，第四九〇頁。

## 跋《克齋詞》

按《花庵》《草堂》二集俱不載沈端節，故其品行亦無從考。惟馬端臨云：字約之，家于苕溪。豈即沈會宗同族耶？會宗詞亦不多見，其膾炙人口者，惟詠賈耘老苕上水閣一闋云：『景物因人成勝概，滿目更無塵可礙。等閒簾幕小闌干，衣未解，心先快，明月清風如有待。

誰信門前車馬隘，别是人間閒世界。坐中無物不清凉，山一帶，水一派，流水白雲長自在。』苕溪漁隱云：『賈耘老水閣遺址正與余水閣相近，景物清曠，悉如會宗之詞。故余嘗有句云：『三間小閣賈耘老，一首佳詞沈會宗。』今讀克齋詞，風致亦甚相類，獨長于詠物寫景，又不墮鄭、衛惡習，殆梅溪、竹屋之流歟？ 海虞毛晉識。

明毛晉編《宋名家詞》，明末虞山毛氏汲古閣刻本，臺北『國家圖書館』藏。此處據《續修四庫全書》第一七二〇册，上海：上海古籍出版社，二〇〇二年，第四九九頁。

## 跋《芸窗詞》

方叔，南徐人，與了翁、虚齋相友善，最喜作次韻小令，惜諸家詞選不載。余偶得《芸窗詞》全帙，如『正挑燈、共聽夜雨』，幽韻不減陸放翁；如『小樓燕子話春寒』，艷態不減史邦卿；至如『秋在黄花羞澀處』，又『苦被流鶯，蹴翻花影，一欄紅露』等語，直可與秦七、黄九相雄長。或病其饒貧寒氣，毋乃太貶乎？ 古虞毛晉識。

明毛晉編《宋名家詞》，明末虞山毛氏汲古閣刻本，臺北『國家圖書館』藏。此處據《續修

四庫全書》第一七二〇册，上海：上海古籍出版社，二〇〇二年，第五一〇—五一一頁。

## 跋《竹坡詞》

余昔鐫《竹坡老人詩話》，恨未見其全集，亦未詳其始末。既閲《宣城志·文苑傳》云：周紫芝，字少隱，居陵陽山南。父覺，訓子甚篤。每曰：『是子相法當貴，然肩聳而好吟，其終窮乎？』兩以鄉貢赴禮部，不第。家貧，併日而炊。人嗤之，不顧，嗜學益苦。嘗從李之儀、吕本中游，有美譽。建炎中，吕好問知宣州，每讌集，必與俱。年六十一，始以廷對第三，同學究出身，調安豐軍，不赴。監户部麯院，歷樞密院編修官、右司員外郎，知興國軍。崇政簡静，終日焚香課詩，而事不廢。秩滿，奉祠居廬山。初，秦檜愛其詩云『秋聲歸草木，寒色到衣裘』，留京，每一篇出，擊賞不已。後和御制詩云：『已通灌玉親祠事，更有何人敢告猷。』檜怒其諷己，出之。紫芝惟言士遇合有時，吾豈以彼易此？紹興乙亥卒。子槃、栞，皆力學不仕。兹集長短句凡三卷，末有子栞跋，綴二闋於絶筆之後。但《減字木蘭花》一調誤作《木蘭花令》，今釐正。紫芝嘗評王次卿詩云：『如江平風霽，微波不興，而洶湧之勢，澎湃之聲，固已隱然在其中。』其詞約略似之。古虞毛晉識。

明毛晉編《宋名家詞》，明末虞山毛氏汲古閣刻本，臺北「國家圖書館」藏。此處據《續修四庫全書》第一七二〇册，上海：上海古籍出版社，二〇〇二年，第五三七頁。

## 又跋《竹坡詞》

紫芝集名《太倉稊米》，余少年得而復失，每爲嘆惋。始信表聖詩云『亡書久似憶良朋』，真個中語也。去冬，玉峰李青城同張子佩過訪，云篋中有是書，相對擊節，不遠百里見寄，惜非余向所藏耳，名雖相同，乃集金元諸名家詩。但紫芝卒於紹興間，與至元、延祐相去百餘歲，豈能預爲軒輊，敘以問世？况十臺十雪篇，曾於《滄浪集》中見之，其爲贋本無疑矣。猶記其本集中載《惠泉銘》，乃鉅盜圍宣城，衆無所得飲，太守李公倉卒鑿池，甘泉湧出，惠及一郡，因以得名，非無錫惠山中第二泉也。因記於此，以俟品泉者。又記有《劉高尚傳》云：劉高尚者，濱州安定人，家世爲農。生九歲，不茹葷，亦不語。問以事，則書而對，其語初若不可曉，已而輒驗。家人爲築别室以居，久之，言皆響應，遠近以爲神。聲聞京師，徽宗三使往聘之，辭疾不奉詔。宣和間，賜號高尚處士，而建觀以居，其徒因以其號名之。靖康之擾，棣人白其守，使迎高尚。守具安車邀之，不至。一日，棄濱而來，濱人大恐，後二日，濱州兵叛，屠其城。高尚至棣，

棣人喜，守爲掃郵傳，供帳以居之。高尚見之，笑去，乃即城隅，治舍水傍。濱人或持金帛、攜家室以就其廬者，人往往笑之。既而虜騎大至，城且陷，人之死於兵者以萬數，而火不及其居，就之者果賴以免。虜人見高尚，皆下馬羅拜，不敢入其室。高尚有言曰：『世之人以嗜欲殺身，以貨財殺子孫，以政事殺人，以學問文章殺天下。』後世識者以爲名言，鏤版以傳。惜乎全集不可復得，聊記此，以見竹坡一斑。若劉高尚説，具在《梁谿漫志》中。晉又識。

明毛晉編《宋名家詞》，明末虞山毛氏汲古閣刻本，臺北『國家圖書館』藏。此處據《續修四庫全書》第一七二〇册，上海：上海古籍出版社，二〇〇二年，第五三七—五三八頁。

## 跋《聖求詞》

呂聖求名渭老，或云濱老，檇李人。有聲宣和間，其詠梅詞寄調《東風第一枝》，先輩與坡仙《西江月》並稱，兹集中不載，不知何故？其詞云：『老樹渾苔，橫枝未葉，青春肯誤芳約？背陰未返冰魂，陽梢已含紅萼。佳人寒怯，誰驚起、曉來梳掠。是月斜窗外棲禽，霜冷竹間幽鶴。　雲澹澹、粉痕漸薄，風細細、凍香又落。叩門喜伴金樽，倚闌怕聽畫角。依稀夢裏，半面淺窺珠箔。甚時重寫鸞牋，去訪舊遊東閣。』又《惜分釵》，其自製新譜也，尾句用二疊字云『重

重』，又云『忡忡』，較之陸放翁《釵頭鳳》尾句云『錯錯錯』『莫莫莫』更有别韻。又喜用險峭字，如『側寒斜雨』之類，楊升庵云：『其用「側寒」字甚新，唐詩「春寒側側掩重門」，韓偓詩「側側輕寒剪剪風」，又無名氏詞「玉樓十二春寒側」，與此「側寒」相襲用之，不知所出。大意，側，不正也，猶云峭寒爾。』今坊本俱作『惻寒』，幾認『壹关』爲『壺矢』矣。古虞毛晉識。

明毛晉編《宋名家詞》，明末虞山毛氏汲古閣刻本，臺北『國家圖書館』藏。此處據《續修四庫全書》第一七二〇册，上海：上海古籍出版社，二〇〇二年，第五六三—五六四頁。

## 跋《壽域詞》

杜壽域，不知何許人。據陳氏云：『京兆杜安世，字壽域。』黄氏又云：『字安世，名壽域。』未知孰是。儕輩嗤其詞不工，余初讀其《訴衷情》云：『燒殘絳蠟淚成痕，街鼓報黄昏。碧雲又阻來信，廊上月侵門。愁永夜，拂香裀，待誰温？夢蘭憔悴，擲果凄涼，兩處消魂。』語纖致巧，未嘗不工。此詞載《花庵詞選》，不載本集。本集載《折紅梅》一首，龔希仲又謂是吴中丞紅梅閣詞，紀之甚詳。吴感，字應之，以文章知名。天聖二年省試爲第一，又中九年書判拔萃科，仕至殿中丞。居小市橋，有侍姬曰紅梅，因以名其閣，嘗作《折紅梅》詞曰：『喜輕澌初泮，

微和漸入，芳郊時節春消息。夜來陡覺，紅梅數枝爭發。玉溪仙館，不是個尋常標格。化工別與，一種風情，似匀點胭脂，染成香雪。　重吟細閱。比繁杏夭桃，品流真别。只愁共彩雲易散，冷落謝池風月。憑誰向説，三弄處龍吟休咽。大家留取倚闌干，聞有花堪折，勸君須折。』其詞傳播人口，春日群晏，必使倡人歌之。吴死，其閣爲林少卿所得，兵火前尚存。子純，字晦叔，文行亦高，鄉人呼爲吴先生。楊元素《本事集》誤以爲蔣堂侍郎有小鬟號紅梅，其殿丞作此詞贈之，可見詩詞名篇互淆者甚多，同時尚未能析疑，何況千百年後耶？古虞毛晉識。

明毛晉編《宋名家詞》，明末虞山毛氏汲古閣刻本，臺北『國家圖書館』藏。此處據《續修四庫全書》第一七二〇册，上海：上海古籍出版社，二〇〇二年，第五七八—五七九頁。

## 跋《審齋詞》

東平王千秋，字錫老，嘗見自製啓聯云：『少日羈孤，百口星分于異縣；長年憂患，一身蓬轉于四方。』其遭逢概可想已。樂府凡六十餘調，多酬賀篇，絶少綺艷之態。衡山縣令梁文恭讀而贈詩云：『審齋先生世稀有，曾是金陵一耆舊。萬卷胸中星斗文，百篇筆下龍蛇走。淵源更擅麟史長，碑版肯居鼉文後。倚馬常摧鏖戰場，脱腕難供掃愁帚。中州文獻儒一門，異縣萍

蓬家百口，恨極黄楊厄閏年，閑却玉堂揮翰手。夜光乾没世稱屈，遠枳卑棲慣低售。漂摇何地著此翁，忘憂夜醉長沙酒。豈無厚禄故人來，爲辨草堂留野叟。嗟余亦是可憐人，慚愧阿戎驚白首。一燈續得審齋光，多少達人爲裔胄。睠予憔悴五峰下，頻寄篇來復相壽。年來事事淋過灰，尚有詩情閒情竇。有時信筆不自置，憶起居家吕窠臼。審齋樂府似《花間》，何必老夫疥篇右。』集中席上呈梁次張《水調歌頭》一闋，其互相溢美，可謂無言不讐矣。古虞毛晉識。

明毛晉編《宋名家詞》，明末虞山毛氏汲古閣刻本，臺北『國家圖書館』藏。此處據《續修四庫全書》第一七二〇册，上海：上海古籍出版社，二〇〇二年，第五九二—五九三頁。

## 跋《東浦詞》

韓温甫家于東浦，因以名其詞。雖與康順庵、辛稼軒諸家酬唱，其妍媸相去，非亶莩蘿、無鹽也。余去冬日事畚臿，研田久蕪，托友人較讐諸詞集以行世，入年讀之，如兹集開卷《水調歌頭》，爲之掩鼻。又且坐，令其自度曲也，押韻頗峭，但『冤家何處貪歡樂，引得我心兒惡』等語，又未免俳笑矣。古虞毛晉識。

明毛晉編《宋名家詞》，明末虞山毛氏汲古閣刻本，臺北『國家圖書館』藏。此處據《續修四庫全書》第一七二〇册，上海：上海古籍出版社，二〇〇二年，第五九九頁。

## 跋《知稼翁詞》

知稼翁，字師憲，世居莆田。代多聞人，唐御史滔，即其先也。先是，莆中有讖云：『拆却屋，换却椽，望京門外出狀元。』紹興八年，孫守益改創譙門，規模雄偉，甫成，公果以文章魁天下。公年四十有八，宅邊有大木可蔽畝，忽仆，又自夢雷電震閃，旗幟殷赫，擁櫬而去，金書化字以示。迨屬纊之夕，果雷雨大作，人甚異之。其父静以本州首貢，作南廟省魁，中上舍兩優之選，既以公貴，贈中奉大夫。從兄泳，以童子召見，徽宗賜五經及第。季弟庚，以文藝知名，將試禮部，適公捐館，不忍獨留京師，同護喪歸殯。子五人：沃、泮、湑、洙，皆力學南僧，幼，未名。有文集十一卷，子沃編以行世，丐序于莆田陳俊卿、鄱陽洪邁。洪邁評其詞云：『宛轉清麗，讀者咀嚼于齒頰間而不能已。又誦其悲秋之句曰：「迢迢别浦雙帆去，漠漠平蕪天四垂。雨意欲晴山鳥樂，寒聲初到井梧知。」吾不知謫仙、少陵以還，大曆十才子尚能窺其藩否？』可謂贊揚之極矣。其居官始末詳于龔茂良《行狀》、林大鼐《墓誌銘》中。近來閩中鏤版甚善，末

幅有諱崇翰者，紀録詳摯。倘歷代先賢名集，盡得文孫各爲表章如知稼翁者，不大快耶？古虞毛晉識。

明毛晉編《宋名家詞》，明末虞山毛氏汲古閣刻本，臺北『國家圖書館』藏。此處據《續修四庫全書》第一七二〇册，上海：上海古籍出版社，二〇〇二年，第六〇六—六〇七頁。

## 跋《無住詞》

陳與義，字去非。其先蜀人，東坡所傳陳希亮公弼者，其曾祖也。後爲汝州葉縣人，每自稱洛陽陳某，又别號簡齋。少年賦墨梅詩，受知于徽宗，遂入中秘。建炎中，掌帝制，參紹興大政。以詩名世，劉後村軒輊元祐後詩人，不出蘇、黄二體，惟陳簡齋以老杜爲師。建炎以後，避地湖嶠，行路萬里，詩益奇壯。或問劉須溪：『宋詩，簡齋至矣，畢竟比坡公何如？』須溪曰：『詩論如花，論高品，則色不如香；論逼真，則香不如色。』雌黄俱在，予於其詞亦云。古虞毛晉識。

明毛晉編《宋名家詞》，明末虞山毛氏汲古閣刻本，臺北『國家圖書館』藏。此處據《續修四庫全書》第一七二〇册，上海：上海古籍出版社，二〇〇二年，第六一〇—六一一頁。

## 跋《後山詞》

後山姓氏爵里已詳載《詩話》卷尾矣。宋人好著詩話，未有著詞話者，唯後山集中略載一二，余漫采録一帙，附于《詩餘圖譜》之後，亦可資顧誤周郎一盼也。後山云：吴越後王來朝，太祖爲置宴，出内妓彈琵琶，王獻詞云：『金鳳欲飛遭掣搦，情脉脉，看即玉樓雲雨隔。』太祖起拊背曰：『誓不殺錢王。』○尚書郎張先，善著詞，有『雲破月來花弄影』『簾幕卷花影』『墮輕絮無影』，世稱頌云張三影。王介甫謂『雲破月來花弄影』，不如李冠『朦朧淡月雲來去』也。冠，齊人，爲《六州歌頭》，道劉、項事，慷慨雄偉。劉潛，大俠也，喜誦之。○往時青幕之子婦，妓也，善爲詞。同府以詞挑之，妓答曰：『清詞麗句，永叔、子瞻曾獨步。似恁文章，寫得出來當甚强。』○黄詞云：『斷送一生惟有，破除萬事無過。』蓋韓詩有『斷送一生惟有酒』『破除萬事無過酒』，才去一字，遂爲切對，而語益峻。又云：『杯行到手更留殘，不道月明人散。』謂思相離之憂，則不得不盡，而俗士改爲『留連』，遂使兩句相失。正如論詩云『一方明月可中庭』，『可』不如『滿』也。○柳三變遊東都南北二巷，作新樂府，骩骳從俗，天下詠之，遂傳禁中。仁宗頗好其詞，每對，必使侍從歌之再三。三變聞之，作宫詞號《醉蓬萊》，因内官達後宫，且求其助，仁宗聞而覺之，自是不復歌其詞矣。會改京官，乃以無行黜之。後改名永，仕至屯田員外

郎。○蘇公居潁，春夜對月，王夫人曰：『春月可喜，秋夜使人愁耳。』公謂前未及也，遂作詞曰：『不似秋光，只與離人照斷腸。』○王斿，平甫之子，嘗曰：『今語例襲陳言，但能轉移爾。世稱秦詞「愁如海」爲新奇，不知李國主已云：「問君能有幾多愁，恰似一江春水向東流。」但以「江」爲「海」耳。』此皆可采韻語也。余按張三影、柳三變二段與他集不同，客有謂張子野曰：『人皆謂公爲張三中，即心中事、眼中淚、意中人也。』公曰：『何不目爲張三影？』客不曉，公曰：『「雲破月來花弄影」「嬌柔懶起，簾籠卷花影」「柳徑無人，墮飛絮無影」，此余平生得意句也。』或又曰：子野云：『浮萍過處見山影』，又云『雲破月來花弄影』，又云『隔牆送過鞦韆影』，並膾炙人口，因謂張三影。柳三變更名永，爲屯田員外郎，會太史奏老人星見，時秋霽，宴禁中，仁宗命左右詞臣爲樂章。内侍屬柳應制，柳方冀進用，作《醉蓬萊》奏呈，上見首有『漸』字，色若不懌，讀至『宸遊鳳輦何處』，乃與御製真宗挽詞暗合，上慘然，又讀至『太液波翻』，曰：『何不言波澄？』投之于地。自此不復擢用。二説未知孰是。古虞毛晉識。

明毛晉編《宋名家詞》，明末虞山毛氏汲古閣刻本，臺北『國家圖書館』藏。此處據《續修四庫全書》第一七二〇册，上海：上海古籍出版社，二〇〇二年，第六一九—六二一頁。

## 跋《蒲江詞》

盧祖皋，字申之，自號蒲江居士，永嘉人，樓大防之甥也。一時永嘉詩人争學晚唐體，徐照字道暉，徐璣字文淵，翁卷字靈舒，趙師秀字紫芝，稱爲四靈，與申之倡和，莫能伯仲，惜其詩集不傳。黄叔陽[一]謂其樂府甚工，字字可入律吕，浙人皆唱之，《中興集》中幾盡采録。或病其偶句太多，未足驚目。余喜其『柳色津頭泫緑，桃花渡口啼紅』，較之秦七『鶯嘴啄花紅溜[二]，燕尾點波緑皺』不更鮮秀耶？又『玉簫吹未徹，窗影梅花月』『無語只低眉，閒拈雙荔枝』，直可步趨南唐『孤枕夢回雞塞遠，小樓吹徹玉笙寒』矣。至如『江涵雁影梅花瘦』『花片無聲簾外雨』云云，蓋古樂府佳句也。惜乎《蒲江詞》一卷，僅僅二十有五闋耳。古虞毛晉識。

明毛晉編《宋名家詞》，明末虞山毛氏汲古閣刻本，臺北『國家圖書館』藏。此處據《續修四庫全書》第一七二〇册，上海：上海古籍出版社，二〇〇二年，第六二六—六二七頁。

### 校

[一]『黄叔陽』當爲『黄叔暘』之誤。

〔三〕『紅淄』當爲『紅溜』之誤。

## 跋《琴趣外篇》

《琴趣外篇》六卷，宋左朝奉、秘書省著作郎、充秘閣校理、國史編修官、濟北晁補之無咎長短句也。其所爲詩文凡七十卷，自名《雞肋集》，惟詩餘不入集中，故云《外篇》。昔年見吴門鈔本，混入趙文寶諸詞，亦名《琴趣外篇》，蓋書賈射利，眩人耳目，最爲可恨。余已釐正，《介庵詞》辨之詳矣。無咎雖遊戲小詞，不作綺艷語，殆因法秀禪師諄諄戒山谷老人，不敢以筆墨勸淫耶？大觀四年卒於泗州官舍。自畫山水留春堂大屏上，題云：『胸中正可吞雲夢，盞底何妨對聖賢。有意清秋入衡霍，爲君無盡寫江天。』又詠《洞仙歌》一闋，遂絶筆，不知何故逸去。今依花庵詞客附諸末幅。古虞毛晉識。

明毛晉編《宋名家詞》，明末虞山毛氏汲古閣刻本，臺北『國家圖書館』藏。此處據《續修四庫全書》第一七二〇册，上海：上海古籍出版社，二〇〇二年，第六五八頁。

## 跋《烘堂詞》

盧炳，字叔陽，自號醜齋。多與同官唱和，詞中喜用僻字，如袢襦、皴皵、褑子之類，異花幽鳥，雖屬小品，亦自可人。共六十餘調，長于描寫，令人生畫思。昔陳去非見顔持約畫梅，題詩云：『窗前光景晚清新，半幅溪藤萬里春。從此不貪江路遠，勝拚心力喚真真。』又云：『奪得斜枝不放歸，倚窗乘月看熹微。墨池雪嶺春俱好，付與詩人説是非。』一時賞識家謂詩中有畫，若烘堂，可謂詞中有畫矣。古虞毛晉識。

明毛晉編《宋名家詞》，明末虞山毛氏汲古閣刻本，臺北『國家圖書館』藏。此處據《續修四庫全書》第一七二〇册，上海：上海古籍出版社，二〇〇二年，第六七〇頁。

## 跋《花間集》

據陳氏云：『《花間集》十卷，自温飛卿而下十八人，凡五百首。』今逸其二，已不可考。近來坊刻往往繆其姓氏，續其卷帙，大非趙弘基氏本來面目。余家藏宋刻，前有歐陽炯序，後有

陸放翁二跋，真完璧也。隱湖毛晉識。

明毛晉編《詞苑英華》之《花間集》卷末，明末毛氏汲古閣刻本，中國國家圖書館藏。

## 又跋《花間集》

近來填詞家輒效顰柳屯田，作閨幃穢媟之語，無論筆墨勸淫，應墮犁舌地獄，于紙窗竹屋間，令人掩鼻而過，不慚惶無地邪！若彼白眼罵坐，臧否人物，自詫辛稼軒後身者，譬如靁大起舞，縱使極工，要非本色。張宛丘云：幽索如屈宋，悲壯如蘇李，始可與言詞也已矣。亟梓斯集，以爲倚聲填詞之祖。但李翰林《菩薩鬘》《憶秦娥》及南唐二主、馮延巳諸篇，俱未入選，不無遺珠之憾云。晉又識。

明毛晉編《詞苑英華》之《花間集》卷末，明末毛氏汲古閣刻本，中國國家圖書館藏。

## 跋《草堂詩餘》

宋元間詞林選本幾屈百指，惟《草堂》一編飛馳，幾百年來，凡歌欄酒樹，絲而竹之者，無不拊髀雀躍。及至寒窗腐儒，挑燈閒看，亦未嘗欠伸魚睨，不知何以動人一至此也。其命名之意，楊升庵謂本之李青蓮『簫聲咽』『平林漠漠煙如織』二詞，然非歟？若名調淆訛，姓氏影借，先輩已詳辨之矣。海隅毛晉識。

明毛晉編《詞苑英華》之《草堂詩餘》卷末，明末毛氏汲古閣刻本，中國國家圖書館藏。

## 跋《花庵詞選》

據玉林序中稱，曾端伯所編，乃《樂府雅詞》，所謂涉諧謔則去之者也，又稱《復雅》一集，乃陳氏所謂鯛陽居士所編，不著姓名者也。二書惜未之見，而兹編獨存，巋然魯靈光矣。先輩云：《草堂》刻本多誤字及失名者，賴此可證，所選或一首、或數十首，多寡不倫。每一家綴數語紀其始末，銓次微寓軒輊，蓋可作詞史云。海隅毛晉識。

明毛晉編《詞苑英華》之《花庵詞選》卷末，明末毛氏汲古閣刻本，中國國家圖書館藏。

## 又跋《花庵詞選》

余向謂散花庵，乃叔暘所居，玉林，其號也。既讀其戲題玉林一詞，酷似余水邨風景，不覺卧遊而願學焉。其詞曰：『玉林何有？有一灣蓮沼，數間茅宇。斷塹疏籬聊補葺，那羡粉墻朱户。禾黍秋風，雞豚曉日。活脱田家趣。客來茶罷，自挑埜菜同煮。』又曰：『長作谿山主，紫芝之可采，更尋巖谷深處。』殆五柳先生一流人也。恨不能繢玉林圖，縣之研北，時讀詞選數過耳。晉又識。

明毛晉編《詞苑英華》之《花庵詞選》卷末，明末毛氏汲古閣刻本，中國國家圖書館藏。

## 跋《尊前集》

雍熙間，有集唐末五代諸家詞，命名《家宴》，爲其可以侑觴也。又有名《尊前集》者，殆亦

類此。惜其本皆不傳。嘉禾顧梧芳氏采録名篇，釐爲二卷，仍其舊名。雖不堪與《花間》《草堂》頡頏，亦能一洗綺羅香澤之態矣。此本予得之閩中郭聖僕，聖僕酷好予家諸刻，必欲一字不遺而後快。癸酉中秋後一日，予訪之南都南關外，廛門無人，惟簷前白鸚鵡學人語，呼客到已耳。老屋二間，不蔽風日，几榻間彝鼎盤缶，皆三代間物，其最珍玩者，一折角漢研，因顔其齋曰漢研。出異香佳茗作供，劇談竟日，臨別，贈予二書，兹編及《剪綃集》也。又贈予二畫：一淡墨水仙，一秋林高岫。蓋其愛姬李陀奴、朱玉耶筆也。惜其無嗣，今墓槽已森，二姬各有所歸，二書予安忍秘諸？虞山毛晉識。

明毛晉編《詞苑英華》之《尊前集》卷末，明末毛氏汲古閣刻本，中國國家圖書館藏。

## 跋《詞林萬選》

予向慕用修先生《詞林萬選》，不得一見。金沙于季鸞貽予一帙，前有任良幹序，不啻咽三危之露而聆秋竹積雪之曲矣。但據序云，皆《草堂》所未收者，蓋未必然。其間或名或字，或別號或署銜，却有不衫不履之致。惜乎紫子黠照之誤，魑魅魄托之音，向來莫辨。其尤可摘者，如『曾晏桃源深洞』一詞，本名《憶仙姿》，蘇東坡始改爲《如夢令》，即用修《詞品》亦云：

『唐莊宗自度曲，或傳爲吕洞賓，誤也。』復作吕洞賓《如夢令》，何耶？又『東風撚就腰兒細』一詞，亦膾炙人口，舊注云：『有名妓侍燕開府，一士人訪之，相候良久，遂賦此詞，投諸開府。開府喜其艷麗，呼士人，以妓與之。』《草堂續集》編入無名氏之列。兹混作東坡，且調是《玉樓春》，乃于首尾及换頭處增損一字，名《踏莎行》，向疑後人妄改，及考『鞋襪輛兩』云云，仍是用修傳録，至于姓氏之逸，譜調之淆，悉注之本題之下，□□諸季鸞，得毋笑余强作解事耶？急梓。毛晉識。

明毛晉編《詞苑英華》之《詞林萬選》卷末，明末毛氏汲古閣刻本，中國國家圖書館藏。

## 《漱玉詞》紀略

清照姓李氏，號易安居士，濟南人，李格非之女，適東武趙抃之子明誠爲妻。明誠故，再適張汝舟，未幾反目，有啓與綦處厚云：『猥以桑榆之晚景，配兹駔儈之下材。』傳者無不笑。有《漱玉集》三卷行於世，頗多佳句。朱晦翁《語録》云：本朝婦人能文只有李易安與魏夫人。

明毛晉輯《詩詞雜俎》之《漱玉詞》卷首，明末汲古閣刻本，天津圖書館藏。

## 跋《漱玉詞》

黄叔陽[一]云：《漱玉集》三卷。馬端臨云：别本分五卷，今一卷。考諸宋、元雜記，大率合詩詞雜著爲《漱玉集》，則釐全集爲三卷無疑矣。第國朝博雅如用修先生，尚慨未見其全，湮没不幾久耶？庚午仲秋，余從選卿覓得宋詞廿餘種，乃洪武三年抄本，訂正，已閲數名家，中有《漱玉》《斷腸》二册，雖卷帙無多，參諸《花庵》《草堂》《彤管》諸書，已浮其半，真鴻寶也。急合梓之，以公同好。末載《金石録後序》，略見易安居士文妙，非止雄於一代才媛，直洗南渡後諸儒腐氣，上返魏、晉矣。尾附遺事幾則，亦罕傳者。湖南毛晉識。

明毛晉輯《詩詞雜俎》之《漱玉詞》卷末，明末汲古閣刻本，天津圖書館藏。

**校**

[一]『黄叔陽』當爲『黄叔暘』之誤。

## 跋《斷腸詞》

淑真詩集膾炙海内久矣，其詩餘僅見二闋于《草堂》集，又見一闋于十大曲中，何落落如晨星也。既獲《斷腸詞》一卷，凡十有六調，幸睹全豹矣。先輩拈出元夕詩詞，以爲白璧微瑕，惜哉。湖南毛晉識。

明毛晉輯《詩詞雜俎》之《斷腸詞》卷末，明末汲古閣刻本，天津圖書館藏。

# 孟稱舜

孟稱舜，字子適，又字子若，或作子塞，號卧雲子，會稽山陰（今浙江紹興）人。約生於明萬曆二十八年（一六〇〇），卒於清順治十二年（一六五五）。崇禎時諸生，明末時曾參加復社。入清後，順治六年（一六四九）貢生，任浙江松陽教諭。明代著名戲劇作家，著有《嬌紅記》《貞文記》等傳奇和《桃花人面》《英雄成

敗》等雜劇，另編選有《古今名劇合選》等。

## 《古今詞統》序

詩變而爲詞，詞變而爲曲。詞者，詩之餘而曲之祖也。樂府以皦逕揚厲爲工，詩餘以宛麗流暢爲美。故作詞者率取柔音曼聲，如張三影、柳三變之屬，而蘇子瞻、辛稼軒之清俊雄放，皆以爲豪而不入於格。宋伶人所評《雨淋鈴》《酹江月》之優劣，遂爲後世填詞者定律矣。予竊以爲不然，蓋詞與詩、曲體格雖異，而同本於作者之情，古來才人豪客，淑姝名媛，悲者喜者，怨者慕者，懷者想者，寄興不一。或言之而低徊焉、宛戀焉，或言之而纏綿焉、悽愴焉，又或言之而嘲笑焉、憤悵焉、淋漓痛快焉。作者極情盡態，而聽者洞心聳耳，如是者皆爲當行，皆爲本色，寧必姝姝媛媛學兒女子語而後爲詞哉？故幽思曲想，張、柳之詞工矣，然其失則俗而膩也，古者妖童冶婦之所遺也。傷時吊古，蘇、辛之詞工矣，然其失則莽而俚也，古者征夫放士之所託也。兩家各有其美，亦各有其病，然達其情而不以詞掩，則皆填詞者之所宗，不可以優劣言也。予友卓珂月生平持說多與予合。己巳秋，過會稽，手一編示予，題曰《古今詞統》，予取而讀之，則自隋、唐、宋、元以迄於我明，妙詞無不畢具，其意大概謂詞無定格，要以摹寫情態，令人一展卷而魂動魄化者爲上，他雖素膾炙人口者弗録也。珂月所作詩餘甚多，興會所到，無

不曲盡兩家之美，故能出其手眼，以與作者之情合，使徒取絶豔於《花間》，挹餘香於《蘭畹》，則得詞之郛也，而未盡其致也。選者之情隱，而作者之情亦掩也，則是刻其可以已也夫。己巳中秋，會稽友弟孟稱舜書。

明卓人月、明徐士俊輯《古今詞統》卷首，明崇禎刻本，上海圖書館藏。此處據《續修四庫全書》第一七二八册，上海：上海古籍出版社，二〇〇二年，第四三七—四三九頁。

## 陶汝鼐

陶汝鼐，字仲調，一字燮友，號密庵，湖南寧鄉人。生於明萬曆二十九年（一六〇一），卒於清康熙二十二年（一六八三）。崇禎中，以貢生廷試授知州，不就。南明弘光時，爲何騰蛟監軍，永曆時，授翰林院檢討。入清棄仕途，晚遂削髮爲僧，號忍頭陀。著有《榮木堂合集》等。

## 陳長公選刻名家詩餘序

詩餘肇於唐，推太白兩詞爲祖。然當時絶句佳者輒入梨園，一語入情，動人魂魄，不特《清平調》奏之天上矣。至於宋，文章之士競爲之，則創爲格調，殊體分曹，一代爭鳴，互矜絶唱，大家如范希文、歐陽永叔、王介甫並有傳篇。然子瞻調甚高，尚恨韻少不叶，乃知歌曲之妙，所謂尋變入節者，非伶伶不解也。若夫詞林選集，則《花間》《草堂》而後種種矣。不幸而濫觴元曲，概稱艷詞，風雅宗工比於鄭衛而厭爲之，亦安能盡詩之變也哉！吾友陳長公，少負才性，頗解吴歈艷，垂老不忘騎射聲歌之樂，而超然隱于釣徒，興至，臨池則間爲小詩詞，多風流散朗之致。嘗端書小帙寄我山中，子亦破戒相和，可喜也。近復從兵戈滿地，屏跡湘陰，選古今填詞極佳者爲一編，藏之笥中，若寶珠玉，視昔所爲蒔花種竹、調鶴種魚之事，與夫山水友朋、詩酒管弦之歡，皆不可得，而獨得於此也。庶幾樂天知命之士歟？予亦老，而困於詩文筆墨者，然不能如長公樂，若夫同調，未可辭也。方戎馬在郊，索我評唱之，爰識其端，以資撫掌。

明陶汝鼐撰《榮木堂文集》卷三，清康熙刻世綵堂匯印本。此處據《四庫禁毁書叢刊》集部第八五册，北京：北京出版社，一九九七年，第五一八頁。

# 董德偁

董德偁，字平之，一字銘存，號天鑒，鄞縣（今浙江寧波）人。生年不詳，卒於清順治十八年（一六六一）。明崇禎九年（一六三六）舉於鄉，次年中會試副榜。明亡後，從事抗清活動，積極營救黄宗炎等故明士人。魯王監國時，授户部主事，辭不赴。

## 詩餘花戲引

憶己巳歲與澹子叔共買舟北行，至新城分袂。予抵燕臺定省家大人刺史，而叔即入都矣。嗣後音問杳然，及丑、辰兩役，訪叔氏行止，竟不可得。而乃於癸未秋場後，予集同年友一敘，而忽有翩然其來者。叔之神采，視昔倍燁然。十六年不相晤，一旦握手譚笑，反如夢中。及詢其來之端，蓋從豫楚兩省寇氛正横，艱難困苦，無所不嘗，在它人無不以生死爲念，而叔殊若不聞者。斯其膽其識，豈止百里才，而僅試之戎武捍圍之務，雖伏櫪乎，亦聊以見一斑矣。乃暇

則翻書不倦，如《雁字吟》等業，大行於世。兹復濬發巧心，作諸花樂府百餘篇。沈浸濃鬱，匪惟是花是詩，正在阿堵，且如黄魯直集無一字不可作解，豈不甚慧也哉？又非特可歌可詠也。棠棣而有天涯兄弟之懷，紅菊而有舉目山河之嘆，蜀葵而有故園消息之痛，芍藥而有婪尾摇春之譏。真有得於性情之正，而猥云花戲，不反爲花所笑乎？予亦近工於詩，而貧日甚，詎敢彷佛聖俞？而要以供聽嘯傲，時拈險韻，與澹老、次老佶屈爭勝負，致足樂也。叔之博學好古，窮於遇而不窮於文，是編出，良足膾炙瀨内，垂之不朽，豈止予之私好也夫？侄德偁天鑑甫序。

明董守正撰《詩餘花戲》，清順治刻本，上海圖書館藏。

## 徐士俊

徐士俊，原名翙，字三友，號野君，又號紫珍道人，仁和（今浙江杭州）人。生於明萬曆三十年（一六〇二），卒於清康熙二十年（一六八一）。工詩文，尤長樂府。著有《鴈樓集》《雲誦詞》《尺牘新語》《徐卓晤

歌》等。與卓人月爲至交，共同選輯《古今詞統》。

## 《古今詞統》序

趙明誠夢得『「言」與「司」合，「安」上已脱，「芝」「芙」草拔』十二字，卜其爲詞女之夫，既而果娶易安，定情金石，如『簾捲西風，人比黄花瘦』等句，即暗中摸索，亦解人憐，此真能統一代之詞人者矣。雖然，詞盛于宋，亦不止于宋，故稱古今焉。古今之爲詞者無慮數百家，或以巧語致勝，或以麗字取妍；或望斷江南，或夢回雞塞；或床下而偷詠『纖手新橙』之句，或池上而重翻『冰肌玉骨』之聲。以至春風吊柳七之魂，夜月哭長沙之伎。諸如此類，人人自以爲名高黄絹，響落紅牙，而猶有議之者，謂銅將軍鐵綽板與十七八女郎相去殊絶。無乃統之者無其人，遂使倒流三峽，竟分道而馳耶？余與珂月起而任之，曰：是不然，吾欲分風，風不可分。吾欲劈流，流不可劈。非詩非曲，自然風流。統而名之以詞，所謂『「言」與「司」合』者是也，考諸《説文》曰：『詞者，意内而言外也。』不知内意，獨務外言，則不成其爲詞。詞從司者，反后爲司，蓋出納之吝，謂之有司。后王寛大之道，當與有司相反。夫詞爲詩餘，詩道大而詞道小，亦猶是也。故詩從寺，寺者，朝廷也；詞從司，司者，官曹也。小令、中調、長調，各有司存；宫、商、角、徵、羽五聲，各有司存，不可亂也。亂者理之，故詞亦作嗣，從𤔔。𤔔者，理也，治也。又

作辭，從辛。辛者，新也。《漢志》曰：『悉新于辛。』詞固以新爲貴也。又《説文》曰：『辛，象人股。壬，象人脛。』故童、妾二字皆從辛省。漢人選妃册曰《秘辛》，猶言股間隱處也。然則詞又當描寫柔情，曲盡幽隱乎？兹役也，吾二人漁獵群書，裒其妙好，自謂薄有苦心，其間前後次序，一以字之多寡爲上下，自十六字至于二百三十字有奇，如歲朝之酌，先其少者，後其老者。其按詞之法，則如楊誠齋所撰《詞家五要》：一曰擇腔，二曰應律，三曰按譜，四曰詳韻，五曰立新意。而且曰幽曰奇，曰淡曰艷，曰斂曰放，曰穠曰纖，種種畢具，不使子瞻受詞詩之號、稼軒居詞論之名，又必詳其逸事，識其遺文，遠徵天上之仙音，下暨荒城之鬼語，類載而並賞之。雖非古今之盟主，亦不愧詞苑之功臣矣。先是余有三樣箋之輯，一《子夜》，一《竹枝》，一《迴文》，而珂月又以《竹枝》舊屬詩餘，遂拔其尤而去，《迴文》則如《菩薩蠻》數闋，復稍稍攔入焉。摔碎菱花，作蕊珠宫瘦影，豈不令徐郎懊恨。珂月曰：無恨也。使子僅知三樣箋之爲美，而不知此書之尤美，亦何異世人但知《花間》《草堂》《蘭畹》之爲三珠樹，而不知《詞統》之集大成也哉！《易》稱『同心之言，其臭如蘭』，我二人其庶幾乎？言與司合，彼作詞媒；言與人同，此成信友。金蘭之書，允宜與《金石》之録並垂矣。或曰：詩餘興而樂府亡，歌曲興而詩餘亡。夫有統之者，何患其亡也哉？倘更有上官氏者出，高踞樓頭，稱量天下，則余二人之爲沈爲宋，是未可知耳。癸酉花朝徐士俊野君題于湘蘋館。

明卓人月、明徐士俊輯《古今詞統》卷首，明崇禎刻本，上海圖書館藏。此處據《續修四庫全書》第一七二八册，上海：上海古籍出版社，二〇〇二年，第四三九—四四三頁。

## 巢青閣集詩餘序

余觀海内文人作詩者什之九，作詞者什之一。非詞之難也，有詞而不好作之難也；亦非擅作詞之難也，能按詞之譜而得其意與致之難也。蓋詩之一道，譬如康莊九逵，車驅馬驟，不能不假步其間。至於詞，則深巖曲徑，叢竹幽花，泉幾折而始流，橋獨木而方渡。故《花間》《草堂》，詞之奥區，無論矣。即明初四傑，僅傳楊孟載；嘉隆七子，止稱王弇州。其他則瞿宗吉、楊升庵、湯若士而外，不可多得。憶余與珂月作《徐卓晤歌》時，已三十年矣。風流墜地，和者寥寥。年來讀書湖墅，與陸子藎思樂數晨夕，屢有倡酬，遂以《巢青閣詩餘》一編問世。夫以陸子之才，何所不可。顧俾周秦風骨，降體麗辭，杜若江蘺，幽艷獨絶。追溯君家此閣中，雲間董玄宰、陳眉公兩先生與尊公際明經年雅集。宗伯固風雅領袖，而徵君又詞令妙品，亦知有後來之秀，文采風流，一時振起，如藎思陸子其人者乎？

清陸進撰《巢青閣集》，清康熙刻本，中國國家圖書館藏。

## 蔭緑軒詞序

詞與詩雖體格不同，其爲攄寫性情，標舉景物一也。若夫性情不露，景物不真，而徒然綴枯樹以新花，被偶人以袨服，飾淫靡爲周、柳，假豪放爲蘇、辛，號曰詩餘，生趣盡矣，亦何異詩家之活剥工部、生吞義山也哉？余故謂詞至今日而已臻其盛，正恐自今日而漸底於衰。寧無砥柱中流，蟬聯韻事，合南唐、北宋二人爲一家者？家竹逸司李滇南，歸來將母，不惜間關萬里，優游於頤息齋中者十數年，是其性情迥異尋常。且坐卧一小樓，堆白石，畜紅魚，景物現前，胸懷曠澹，所歷江山花月，不難以方幅收之。品格高清，遐邇景企，生平著作，久矣價重鷄林。今復出詩餘一卷問世，飄蕭秀艷，兼備風騷，使人讀之如聆清琴飲醇酒，不覺意消心醉。昔云文如其人，兹且人如其詞矣。記二十年前，與伯氏默庵相聚長安卓太史郎邸中，日夕談詩，以爲快事。既而從中翰參藩南楚，曾遺詩一卷示余，其首章即送竹逸司理滇南句也。默庵工於詩，而竹逸兼工於詞，何才之萃於一門乎？然吾徐氏之才，自漢時樂與福以上，書表於世，而後之負大才、能文章者，代必有數人。是以竹逸之詞雖工，未足

爲竹逸稱，而竹逸之不可及者，在品格不在才情也。昔孺子居豫章，家貧。常自耕稼，未嘗以文章自表，至今稱南州高士。况竹逸品格與孺子頡頏，而又以詩詞古文吐露其才情，則天下後世之稱竹逸者，更當何如哉？

清徐喈鳳撰《蔭緑軒詞正續集》，清光緒二十六年（一九〇〇）刻本，南京圖書館藏。

## 蘭思詞序

詞之一道，多温麗柔香、纏綿宛轉之致。蓋其初則隋煬帝《望江南》數闋，實啓其端；李青蓮《草堂》兩詞，復衍其派。他如《竹枝詞》《阿那曲》之類，蹊徑漸與詩殊。至於西崑才子、南陽侍郎，其所爲詩，皆成奩體，浸浸乎勢不得不爲詞矣。因而南唐北宋，大闡新聲。沿至於今，彌爭逸響。雖手筆各有參差，斷以清新婉媚者爲上，非情之近於詞，乃詞之善言情也。吾友沈子適聲，深於情者也。深於情而才足以副之，故其所爲詞言情者什之七，而無不臻於妙麗。每讀一首，如睹一琪花，每展一葉，如逢一艷女。若通斯集而觀之，則紛紅駭緑，驚魂動魄，又不啻巫峰之十二、離宫之三十六矣。美哉！沈子之詞乎。才必有情，情必有才，絶世之情人，洵爲千秋之才子矣。湯若士所謂『他人言性，我獨言情』者，移似沈子，常不謬也。然而沈子固有

以自信矣。詩三百篇，婦人女子列其首；漢魏樂府，閨房歡讌居其多。要以氣服於内，心正於懷，讀等身之書，作言情之什。題之曰蘭思，公子、美人隨所寓言可耳。世有同心之士，拾其香草，豈不爾思也哉？康熙壬子季秋望後四日，徐士俊題。

清沈豐垣撰《蘭思詞鈔》，清康熙吴山草堂刻本，中國國家圖書館藏。

## 岸舫詞序

《衛風·碩人》篇之次章，若手、若膚、若領、若齒、若首、若眉，擬諸柔荑、凝脂、蝤蠐、瓠犀、螓、蛾之屬，可云美矣，備矣，而不得『巧笑倩』『美目盼』二語，則亦不過琢玉堆金，略無生動之趣。乃知『巧笑倩兮，美目盼兮』，忽然咏嘆摇曳，固詩人傳神處也。傳神之妙，不貴其多，一字刺心，遂成活現。惟詞亦然。吾得山陰宋子長白《岸舫詩餘》而讀之，或繚繞如春雲，或皎潔若秋月，其神采焕發，不徒以艷冶爲工。夫江山花鳥，原足供人采擇而有餘，况宋子生千巖萬壑間，所謂山陰道上行，已是應接不暇，兼之南北舟車，游覽無盡，燃脂弄墨，古錦生香，宜其所爲詞，置之《花間》《草堂》《蘭畹》中，不啻花花自相對，葉葉自相當者矣。嗟乎！龍點睛則飛，棘刺心則痛。神之所感，往往有之。以宋子之才，留意於詞，吾見神光不定，乍陰乍陽，其爲倩

盼也彌甚，直接風人之旨，豈曰詩之餘也哉？如是而與寓内詞壇互相雄長，即謂楚之玉，唐之璟，宋之郊、祁復生當世可耳。余友湯子古田與長白爲中表兄弟，其愛長白之詞，意與余同，謂亟宜公諸天下，洛陽紙貴，不問可知。乃欲以余爲玄晏先生，則恧之甚者也。康熙己未秋七月八日，西泠同學弟徐士俊拜撰。

清宋俊撰《岸舫詞》，清康熙刻本，南開大學圖書館藏。

## 單　恂

單恂，字質生，號狷庵，又號莼僧，華亭（今上海松江）人。生於明萬曆三十年（一六〇二），卒於清康熙十年（一六七一）。明崇禎十三年（一六四〇）進士，除知麻城縣。工詩詞，著有《白燕庵詩集》《竹香庵詞》等。

# 《詩餘圖譜》敘

司馬子長云：『古詩三千餘篇，孔子删之爲三百篇。』墨子又曰：『誦詩三百，弦詩三百，歌詩三百，舞詩三百。』蓋湮逸良多，而古詩實歌詞之祖。今《關雎》《鹿鳴》歌法尚存，降而漢之《朱鷺》《石流》，六朝之《子夜》《莫愁》《蓮舟》《玉樹》，及唐之《清平》《柳枝》《凉州》《水調》，皆詞也。洎太白、飛卿輩創爲《憶秦娥》《菩薩蠻》等闋，而詞著矣。自南唐入宋，則歐、秦、周、蘇諸君始大振論者，乃謂詩餘盛而詩亡，要令深婉流麗，無傷大雅，即去古詩樂府非遠，顧云壯夫耻爲，遂與金、元濫觴之弦曲併譏耶？我明雖詞鮮專家，而成都、琅琊挺秀，嗣響聲格美善，殆掩暎元祐以上矣。邇乃吾社數子爛然以文賦餘才旁扇詞學，往往在柳七、黄九間，余蓋執鞭未能也。而萬公子馨自東魯來，挾其詩若詞，作家相見，拔幟自成一壘。嘗出《詩餘圖譜》視余，余受卒業，泱泱乎大觀哉！長言小令，雋宛切情，雄遒結體，驚心動魄，字絹篇金。余謂先生作玉温雪艷，而骨氣弗雕，上者可續《鐃歌》瑟調，下亦爭《蘭畹》《花間》之席，豈靡靡纖響，祇堪付十七八女郎紫綃、紅弗之間哉？至若審音縷柝，畫譜星明，抑使西園才子授箋管而聲諧，南國佳人按簧絲而韻協，循此以訂訛歸雅，刻羽引商，庶不盡戾古詩人之義。洵填詞之金科玉律，而八十四調之功臣也。萬公鴻才吏隱，與覃公龍從參幕茸城。每鶴閒人靜，憑眺詠唫，白

筒賀囊，滿貯九峰霞氣，吾師眉先生嘗呼蜜雲龍待之。余癖閉户經歲，不敢謁長吏，顧於公頗不忘布袍芒蹻、剪鐙鬮韻之懷，又豈獨詩歌三昧其感人者深歟？雲閒治通家社弟單恂頓首撰。

趙尊嶽輯《明詞彙刊》，上海：上海古籍出版社，二〇一二年，第八八七頁。

# 譚爾進

譚爾進，字益之，號石城，江蘇常熟人。生於明萬曆三十二年（一六〇四），卒年不詳。著有《譚益之詩草編年》《虞山譚石城詩集》《虞山譚石城文集》《譚益之詩文稿》等。

## 題《南唐二主詞》

陽羨作《南唐書》，辭義嚴正，然於二主之文才未嘗不痛惜焉。爾時家國陰陰如日將莫，二主乃别有一副閒心寄之詞調，竟以此獲不朽矣。是集世所傳南唐二主詞，特其一斑也。讀

之，皆悽愴悲動，亦復幽閒跌宕，如多態女子，如少年書生，落調纖華，吐心婉摯，竟爲有情人案頭不可少之書，異哉！嗣主少時於廬山瀑布前構書齋，爲它日終焉之計。及大漸之際，群鶴翔空，雙龍據殿，此豈凡骨邪？後主少而聰穎，尤善屬文，兼攻書畫。至讀其褉製詩及親誄周后數百餘語，轉折流連，性柔材大，更非人所及也。予謂明道崇德之謚，未足爲嗣主生色。違命侯之封，亦未足爲後主減光。但使二主不爲有國之君，居然慧業文人，自足風流千古，斯亦可爲二主之定論也已。萬曆庚申華朝，譚爾進序並書，時年十七。

南唐李璟、南唐李煜撰《南唐二主詞》卷首，明萬曆四十八年（一六二〇）吕遠墨華齋刻本，上海圖書館藏。此處據《續修四庫全書》第一七二二册，上海：上海古籍出版社，二〇〇二年，第二九五頁。

## 鄭元勳

鄭元勳，字超宗，號惠東，江都（今江蘇揚州）人。生於明萬曆三十二年（一六〇四），卒於清順治二年

（一六四五）。明天啓四年（一六二四）舉人，明崇禎十六年（一六四三）進士，官至兵部職方司主事。甲申聞巨變，破産招義旅守土，不幸死於難。工詩文，善畫山水小景，文章名重東南。撰有《影園集》，並輯有《媚幽閣文娱》初集九卷二集十卷。

## 麗崎軒詩詞小序

古者卿大夫士之位，必君子善人正直之選，蓋孝廉尚矣。今孝廉不以行升而以文薦，非古也。然既錫以令名，即當砥礪以副其實，文茂而實不逮者，耻之。嗟乎！士不幸而奏對屢罷，則益飭其孝廉于家風，其孝廉于鄉，亦可以贊聖人淳龐之治，視彼膴仕而風木、遺恨簠簋不飾者，不亦遠過之耶？余嘗聞閩中李衷一、吴中歸季思、朱德升三先生壯年懸車，斤斤以孝廉二字爲墨，守郡邑，有司造門，求其一面不可得。周旋老親之側，侍食調藥，謹于僕役，頑廉而戾順，烝烝然遠近化之，不謂非用于世且大也。而矧其發爲文詞，和平要妙，藹然德音，又足以垂耶？今又見於吾郡查先生賓王先生爲孝廉，四十年，公車十餘上，志不少衰。或勸之小就，夷然不屑，惟施政于家，爲德于里，終身無倦色，非直竿牘不入，非公不造，而且捐貲壯黌宫，崇先祀，創石梁以利涉，倡好義而輸邊，以至種種興利除害，排難解紛，不憚侃侃，陳之有司，有司莫不重以爲仁人之言，遵而行之，利至普矣。然則閩吴三先生能自淑耳，未能惠人，先生又等而

上之，則先生承先人之世業隆重，蓋其幸也。且夫學進于振而廢于窮，董仲舒不問家事，景君明經年不出户庭，得鋭精其學而顯昭其業者，室靡謫也。先生豈有賴於是歟？然繇來形勢之家，習尚漸靡，不爲長輿之癖，即踵君蒨之風，先生一切勿涉，并其全力於學，分其餘潤及人，其志量有絶人者矣。斯真無忝於孝廉，而孝廉足以傳先生也。今讀其詩閑妙渾厚，無不中以後淺薄態。詩餘則得清微跌宕之致，與歐、黄、秦、周諸君子後先競秀，允爲大雅遺音。是可與其行並立於不朽云。夫古聖賢得位于時，道行天下，皆不著書。以其事業存于制度，足以自見故也。山澤之雲降而爲雨，勾者伸，秀者實，未若亢歲之雲奇峰崒嵂，徒驚瞻望，而不潤於世。先生負經世才而老于閭里。不猶亢歲之雲不得雷域中雨天下乎？然而方節而行，所在利濟，其于世道亦非云小補矣。必以用於世而後爲用，是郭有道隱不違親，貞不絶俗，天子不得臣，諸侯不得友，不見稱于天下萬世，何所見之淺耶？先生長君元參，余姻友也，屬爲弁首，因以寄慨，且亦表予志之所存爾爾。崇禎己卯九日，通家子鄭元勳書於影園。

明查應光撰《麗崎軒詩》《麗崎軒詩餘》卷首，明崇禎十二年（一六三九）刻本，四川省圖書館藏。此處據《四庫禁燬書叢刊》集部第一八二册，北京：北京出版社，一九九七年，第九至一一頁。

# 賀貽孫

賀貽孫，字子翼，號水田居士，江西永新人。生於明萬曆三十三年（一六〇五），卒於清康熙二十七年（一六八八）。幼時能文，有神童之譽。省考得副榜。明亡後，隱居不出。順治七年（一六五〇），學使慕其大名，特列貢榜，避而不就。巡按御史笪重光又以博學鴻儒薦，乃剪髮衣緇，遁入深山，日以著作自娛。能詩文，著有《易觸》《激書》《詩觸》《詩筏》《騷筏》《水田居詩文集》等。

## 詩餘自序

弱冠時，酷嗜湯臨川及徐山陰詞曲，曾爲效顰，擬作雜劇，未及成稿而罷。殘興不已，遂寄意於詩餘。詩餘者，亦宋人所爲詞曲也。但乏關目諢白，不成院本耳。兵燹後得焚餘若干首，今取視之，悲憤之中，偶涉柔艷。柔艷乃所以爲悲憤也，以鬚眉而作兒女呢喃，豈無故而然哉？李太白云：『五嶽起方寸，隱然詎可平。』今人文章不及古人，祇緣方寸太平耳。風雅諸

什，自今誦之，以爲和平，若在作者之旨，其初皆不平也。使其平焉，美刺諷誠何由生？而興觀群怨何由起哉？鳥以怒而飛，樹以怒而生風，水交怒而相鼓蕩，不平焉，乃平也。觀余詩餘者，知余不平之平，則余之悲憤尚未可已也。

明賀貽孫撰《水田居文集》卷三，清道光至同治間賜書樓刻《水田居全集》本，清華大學圖書館藏。此處據《四庫全書存目叢書》集部第二〇八册，濟南：齊魯書社，一九九七年，第一一五頁。

## 錢繼章

錢繼章，字爾斐，號菊農，浙江嘉善人。生於明萬曆三十三年（一六〇五），卒於清康熙十三年（一六七四）。明崇禎九年（一六三六）舉人。入清不仕，以遺民終其身。工詞，爲『柳州詞派』重要作家。著有《菊農詞》。

## 《青城詞》序

楚、蜀爲天下之險，山奥衍而嵯峨，水渫泄而揚波，人磊落而英多，以故古之才人生於斯土與出而仕於斯土者迹相錯、項背相望也。大都山川之險與文心之險激射映發，而後造化之奇秀闢焉。吾友魏青城先生初仕而得蜀，再遷而得楚。其自蜀而歸也，余詢錦江玉壘無恙否？杜甫浣花草堂尚存乎？李文饒籌邊楼與夫揚雄、司馬相如之故宅有陳迹可訪乎？則曰蕪没盡矣。其自楚而歸也，則云李白酒樓辱於酒人矣，元次山廣燕亭、孟浩然鹿門故居與夫屈宋之遺風杳不復見，惟大蘇之雪堂、隆中之抱膝，約略僅有存者，都非故物矣。因慨然嘆息，乃出其詩餘一卷示余，曰：『此余游蜀、楚時所得，其餘則從燕市酒鑪游者亦間入一二焉。關河猶昔，風景已殊，有令人愴然以懷，高吟而不忍寘者，子其敘之。』余受而卒讀，見其綿延幽冶，秀色撩人，時而排蕩雄奇，驚魂奪目，文心之妙，真有與蜀中山川形勝相似者。近世填詞家不曰秦、柳，則曰辛、劉，然琢句妍麗者，往往不協於律，而考律精核者，又自然之趣寡，求其匠心獨裁、體兼衆製如魏子者，未之見也。魏子，字子存，字之字曰青城。青城發源岷嶓，爲道書第五洞天，今稱之者，不忘蜀也。同里年家弟錢繼章拜手序。

清魏學渠撰《青城詞》卷首，清康熙刻本，中國國家圖書館藏。

# 史可程

史可程，字赤豹，號蘧庵，祥符（今河南開封）人。生於明萬曆三十四年（一六〇六），卒於清康熙二十三年（一六八四）。崇禎十六年（一六四三）進士，改庶吉士。京師陷落，曾歸附李闖王，旋又降清。不久南歸，流寓南京、宜興。著有《浮叟詩集》《觀槿堂詞》等。

## 十峰草堂詩餘序

詞之《草堂》集，猶詩之《古唐苑》也。鄧林一枝，瑶圃片玉，耳學者不冥思遐覽，旁搜博採，内以窺其藴奥，外以廓其疆宇，偶得寸珠，遂題瓊海，未知漢大，自詡夜郎，尊樂府而詘倚聲，昵房幃而遜郊廟，至謂宋元頹江河之運，詩餘墮花鳥之囮，有今不逮古之嘆。吁！過矣。余嘗流覽詞林，盱衡作者，如誥如銘，亦騷亦雅，兼備衆美，各崇壇坫者，往往而是。夫豈僅鬥葉儷花，遂侈工巧，鏤雲琢月，枉騁情思，如老伶官之傖語乎？勝國無論矣，即以近今言之，詞

壇鼓吹，南北競爽，煌煌乎家握靈蛇，人懷隋璧，而礎日錢子則固巍然一斗嶽也。錢子嗜古著書，譚經樂道，早矢皋夔之願，遭時不偶，乃折而修河汾之業，龍門將相，壁府文章，士之歸之者莫不拱手曰：『礎日先生，人倫之冠冕也。』其制舉義、古文詞，金縣都市，字織雞林，匪伊朝夕矣。兹讀其詩餘若干首，編珠貫玉，刻羽流商，鞭撻辛、蘇，爬梳秦、柳，其于斯道，可謂啓蠶叢之路而問夔伶之鼎者矣。夫飫禁臠者不嚌藜藿，聆韶濩者不恔巴里。繇《草堂》以蒐詞統，繇詞統以溯樂府，則本末條貫，瞭若指掌，而後讀錢子之集，式歌且舞，一唱而三嘆也已。

清錢肅潤輯評《文瀫初編》卷七，清康熙錢氏十峰草堂刻本，中國國家圖書館藏。此處據《四庫禁燬書叢刊》集部第一七三册，北京：北京出版社，一九九七年，第二三三頁。

## 《蔭緑軒詞》序

詩餘，道之小者也。乘風會之奔激，騁賢哲之雕鎪。搏造化於毫端，考宫商於圭黍。登壇拜幟，代不數人；選玉編珠，人不數闋。蓋難言之矣。以余歷覽詞林，曠觀作者，大約有二端焉：人畸重則詞藉之以傳。芳草斜陽，巧托鈎調之手；瓊楼玉宇，潛抒藻黻之想。詞畸勝則人藉之以傳。大晟無章，誰識美成之雋；酒家題壁，遂邀龍馭之知。要以典刑在望，則咳唾皆

春；巧奪天工，則談諧入聖。既云傳世矣，而詞以人重，人以詞顯，皆千秋而一日者也。余庶幾遇之，幸矣，而况親炙里廬，載詠且歌，如吾友竹逸徐子者乎？徐子奏賦明光，持衡滇海。指麾枚、馬，衿佩臯、夔，直旦暮間事耳。顧以倚閭繫念，菽水承歡。偶緣解組之機，遂抗東山之志。即其高懷雅量，以視藻繪之流、尺寸之士，何啻華峨之俯培塿、滄溟之瞠河伯哉？徐子滇游而歸，鍵户著書，罕與世接，獨不鄙余爲麋放，數相與過從。譚經校史，綴緝冬春。當其意得性酣，扣缶擊竹，商聲跌奏。荆溪之上，明月在天，魚龍嘯答，一唱群喁，聲振林谷。徐子逌然而笑曰：『彼金縣都市、錦製鷄林者，其猶有蓬之心也夫？孰若吾儕觸緒停雲，滌懷秋水，傳觴句就，投簡色飛之爲快哉？』余曰：『有侍者人操，無侍者天授。季子觀樂以知風，尼山詢志而與點，此物此志也。維昔有言：「鼓鐘於宫，聲聞於外。」又云：「鳴鶴在陰，其子和之。」詞唯無作則已，有則必傳，徐子惡得而禁諸？』識大識小，有伊莛在。爰命剞劂，布諸國門，余亦將附青雲以不朽云。[一]

清徐喈鳳撰《蔭緑軒詞正續集》，清光緒二十六年（一九〇〇）刻本，南京圖書館藏。

## 校

[一]史可程在明崇禎末取得了功名，在易代之際相繼降闖降清，應屬於貳臣行列。南歸之後，史可程在

南京、宜興流寓既久，應是對甲申國變時的投降行爲有所悔悟。《全明詞》《全明詞補編》俱收録了史可程的詞作，依循此慣例，這裡著録其兩序。

# 卓人月

卓人月，字珂月，號蕊淵，别署江南月中人，仁和（今浙江杭州）人。生於明萬曆三十四年（一六〇六），卒於明崇禎九年（一六三六）。崇禎二年（一六二九），入復社。崇禎八年（一六三五）貢生。與徐士俊合編《古今詞統》。詩文詞曲兼善，著有《蟾臺集》《蕊淵集》《花舫緣》《寤歌詞》等。

## 古今詩餘選序

昔人論詞曲，必以委曲爲體，雄肆其下乎。然晏同叔云：『先君生平不作婦人語。』夫委曲之弊入于婦人，與雄肆之弊入于村漢等耳。余兹選並存委曲、雄肆二種，使之各相救也。太白雄矣，而艷骨具在其詞之聖乎。繼是，而男有後主、女有易安，其艷詞之聖乎。自唐以下，此種

不絶，而辛幼安獨以一人之悲放，欲與唐以下數百家對峙，安得不聖？余每讀《花間》，未及半，而柔聲曼節，不絶思臥。《草堂》至長調，而驫俚之態百出。夫《花間》之不足饜人也，猶有諸工艷者堪與壯色，而爲驫俚人壯色者，惟一稼軒。余益不得不壯稼軒之色，以與艷詞爭矣。奈何有一最不合時宜之人爲東坡，而東坡又有一最不合腔拍之詞爲《大江東去》者，上壞太白之宗風，下褻稼軒之體面，而人反不敢非之，必以爲銅將軍所唱，堪配十七八女子所歌，此余之所大不平者也。故余兹選，選坡詞極少，以剔雄放之弊，以謝詞家委曲之論；選辛詞獨多，以救靡靡之音，以升雄詞之位置，而詞場之上遂蕩蕩乎，闢兩徑云。[一]

明卓人月撰《卓珂月先生全集》之《蟾臺集》卷二，明崇禎十年（一六三七）傳經堂刻本，中國國家圖書館藏。

**校**

[一]卓人月《古今詩餘選序》有眉批『蓮旬云：「短調易工，長調難好。艷詞易工，雄調難好。特拔幼安，亦須智眼。」』

# 虞美人花詞序

蓋聞雲母私邀國主風姨，誓阻狂夫。抱玉生烟，毁妝息浪。心不灰而待淚，身已石而猶睇。太子婦二雉朝飛，舍人妻雙鴛夜宿。鵠諡烏孫主，猫稱蕭淑妃。爲物爲變，何其善懷。在地在天，不乏嘉話。化有情無情，皆可垂十世、百世安窮。即如植物一門，靈根千種，有相思之豆、之竹，與合歡之樹、之藤。栢或聯枝，蓮嘗並蒂。宫人忽然其草，帝女何故而花。蘭求婦于玉階，梨匹雄于銀井。蛩莎謂懸女寡，鶴蔓能使夫憐，且以靈壁之貞魂，而爲褒斜之懿卉。生可柔英雄之叱咤，殁猶動節俠之留連。詞人取以名腔，花史因而紀異。後人不信怪，乃以虞爲娱。當日若貪生，將無浼吾美。奈何吊古之才絶罕，寫生之手難期。不有魏錢，孰爲訓倡。庶幾劉卓可與晤歌，令垓下吹之子弟兵當復聚。若騷中采此君，夫人洵有朋矣。[二]

明卓人月撰《卓珂月先生全集》之《蟾臺集》卷二，明崇禎十年（一六三七）傳經堂刻本，中國國家圖書館藏。

## 校

[二]卓人月《虞美人花詞序》有眉批『黄海岸云：「妖情綺語。」』

# 陳子龍

陳子龍，字卧子，又字人中，號大樽，又號軼符，華亭（今上海松江）人。生於明萬曆三十六年（一六〇八），卒於清順治四年（一六四七）。明崇禎十年（一六三七）進士，選紹興推官，以功擢兵科給事中，後辭職歸鄉。南京失陷後，積極聯絡松江水師起兵抗清，事敗，避匿山中。後又結太湖義軍，圖謀起事，事洩被俘，乘隙投水而死。曾入復社，又與同鄉夏允彝等人組織幾社，詩賦古文俱佳。編撰有《陳忠裕公全集》《安雅堂稿》《詩問略》《湘真閣》《皇明經世文編》等。

## 三子詩餘序

詩與樂府同源，而其既也，每迭爲盛衰。艷辭麗曲，莫盛於梁、陳之季，而古詩遂亡。詩餘

始於唐末，而婉暢穠逸，極於北宋。然斯時也，并律詩亦亡。是則詩餘者，匪獨莊士之所當疾，抑亦風人之所宜戒也。然亦有不可廢者，夫風騷之旨，皆本言情，言情之作，必託於閨襜之際。代有新聲，而想窮擬議，于是以温厚之篇、含蓄之旨，未足以寫哀而宣志也。思極於追琢，而纖刻之辭來；情深於柔靡，而婉孌之趣合。志溺於燕婧，而妍綺之境出；態趨於蕩逸，而流暢之調生。是以鏤裁至巧而若出自然，警露已深而意含未盡，雖曰小道，工之實難。不然，何以世之才人每濡首而不辭也？同郡徐子麗冲、計子子山、王子彙升，年並韶茂，有斐然著作之志，每當春日駘宕，秋氣明瑟，則寄情於思士怨女，以陶詠物色，祛遣伊鬱。示予詞一編，婉弱倩艷，俊辭絡繹，纏綿猗娜，逸態横生，真宋人之流亞也。或曰：『是無傷於大雅乎？』予曰：不然。夫并刀吴鹽，美成所以被貶；瓊樓玉宇，子瞻遂稱愛君。端人麗而不淫，荒才刺而實諛，其旨殊也。三子者托貞心於妍貌，隱摯念於佻言，則元亮《閑情》不能與總，特賡和於臨春結綺之間矣。

明陳子龍撰《安雅堂稿》卷三，明末刻本，上海圖書館藏。此處據《續修四庫全書》第一三八七册，上海：上海古籍出版社，二〇〇二年，第七〇四—七〇五頁。

# 王介人詩餘序

宋人不知詩而强作詩，其爲詩也，言理而不言情，故終宋之世無詩焉。然宋人亦不免於有情也，故凡其懽愉愁怨之致，動於中而不能抑者，類發於詩餘，故其所造獨工，非後世可及。蓋以沉至之思，而出之必淺近，使讀之者驟遇，如在耳目之表，久誦而得沉永之趣，則用意難也。以嬛利之詞而製之，寔工練，使篇無累句，句無累字，圓潤明密，言如貫珠，則鑄調難也。其爲體也纖弱，所謂明珠翠羽，尚嫌其重，何況龍鸞必有鮮妍之姿，而不藉粉澤，則設色難也。其爲境也婉媚，雖以警露取妍，實貴含蓄有餘不盡時，在低回唱嘆之際，則命篇難也。惟宋人專力事之，篇什既多，觸景皆會天機所啓，若出自然，雖高談大雅，而亦覺其不可廢。何則？物有獨至，小道可觀也。本朝以詞名者如劉伯温、楊用脩、王元美，各有短長，大都不能及宋人。禾中王子介人示予所著詞，不下千餘首，自前世李、晏、周、秦之徒，未有多於兹者也。其小令、長調，動皆擅長，莫不有俊逸之韻、深刻之思、流暢之調、穠麗之態，于前所稱四難者多有合焉。進而與昇元父子、汴京諸公連鑣競逐，即何得有下駟耶？王子，真詞人也已。而王子示予以詩，則又澹宕莊雅，規摹古人，遠非宋代可望，而後知王子深遠矣，王子，非詞人也。[二]

明陳子龍撰《安雅堂稿》卷三，明末刻本，上海圖書館藏。此處據《續修四庫全書》第一三八七册，上海：上海古籍出版社，二〇〇二年，第七〇五頁。

**校**

[二]陳子龍《王介人詩餘序》亦見載於王翃撰《槐堂詞存》（清康熙刻本），題作『槐堂詞存序』，且於文末署『雲間友弟陳子龍撰』。

## 幽蘭草詞序

詞者，樂府之衰，變而歌曲之將啓也。然就其本製，厥有盛衰。晚唐語多俊巧，而意鮮深，至比之於詩，猶齊、梁對偶之開律也。自金陵二主以至靖康，代有作者，或穠纖婉麗，極哀艷之情，或流暢澹逸，窮盼倩之趣。然皆境繇情生，辭隨意啓，天機偶發，元音自成，繁促之中尚存高渾，斯爲最盛也。南渡以還，此聲遂渺，寄慨者亢率近於傖武，諧俗者鄙淺而入於優伶，以視周、李諸君，即有彼都人士之嘆。元濫填詞，兹無論已。明興以來，才人輩出，文宗兩漢，詩儷開元，獨斯小道，有慚宋轍。其最著者，爲青田、新都、婁江，然誠意音體俱合，實無驚魂動魄之

處;用脩以學問爲巧便,如明眸玉屑,纖媚積黛,祇爲累耳;元美取境似酌蘇、柳問,然如鳳凰橋下語,未免時墮吴歌。此非才之不逮也,鉅手鴻筆,既不經意,荒才蕩色,時竊濫觴。且南北九宫既盛,而綺袖紅牙不復按度,其用既少,作者自希,宜其鮮工也。吾友李子、宋子,當今文章之雄也,又以妙有才情,性通宫徵,時屈其斑,張宏博之姿,枚、蘇大雅之致,作爲小詞,以當博奕。予以暇日,每見懷獵之心,偶有屬和,宋子彙而梓之,曰《幽蘭草》。今觀李子之詞麗而逸,可以昆季景、煜,娣姒清炤。宋子之詞幽以婉,淮海、屯田肩隨而已。要而論之,本朝所未有也。獨以予之椎魯鼎厠其間,此何異薦敦洽於瑶室、奏瓦缶於帝庭哉?昔人形穢之憂,增其跼蹐耳,二子豈以幽蘭之寡和而求助於巴人乎?[一]

明陳子龍撰《安雅堂稿》卷五,明末刻本,上海圖書館藏。此處據《續修四庫全書》第一三八七册,上海:上海古籍出版社,二〇〇二年,第七二六—七二七頁。

## 校

[一]陳子龍《幽蘭草詞序》亦見載於李雯、宋徵輿、陳子龍撰《幽蘭草》(明崇禎刻本),題爲《幽蘭草題詞》,且於文末署作『陳子龍漫題』。

# 宋子九秋詞稿序

宋子屏居大海之壖、春浦之陰，坐擁圖史，家擅絲竹，遺落世務，放意山澤。於是少皞司令，青女届期，詠明月於陳風，誦秋水於莊叟。招髡孟之諧客，館威閭之佚女，授簡抽毫，引宮刻徵，所著詞三百篇，題曰《九秋稿》。夫四時代謝，秋之不能爲秋也，猶夫三時也，使秋不安其摇落，而煦煦然燠其氣，曄曄然振其英，以與春夏爭妍也，則史氏必以災眚書矣。然則秋何與于人哉！而楚大夫猶然悲之。當是時也，襄王歌舞於蘭臺之上，椒蘭之徒嬋媛周容於郢都渚宮之間，雖淒風起于萍末，嚴霜凌于榮樹，豈復能動其心哉？大夫即工于詞乎，猶夫一人之私悲，而不能以悲天下之人也。熙熙焉，蠢蠢焉。今之人也，感之而不知，觸之而不痛，則秋之威亦已殫矣，而文人之技，亦已窮矣。今宋子之爲詞也，外則寫雲物之光華，耽漁獵之逸趣，以極盤衍之娱；内則繪花月于簾幙，揚姿首于闈襜，以暢清狂之致。舉夫憭慄激楚之景，若過我前而不知也者。宋子豈真不知耶？叩鐘鐘聲，擊磬磬響，其音在内耳。韓娥曼歌而市人爲之泣者，市人善哀也；雍門周微吟而孟嘗爲之慟者，孟嘗善悲也。假令市人歡笑，齊相康樂，則二子必將毁絲裂管，終身不敢言歌矣。我謂告哀于方今之人，將有毁絲裂管之懼。是故陳其荒宴焉，倡其靡麗焉，識其愉快焉，使之樂極而思，思之而悲，可知已。都人之詠，垂帶卷髮也，傷

于《黍離》;招魂之艷,蛾眉曼睩也,痛于《九辯》。此昔人所謂《魚藻》之義也,宋子有取焉。若其文詞之婉麗,音調之鏗鏘,則方駕金陵,齊鑣汴雒矣。

明陳子龍撰《陳忠裕公全集》卷二十六,清嘉慶八年(一八〇三)簳山草堂刻本,復旦大學圖書館藏,此處據沈乃文主編《明别集叢刊》伍輯第八五册,合肥:黄山書社,二〇一五年,第五四一—五五五頁。

# 徐世溥

徐世溥,字巨源,號榆溪,江西新建人。生於明萬曆三十六年(一六〇八),卒於清順治十四年(一六五七)。天啓四年(一六二四),補諸生。明亡後,隱居西山,高蹈不出,絶意仕進。後遭盜賊入室索財,炙拷至死。著述頗豐,主要有《榆墩集》《榆溪詩抄》《逸詩》《韻蕞》《夏小正解》《易繫》《江變紀略》等。

# 悦安軒詩餘序絶略二則

古詩者，風之遺也；樂府者，雅頌之遺也。蘇、李十九首，變爲黄初、建安，爲選體，流爲齊、梁俳句，又變至唐近體，而古詩盡亡。樂府變爲趨艷，雜以捉搦、企喻、子夜、讀曲之屬，流爲詩餘，詩餘流爲詞，詞變爲曲，而樂府盡亡。樂府亡而以詞曲爲風，古詩亡而以近體爲雅。古者風采之民間，雅、頌歌諸朝廟；後世風變至近體，而應制用之，雅變至詞曲，而倡優習之。然則古今風、雅、頌，貴賤之用，反殊極矣。子夜懊儂諸辭，亦後世之風也。顧其聲淫甚于鄭衛，不可以入風，然而不害其樂府。繇是始生詩餘，則詩餘者接樂府、通歌謡、開詞曲、合風雅頌之餘，而爲言所兼，豈不大哉？詩之變，至于晚唐，其勢有不得不爲詩餘者，斯豈時尚使然，抑亦有勢數存焉。譬之草木，太白其荄萌也，孫、韋、温、毛其蓓蕾也，慶曆、熙豐諸賢其盛華也。物有其開端相繼者，必推而精之，以至極盛，猶之行草起于漢而盛于晉，小説廣于齊梁而盛于唐。是故宋非無詩，宋之詩餘，宋人之詩也；元雖無文，元之詞曲，元人之文也。調有闋，字句有數，聲有宜平宜仄，律有宜陰宜陽，有宜韻不宜韻，非多情好習而才近之，則不能以成。近者用制義取士，白首伏習章句，無暇及斯，而逸才淹滯宦途者，則又往往演古事稗説爲大曲，被之歌舞，用以適意而取名，故詩餘之道微矣。

徐世溥

清鄒祗謨、清王士禎輯《倚聲初集》卷二，清順治十七年（一六六〇）刻本，南京圖書館藏。此處據《續修四庫全書》第一七二九册，上海：上海古籍出版社，二〇〇二年，第一八〇至一八一頁。

## 魏學濂

魏學濂，字子一，號内齋，浙江嘉善人。生於明萬曆三十六年（一六〇八），卒於明崇禎十七年（一六四四）。崇禎十五年（一六四二），舉於鄉。崇禎十六年（一六四三）進士，授翰林院庶吉士。李自成入京後，降大順，受户部司務職。既而後悔自慚，賦絶命詞二章，自縊而死。

### 《草賢堂詞箋》序

泰宇曹先生，吾邑通德之宗也，挾術懷經，動必以則，翠履之亦有曳輪焉，先忠節所髫丱而

從遊者也。子往吴，先生爲高忠憲公唱道：之友季思，歸子韞德守潛，墓木拱矣，猶顯聞於朝，原其自始。先生有奬誘之勳焉，故席珍之舟輿，而下學之鼓冶者也。止仲，吴先生之次男子也，智水欲瀾，心華競蕚，伸紙則風雨驚飛，揺筆則宫商並應，摛章述情，蔚爲文棟。與曹子顧予唱女和，伯壎仲篪，文章流别，富有衆家，春山之寶、大海之珠非可載量，而流爲詩餘，亦見威鳳一羽。夫鬱輪輟響，大晟奸律，七聲之正，作者罕聞。二子以英艷之資領裏斯藝，允宜孝女，碑陰滿題齏臼，老嫗簷下賒覆，醬瓿徒以括羽，辟壇斧芾樂府，吾何貶焉？乃子顧又曹先生之諸孫也，兩家之學具有源流，于以陶俗軌物。雖在異世，猶應聞起，子若孫卝以辭人名，知不足爲兩先生難耳。頃代風雕，士無暇美，誘以敦文，則靡手不妍，偕之詣理，則靡以不拙。是以膚解兮些，便稱屈宋，爾及咿叶，斯號沈任，有爲肴仁義，酌道德之譚者，並以僞學詆訶之。烏乎！雕蟲見采於俗中刻，鴟蒙笼於亦士流失，不匡弄在，世學之家墮其前業者矣。且夫六義衰缺，厥體互興，少則三字，多則九言，詩之流實昭明。悼之以顛攝之殆均博弈，又鍾記室流不与也，况乎其餘，尤乖古昔。肇於亡國，習乎伎人，姣弄爲工，婨柔是競。雖慨慷時變，涵詠心塗，昔之上哲亦多哇嗃之音。然以師涓之手拊伯夔之琴，飲旨酒而甘之反，不如聞古樂而卧也。所謂閒情一賦，亡是可已。故予既淪翰墨，并涉丹青，當其即事，間調諸闋，聊以短長，平仄便於詩律而義非正始，於今悔之。二子遷年方少，江才難盡，初夸月白，未沫風流，或者遲遲進德樓焉。知非，則三焚其草，此槁先灰，藏之名山，斯編不与，亦來事之未知者也。獨是始偭

之責，謂非孝峙所辭，孰知孝峙奇窮，遭壓高行負非。欲哭不敢，輒嗡阮氏之悲，雖笑不妍，反用禰生之罵。擺落風塵，游寄嬉歡。秉德不渝，而並身似媟，忠告不廢，而出言匪常。憎者誹之，憂者公惑。孝峙之志已不能言，人不得曉，於是哀王孫於芳草，思君子以美人，孝峙所以傷懷也。二子謾爲系踵乎？孝峙牋成，孝峙又以《黄鶯兒》附行詩餘，而辭之餘，而曲格日益下，志日益悲，豈復可以俑乎？崇禎九季丙子重陽前一日，同邑社盟弟魏學濂子一氏頓首撰并書。

明王屋撰《草賢堂詞箋》卷首，明崇禎八年（一六三五）至九年（一六三六）吴熙等刻本，中國國家圖書館藏。

## 紀映鍾

紀映鍾，字伯紫，又作伯子，號戇叟，自稱鍾山遺老，上元（今江蘇南京）人。生於明萬曆三十七年（一六〇九），卒於清康熙二十年（一六八一）。明崇禎諸生，曾主金陵復社事。明亡後，棄諸生，復歸故里，躬

耕養母。後入天台山爲僧。晚年客居友人龔鼎孳處十年。友死後南歸，移家儀征，卒於斯。工詩喜書，著有《憨叟詩抄》等。

## 《香嚴詞》序

肥水端毅公文章風節，不減宋兩文忠；而好爲詩餘，或伉慨悲歌，穿雲裂石，或柔情紛綺，觸絮黏香，殆亦似之。而尤能爲疊韻，愈狹愈工，愈險愈妙。每脱一稿，如芙蕖出水，秀色天然；曉黛橫秋，蒼翠欲滴。胸中别有爐鞲，不知其所自來也。今海内讀公詩文以及奏章條劄，若攬川岳而厭粱肉，罔不瞠目動觀止之嘆矣。孰知絶流背麓，復有拳石小溪離奇激蕩之趣。常人之情，偃仰飽飫未嘗不耽嗜珍錯，讀公著作，何以異是。夫造化者之生物，其廓然而虚，兕然而大，既不可以恒情測，然至草木禽魚，萌動微眇，其光色艷異，巧匠不能琢，畫工不能渲也。職何故哉？則由其氣之無窮，而才之入細也。千鈞八斗，又何足以喻之？黄山孫子無言宿擅詞學，於海内名家，盡空其篋衍而剞劂以傳，尤與端毅公有花間之契。今公人琴俱亡，孫子感車過腹痛，因取其數年所寄諸帙，更博采而手訂之，以霑溉饑渴，俾同人見公之全豹，與兩文忠頡頏今古。嗚呼！意良厚矣。荀息有言，使死者復生，生者不愧。其言，孫子之謂乎？然端毅公病中尚有詞十餘首，易簀之前三日重九尚拈一調，絶筆也。今藏家笥，孫子其索而補之。

清龔鼎孳撰《香嚴詞》，清康熙孫氏留松閣刻本，中國國家圖書館藏。此處據張宏生主編《清詞珍本叢刊》第一册，南京：鳳凰出版社，二〇〇七年，第七四六—七四九頁。

## 《初蓉詞》小引

予嘗攬誦彭子爰琴詩文，輒思謝靈運之言：『宇宙才共一石，曹子建獨得八斗。』詎意當吾世而有其人，則惟我爰琴乎？爰琴著作等身，若《泰山》一篇，纚纚數千言，探奇抉奥，横絶一世。長歌之中，有賦有記，有頌有畫。灝渺靡涯，渾與元化接。殆前無古，後無今矣。夫胸中墳五岳、泓海水者，則枝峰蔓壑，不足關其嗜好。翼若垂天之雲，自不與錦駝翠鸖匹文較彩矣。用大者往往如是，是爰琴固善於用大也。讀《初蓉集》，又何纖妙入情，善語小哉？今夏椷以寄示，卧北窗讀之。其綺艷可以感枯魚，悲壯可以竪弱髮。兒女仳離之恨，英雄嚄唶之音，無不絲豪畢臻，抒寫盡臆。蘇辛周柳，共入排場。曉風殘月，銅琵琶、鐵綽板，更輟互奏。其心有爐鞴，筆無烟火者乎？才之有餘，何所不可，真能小中現大，大中現小，須彌芥子，不作二觀。嗚乎！予猶囿於小大之見，何其陋也。同學弟紀映鍾具草。

清彭桂撰《初蓉詞》，清康熙十六年（一六七七）刻本，中國國家圖書館藏。

# 朱一是

朱一是，又名恒晦，字近修，一作敬修，號欠庵，别號林居士、養明子、梅溪旅人，浙江海寧人。生於明萬曆三十八年（一六一〇），卒於清康熙十年（一六七一）。明崇禎十五年（一六四二）舉人，天才清拔，敏悟過人，常以述作自娱。明亡後，守志不仕，流亡海上數年，後避居鄉里，授徒自給。編撰有《史論》《爲可堂集》《梅里詞》等。

## 《梅里詞》序

詩餘者，詩之餘，旨與詞之近詩，不可入詩，則餘之，自成一體。余，詩猶未能也，豈暇爲餘。王介人曰：『吾老於詩，思索情竭，多作艷情綺詞以發之，聞此十五年久矣。因思屈子江

潭幽放，托詞于香草美人。』或亦如介人之云。今吾比介人加老，遂一爲詩餘，世之高譽望少壯者，忽咸出于此。其居嘗討求，與譓敘相題目舉，置詩不言，言詩餘，豈風會則有然歟？天都孫無言既集成數家，亟掫予作，不令終自秘，老婦面傅粉脣朱，一旦入姬姜之群，嗚呼！其醜也。欠庵自識。

明朱一是撰《梅里詞》卷首，清初清遠堂刻本，中國國家圖書館藏。此處據《續修四庫全書》第一七二四册，上海：上海古籍出版社，二〇〇二年，第一頁。

## 郭金臺

郭金臺（一六一〇—一六七六），本姓陳，名湜，字子原。字幼隗，湖南湘潭人。生於明萬曆三十八年（一六一〇），卒於清康熙十五年（一六七六）。少遭家難，匿其舅郭氏家得免，從郭姓。崇禎十二年（一六三九）、十五年（一六四二）兩中副榜。朝士屢以名薦，不赴；例授官，亦不就。南明隆武時，始中舉人，督師何騰蛟、巡撫堵胤錫先後力薦，授職方郎中，再起監司僉事，皆以母病辭。晚年隱居衡山，授徒著書，足不逾

户。及卒，自題其墓曰：『遺民郭金臺之墓。』編撰有《石村詩文集》《五經駢語》《行吟草》《遇岳堂》等。

## 破門詩餘序

古稱五嶽多奇士，奇不獨僧也。昌黎謂衡湘多隱君子，隱不獨僧也。彌明隱於衡，衡之人不知；希夷隱於華，華之人不知。真奇必隱，真隱必奇。求與其人形聲接待不可得，安望文詞著述褻喋往來相助乎？吾讀《石鼎聯句序》，彌明時與劉、侯輩露光芒竟夕。希夷間驅驢南遊，聞宋高登極，即大笑胡盧墮地，率弟子還山。彼彌明、希夷者何與世間文字長短、帝王升降，而一似喜之，一似爭之，刺刺不休也？毋抑所爲真隱真奇者，又不在枯坐蒲團，老死巖石，必出聲光情艷以與世相霑接耶？抑亦不知者非其人，必遇其人即無不知耶？予家石村，去衡百里許。聞衡有師破門，奇士也，恨相見晚者幾年。丁酉冬，師浮湘，獨深交予，盡出詩辭授予讀。詩既經禹峰彭先生序閱，屬其詩餘一帙責予言。予謂彭公以文雄天下，公居衡，蕩胸決眥，兒孫萬彙，望門接踵，頗難其人，獨何所見而私一破門？破門奇士哉！觀所爲辭，掇拾烟雲雪月、怪石清流、山光鳥性、朝暮陰晴之態，銜口信手，不盡不休，而其深指又未嘗不接於禪而喻於道。淺人讀之而淺，深人讀之而深也。破門住嶽，真不負嶽。嗚呼！士負奇而稱真隱，隱真不易哉！

明郭金臺撰《石村文集》卷中，清康熙二十四年（一六八五）郭鵬年岸花亭刻本，中國國家圖書館藏。

## 徐　夜

徐夜，初名元善，字長公，更字嵇庵，又字東癡，號小巒，新城（今山東桓台）人。生於明萬曆三十九年（一六一一），卒於清康熙二十二年（一六八三）。崇禎三年（一六三〇），考中鄉試副榜貢生。入清後，更名爲夜，以表欽慕嵇叔夜之爲人。放棄功名，隱居東皋鄭潢河上，掘門土室，絶跡城市。康熙十八年（一六七九），堅拒清廷博學鴻儒科。著有《徐東癡詩》《隱君詩集》等。

### 《衍波詞》序

少年情事如水，風雅旁溢，則《花間》《草堂》之流艷作焉。故有彩筆豪人，事窮工於一

字；瓊裾慧女，購善本以千金。是亦大雅之鼓吹，小山所膾炙者矣。貽上弱齡，性近騷怨，流連極致，爰有是編。流商激楚之音，發皓揚清之技。所爲企羡於時年，頓傷乎遲暮者，較之昔人所嘆，兹爲稱耳。若乃芳澤雜揉，竹絲漸近。錦囊之句，兼善夫短長；團扇之篇，妙得諸參錯。斯固擅場之餘事，又何恨於詩人哉？同里社盟弟徐夜。

清王士禎撰《衍波詞》，清光緒刻本，中國國家圖書館藏。

## 杜濬

杜濬，原名詔先，字千里、于皇，號茶村，湖北黄岡人。生於明萬曆三十九年（一六一一），卒於清康熙二十六年（一六八七）。崇禎十一年（一六三八），副榜貢生。明亡後，不願仕清，寓居雞鳴山之右三十餘年。著有《變雅堂集》等。

## 《三家詞》序

王介甫問黄魯直，李後主詞何句最佳，魯直舉『問君能有許多愁，恰似一江春水向東流』，介甫以爲未若『細雨夢回鷄塞遠，小樓吹徹玉笙寒』。介甫之言是矣。顧以專論後主之詞可耳，尚非詞之至也。若總統諸家而求其極致，至於不食烟火，不落言詮，如女中之有國色，無事矜莊修飾，使當之者忽然自失，而末繇仿佛其姣好，其惟太白之『暝色入高樓，樓上有人愁』乎？惜乎今之才人動而不静，往而不返，識此宗趣者蓋寡。徒含此意以庶幾一遇而不可得，而今乃於友人孫無言所刻《三家詞》有當焉。三家者，毗陵鄒程村、鹽官彭羨門、瑯琊王阮亭也。程村之蒨發，羨門之婉切，阮亭之秀麗，俱卓然足以名世，方駕趙宋諸家。而要其尋源開乳，謝華啓秀，皆有會於青蓮居士意先言外之指，是以思入風雲而無流泆穿鑿之患也。嘗聞填詞家立論，以端令者爲當家，邪佞者爲戾家。若無言所遴《三家詞》，其亦詩餘中之當家，而非戾家所得竄入者歟？無言貧不減原思，而顧殫力於剞劂，以成此快舉，蓋不第知者，亦可謂有勇矣。康熙甲辰秋日，懶慢無堪道人黄岡杜濬題。

清鄒祗謨、清彭孫遹、清王士禛撰《三家詞》（鄒祗謨《麗農詞》、彭孫遹《延露詞》、王士禛

《阮亭詞》），清康熙《三家詞》刻本，中國國家圖書館藏。

## 《休園詩餘》題詞

休園先生詞，喜其無當行習氣，正如餐霞羽客，結屋深山，采朮爲糧，久不食人間烟火者。細玩之，真無一字猶人，又無一字不典，洵詞家拔宅飛昇之技。

清鄭俠如撰《休園詩餘》，據清曾王孫編、清聶先編《百名家詞鈔》，清康熙緑蔭堂刻本，上海圖書館藏。

## 《秋水軒倡和詞》引

調高寡和，自古記之，余獨謂此言非也。夫調不高，則末由發和者之興而生其相競之心，彝然不屑矣。則是調卑寡和耳，高者豈其然乎？請以顧庵學士作秋水軒詞證之。當時景物會心，偶然下筆，遂成絶唱。合肥宗伯素擅花庵玉林之譽，一見和之，窮工極巧，至如干首。所謂發和者之興而生其相競之心，以學士之調高故也。繼而檗子諸君又和之，工力悉敵。學士

復不肯休，又以宗伯之調高故也。孰謂調高寡和耶？雖然，設使養由基與李廣同時，養由基張弓命中，則李廣興劇起而相競矣。若鹿鹿羽林，未有不羞而走者。則詞場一時之盛，又未可盡非調高寡和之説也。黄岡杜濬茶村氏題。

清曹爾堪等撰《秋水軒倡和詞》，清康熙十年（一六七一）遥連堂刻本，中國國家圖書館藏。

## 《秋屏詞鈔》題辭

不知何故，群然尚四六而古文之道微，然古人亦作四六，而古文自若有在四六之先者也，時人無之，故並其所爲四六可嘔也；又群然尚小詞而風詩之道微，然古人亦作小詞，而風詩自若有在小詞之先者也，時人無之，故並其所爲小詞可嗤也。吴子秋屏示余以所作小詞如干首，短者有窈窕之思，長者有歷落之致，莫不按之不浮，察之有故，此非有在小詞之先者歟？秋屏欲不以余爲同調，豈可得乎？丁卯花生日，村翁杜濬題。

清吴貫勉撰《秋屏詞鈔》，清康熙健碧山房刻本，中國國家圖書館藏。

# 吴景旭

吴景旭，字又旦，一字旦生，號仁山，歸安（今浙江湖州）人。生於明萬曆三十九年（一六一一），卒於清康熙二十一年（一六八二）。明諸生，入清不仕。入同岑社。編撰有《歷代詩話》《南山堂自訂詩》《南山堂自訂樂府》《南山堂自訂詞》《南山堂續訂詩》《南山堂三訂詩》等。

## 《南山堂填詞》跋

詞韻未有成式，用詩韻者不分元與魂，不分卦畫與怪壞，則倚聲病其不協。用《中原音韻》者，支思分出齊微，家麻分出車遮，則必至於各押，入聲配作三聲，則必至於同押。是直以曲韻爲詞韻，不更大謬乎？沈去矜有割半分用之目，仍照詩韻，而區別之。平上去列爲十四部，入聲别爲五部，有獨用，有通用。既不失之混濫，又不患於淩紊。蔄次太守梓行，最爲善本。去矜乃三十年前詩友，余作詞用其韻，所從來舊矣。

明吴景旭撰《南山堂填詞》，據劉承幹編《吴興叢書》，民國間吴興劉氏嘉業堂刻本，中國國家圖書館藏。

## 李漁

李漁，原名仙侣，後改名漁，字讁凡，一字笠鴻，號笠翁，别署笠道人、隨庵主人、覺世稗官、新亭樵客等，世人又稱『李十郎』，浙江蘭溪人。生於明萬曆三十九年（一六一一），卒於清康熙十九年（一六八〇）。崇禎十年（一六三七），考入金華府庠。入清後，棄舉業，以布衣而終。著有《笠翁一家言全集》《笠翁十種曲》《無聲戲》《連城璧》《十二樓》《合錦回文傳》《閒情偶寄》等。

### 《耐歌詞》自序

今日之世界，非十年前之世界；十年前之世界，又非二十年前之世界。如三月之花，九秋

之蟹，今美於昨，明日復勝於今矣。於何見之？曰：見於文人之好尚。三十年以前，讀書力學之士，皆殫心制舉業，作詩賦古文詞者，每州郡不過一二家，多則數人而止矣；餘盡埋頭八股，爲干祿計。是當日之世界，帖括時文之世界也。此後則詩教大行，家誦三唐，人工四始，凡士有不能詩者，輒爲通才所鄙。是帖括時文之世界，變而爲詩賦古文之世界矣。然究竟登高作賦者少，即按譜填詞者亦未數見，大率皆詩人耳。乃今十年以來，因詩人太繁，不覺其貴，好勝之家，又不重詩而重詩之餘矣。一唱百和，未幾成風。無論一切詩人皆變詞客，即閨人稚子、估客村農，凡能讀數卷書、識里巷歌謡之體者，盡解作長短句。更有不識詞爲何物，信口成腔，若牛背兒童之笛，乃自詞家聽之，盡爲格調所有，豈非文字中一咄咄事哉？人謂詩變爲詞，愈趨愈下，反以春花秋蟹爲喻，無乃失其倫乎？予曰不然，此古學將興之兆也。曷言之？詞必假道於詩，作詩不填詞者有之，未有詞不先詩者也。是詩之一道，不求盛而自盛矣。且焉知十年以後之詞人，不更多於十年以前之詩人乎？往事可觀，必有以少爲貴者矣。四聲八韻，視爲已陳之芻狗，必不專尚；所未專尚者，惟古文詞一道耳，何慮漢之班、馬，唐之韓、柳，宋之歐、蘇，不復見於來日乎？予故曰古學將興之兆也。今天下詞人樹幟，選本實繁，予既應坊人之求，有《名詞選勝》一書梓以問世，不日成之矣。乃坊人又謂：近日詞家，各有專集，莫不紙貴雞林。子爲當今柳七，曲弊歌兒之口，書飽文人之腹，所未公天下者，惟《花間》《草堂》一派耳。盍傾囊授我，使得懸諸國門？予謂從前浪播，特瓦缶雷鳴耳。洪鐘既出，焉用土鼓

爲哉？坊人堅索不已，遂不獲終藏予拙。既受而詢其名，予謂是書無他能事，惟一長可取，因填詞一道，童而習之，不求悦目，止期便口，以『耐歌』二字目之可乎？所耐惟歌，餘皆不耐可知矣。昔郭功父自誦其詩，聲震左右，既罷，問東坡曰：『有幾分來地？』東坡曰：『七分來是讀，三分來是詩。』予詞之耐歌，猶功父之詩之便讀，然恐質諸東坡，權其分兩，猶謂七分則有餘，三分尚未足，又將奈何！時康熙戊午中秋前十日。湖上笠翁李漁漫題。

明李漁撰《耐歌詞》卷首，清康熙間刻本，中國國家圖書館藏。

## 詞韻例言

詩韻嚴，曲韻寬，詞韻介乎寬嚴之間，此一定之理也。竊怪宋人作詞，竟有全用十灰一韻，以梅、回、陪、催等字與開、來、栽、才等字同押者，此失於過嚴而不可取法者也。夫一詞既有一詞之名，如『小桃紅』『千秋歲』『好事近』『風入松』之類，明明是一曲體，作之原使人歌，非使人讀也。曾見從來歌者，有以梅字唱作埋音，回字唱作槐音者乎？若無詞韻一書作準繩，則泥古之士，必爲前人所誤，得詞之名而失其實矣。今人作詞，無所取法，又有以《中原音韻》爲式者。至入聲字與平上去同押，是又失於太寬。固無繩墨，無可奈何而爲之，非得已也。總

之，詩體肇於三百篇，乃上古之文也。上古之文，其音務合古人之口。詞則始於唐宋，乃後世之文也。後世之文，其韻務諧後世之音。二語洞然。可息紛騰之議，是集操縱得宜，寬嚴有度，務使嚴不似詩，而寬不類曲。詞之面目，已全現乎聲韻中矣。

詩韻之必不可通於詞韻者，不止梅回等字，如四紙之士氏仕、七麌之巨炬拒宁苧佇、十賄之待怠殆、七陽之象像丈，皆作上聲，詩體則然，詞則萬無是理，此周德清之不收入上，而入去也。邇來詞韻都仍舊貫，總之移來易去，其於休文，詩韻祇能動其皮毛，不敢傷其筋骨，此因才勝於膽，膽爲才制而然。予則才細如絲，膽大於斗，故敢縱意爲之，知我罪我，悉聽於人，有延頸待誅而已。

邇來詞韻，雖使一東二冬三江七陽四支五微八齊十灰之半之類，合而通用，然終不敢移其位次，仍照詩韻一東居前、二冬居後，即其間有同是一音，而原分數處者，亦復仍之，是欲令詩詞二韻雖合仍分以作。詞韻可以作，詩韻亦可，一書備二事之用，可稱極便。予謂詞則詞，而詩則詩，既名詞韻，胡復云詩？且作詞之法，務求聲韻鏗鏘、宫商迭奏，始見其妙。所以周德清之作《中原音韻》，凡聲同韻合之字，各以類從，使作者首句用此字，次句必另換一音，不至於首用東，而次用冬，前用江，而後用姜，上下合轍，使讀者粘牙膩齒。故是編純用類從之法，然此法不始於德清，自唐禮部頒韻即有，以聲爲類、以類爲序之格，古之人先已行之矣。

詞韻非止，向無成書，且未有言及此者。自沈子去矜殫心斯道，與予友毛子稺黄朝夕辨

論，窮幽極渺。沈子撰有《韻略》一篇，毛子著有《詞韻括略》及《韻學通指》諸書，詞學始得昌明於世。然皆附於詩文諸刻之中，並無專刻，是以見者寥寥。迨趙子千門始刻《詞韻便遵》一書，合兩家論議而成之，但其編輯之法，仍不離林文詩韻，未能變通作者之意，是可惜耳。

支思一韻，中原病其太嚴，平聲不滿百字。夫拎詞韻，病其太寬，平聲幾至千餘字，蓋合微齊灰通用故也。予謂即四支一韻之中，具有三音似同而異，支垂奇是也。向輯詩韻，已建分而不分之末議。雖分經界，區別爲三，仍還其名爲四支上、四支中、四支下，今亦仍用斯法，分支字韻爲支紙寘、圍委未、奇起氣三韻，仍註其下曰：此與某某原屬一韻，分合由人，魚字韻亦然。欲其純而又純者，則效愚人之一得，不則舊章具在，予未嘗毀而滅之也。

聲韻之雜，未有過於入聲者，如六月之中有伐韈没骨等字，七曷之中有撻辣等字之類。在詩韻內，已覺聱牙，矧詞之專以齒頰爲利者乎？去矜祇分五韻，予則浮出其三。他韻可以變通，此則似難更易也。

韻書之設，所以便查，泛舟登山，携此作佩，莫妙於簡便，莫不妙於繁冗無歸，而混人耳目。予向怪詩韻中字數之繁，各韻所收之字，可用者不過十之四五，而斷斷不用。既爲前人所收，後人競競守之，不敢去者幾及半焉。使人覓句時少，選韻時多，誠苦事也。故輯詩韻，倣朱夫子集註之法，以圈隔之。海內名賢，無不稱快。今輯詞韻，其法又進於此。書畫二格，分爲上下兩層，下爲正格，上爲副格。凡一切令僻怪誕及庸俗蠢鄙之字，斷斷不可入詞者，盡入副格。

即有字極平易，亦復典雅，但可見於詞中不可用之句尾者，如逡巡之逡、徘徊之徘、崆峒之崆、蝴蝶之蝴、琵琶之琵。諸常字無刻不見於詞中，千萬年未施於韻脚，載之何爲？亦入副格。爲作者掃空烟霧，惟見太虚詞家樂事，恐未有過於此者。

湖上笠翁自述。

明李漁撰《笠翁詞韻》卷首，清康熙間刻本，中國國家圖書館藏。

# 錢澄之

錢澄之，原名秉鐙，字幼光，更字飲光，號田間，安徽桐城人。生於明萬曆四十年（一六一二），卒於清康熙三十二年（一六九三）。明末諸生。南明唐王時，任吉安府推事。南明桂王時，授庶吉士，官至編修，知制誥。入清後終身不仕，務農著述以終。後因避禍，一度出家，法名西頑。著有《田間易學》《田間詩集》《藏山閣詩存》《藏山閣文存》《藏山閣尺牘》等。

## 蕃錦集引

往見張南垣山人爲人選石作假山，聚萬石於前，略加審視，若爲峰，若爲崖，若爲巖壑，若爲麓。向背横斜，一切現成。其石大至尋丈，小或徑尺，役者如其指嵌合之，不失尺寸，嘗以爲神巧。今錫鬯集唐人詩句，自一字以至十餘字，輳成小詞，多至二百餘調。長短自合，宫商悉諧，似唐人有意爲之，留以待錫鬯之驅使。又覺其句在唐人詩中未工，而入之錫鬯詞中廼轉工也。神乎！神乎！南垣末技，不足喻矣。予觀今人善集詩者，取諸人以爲詩，其學近於無我。若錫鬯此集，不惟無我，抑且無人。凡古人字句，一經其用，音義俱化。雖使作者按之，不復能認爲己作也。此雖錫鬯餘藝，然不可不謂之絶技矣。

明錢澄之撰《田間文集》卷十六，清康熙刻本，上海圖書館藏。

# 金是瀛

金是瀛，字天石，號蓬山，華亭（今上海松江）人。生於明萬曆四十年（一六一二），卒於清康熙十四年（一六七五）。自少以詩文名。明末諸生。入清，以隱逸徵，不起。順治二年（一六四五），於松江故里主兵自固，兵敗，與人覓舟入閩。歸里後，與王光承兄弟、吴騏等結東皋詩社。著有《芝田詞》《蓬山集》等。

## 《湘瑟詞》序

雍門之曲，愁思生援琴之先；長康之畫，傳神在阿堵之内。裘成煩質，一毫萬金；駟駕超光，單形十影。構凌雲之樓觀，不負錙銖；躍方響於蕤賓，相求律吕。始信好辭之絶妙，寧非天下之至精。我友葆馠，灼然玉舉，其爲曲子，縱恨無遺。拔初日之芙蓉，濯新月之楊柳。若其早游郭隗之臺，久索東方之米。良廬夜静，太液波澄。至於烟泖逢迎，板輿升降。烏鳥之私得請，莼鱸之興非賒。又如勝友招尋，求仲而兼羊仲；佳辰臨眺，傳杯而不放杯。及夫觀壁間

之遺挂，楊去潘存；感竹徑之流連，芝焚蕙嘆。又有驂疲款段，短策殘陽；花贈將離，長亭細雨。以至重重簾隙，時見遠燈；寂寂塢中，忽聞哀笛。莫不形神俱往，徙倚何依。江醴陵本是恨人，衛洗馬誰能遣此。展硯琉璃之匣，按彼緑腰；抽毫翡翠之床，付諸紅袖。諸香雜襲，留之者清魂；十色陸離，見之者刺眼。於是綺陰庭院，叩檀板而抗音；朱烏窗櫺，展牙籤而披覽。消愁蠲疾，可代金萱；易髓變容，同於玉醴矣。同學弟金是瀛蓬山氏題。

清錢芳標撰《湘瑟詞》，清康熙十七年（一六七八）刻本，上海圖書館藏。

## 《玉壺詞》題詞

余嘗從事于長短句，及攬《玉壺》，始悔其少作而廢然返也。雖然，硯孫豈欲以詞見哉？興之所寄，便足千古，使其儀《簫韶》之間，挾風雨之勢，天下之士又安敢正明目而視之與？

清葉尋源撰《玉壺詞》，據清曾王孫、清聶先編《百名家詞鈔》，清康熙緑蔭堂刻本，上海圖書館藏。

# 孫　默

孫默，字無言，號桴庵，又號黄嶽山人，安徽休寧人。生於明萬曆四十一年（一六一三），卒於清康熙十七年（一六七八）。僑居揚州。晚年隱居黄山。工詩，著有《留松閣集》《桴庵集》等。

## 《三家詞》序

詩盛於唐，詞盛於宋，至明作者兼之。然用修累於遺學，元美詘於言情，求如秦、晏、晁、柳、周、辛之以名家獨擅一時，不及也。或以詞之音律太拘，情思易靡，多不屑爲，即爲之不工，故今詞家遜於有宋。予獨謂詞者，承詩之餘，倡曲之始，由《子夜》《讀曲》以上溯樂府而發源於風雅頌，其所系聲教甚鉅，可易言乎哉？故雖不解音律，而喜誦宋人名詞，覩其婉麗流暢，輒不能無憾於後之作者。自濟南王阮亭先生蒞廣陵，而蘭陵鄒程村、鹽官彭羨門兩先生來。予從之游，得盡讀三先生詞，不覺賞心擊節，終日讀，讀且起舞歌浮白叫快，至秉燭不倦。詞至

是，靡憾矣，固不敢私所好，妄較壽梨棗而亟公諸宇内。雖家徒壁立，竭蹶從事，不憚也。夫以阮亭之蒨冶，程村之淹麗，羡門之便嫵，三先生詞出，不獨方駕秦、晏、柳、周、辛諸家，且軼而上之，追樂府之遺，溯采風之始。聿見朝廟登歌、輶軒問俗之盛者，誰不繇此？非僅與《花間》《蘭畹》奪標角勝已也。讀三先生之詞者，或謂予爲知言也夫？康熙甲辰秋仲，黄嶽山人孫默漫題於廣陵客舍。

清鄒祗謨、清彭孫遹、清王士禛撰《三家詞》（鄒祗謨《麗農詞》、彭孫遹《延露詞》、王士禛《阮亭詞》），清康熙《三家詞》刻本，中國國家圖書館藏。

## 陳大成

陳大成，字集生，江蘇無錫人。生於明萬曆四十二年（一六一四），卒於清康熙二十四年（一六八五）後。與同邑嚴繩孫、秦日新、宜興曹亮武等人友善。著有《影樹樓詞》。

## 《留村詞》題詞

夫子詞雄旨洽，綜博淵深。昔龔合肥云：『文人未見留村，猶之乎未睹滄海。』見留村之詞，猶之乎見滄海之一波也。

清吴興祚撰《留村詞》，據清曾王孫、清聶先編《百名家詞鈔》，清康熙緑蔭堂刻本，上海圖書館藏。

## 《粤游詞》題詞

升公詞，情浮其貌，意勝於法，遠想長思，徑致獨絶。

清吴之登撰《粤游詞》，據清曾王孫、清聶先編《百名家詞鈔》，清康熙緑蔭堂刻本，上海圖書館藏。

## 邱維屏

邱維屏，字邦士，號慢廡，江西寧都人。生於明萬曆四十二年（一六一四），卒於清康熙十八年（一六七九）。『易堂九子』之一。爲人高簡率穆，本色待人。年二十三，補弟子員第一。甲申後，棄諸生服，隱翠微山中，以教授弟子爲業。精易學，晚年尤精西方算學曆法。著有《邱邦士文集》《易剿説》《易數曆書》等。

### 曾燦詞序

詩餘爲詩之别派，與樂府歌曲爲源流者也。詩之義，不專主於怨而非怨者不能工，其説蓋莫詳於六一居士之論梅聖俞也。至詩餘，則作者大率多出於春花秋月，閨房怨恨之辭，諸如東野之寒、閬僊之瘦、梅翁之清絶，使屈而爲之，或反有骨形牙聱之病，故予常欲反居士之言，謂必達者而後工也。如予所心喜晏同叔、寇平叔、歐陽永叔之詞是也。然秦淮海、辛稼軒或以處身流俗，憂時鬱切而皆領袖詞場，世終以爲詞之最工者，蓋必自怨生。予友曾青藜，則非有二

人之遇者，其所爲詩餘，工妍綽約，亦多近晏、寇、歐陽諸家，至其悲怨之音，蓋往往有焉。予乃謂詩詞皆有自然之款曲，得之於心者，應之於手口，雖作者，不得而自知。苟以其窮達，而實其工拙之所在，無有是處也。且夫天下有可怨者，不必在饑寒困阨之所遭，方晏、寇諸公所作怨恨等詞，必有以寫其中之難言而道宣其湮鬱，其於花月之形容、閨房之情致，毋亦在有意無意之間而已，豈必盡達者之言耶？予觀青藜之詞，其意蓋復如是，恐世以其遇之未必窮而遂悦其詞，漫焉不復覽其意，故爲敘之如此。易堂友兄邱維屏撰。

明曾燦撰《六松堂集》卷首，清鈔本，中國科學院圖書館藏。此處據《四庫未收書輯刊》柒輯第二五册，北京：北京出版社，二〇〇〇年，第二八七—二八九頁。

## 鄒漪

鄒漪，字流綺，一字棹煙，江蘇無錫人。生於明萬曆四十三年（一六一五），卒年不詳。著有《啓禎野乘》《明季遺聞》等。

## 吴冰仙集小引

求佳人於珠翠之中，求才子於筆墨之内，是佳人才子離而爲二，不知佳人無才不得爲佳。吴夫人冰仙氏真可謂才子者也，冰仙裔出延陵，爲吴門名族，蘭心蕙質，雅尚書史，幼即稱香籢宋玉、金粉江淹。吴中閨秀陸卿子、徐小淑爲女中先達，惟冰仙過之。既笄，歸許蘭陵故是玉皇香案吏暫下人間，而冰仙與之頡頏，吹玉簫，跨鳳凰秦臺，風月昔屬傳聞，今爲實事。顧冰仙夙具仙骨，不好作時世妝，於一切琴棋弦管之藝，無不精絶，書法直逼鍾王，尤喜畫，每經點綴，靈動如生。至性純孝尊人，常有疾，刺血書禱，輒愈，待蘭陵諸姬侍，内外胥頌關雎之德焉。既而，蘭陵壬辰登第，冰仙貴矣，居身清素，不異道民釋子。案頭香一罏、茶一盞、書數卷，侍兒日磨墨以供揮灑。其爲詩清新圓淨，不著一塵，如花香，如月光，如水波，如雲態，務貴自然，尤善深入，極才人之能事。西池上元夫人許飛瓊輩，吾不知其才調何如，量其氣體當讓冰仙三舍，始信佳人才子合爲一人矣。予選名媛詩，首推重冰仙。顧冰仙方且事九轉丹，視文字如土苴，不欲流傳人間，落浮名障中，故詩不能多得，然光焰萬丈，即在一字一句間，在多乎哉？然則此一卷詩，不啻嫏嬛委宛之富矣。梁溪鄒流綺題。

清吴綃撰《嘯雪庵詩餘》，據趙尊嶽輯《明詞彙刊》，上海：上海古籍出版社，二〇一二年，第一六二至一六三頁。

# 蔣平階

蔣平階，原名階，又名雯階，字馭閎，一字大鴻，又字斧山，號杜陵生，華亭（今上海松江）人。生於明萬曆四十四年（一六一六），卒於清康熙五十三年（一七一四）。明諸生，入清不仕。少遊於陳子龍之門學詩，參加幾社活動。清軍下江南，入閩投奔南明隆武帝，授兵部司務，擢御史。隆武朝覆滅後，乃易道士服，漫遊齊魯吴越，以堪輿術謀生。後遷徙至越中隱居，卒於紹興。詩詞俱佳，與弟子沈億年、周積賢合撰有《支機集》，另著有《東林始末》等。

## 《支機集》序

蓋聞雲門不奏，宮中無選樂之人；高臺既傾，曠野有行歌之客。蘇門井臼之側，漢陰甕盎之旁。藉草爲裀，臨風送曲。泉飛玉竇，依然寫鳳之音；柳拂金堤，即是迴鸞之袖。安仁采樵之路，山鳥頻呼；任公垂釣之磯，遊魚或睨。引陽春於陌上，激晨流於林中。是知處女援琴，本無情於巧笑；榜人擁楫，非有意於君王。尚留太始之遺，詎止風人之選。又況胡笳不斷，越鳥無依。青青皆帝女之桑，萋萋盡王孫之草。偶逢暇日，誰無王粲之哀；一望平原，半入江淹之恨。遂有海岸狂夫，天涯蕩子，臨青霄而永嘆，對白日而傷心。便遇魯侯，終彈楚調；時偕趙女，競寫秦聲。馬上琵琶，不解思鄉之夢；堂前擊筑，還悲送遠之人。聞者將泣下成行，悲來欲絕。雖使韓娥改唱，未必銷憂；素女更弦，無從買笑。賤子曲慚郢下，哀甚雍門。長安馬市，時驚苜蓿之塵；酒肆人間，不博留犁之醉。瞻北邙之宮闕，僅託微噫；經山陽之舊廬，空聞吹笛。山頭掩泣，已類婦人；市上横簫，幾同乞者。縱披髮盡行遊之地，而悲歌非取樂之方。何事牛車之旁，尚餘兒女；所幸籃輿之下，猶有門生。倚户長謡，子桑本忘形之契；登高清嘯，阮生非禮俗之賓。周子藍田舊目，柳市餘風，伯仁之酒態差豪，公瑾之曲聲頻顧。『孔雀』之對，傳自童年；鸚鵡之篇，成於頃刻。千里之胡霜共踐，三冬之積雪同吟。沈子系出西豪，世

稱才子；家藏策府，手緝遺書。壯髮方垂，即有衝冠之氣；柔毫乍染，便高題柱之才。遂能作張儉之主人，更自引李膺之弟子。夫瓊臺九仞，非采一山之材；美錦千章，豈抽獨繭之緒。引商之曲，固以寡和爲高；流水之弦，又以知音爲樂。幸得比肩百里，坐擁一豪。玳瑁書函，無時獨展；珊瑚筆管，終日傳觀。芍藥闌開，其泛三春之棹；茱萸席暖，同等九日之臺。雖志不濫乎管弦，而興自餘於篇什。吴歈楚艷，是不同音；越女巴童，雅堪並奏。太常樂部之調，間有重翻；南朝宫體之名，因而小變。托情閨閤，盡後庭玉樹之悲；寄傲蓬壺，即九鼎龍髯之慕。文成三卷，人儉百篇。疊染花箋，貴椒潭之魚網；輕施鉛筆，竭涪水之螺香。未許淇上佳人，度新聲於扇底；庶令渭城年少，識雅調於樽前。昔陶令閑情，不減田居之致；張衡定志，未傷招隱之風。間有冶篇，詎乖本志。屬以玉衡西指，芝檢初開。織錦天孫，臨星潢而欲渡；浮槎海客，窺月館而思歸。命以支機，表侯也。歲在玄黓執徐，律中夷則，題於禹杭道上。

明蔣平階、明周積賢、明沈億年合撰《支機集》，清刻本，上海圖書館藏。

## 《空翠集》序

蔣平階

置雅頌之位者，曰商與周，固也。置騷賦之位者，曰楚與漢，置樂府古詩之位者，曰漢與

魏，差近古哉！置律體之位者，曰唐，置填詞之位者，曰宋與元，趨而愈下。若是，則詞曲者，雅頌之云仍而古詩之輿皂也。操此志以往，意在滑稽藝事，篡竊詞場，雖名曰工，君子不好也。吾則以爲詞者古詩賦之流也，亦求古作者之意而進取之，乃不爲一時所位置。近代才人不以詞名而間爲詞者，婁東王弇州、吾鄉陳大樽，各以古詩樂府之法爲詞，而不以詞爲詞，我好之。其他以詞爲詞而稱專家者，間使小奚按拍上口，我聽之二三闋即唾之矣。今日填詞之家何肩相摩、趾相錯也。然衆人工之，尤者出焉。吾於越郡雅好吴子伯憩之詞，以爲獨步當時矣，不虞復有王子曼仙者。蓋王子與吴子人地相頡頏，而年齒相先後，其選聲度曲，雖揎染異宜，雕鎪殊巧，而各極其能，同歸於至。我反覆王子諸作，雖涉宋元之塗軌，以登唐人之閫奥，然其工力所造，殆不止此。直似相如賦心，觸物造奇，思窮杳冥。徑寸之内，而舉《子虚》《上林》《大人》諸鉅製，蟬脱變化，以出入其筆端。此其鎔古鑄今之妙，架虚構實之能，堪與吴子相視莫逆，而未許他人得與其間者也。風雅道衰之日，生此俊物，遂使詞家位置不讓古人，亦既覯止，寧不足以自豪哉？《空翠》之刻視《吹香》相去不十年，所論東南之美者，一時並稱二妙。蓋越産之奇，古志之矣。以利器威天下者，既有純鈎，即有湛盧；以麗色艷天下者，既有夷光，即有鄭旦。二子又何疑焉。

清王倩撰《空翠集》，清康熙刻本。

# 《柯亭詞》序

余縱心棲遁，嘯歌自適，遂於詞章聲律，稍稍浸淫。此亦古今人一大窟宅也，我逋其中，若華胥古國，誰復知人間世有此紛拏者乎？樂矣！既而爽然自失，謂此戔戔者何？當斯民肥瘠之數，盍去諸，求我本實之學？故年來徙越，特近蒼崖姜氏，蓋日夕交勉，不在世人纂組之末矣。蒼崖家學有源，自命不苟。既博涉孔老之書，又於天官、地志、醫藥、象數之餘，罔不探其緼奧，冀措諸施行。鵠立同群之中，用世才也。今將學仕，以試其生平所揣摩，尺組方膺，仔肩洊及，乃征鞍之上，忽有填詞數十闋，何其翺翔自得也。夫人才競趨於風尚，而能自別者稱焉。典午尚曠達，而庾山甫、陳廷思獨斥去清譚，以禮法振俗；唐世詩賦取士，而陸敬輿、李文饒專務經國之文，篇詠罕睹。今取士之途寖廣，任幹略而絀風華，先馳競而後馴雅。一觴一詠之風，將不復見矣。蒼崖氏亦因時之所略，而思以矯之夫？此數十闋者，觸景生妍，象心寫艷，雖老於藝事者，仡仡窮年，尚有不逮；而乃顧盼之頃，遽已及之。即使秦、柳復生，更有何愧？然我窺其命筆，豈以供龜茲之按拍、宜春之紅豆已哉？昔江左群策競進，而從容譚笑以奏大功者，乃在東山絲竹之間。若京兆公棲遲別墅，日與我曹嘲風詠月，有若忘世者，此獨無意乎？兹集也，以方幼度之齒屐可也。

清姜垚撰《柯亭詞》，清康熙緑蔭堂刻本，中國國家圖書館藏。

## 容居堂詞題詞

詞章之學，六朝最盛。余與陽羨陳其年、蕭山毛大可、山陰吴伯憩力持復古。今得冰持，而海内有五矣。昔賢謂等身著作，今冰持所著亦復爾爾，誰謂今人不及古人也？

清周稚廉撰《容居堂詞鈔》，據清曾王孫、清聶先編《百名家詞鈔》，清康熙緑蔭堂刻本，上海圖書館藏。

# 余懷

余懷，字澹心，一字無懷，號廣霞，別號曼翁、茘城、壺山外史、寒鐵道人、天衣道者、訥香居士，晚號鬘持

老人，福建莆田人，僑居南京。生於明萬曆四十四年（一六一六），卒於清康熙三十五年（一六九六）。補諸生，才情艷逸，工詩，與杜濬、白夢鼐齊名，時稱『余杜白』。崇禎十三年（一六四〇），入范景文幕府，爲平安書記。明末亂離之際，退隱吴門，放浪山水間，潛心著述。著有《味外軒稿》《五湖遊稿》《秋雪詞》《宫閨小名後録》《硯林》《板橋雜記》《四蓮華齋雜録》等。

## 《金粟詞》題詞

羨門家於鹽官，出門數武即大海，伯牙之琴臺在焉，其西即秦皇所馳道也。銀濤突出，澒洞天地，日夕哦嘯其間，淘汰澄練，詩詞安得不工？即以詞論，頓挫抑揚，一字不寄人籬下。善乎黄魯直之序晏叔原也，曰：『其合者，高唐神女之流；其下者，豈減《桃葉》《團扇》。』移贈羨門，奚愧？

清彭孫遹撰《金粟詞》卷末，據清曾王孫編、清聶先編《百名家詞鈔》，清康熙緑蔭堂刻本，上海圖書館藏。

## 《萬卷山房詞》題詞

儒家腐迂，才人佻巧，均病也。儒不腐迂，才非佻巧，斯國寳矣。王子大席庶幾近之。余既論次其詩以問世，今觀其詩餘，亦復和平婉麗，聲情皦然。其紅杏尚書、微雲學士之流亞歟？

清王輅撰《萬卷山房詞》，據清曾王孫、清聶先編《百名家詞鈔》，清康熙緑蔭堂刻本，上海圖書館藏。

## 《香膽詞》題詞

紅友錦心綉腸，嶔崎鎖碎，言情繪景，别出新聲，俱前人所未經道，天驚石破，海立山飛。余未識其人，直欲生致太真，自拔其舌。

清萬樹撰《香膽詞》，據清曾王孫、清聶先編《百名家詞鈔》，清康熙緑蔭堂刻本，上海圖書館藏。

## 《留村詞》題詞

詞家盛推秦、柳爲擅場，然其人率輕佻浮華，無事功可紀。若韓魏公、范文正、周平園諸鉅公，皆以填詞名，則詞因人重，不必定以『楊柳外、曉風殘月』著聲紅牙白板間也。留村先生雄才大略，上擬范、韓。而彩筆縱横，目空一世，當其據梧而吟，登高而賦，傾倒三峽，響震千門，亦何减辛稼軒鎮南徐，命侍兒歌『千古江山』時耶？

清吴興祚撰《留村詞》，據清曾王孫、清聶先編《百名家詞鈔》，清康熙緑蔭堂刻本，上海圖書館藏。

## 《志壑堂詞》題詞

詞家以纏綿婉麗爲宗，其次則凄清蕭瑟，又次則古直悲凉。兼斯三者，其惟淄川乎？讀先生詞，如觀絳雲在霄，如聽宫鶯百囀，如聞商女之琵琶，如送孤臣之去國，如擊漸離之筑，如吹吴市之簫，仙才逸品，懷古情深。嘗與泛小舠於西子湖頭，衰柳陰中，談論今古，分題嘯詠，

快絶生平。惜乎少十七八女郎按紅牙檀板歌之，至今尚爲闕事。

清唐夢賚撰《志壑堂詞》，據清曾王孫、清聶先編《百名家詞鈔》，清康熙緑蔭堂刻本，上海圖書館藏。

## 《寒山詩餘》題詞

余於丁酉年序訥生先生《飛霞樓詩》於金陵，今三十餘年矣。聶子晉人忽持《寒山詩餘》來示，循覽諷玩，如與先生促坐奮袖捧手而談也。晉自柳州、香山而後，風流文采，若滅若没，蓋寥寥焉。先生挹景霍、汾、澮之奇，鍾屈馬、絳鹽之秀，發爲詞歌，標映古今，霞披電抉，不獨以嬌花寵柳爲工也。晉有澤州冢宰之詩，又有代州觀察之詞，三河文陣，可以雄視中原矣。

清馮雲驤撰《寒山詩餘》，據清曾王孫、清聶先編《百名家詞鈔》，清康熙緑蔭堂刻本，上海圖書館藏。

## 《南磵詞》題詞

省齋上相子孫，少年科第，視富貴如浮雲，閉户讀書，孤行一意，多怪少可，蓋嶔崎歷落人也。酒邊花下，信筆填詞，非陸非辛，亦蘇亦柳。老子婆娑，暮年蕭瑟，惟我與爾有是夫？

清何采撰《南磵詞》，據清曾王孫、清聶先編《百名家詞鈔》，清康熙緑蔭堂刻本，上海圖書館藏。

## 《蘭園詞》題詞

清麗摹晏小山，婉美學秦淮海。花間月下，使雙鬟按拍歌之，佐以玉簫錦瑟，當不減『楊柳岸、曉風殘月』也。

郁承烈《蘭園詞》，清康熙三十七年（一六九八）刻本。

# 董　黄

董黄，字律始，號得仲，又號白谷山人，華亭（今上海松江）人，或云上海青浦人。生於明萬曆四十四年（一六一六）。少與陳繼儒爲忘年交，並從陳子龍遊。明亡後，移居東佘山南麓白石之谷，築東山草堂以奉母，隱而不試。詩文擅名一時，著有《白谷山人集》。

## 《經鋤堂詩餘》序

玉樹新聲，後庭長其秋怨；銅鞮舊曲，大堤寫彼春愁。況乎翡翠珠簾，秦后有卷衣之嘆；流蘇羽帳，荆王無送枕之歡。則錦瑟空彈，悵知音於帝子；瓊瑶獨佩，盼同調於王孫。未免愁思，能無吟咏。九來葉子才逾武庫，情似文園。曲顧鸞林，便是當年公瑾；歌傳鳳穴，依然此日王郎。青瑣門中，胡香一兩；白團扇底，子夜三聲。南陌七香之車，不獨羅敷少婦；北堂九華之帳，非徒碧玉小家。競唱歡聞，咸歌懊惱，爰寄青鸞之柬，慰彼流黄；載抽白鳳之毫，形其

搗素。遂使湘君解怨，花開屈戌之屏風；韓娥合歡，月照明光之步障。《巫山高》去，不入鐃歌；《梅花落》來，豈同横吹。紅牙夜按，應入延年之手；白紵朝翻，終消静婉之魂。妾歌薄命之詞，可以蠲忿；歡和定情之曲，寧但忘憂。華亭同學弟董黄律始氏題。

清葉奕苞撰《經鋤堂詩餘》，清康熙十七年（一六七八）刻本，上海圖書館藏。

## 黄宗會

黄宗會，字澤望，號縮齋，人稱石田先生，浙江余姚人。生於明萬曆四十六年（一六一八），卒於清康熙二年（一六六三）。崇禎十七年（一六四四）拔貢。清兵南下，隱於浮屠，浪遊名山，以疾終。學問廣博，無所不通，尤精於佛學。編撰有《縮齋文集》《縮齋日記》《學御録》《瑜伽師地論注》《成惟識論注》等。

# 《小剡山堂詩餘》叙

《小剡山堂詩餘》一卷，黄子晦木所作也。其辭大略新綺掞麗，多幽丰遠論，易於感人。黄子具治略濟材，挫抑不偶，其發之古文詞者，攝千仞、弋百家而上下之。若夫瑣屑叢巧、妃青媲白之倫，遠之如厭，溺之不吊，獨有取於呻吟節拍、靡靡之聲，以寫其幽憶怨斷之情，誠不可解。然余嘗讀楚之二《招》，竊謂頗相類，蓋弄丸解難之意也。夫廉潔服義之士，帝懼其魂魄糜散，將東西南北上下不可處，乃歆之以荒淫浮艷，以冀其攬輝下翔，何故燕越於一幅中乎？乃知寓意有在，如皮日休所云鐵石心腸而吐婉媚詞者，未可一二數也。況乎雕篆之技，譬之塵飯塗羹，以爲戲，而不以爲食也。則又難之云：『等之雕篆也，寧取眉山、歷城悲壯激烈。昔龍門三復於刺客、游俠者，豈非有以然耶？若乃吹葉嚼蕊，喉囀裊裊，粉筐黛器之調，斯文向者之所羞，何必出於是然後可？』則將應之曰：『是蓋懵於音也。尋聲徇跡，不可以讀古人書。昔韓昌黎取十操，以爲聖賢之事，譯其詞新之，削伯牙二操，以爲工之技而不録。鄭夾漈譏之：「君子之於琴瑟，取其聲而寫所寓焉，豈尚於事詞哉？若以事詞爲尚，則是有六經聖人所説之言，而何取於工技所志之事哉？」至哉言也。持是以觀街談巷議、鼓吹傖儜者，可以偏之束之，蘭薰而芷沐之。道在稊稗瓦礫，古人豈欺我哉？且今之所謂詩餘者，其濫觴於樂府中之相和歌

詞與？是故其流遠，其詞雜，總怨懟、忼慨、悲歌、輕艷、流佚、繁縟之變，宣復宮商、湮暢音韻之均，豈可偏廢，而强以言説爲椎鍛乎？』黄子所著詩餘多至若干卷，遴選之，得若干首爲一卷，命其弟宗會曰：『諷一勸百，見譏于大雅。此刻楮畫策之類，雖滿篋笥，無所用者，何以免不知我之誚乎？』宗會嘗學爲長短句，以不能工棄去，獨時時往來余懷者，乃眉山、歷城諸闋耳。然不敢爲歷城者，誠以斷木梡草有法焉，而况乎鑱瑕琢疵，月染風裁，各有其至，烏可以文辨辭勝而不反其情哉？嗚呼！凡讀是編者，知夫轂矢彀弩而射，可以剸兕截鴻，而迴顧鷃爵於蓬艾，其要中於尋常，又何煩計也？是以於詞之工緻不論。癸未日，三弟宗會撰，時日已西晲。

明黄宗會撰《縮齋文集》，清鈔本，中國科學院圖書館藏。

# 陸堦

陸堦，字梯霞，錢塘（今浙江杭州）人。生於明萬曆四十七年（一六一九），卒於清康熙四十年（一七〇

一）。與圻、培兩兄爲復社之冠，有『陸氏三龍門』美譽。明亡後，奉母隱於河渚，以教授爲事，以佃漁爲食。後出任杭州萬松書院山長。著有《白鳳堂集》《四書大全》等。

## 《巢青閣集·悼亡詞》題詞

庚申，余弟藎思試吏部，其後婦邵以訃聞。藎思伉儷之重，作悼亡詞一帙，屬余序。詞凡六十首，各繫以地，爲燕臺、梁苑、楚江、歸家諸作也。僕讀潘安仁悼亡詩曰：『皎皎窗中月，照我室南端。』又曰：『望廬思其人，入室想所歷。』江文通悼亡詩曰：『風光肅入戸，月華爲誰來。』又曰：『窗塵歲時阻，閨蕪日夜深。』大抵皆纏綿幃房之間，寫其幽思。歸家之作，所不能已，燕臺、梁苑、楚江胡爲哉？聞之古人有謂行嘆坐愁，且謂出亦苦愁，入亦苦愁。藎思若曰於彼乎？於此乎？四望周張，曷其有極。嗚呼！可爲深於情矣。雖然，燕臺者，燕昭王所築黄金之臺，招天下之士者也；梁苑者，梁孝王廣苑三百餘里，延賓客其中；楚江，亦屈、宋、唐、景之徒所托處，聚海内才智之輩而擅前賢詞賦之宗，後世之士至其地者，恐操布鼓過雷門，率捲舌不試矣。我藎思弄其柔翰，若偏欲抒其鬱結，爭勝於其中，乃知握靈珠、抱荆璞，豈必古人哉？然考燕臺之客莫如騶衍，梁苑之客莫如鄒陽，楚江之左徒屈原則尤卓卓者。騶衍所著十萬餘言，皆迂怪不經，推而大之，至於無垠。遠之及天地未生，海内人所不睹，謂中國纔八十

一分之一耳。繇是觀之，人生斯世，不啻負芥，雖百年亦朝暮。揆之無始以來，恩好悲酸，都歸烏有。鄒陽事梁孝王，以讒見禽，從獄中上書，辭雖不遜，然比物連類，有足悲者。屈原諫楚懷王，不聽，遭頃襄放斥，作《懷沙》賦，自投汨羅，至今哀之，尊之爲《離騷經》。夫人至幽囚囹圄之中，嬰木索，受笞箠，而乃一見於書，其大者傷君聽之不聰，冀人主之一悟，然後寓之美人香草，行吟澤畔焉。然則蓋思客燕臺，宜忘其所悼，歷梁苑、楚江，必見悼，有甚焉者。而蓋思之悲從中來，不可斷絶，先歸家而各有所作，又何耶？要之，孫楚爲詩，文生於情，情之所鍾，不以地阻，不以時睽，太上之理不足遣其懷，酷苦之遭不足挫其意，是以讀蓋思悼亡詞，或疑燕臺、梁苑、楚江、歸家諸作不可同年語者，皆淺之乎窺蓋思也。故曰，蓋思深於情。愚兄堦。

清陸進撰《巢青閣集》，清康熙刻本，中國國家圖書館藏。

# 孫治

孫治，字宇臺，號蘧庵，又號武林西山樵者，錢塘（今浙江杭州）人。生於明萬曆四十七年（一六一九），

卒於清康熙二十二年（一六八三）。諸生。與陸圻、陳延會等人齊名友善，稱『西泠十子』。明亡後，隱居不試，遊幕四方。著有《鑒庵集》《孫宇臺集》等。

## 《問柳詞》序

《問柳詞》者，吾鄉李子聲及之所爲作也。寓意縹渺，寄情淒戚，類有不概於中者，借此以寫其牢愁鬱伊之思耶？僕生平不喜爲詞，而諸君子之以詞問序於余者，間得而品騭之。然如李子是編，則亦極才人之能事矣。夫詞濫觴於唐，而盛於宋。有元以來，張、揚、虞、趙之流，泉流雲擁，西湖一隅之地，動盈於軸。今海内詩人，家家自以爲辛、蘇，人人自以爲周、柳，要亦不減於元。吾知其必長弟於黄池而稱霸乎？雖然，李子以名卿之後，抱非常之才，雍容金馬，輯《雅》編《詩》，會當有日，豈止區區者擅黄絹幼婦而已耶？余老矣，無能爲也。爲客長溪以來，止作《吊謝皋羽賦》一篇，其他則惟司空城旦之書。高秋閑暇，劉覽之下，不殊河上悲曲，因援筆而序之。

明孫治撰《孫宇臺集》卷七，清康熙二十三年（一六八四）孫孝楨刻本，中國國家圖書館藏。

# 沈謙

沈謙，字去矜，號雪研子，晚號東江，仁和（今浙江杭州）人。生於明萬曆四十八年（一六二〇），卒於清康熙九年（一六七〇）。明崇禎十五年（一六四二），補縣學生員。入清不仕，隱於醫，潛心著述，肆力於詩、古文，詞、散曲俱善。與毛先舒、張丹並稱『南樓三子』，亦與丁澎、柴紹炳等人並稱『西泠十子』。著述頗豐，主要有《東江集鈔》《東江別集》《填詞雜説》《詞韻略》《莊生鼓盆》《翻西廂》等。

## 北墅竹枝詞序

竹枝之體，肇於唐人自述其山川民俗，然詞必近情，調必近古，巴蜀秦淮及吾郡西湖皆有之，比於四詩，有風之義焉。湖墅附杭州北城，亦稱北墅，舟車輻輳，煙火萬家，自南宋寓宅建置益盛。志稱其地有夾城夜月、白蕩村煙諸景，屬詠最多。予嘗載酒獨遊問之墅上老夫，亦不能知其所在，乃其名至今不朽者，則賴前賢之筆墨以傳耳。寓林文行之美，過者比之登龍門。

今四子復繼武而興，王子丹麓其一也。予始見北門集，高古絶倫，已讀其所撰，文律裁鑒精確。今又寄北墅竹枝二十篇。嗚呼！丹麓之感深矣。序詩首風，將以察其貞淫、知其勞逸，今北墅之風固足采而丹麓尤致思於李氏之孝也。豈若流連光景，徒爲慆淫心耳之具者乎？其文雖小，志則大焉。予家墅東北五十里，有臨平湖，亦撰詞二十篇，雖不敢附於丹麓之所作，然首詠丁蘭次韓蘄王，若有同心云。

明沈謙撰《東江集鈔》卷六，清康熙十五年（一六七六）沈聖昭、沈聖暉刻本，北京大學圖書館、中國國家圖書館藏。此處據《四庫全書存目叢書》集部第一九五册，濟南：齊魯書社，一九九七年，第二三六頁。

## 陸藎思詩餘序

至文無親疏，雖疏必親；至文無大小，雖小亦大。『文章有神交有道』，此少陵之言也。若予之於陸子藎思，益信矣。予自童子時，即聞踰凡先生之名已。得其所書便面，渾脱秀挺，有董太史風格。出入懷袖，以爲章程。又數年，交祖望、馳黄，聞藎思昆弟濟美繩芳，益復藉甚藎思，蓋先生之猶子也。然予家東江，去藎思所居甚遥，嘗得郵筒，見《延芳》《巢青》諸集，高華

警策，洵爲風流所宗。乃心西馳，溯游勿及。而藎思亦數見予文，盈盈脉脉，跂望所同。士貴知心，不汲汲於謀面也。近復撰構詞曲，流布旗亭，艷思深情，足奪秦、王、周、柳之席。虎變烏瀾，層見疊出，觀者眩走，嗟其不窮。然予謂詞曲猶之乎詩文也，有龍門、劍閣之奇，即有茂苑、秦淮之麗；有日華星采之瑞，即有微雲疏雨之幽，安見《桃葉》《竹枝》不可媲美《關雎》《卷耳》也？且自能者視之，氣至音成，各臻其妙。辟之鴻鐘遇叩，大小齊鳴，此蓋器鉅用周，發必鈞美。有可有不可者，皆非才之至矣。有藎思之人，斯有其詩文，有藎思之詩文，斯有其詞曲。人或謂之剩技，予獨謂之全功。即以此見藎思之詩文，見藎思之人，亦無不可矣。予也雖未接荀香，尚遲李御，然於宫商風雅之間，聲氣默通，口誦手披，固無異於造語。而予與藎思終日相對之人，水火參商，何其多也，是可悲也。故知交不在親疏，文不在大小，誠之所至，心能察之。今者，竹林二阮，予俱識之於筆毫墨瀋之中，而情誼加篤，又何白頭傾蓋，初日鏤金，足爲定論也哉？[二]

明沈謙撰《東江集鈔》卷六，清康熙十五年（一六七六）沈聖昭、沈聖暉刻本，北京大學圖書館、中國國家圖書館藏。此處據《四庫全書存目叢書》集部第一九五册，濟南：齊魯書社，一九九七年，第二三九頁。

**校**

〔二〕中國國家圖書館藏清康熙刻本《巢青閣集》（付雪詞、紅蘼集、悼亡詞）亦著録了沈謙此序，題爲『巢青閣集詩餘序』。

# 毛先舒

毛先舒，原名騤，字馳黄，更字稚黄，仁和（今浙江杭州）人。生於明萬曆四十八年（一六二〇），卒於清康熙二十七年（一六八八）。明諸生，入清不仕。編撰有《思古堂文集》《蕊雲集》《晚唱》《東苑詩鈔》《鸞情集選》《填詞名解》《填詞圖譜》等。

## 《巢青閣集·悼亡詞》題詞

物有窮極工巧，而卒不能過於昔人任自然出之乃反勝者，其故深也。蓋思再娶，俱極伉儷之樂，而再悼亡，亦極纏綿之思。今詞爲後夫人邵作，得六十首，幾三千餘言。騷屑怨亂，思愈

入而情愈不窮。即轉摺層複處，喁喁然不厭。要之，極其淒惋而止，乃筆墨之際，若無意焉，此其故。蓋含於中者深爾，孫子荆『時邁不停』之句，止三十二字，王武子便嘆其文生於情。噫！以此言情，情亦短哉！錢唐毛先舒。

清陸進撰《巢青閣集》，清康熙刻本，中國國家圖書館藏。

## 《峽流詞》題詞

旖旎風流，又兼遠韻清豪，頓挫不墮嘈雜，此南唐北宋人之所難有也。吾讀丹麓詞，便謂山谷、少游、清真、子野諸公間當虛一座以待。

清王晫撰《峽流詞》，據清曾王孫、清聶先編《百名家詞鈔》，清康熙緑蔭堂刻本，上海圖書館藏。

# 計南陽

計南陽，原名安，字子山，號壘齋，華亭（今上海松江）人。生於明萬曆四十八年（一六二〇），約卒於清康熙二十五年（一六八六）後。明諸生，入清不仕。康熙十七年（一六七八），沈荃欲舉博學鴻詞，力辭乃已。著有《負燈草》《江楓草》等。

## 《棣華堂詞》題詞

馮霄燕少工南詞，昔與余有《負燈草》問世。弱冠以還，綺語是戒，《江楓》一集，同人深以不得徵入爲撼。近於友人處獲其舊刻，披詠之下，色飛神動，約存一二，重以授梓。婉宕多風，艷冶有則，真大雅之遺音，詞家之正體也。

清馮端撰《棣華堂詞》，據清曾王孫、清聶先編《百名家詞鈔》，清康熙緑蔭堂刻本，上海圖書館藏。

## 《詞壇妙品》序

詩餘之學，至今日而極盛，采輯者無慮數家，大抵舊曲不如新聲，原譜不若變調，非欲異耳目，所以廣辭源、暢聲教也。數年以來，風流彌繁，收之不勝收，乃前製已工，而新章疊奏；清徽未謝，而妙緒復興。采芳擷秀者，所不能忘矣。吾郡張子研銘、田子髯淵心好而廣蒐之，哀然成帙，於是掇其穠華，擷其英異，意欲其曲而婉，思欲其巧而俊，采欲其艷而纖，調欲其變而雅，吐納乎《香奩》《金荃》之腴，而進退乎李、晏、秦、柳之度。譬之魯遽之言曰：置一瑟於堂，置一瑟於室。鼓宮則宮動，鼓角則角動，音節無不諧矣。雖未知其能冬爨鼎而夏造冰乎，然點綴則草木變色，抒寫則雷雨發聲。榮悴由其寸管，哀樂出於半折。繪事之家，有畫火覺熱、畫風覺寒者。即詞人之技，又何多讓焉。蓋二子工於詞，而又能以己之工致人之工，充瑰麗於上宮，集芳蕤於盈把。所謂善舞者識俯仰，善謳者知疾徐。雖曰好事，亦有神契焉。康熙戊午七月，同里弟計南陽題。

清田茂遇、清張淵懿輯《詞壇妙品》，清宣統三年（一九一一）石印本，上海圖書館藏。

# 吴騏

吴騏，字日千，號鎧龍，又號九峰遺黎，華亭（今屬上海松江）人。生於明萬曆四十八年（一六二〇），卒於清康熙三十五年（一六九六）。明諸生，入清不仕，以遺民終老。能詩善書，著有《顧頷集》《顧頷詞》等。

## 《月中簫譜》序

余嘗謂詩詞俱源本三百篇，但詞家專宗鄭衛爾。顧其體，大約有三：唐及五代，勢險節短，極淫艷中自然峻潔，蓋《子夜》《讀曲》之遺音，真詞家正宗，而變態未極。子瞻、稼軒以經濟之才，悒鬱挫折，忠愛悱惻，寄情小詞，龍象蹴踏，何暇計步植木哉？故比興闊肆，而詞體則疏。南宋諸名公咏物寫景，以詞代詩，細潤縝密，瀏亮暢滿。雖鋒穎遜唐，而自開蹊徑，爲昔人所未有。唐詞結構如南北朝短樂府，蘇、辛結構如歌行，南宋結構如小賦。柯君南陔斟酌三者之間，蘇、辛聽其單行，唐宋合其兩美。夫萬石之鐘，宜鳴之殿陛，而不宜於房中。若秦絲楚

竹，糅商雜羽，新聲代起，幼眇紆折，娱神宕心。雖禪定如大迦葉，猶將軒然起舞，而況知音年少乎？故其所作詞，有唐人之艷冶，而充拓其門垣；有南宋之縝密，而剪裁其繁頤，信詞家合作也。憶余弱冠時，亦嘗學爲長短句，自顧不能及人，尋即棄去。三十年來，從無一字，今縱有言，正如不歷沙場而妄談兵事，縱不大謬，終隔一塵。今海内以詞名家者甚衆，壇坫森立，隊仗精整，南陔行與角勝於兩陣之間，如余者，不足過而問也。乙丑秋九月，華亭同學弟吴騏題。

清柯煜撰《月中簫譜》，清康熙刻本，上海圖書館藏。

## 杜鵑樓詞稿自序

濮陽仲子，煢孑多忤，悱惻無歡，銷形鑠神，跼天蹐地。視息猶存，久同齒骼；陁林未棄，願飽狐狸。江心囊革，醉卧方酣；爐底肌膚，泥上一色。自謂薪爨所餘，木炭絶秾華之采；猋風既沸，驚濤無綺縠之紋。便當永謝謳歌，自儕喑聵。乃緒風成籟，纖月流光，眇志幽通，微言默感，時成璅語，不絶心聲。太廟金人之冶，别鑄彄環；瓦棺玉佛之餘，更鏤簪珥。豈其五陰不降，寸灰未燼。遂使一笑可憐，摩兜啓三緘之齒；百端交集，木偶迴九轉之腸。抑亦資非謇拙，筆有瀠洄。故飢來驅我，尚賦閑情；死去憑誰，猶尋劍器。然而古澗泉聲，終非環珮；朝霞

麗采，難製裳衣。登垣者方怨其空言，而升座者已訶其綺語。遂欲委諸水火，蕩爲塵埃。譬蜕殻非寒蟬所珍，而剪爪無秋毫之痛也。

明吴騏撰《吴日千先生文集》，清抄本，中國國家圖書館藏。

## 小詞序

夫秋雲高影有似銖衣，石澗疏音便同環珮，雖其託體清虚，自云遼絶。然既未離聲質，即是多情，況其道隔兩塵，身留一葉者也。僕本恨人，寄形河海，躬勤蔗蓘，久廢詞章，非特機雲並世焚筆爲宜，亦遵黄老遺言，括囊無咎。然而明月有光，清風成籟，時爲悵望，遂起微吟。翠微寺裡，曾多綺閣高臺。黄鶴樓前，無數白蘋紅蓼。指天外之鴻，長懷吾友亰荆州之犉。嘆息中原，寄此歌謡，心之憂矣。夫蟋蟀至細，哀音動人，螢火甚微，流光自照。假兹遺恨，聊復示人。庶幾聽鳴雁者，識哀告之餘音，食園桃者，知行國之有故也。

明吴騏撰《吴日千先生文集》，清抄本，中國國家圖書館藏。

# 慎懋官

慎懋官，字汝學，自稱吴興山人，浙江湖州人。生卒年不詳。年少時，隨父宦遊，遍歷五嶽之勝。其父嘉靖時爲御史，有直聲，因忤旨放歸。讀書山中，多所著述，編纂有《華夷花木鳥獸珍玩考》等。

## 跋《金奩集》

飛卿《南鄉子》八闋，語意工妙，殆可追配劉夢得《竹枝》，信一時傑作也。

明慎懋官撰《華夷花木鳥獸珍玩考》卷一一，明萬曆九年（一五八一）刻本，中國科學院圖書館藏。此處據《續修四庫全書》第一一八五册，上海：上海古籍出版社，二〇〇二年，第六三九頁。

## 跋《花間集》

《花間集》，皆唐末五代時人作，方斯時天下岌岌，生民救死不暇，士大夫乃流宕如此，可嘆也哉！或者亦出於無聊故耶？　笠澤翁書。

明慎懋官撰《華夷花木鳥獸珍玩考》卷一一，明萬曆九年（一五八一）刻本，中國科學院圖書館藏。此處據《續修四庫全書》第一一八五册，上海：上海古籍出版社，二〇〇二年，第六四〇頁。

# 顧梧芳

顧梧芳，號存一居士，浙江嘉興人。行跡不詳，約明萬曆時在世。

## 《尊前集》引

嘗慨古樂之不復也，將非華聲不振，僉趨夷習，展轉失真而無已耶？何則，循流遡源，雖鈞天猶可想像。迷沿聱譨，即咫尺玄白罔鑒。爰自淳風日漓，凡在含識，莫不眩文嗤朴。今觀古樂府質壙悠藴，不拘平側，率多協韻。歷考填詞，舉動按調，音律益嚴。是知古樂府觸類於古詩，而填詞抽緒於近體。然近體造端梁、陳，更唐天寶、開元，其格始純，又况填詞之精工哉！若玄宗之《好時光》、李太白之《菩薩蠻》、張志和之《漁父》、韋應物之《三臺》，音婉旨遠，妙絶千古。佗如王、杜、劉、白，卓然名家，下逮唐末群彦若干人，聯其所製，爲上、下二卷，名曰《尊前集》，梓傳同好。先是唐有《花間集》及宋人《草堂詩餘》行，而《尊前集》鮮有聞者，久之，不幸金、元僭據神州，中區污染北鄙風氣，由是曲度盛而詞調微。目今南北樂部，若絲、若竹、若肉，疇脱夷習，寧非諸華之耻乎？余以爲額定機軸，畫一成章，是以謂之填詞，縱乏古樂府自然渾厚，往往婉麗相承，比物連類，諧暢中節，未改唐音，尚有風人雅致。非如曲家假飾亂真，千妍萬態，不越倡優行徑。蓋其失在於宣和以還，方厥初新翻小令，猶爲警策，漸繹中調，既已費辭；奈何殫曳蠒絲，牽押長調。遂俾覽聽未半，孰不思睡？固無怪乎左詞右曲也。余素愛《花間集》勝《草堂詩餘》，欲播傳之。曩歲客于吴興，茅氏兼有附補，而余斯編第有類

焉。嗚呼！曲詞誠小伎，一升一降，俗尚音形，可以觀時，娱情燕會，蘭熏虎變，寔籍名世，作者權輿爾已。噫！是可易與不知者道哉！萬曆壬午春三月既望，書于來鳳軒。

明毛晉編《詞苑英華》之《尊前集》卷首，明末毛氏汲古閣刻本，中國國家圖書館藏。

# 謝天瑞

謝天瑞，字起龍，一字思山，號復古生，武林（今浙江杭州）人。約生活於明嘉靖、萬曆年間。刻印過《詩法》《詩人玉屑》《詩餘圖譜》《鶴林玉露》等。

## 新鐫補遺《詩餘圖譜》序

詩有法，詞有譜，尤[一]金之有範、物之有則也。自三百篇之後，繼之古體變爲律詩，迨南北朝，始有詩餘焉，盛於唐、宋，極於金、元，而國朝諸名家尤加綺麗。然凡作者無非寓物適情，即今懷古，務尋商摘羽，戛玉敲金。一詞之倡，可以被之弦管，播之塵寰。四聲屬按，五音克諧。

使抑揚反復，罔不合體，斯之當矣。否則，差毫釐，謬千里。其牽率砌合而不馴熟者，則近於詠諧而已，自可以詞目之耶？予素潛心樂府，麤知音律，雖不能繼往聖之萬一，而將引初學之入門。謹按調而填詞，隨詞而叶韻，其四聲五音之當辨者，句分而字註之，一一詳載。凡有一詞，即著一譜，毫無遺漏，以爲初學之標的。同吾志者，熟玩而深味之，即此類推千變萬化，豈能窮耶？其作之工拙，則在乎人而已。予愧無紀述之材，僭作者之任，其罪安能逃哉？姑以有補於詞林之一助云爾。時皇明歲次己亥季秋望後十日，武林後學謝天瑞甫謹識。

明張綖、明謝天瑞撰《詩餘圖譜》卷首，明萬曆二十七年（一五九九）謝天瑞刻本，中國國家圖書館藏。此處據《續修四庫全書》第一七三五册，上海：上海古籍出版社，二〇〇二年，第四六九—四七〇頁。

**校**

[一]『尢』即爲『猶』字。

# 來行學

來行學，字顔叔，西陵（今浙江蕭山）人。酷嗜印學，富藏古璽印。編纂有《宣和集古印史》《草堂詩餘》等。約活動於明萬曆年間。

## 《草堂詩餘》原序

經宫緯羽，艷隻字於色飛；角緑鬬紅，營片辭而魂絶。是以雲謡黄澤，響遏清風；寶鼎芝房，價高白雪。樂府爭傳楊柳大堤之句，大晟曾填《魚遊春水》之腔。娱耳陶匏，並收金石；玩目黼黻，誰問玄黄。則有文姬墨卿，殢柔條於韶景；亦寫離懷愁緒，悲落葉於勁秋。『雲破月來花弄影』郎中，扣扉將命；『紅杏枝頭春意鬧』尚書，倒屣屏呼。少長河陽，由來能舞；兄弟協律，生小學歌。箜篌非關曹植之章，琵琶何待石崇之曲。若乃皺水夢回，焉取君臣嘲謔；荷香桂子，那知金亮投鞭。《詩餘》一編，彙連千首。織綃製錦，非唯芍藥之花；鳳律鸞歌，寧止

蒲萄之樹。向來剞劂，不無雌黄，鄴架可登，奚囊未便。于是五松主人燃脂暝繕，弄墨晨書，新定魯魚，前仍甲乙。珠簾以玳瑁爲押，玉樹用珊瑚作枝。永對玩於床帷，長披拭乎纖手。因使詩盟酒社，月夕花朝，馬上頻開玉函，枕畔輕摇檀拍。肘懸丹檢豪哲，聊供捧腹之歡；帳鎖紅樓蟬娟，更唱蓮舟之引。西陵來行學顔叔書。[二]

明顧從敬等輯、明沈際飛等評《鐫古香岑批點草堂詩餘四集》卷首，明末南城翁少麓刻本，天津圖書館藏。

**校**

[二]日本蓬左文庫藏明萬曆刊巾箱本《草堂詩餘》亦著録了來行學此序，題作『刻草堂詩餘袖珍自序』，兩處文字相較，大體相同，惟文末署名作『辛丑午日，來行學顔叔書』。

# 董逢元

董逢元，字善長，號芝田生，江蘇武進人。約生活於明嘉靖、萬曆年間。輯有《唐詞紀》《詞名徵》《詞原》等。

## 《唐詞紀》序

夫詞若宋富矣！而唐實振之，則其間藻之青黄，描之婉媚；，吐之啁哳激烈，輒能令人熱中。皆其糾纏哉！試繹之，即隻字單詞，殊徵世代。是集也，予蓋慮引商刻羽之妙，與陽阿薤露之音，渺乎無分。故特采初葩，廣摭趺蔓，以志緣起。其所搴擷，則又因前之人以□糾纏，非臆逞也，其所編類，則□爲□條刺耳，第家積不殫，甘棠敝草；，蘭芷束薪，深切慺慺！予固且圖之，亦遺其勞於後之好事者。萬曆甲午季冬，毗陵董逢元題於芝田書屋。

趙尊嶽《詞籍提要》『唐詞紀——詞原——詞覯——晚香室詞録』，據龍沐勛編《詞學季刊》第二卷第三號，上海：上海書店，一九八五年影印本下册，第七三頁。

## 《詞原》序

俞夫襄陵起於跳沫，干霄蘖於鞁壤，厥惟舊矣。予固不敢目古樂府爲詞也，而詞則實樂府之流變也。是以泱莽於寶曆、開成，涓芽於大同、天監。中間或爲調昉，或爲名尸。雖其餘動零膏，猶將以建温茅掩韋嫮者也。敢數典而忘祖哉。擷詞源芝田生。

趙尊嶽《詞籍提要》『唐詞紀——詞原——詞覯——晚香室詞録』，據龍沐勛編《詞學季刊》第二卷第三號，上海：上海書店，一九八五年影印本下册，第七八頁。

# 温博

温博，字允文，烏程（今浙江湖州）人。約生活於明萬曆年間。編選《花間集補》。

## 《花間集補》序

烏程温博允文甫撰

夫三百篇變而騷、賦，騷、賦變而古樂府，古樂府變而詞，詞變而曲。予初讀詩至小詞，嘗廢卷嘆曰：『嗟哉，靡靡乎，豈風會之使然耶？即師涓所弗道者。』已而，睹范希文《蘇幙遮》、司馬君實《西江月》、朱晦翁《水調歌頭》等篇，始知大儒故所不廢。何者？衆女蛾眉、芳蘭杜若，騷人之意，各有託也。然古今詞選，無慮數家，而《花間》《草堂》二集最著嗜也。《花間》近無善本，會茅貞叔氏語余曰：『昔人稱長短句情真而調逸、思深而言婉者，莫過《花間》。第觀時本多訛而鮮釋。如韋相《應天長》「騀」與「涴」同轉音入聲而始叶，歐陽舍人《浣溪沙》「泥」

當作「義」之類。苟不醳，奚知焉？今欲校而刻之，吾子云何？』予曰：『善。故吾意也。』貞叔遂彙中土之音，氣韻平調者什其文，出家藏建康本校讎焉，而屬余點句。點者讀，圈者句，句韻脚也。已，貞叔又屬余補其未備，以足李唐一代之製。余故未知趙氏當時詮次意，乃於此往往嘆遺珠舊矣。因自李翰林而下十有四人，通得六十七首，爲二卷，命曰《花間集補》。大都卑調小令之當余心者略備，如《菩薩蠻》《憶秦娥》，世所稱調祖也，如《清平樂》令，或以爲非太白作。而近代楊用脩、王元美已愉快之，未爲無據。如《清平調》《欸乃曲》《楊柳枝》《竹枝詞》即七言絶，而實古詞，古詞多四句也。如《漁歌子》《古調咲》，沘切聲調，並入古詞而采之云。嘻！聲律之道，難言哉！難言哉！自唐迄今，八百年來，作者凡幾。宋無詩而有詞，元無詞而有曲，至本朝始兼之。然當家辭手，可屈指也。余不佞，雖不諳新聲之艷耳，假令登高吊古，食酒而酣，按拍歌唐人之調，便翩翩乎不知有人間矣，况三百篇哉！是編也，余且與貞叔起而試歌之。

武林逸庵沈玄徵書

明温博輯《花間集補》卷首，明萬曆八年（一五八〇）茅氏凌霞山房刻本，中國國家圖書館藏。

## 張東川

張東川，約生活於明萬曆年間。

### 《草堂詩餘》後跋

詩餘者，仿詩而作也，唐李太白《菩薩蠻》《憶秦娥》二詞爲古今絶唱，至宋名公才士往往寄興於聲調之間，而詩餘始盛。大抵婉麗風色，清新雋永，被之管弦，宣之影響，可以醒人耳目而養人性情者也，夫詩足矣。而是集也，得無近鄭衛之音乎？鄭衛其地土薄，其風氣弱，其人情惰，故其音多淫靡放懈之習，而集中如范希文、歐陽公、黄山谷、蘇東坡諸公，皆文行之尤表表者，或於政府，或於翰林，或於遷謫隱逸，有所感觸則唱和以適其情，模寫以洩其趣耳，雖其春閨、秋怨、離别等篇大率居其大半，要亦《詩》中《卷耳》之遺音也，豈鄭衛之音比哉。余既刻《唐詩品滙》及《正聲》畢，因並梓之，又恐後人失作者之意也，而爲之跋於末，觀者詳焉。時甲

申年孟春月吉，書林張東川綉梓。

明唐順之解注、明田一雋輯《類編草堂詩餘》，明萬曆十二年（一五八四）書林張東川刻本，中國國家圖書館藏。

## 楊肇祉

楊肇祉，字君錫，武林（今浙江杭州）人。約生活於明萬曆年間。輯有《唐詩艷逸品》《詞壇艷逸品》《唐詩名花集》《唐詩觀妓集》《唐詩名媛集》《唐詩香奩集》等。

### 《詞壇艷逸品》敘

余前刻《唐詩艷逸品》，兹復收詩餘之艷逸者，以律詩束於對偶，局於聲韻，即超逸如李，弘情如杜，不得恣意馳驟。爰有騷人墨客借資造物，運靈心髓，琢雪鏤冰，各極才情之致。故

苦無計留春之惜，直言壯夫策足；蠅頭蝸角之喻，直言名利冰心。臨風把酒，識萬事之破除；苦計勞心，識一生之前定。春思秋愁，弄月嘲風，若何爲景中情、情中景，若何爲心中意、意中人，是有心，是無心？以個中機關甚巧，是諧語、是偈語？個中妙理誰參？乃悟世態事局，其意然而至互换，而未窮極而露者，大都類是。詞壇艷逸，非詩餘不足以當之。坡老曰：『似花還似非花。』老也悟得空空之旨，其深步艷逸者乎？武林楊肇祉君錫甫題。

明楊肇祉輯《詞壇艷逸品》卷首，明刻本，中國國家圖書館藏。

## 黄冕仲

黄冕仲，雲間（今上海松江）人。約生活於明萬曆年間。

## 《詩餘畫譜》跋

余嘗見吾松顧仲方所鎸詠物詩選，及虎林楊雉衡《海内奇觀》，其雕鏤刻劃，窮工極巧，精細莫可名狀，把玩足當卧遊，正思作者之美，易□斯人之玩好無已，安得繼出者以行於世乎？不意宛陵汪君復出《詩餘畫譜》見視。夫詩餘，固詩之變也。詩餘而爲畫譜，又變之變也，然則詩果可以爲畫哉？良由詩餘之詞婉然如畫。天寶以來，一時柳屯田輩，徒能即事即情，叶鏗鏘於音調，未能即景即詞，敷璀燦於丹青，故可使知者會心，不能使觀者悦目。汪君獨抒己見，不惜厚貲聘名公繪之而爲譜，且篇篇皆古人筆意，字字俱名賢真蹟，摩天倪之趣，極人工之妙，不多遜顧、楊兩君。余是以知詩餘之變，變自汪君也。深慨向者之變，變於詩；今日之變，變於畫，則公車制義之變、稗官野史之變又何足論乎？雖然，人心不古，弗變則弗新，人情好勝，弗新則弗崇。此譜之刻，姑無論洛陽紙價，可卜千秋而下，鄴侯當珍藏矣。壬子夏季雲間黄冕仲跋。

明汪氏輯《詩餘畫譜》卷末，明萬曆四十年（一六一二）汪氏刻本，中國國家圖書館藏。

## 吴汝綰

吴汝綰，約生活於明萬曆年間。

### 《詩餘畫譜》序

詩非聖人不能删也，何也？詩者，情也。邪正異情，一禀於性。使今之删者，若桑間濮上，必致一概吐棄，烏論存而不議乎？故窮性情之變，才得性情之依歸。噫，難言哉！然其爲言，微而婉曲而多中。作者喻志，聞者感通。變而爲騷，雕鏤矣；變而爲漢魏，浸淫矣；再變而爲貞觀開元之律，法雖嚴而情則滯矣！故復通之以詩餘。詩餘者，昉樂府而以趣收者也。其詞祖李青蓮。青蓮韻漸盛於淳熙、元豐間，濫觴至勝國，降而爲歌曲。情愈衍愈無極，雖風氣使然，而雅道蠹矣！我明騷雅大備，隨吐一言，輒矜倣體。蓋欲力追大雅，以還作者之初。而詞曲蔓蕪，較元尤甚，正始之音，不其杳然。然感奮固自有情，徵詞遺韻即未盡合，要以動愚

夫婦之創懲入人自易也，庶幾可以言詩餘而删者或可存乎？舊刻有《草堂》一集，俱唐宋名流聲吻，肖物付情，會景協韻，稱詞之宗。好事者删其繁、摘其尤，繪之爲圖，且徵名椽點畫。彼案頭展玩，流連光景，益浸浸乎情不自已，豈不可興、可觀乎？第不知於吾夫子所删者何若也，吾又焉敢以揣議。虎林閒復道人符卿吴汝綰。

明汪氏輯《詩餘畫譜》，上海：上海古籍出版社，一九八八年，第一頁。

## 茅一相

茅一相，字國佐，號泰峰，因慕韓康伯之爲人，號康伯，又號東海居士，歸安（今浙江湖州）人。約生活於明嘉靖、萬曆年間。以例爲光禄寺丞。編撰有《茶具圖贊》《文霞閣草》《繪妙》《欣賞詩法》《詩訣》等。

## 題詞評曲藻後

夫一代之興，必生妙才；一代之才，必有絶藝。春秋之辭命，戰國之縱横，以至漢之文，晉之字，唐之詩，宋之詞，元之曲，是皆獨擅其美而不得相兼，垂之千古而不可泯滅者。雖然，即是數者，惟詞曲之品稍劣，而風月烟花之間，一語一調，能令人酸鼻而刺心，神飛而魄絶，亦惟詞曲爲然耳。大都二氏之學，貴情語不貴雅歌，貴婉聲不貴勁氣，夫各有其至焉。覽是編者，可以參二氏之三昧矣。庚辰秋日，江左茅一相書。

明茅一相撰《題詞評曲藻後》，據中國戲曲研究院編《中國古典戲曲論著集成（四）》，北京：中國戲劇出版社，一九五九年，第三八頁。

# 游元涇

游元涇，約生活於明萬曆年間。

## 重刻詩餘圖譜引

聲音之道，原於天地，竅於人心，而播之律吕歌詠。自國風、雅、頌以降，變而爲《離騷》，爲樂府，又流而爲詩餘，爲歌曲，無怪乎大雅之代湮已。晚唐迄宋，詞曲更繁，雖以名公鉅筆，不無音節之戾，此南湖張公有《圖譜》之著也。蓋詩之爲體，嚴而正大，率祖沈約之《類譜》。而我朝應制詩則悉遵《洪武正韻》也。至於填詞鼓曲，一準之《中原音韻》，不拘拘於四聲八病，分析平上去入矣。且調有定格，字有定數，詞有定名，韻有定叶，故《圖譜》一書，惟以平仄之白黑析圖於前，隨以先代名辭附録於後。庶僊客騷人，一有吟詠，披圖閲譜，按格填詞，昭於指掌，上猶射之彀率，匠之繩墨也。第坊刻多訛，間有詞調無圖譜者，余於游藝之暇，校而增之，

一新耳目，所爲裨益於詞林，詎小補矣。雖然，般倕善運，昌基巧中，泥方書者未必效，拘弈譜者未必勝，循乎法而不囿於法，存乎其人耳。慎無嗤是刻爲斵輪之糟粕也夫。萬曆辛丑季秋九日，新安婺東後學惟清游元涇拜識于望台閣。

明張綖撰、明游元涇增訂《增正詩餘圖譜》卷首，明萬曆二十九年（一六〇一）刻本，中國國家圖書館藏。

## 吴　萊

吴萊，信州（今江西上饒）人。約生活於明萬曆年間。

### 《桂洲先生詞》題識

韓昌黎史外之文□矣，歐陽公□之于□□□□□□□散矣，宋祥會之于篇□，雖心畫

有時，而顯晦而琳瑯□□□□蒼。矧律吕聲音與政通者，太和固流而不息耶。仰惟桂翁，萊之外大父也。其遇主奏疏，予先大夫已鐫梓矣。其諸文集，萊又彙撰表章矣。至於□調歌什，自昭性□上賡天和者，自戊戌歲刻于吴門，曰《桂洲集》，少保吴默翁序之。辛丑春，再刻于鶩湖，曰《玉堂餘興》，大宗伯費鍾翁序之。是冬，又刻于雲中，曰《桂洲詞》，大中丞史翁序之。乃戊申之秋，翁遭雉羅之□。丙午以後，具無所述，忌諱者或削之而韜晦，散逸者或缺焉而無徵，遂使西崑八吟、鷄林五色不傳於世，兹甚惜焉。歷肆意旁搜，近得真本，躍如百朋之錫，大幸我翁之作與唐、韓、宋、張媲美，昭垂璀璨，不至湮寂也。於是敬摘諸詞，約有四帙，取白鷗園清唱附刻。前諸公序文，次第録之于首，仍冠之曰《桂洲詞》，所以類聚成集者，以便大觀。萊因紀其首，領以末云爾。萬曆丁亥秋柒月上浣日，不肖甥吴萊頓首百拜謹識。

明夏言撰《桂洲先生詞》卷首，明萬曆十五年（一五八七）吴萊刻本，臺北『國家圖書館』藏。

# 馬鳴霆

馬鳴霆，字國聲，又字仲臺，號具巖居士，浙江平湖人。明萬曆四十一年（一六一三）進士，歷官福建閩南知縣、廣東副使、常鎮兵備道、徽寧池太兵備道、山東右參政等。著有《古閣睡玉集》等。

## 題《嘯餘譜》序

大塊噓氣而爲風，風無區别也，乃卒然相遭，而以爲刁，而以爲調，以爲解愠，以爲怒號，甚至竹稍樹顛，空中籟答，以爲奏笙簧而鼓球鐘。揔之，一機吹萬，初何分别。自混濛初闢，而語言文字漸開，至唐堯《伯益》《擊壤》《康衢》《卿雲》《南風》以次興焉，逐間六律五聲八音，以察治忽。蓋天地之精氣結聚於人心，而發越于聲歌，故審聲者就心聲之描寫，以諗氣候。然此際微矣，渺矣，非探天地之元，豈易辨此？新安程若水雅意好古，樹幟吟壇，彙古來韻致若干卷，而總顔其編曰《嘯餘》。蓋見天地之精氣嘯散於風，而人心彙天地之精氣嘯散於韻。孔明躬

耕南陽，抱膝長嘯。杜工部稱其不露文章而世已驚，濟世巨力養於一嘯。至若蘇門半嶺嘯聲于于，而聞者以爲鸞鳳。夫嘯不同也，而隱而見，而文章，而風流標樹，總於音聲中券之。蓋鳥啼花落，水緑山青，古今同此。嘯圃神而明之長短合，間存乎其人，捴是一氣一機，自相輪寫。前後映發，韻致不同，而同歸於嘯，猶之吹萬不同，而同鼓於風。善乎坡公之韻有云：『累盡吾何言，風來竹自嘯。』此可以徵《嘯餘譜》之註脚矣。程君盱衡千載，俯仰一世，大而音樂之微細及詞曲之渺，無不殫精研究，分門部居，各極其至，真夔龍之功臣，而師曠之良友哉。當今空谷音而土鼓韻，不免被金石而奏管弦也。必待被之奏，奏而始成聲，則大塊之風，幾於不靈矣。具嚴居士馬鳴霆題。

明程明善撰《嘯餘譜》卷首，明萬曆刻本，北京師範大學圖書館藏。此處據《四库全書存目叢書》集部第四二五册，濟南：齊魯書社，一九九七年，第二九六—二九八頁。

# 程明善

程明善，字若水，安徽歙縣人。明天啓中監生。編有《嘯餘譜》等。

## 《嘯餘譜》序

人有嘯而後有聲，有聲而後有律有樂，流而爲樂府，爲詞曲，皆其聲之緒餘也。故邵子謂物理無窮，而聲音之道亦無窮，以聲起數，御天地古今萬物之變。黄冠符咒亦有其聲而無其字，梵門密語雖有其字而難其聲，往往索司馬等韻，吾儒反鮮有及者。[一] 第希一脈，不絶如線，吾甚惜之。故集若干卷，首嘯旨，次聲音數，次律吕，次樂府，次詩餘、致語、南北曲，而終之以切韻，名曰《嘯餘譜》，庶幾旦暮遇之。嗟夫！聲音之道神矣哉。鐸聲振而黄鐘應，温氣至而寒谷生。登樓清嘯，胡騎解圍；池上聲調，蕤賓躍出。至於走電奔雷，興雲致雨，閉洩陰陽，役使神鬼，孰非聲爲之耶？師曠歌南風而知楚師之不競，寳常聞新樂而識隋祚之不長。大抵盛

世之聲安以樂，其氣和，其風平；衰世之聲哀以厲，其情佚，其志謡。聲自可知，而人自不知之，安能望其通天地、質鬼神哉！《易》曰：『同聲相應，同氣相求。』良有以也。世有審聲以知音、審音以知樂，則九原可作，面訂一堂，不則一聲長嘯，海山皆秋，足慰渴衷，夫復何憾？

萬曆己未仲夏之吉，古歙程明善書於流雲館。

明程明善撰《嘯餘譜》卷首，明萬曆刻本，北京師範大學圖書館藏。此處據《四庫全書存目叢書》集部第四二五册，濟南：齊魯書社，一九九七年，第二九四—二九六頁。

**校**

〔一〕《四庫全書存目叢書》集部第四二五册著録《嘯餘譜》卷首程明善《〈嘯餘譜〉序》於『故邵子謂物理』至『難其聲』間脱四十四字，今據《續修四庫全書》第一七三六册著録《嘯餘譜》補『無窮而聲音之道亦無窮以聲起數御天地古今萬物之變黄冠符咒亦有其聲而無其字梵門密語雖有其字而』。

## 《嘯餘譜》凡例

一　嘯之失傳久矣，成公綏《嘯賦》僅得其似，非傳神寫照筆也。予於《道藏》中得玉川子

《嘯旨》，雖得其解，猶然唐人一篇文字，且顛倒錯亂，如《參同契》之不可讀。予稍爲整理之，仍有不可理者，姑仍其舊，以存萬中之一云爾。

一　聲音數，邵康節先生止言其象，而其子伯温則有解。門人王天悦、張子望則受而卒業焉。以後張行成、祝泌、牛無邪、廖應淮、朱隱老皆有所發明，而獨祝氏鈐爲具眼。今撮其要，以待上智之士領略焉。

一　黄鐘九寸三分之説，自漢以來深入膏肓，不可救藥。李文利起而議之，以致諸説紛紛，譏其爲閩人者。不知聲音之道起於漢耶？抑與天地俱開耶？自氣機動而天地爲之摶捖矣。洪濛之初，且無暇論，秦固不先於漢耶？《吕氏春秋》已言之矣。祝氏鈐聲音數從而發明之，脱使爲穿鑿，其能與數合耶？吾於是以服李文利之見卓也。今所載者祝氏《鈐書》，李文利自有全書在，不復贅。

一　作樂府者，不原其題，只求其解，以致《將進酒》則言進酒，太白且然，而况諸人乎？今采鄭夾漈《樂略》諸題，以待作者自探討焉。

一　今之詩餘，即古之樂府也，詩餘興而樂府亡矣。今之詩餘尚不合度，况樂府耶？謹按譜填詞，以俟世之有意於樂府者。

一　今之傳奇，本戾家把戲，而關漢卿爲我輩生活，亦伶人《簡兮》之遺意。不若致語，且歌且舞，有腔有韻，有古遺風存之，以見一班[二]云。

一　做曲必先審聲，按譜合韻，更要識務頭，不然徒灾木耳。　北曲以入聲派入三聲，非徒廣其韻，入爲冬，冬主閉藏，已具三聲之義，可見非杜撰作者。

一　南曲有入聲，乃南一方之韻爾，不可概之中原。

一　中州韻，宋太祖時所編，不爲詞曲家設也。　一入辭曲，而人不知韻矣。　惜少五音並叶，予編有《七始音韻》，俟續刻，求正大方。

一　《中原音韻》一以正中州韻之訛，一以辨陰陽之失，世多不解。　楊升庵先生謂務頭爲悟頭，誠爲紕繆，不知作樂府者以平聲用陰陽各當者爲務頭。　如『歸來飽飯黄昏後』，『黄』字屬陽，『昏』字屬陰，若以昏黄歌之，則歌『昏』字爲『渾』字矣。　又如『天地玄黄，宇宙洪荒』，『黄』字屬陽，『荒』字屬陰，若以『荒』字爲『黄』字歌之，又不叶矣。　蓋輕清處當用陰字，重濁處當用陽字故也。　此辭曲家關鍵，有意於樂府者，不可不知。

一　《等韻》乃聲音之祖，世多以爲釋氏書，置之不讀，不知古人之諧聲，即今之叶韻，釋氏得之，遂爾大顯神通，謂之小悟法門。　語云：『禮失而求諸野。』安得以釋氏而吐棄之耶？且隋文帝時，日本國進諸經史全書，中國耻我之不備，悉付祖龍，安見釋氏非得我六書之一也？

一　詞只論平仄，故有可平可仄。　曲有四聲，不暇論，南曲間有之，亦以人之不能拘也，但以合譜者爲佳。　平作丨，上作卜，去作厶，入聲貼入平聲者乍，貼入上聲者乍，貼入去聲者作

𠀤，閉口字作〇。

明程明善撰《嘯餘譜》卷首，明萬曆刻本，北京師範大學圖書館藏。此處據《四库全書存目叢書》集部第四二五册，濟南：齊魯書社，一九九七年，第二九九—三〇一頁。

## 校

〔二〕『班』當作『斑』。

# 胡桂芳

胡桂芳，字允垂，號瑞芝，江西金谿人。明萬曆元年（一五七三）舉人，明萬曆二年（一五七四）進士，司李杭州藩司，升兵部主事，典試廣西，歷湖廣大參、廣東左轄，以副都御史巡撫貴州，旋以南工部侍郎總督河務，卒贈尚書，謚忠端。

# 《類編草堂詩餘》序

曩余爲司馬郎，多暇日，嘗取《草堂詩餘》分類校之，令善書者録成一帙。自是每行役，必置油壁中，有會心處，即憑軾觀焉。繹妙詞於目接，詠好景於坐馳，飄飄然若出風塵之表矣。携持既久，漸以脱落，謀鋟諸梓。黄生作霖、崔生疇來、朱生完，嶺南所稱博雅士也，畀之重校，訂訛補逸，列爲三卷。既竣，請於余曰：『詩之爲義大矣，緣情體物，必本王澤，繫民風，非是者，君子無取焉。詩餘詞多輕艷，何所愛而傳之也？』余曰：『非然。夫自大雅既湮，衆制蔚起，如騷如賦，如詩如樂府，紛綸瑰瑋，何可殫述？雖去古未遠，而含思蓄韻，或至忘筌，貴紙傳都，亦以充棟，在學者閉户自精而已，豈遊情之致乎？若顧子所輯《詩餘》約二百調，大率指詠時物，發抒性懷，平居諷誦，可以自樂，而尤宜於行邁，故足取也。抑余聞之，凡詩之作，由心而發，夫人之心，豈不貴於適乎？天之適人以時，地之適人以境，人之自適以情，情適，而時與境皆適已。詩餘諸調或雅或俗，雖非一體，要皆隨時與境逞其才情，發爲歌詠，麗詞方吐，逸韻旋生，有得於縣解而合乎天倪者。爾乃狀景物之清佳，紀山川之名勝，敘時事之變遷，揣人情之欣戚。或寓箴規於讚頌，或志警悟於登臨，自足啓靈扃而袪俗障。即古陳詩觀風者或所必采，間有音類巴歈，詞涉鄭衛，質之風雅，蓋亦思無邪之旨也已夫，安得而訾之？且余驅馳

原隰，俯仰乾坤，遇天氣嘉，地形勝，衆庶説，草木茂，禽鳥翔，未嘗不躍然有懷。徐採是編覽之，則見其摹寫之工、音律之巧，若先得我心之同者，是以終日把玩而不能釋手也。然此一詩餘也，高言之，則謂其天機獨得，依永和聲，可以被管弦而諧絲竹。卑言之，則謂其綺靡漸滋，澆淳散朴，祇以悦流俗而導淫哇，皆非余所敢知。余所知者，惟在行役之時，登車而後無所事事，對景牽思，摘辭配境，則是編爲有助焉爾。若其始而校之也，惟以便翻閲，今而屬子之重校也，將以備遺忘，豈謂是可抉六義之要而追三代之風乎？』於是三生唯唯，曰聞命矣。乃以授梓，而詮次余言於簡端。萬曆丁未季春穀旦，廣東布政使司管右布政事、左布政使金谿胡桂芳書於愛樹堂。

明胡桂芳重輯《類編草堂詩餘》卷首，明萬曆三十五年（一六〇七）黄作霖等刻本，中國國家圖書館藏。

# 沈士麟

沈士麟，字德生，仁和（今浙江杭州）人。明萬曆二十五年（一五九七）舉人，曾爲義烏教諭。

## 《秋水庵花影集》序

予奔走長安，街面土尺許，僅爭廣文一席，跋涉千里，悲哉！予之愚也。乙丑之秋，又將掛孤蓬，渡浙水而西。荻花蕭條，霜月慘澹，四顧童僕，依棲無色。子野將予水媚，予謂之曰：『吾於世味已嚼蠟，幸爲我求隙地於東西佘間，行將與爾賦詠著述，何物五斗能使人折腰耶？』子野戲曰：『予，冷人也，合受冷趣；爾，熱人也，應受熱業。爾若飄然歸來，我當分草堂半榻，容汝四大，何必買山而隱耶？』予笑曰：『子何居高而視下也？區區沈生，亦有心胸頭面者。斑衣捧檄，固知喜動顏色。乃山鬼移文，亦知愧入毛髮。此行，予之不得已也。戊辰之役，倘拾得一第，則借一命娱兩親。不然，則袖書歸田，爲老農畢世耳。』子野曰：『善，吾固知

君非久於風塵者，吾將結茆花下以待。』已而閲予行裝，見予諸行卷，因曰：『吾亦有數首，欲乞子一言以行於世。』開緘出之，則《花影集》也。艷句淋漓，藻色飛動，予捧讀良久，心花皆開，拍案嘆曰：『嗟乎！予所行世，不過一時塵言。而子則千秋慧業，豈不仙凡霄壤，尚敢輕置一喙哉？』雖然，惟子野知我，亦惟我知子野。子野詞章高妙，人人所知，然予以爲正非子野本色也。子野外服儒風，内宗梵行，其於世間色相一切放下，高棲山谷，睥睨今古，視富貴如浮雲，功名若苴土。即至山水烟霞，文章句字，亦如夢花泡影，過眼變滅。但其性靈穎慧，機鋒自然，不覺吐而爲詞，溢而爲曲。以故不雕琢而工，不磨滌而淨，不粉澤而艷，不穿鑿而奇，不拂拭而新，不揉摛而韻。蓋直出其緒餘，玩世弄物，彼其胸中寧有纖毫留滯者哉？即其命名『花影』，而其意固已遠矣。予之知子野者，殆得之文彩之外、章句之先。若區區語其藻艷而已，則名箋酒翰，路口成碑，俊舌歌鶯，青樓偷譜，誰不知之，而何取於問序於予？安見予之爲知子野也？予惟是速了熱業，轉受冷趣。他時分得子野草堂半榻，當以性靈爲師，梵貝爲課，賦詠著述，亦多休却。子野此時，靡詞綺語，亦請一切報罷。我正恐其機鋒四出，技不勝癢，指尖毛孔皆蒸蒸然不得太平也。

明施紹莘撰《秋水庵花影集》卷首，明末刻本，北京大學圖書館藏。此處據《四庫全書存目叢書》集部第四二二册，濟南：齊魯書社，一九九七年，第一〇〇—一〇一頁。

# 陳珽

陳珽，江寧（今江蘇南京）人。約生活於明天啓年間。

## 《詩餘醉》敘

詩之有餘，猶詩之有風也。雅則清廟明堂，風則不廢村疃閭巷，三百篇要以道性情而止，然無情，則性亦不見。子輿氏曰：乃若其情，則可以爲善，是從來忠孝節義，只了當一情字耳。夫子删詩，即今人選詩之祖，其『風』首《關雎》也，必於『窈窕』『好逑』之句再四擊節，然後取爲壓卷，至於未得而『輾轉反側』，既得而琴瑟鐘鼓，直是用情真率，可思則思，可樂則樂。文王絶不妝腔[二]做樣，宫人因得從旁描畫，以故情爲真情，而詩爲真詩。余嘗怪子既删詩，其於『風雨』『狂童』之詠，存而不去，乃『美目』『巧笑』之叶，獨削而不録，何也？已復自悟曰：『此逸詩，非删詩也。』人於參訂校讐之際，誰無遺佚？子夏氏獨見紛華而悅，故拈出爲問，此正其情

之不容已處。夫子此時亦覺彷徨追賞，聊以繪事漫答，吾知當日即微禮後一語，夫子亦必服其啓予，許其可與言詩，而後儒却被『禮』字瞞過，遂使兩人問答真意埋没不現。今第令白頭學究、黄口書生取『巧笑』『美目』之章，一再哦之，有不心口俱爽者，此必不情之輩，余請不讀書、不説詩矣。然則古人作詩，已留一有餘不盡之法以待我輩，何者？窈窕者，淑之餘；好者，逑之餘；倩者，巧之餘；盼者，美之餘。故詩者，情之餘，而詞，則詩之餘也。是集也，選自潘子麟長，刻自胡子曰從。或問：『詩，餘矣，曷以醉？』余請以酒喻。樂府、古風，中山酒也，可醉千日。律絶、歌行，仙漿酒也，可醉十日。詩餘，則村醪市沽也，薄乎云爾，惡得無醉？丙子秋盡，白下屺人陳斑玉搢父題于笠庵。

明潘游龍輯、明陳斑等訂《新選古今詩餘醉》卷首，明胡正言十竹齋刻本，天津圖書館藏。

## 校

[一]『妝腔』應爲『裝腔』。

# 郭紹儀

郭紹儀，字汾仲，號丹葵，浙江平湖人。明萬曆三十七年（一六〇九）舉人。天啓五年（一六二五）進士，除當塗知縣。天啓七年（一六二七），充應天同考，擢湖廣道御史，巡視屯田。上條議十二則，忤勳戚，沮格不行，未幾落職歸。著有《青蒲草》等。

## 《詩餘醉》敘

門人潘麟長磊砢英多，向從余游。讀其所輯《康濟譜》，知爲深情人。繼示余以所選古今詩餘，益信麟長之人之深情也。吾觀士之有餘乎情者，類不能漠然於物，非樂玩焉，情自不容遺也。以故，厥所寄託，恒亦一往而深。夫惟嗟嘆詠歌之不足，不得已而有言，詩三百篇，豈非性情之餘者乎？則凡爲詩之苗裔，其所繇來，概可知已。乃古人以性情爲詩，而詩有餘。今人以詩爲詩，而詩不足。其道每下，矧云餘耶？則其所不足，亦概可知已。麟[二]長有慨於中，

方欲遡流尋源，晤其所爲餘者，則取諸詩餘，選其合妙意，轑敏手，一評一點，能使作者之精神浮動毫墨，森然來會，信深情矣哉！　然則有能讀麟長所選詩餘者，必能讀三百篇者也；能知麟長所選不遠於三百篇之性情者，是可與言詩餘者也。在宋，歐、蘇、司馬諸公節誼文章，俊卓一代，而微詞小令不廢，吟弄流傳至今，乃知懷永挹絶之儔，當其興會所赴，景曜光起，固足瓊瑀岳峙，表秀干雲，誰謂是鐵石心腸者無錦心綉口？　而『大江東去』果遜步『曉風殘月』乎？此余所以合麟長《康濟譜》，而嘆其真能情深也。余縱意采山，嘯懷遐矚，顧稱兹二集並獲我心，亦謂所本之性一爾，麟長更不自私，手輿呈世，辟則衢尊，其可以衆斟也夫，而余則酌取久矣。歲在彊圉赤奮若臯月龍舟競渡日，東湖夢朔道人郭紹儀書於鑄古堂。

明潘游龍輯《精選古今詩餘醉》，明崇禎九年（一六三六）十竹齋刻本，日本國立公文書館内閣文庫藏。

## 校

〔二〕『鱗』當作『麟』。

# 范文光

范文光，字仲闇，號兩石，四川内江人。明天啓元年（一六二一），舉於鄉。崇禎間，經工部主事，至南京户部員外郎，告歸。甲申之歲，北都陷落，張獻忠攻打成都，仲闇起而唱聚義兵，以右僉都御史巡撫川南。後遁入山中，不復視事。清順治八年（一六五一）三月，清兵大舉南征，克嘉定，仲闇自鴆殉節。乾隆年間，獲謚忠節。仲闇善書，詩多不傳，棲心禪學。著有《峨眉集》等。

## 《詩餘醉》序

詩餘者，餘焉耳。餘者，天地之盡氣也。天地氣始於渾樸，終於淫靡。竊嘗於聲詩間窺之，夫自三百篇得楚騷，自騷得漢魏，至六朝而淫，故其世短。然《子夜》《四時》，猶盤鬱周折於詩之内而不大裂。唐人出，回以大雅之音，情無不剖，體無不備。於初、盛爲極，至中、晚而靡，故其世衰，《香奩》雖艷，尚未離本調也。至宋則理多情寡，論多調寡，詩之一道無復存者，

而人心中精華要渺之所存，遂旁溢於詞。少游、耆卿之徒聲乃著，是宋人無詩而有詞。詩靡而詞淫也，淫與靡併，故夷狄之禍中之。以至於元，窮無所措，又別演爲劇，發科打諢，巾女髻男，市狙之談，登於樽俎牀第之瀆，陳於殿堂，遂使百種流殃，淫靡無極，聲歌至此，決裂難閒，故其世晦昧顛倒，而中國禮樂衣冠與之俱盡。皆餘之，不可防遏，及於是，君子得無慎乎？高帝開天，磅礴之氣，積至成、弘，益乃昌大。而聲歌應之以起，爾時有詩無詞，今之詞亦鮮稱。竊怪世所爲詩者併化而爲詞，剪綴瘦之賸畫，染晴末之零膏，甚則廟堂律吕之章，皆欲以曉風殘月之致行之。而士大夫侑食登歌，未有事不出於閨閣、辭不發於巧麗者，吾誠不知其何説也。昔之人，取詩之餘以作詞；今之人，取詞之餘以作詩。抑氣之移人，有不自覺，抑士君子之氣，有不自振者耶？郊人文子太清長謂光：學者絶不可涉目詩餘，蓋恐尖薄之氣漸我文筆，而光反覆聲歌之原，尤有深懼者也。楚友潘子麟長，文學菁藻，妙選詞令，而胡子曰從雅有俊致，刻之十竹齋，名之《詩餘醉》。夫光之於其餘也，欲人醒；二子之於其餘，乃欲人醉與？豈二子故醉之？亦曰世之醉之，與不醉不醒，可因是以示世，曰詩餘者，餘焉耳，幸無醉。崇禎丙子中秋，蜀内江范文光仲闇甫題於白下橋。

明潘游龍輯《精選古今詩餘醉》，明崇禎九年（一六三六）十竹齋刻本，日本國立公文書館内閣文庫藏。

# 秦士奇

秦士奇，字公庸，號一水，山東金鄉人。明天啓五年（一六二五）進士，初任崑山知縣。明崇禎二年（一六二九），補真定府獲鹿縣知縣，轉年調任固安知縣。性情疏雋，以節操自持，明亡後隱居山林。編纂有《（崇禎）固安縣志》等。

## 《草堂詩餘》敘

夫詩亡而餘騷賦，騷賦變而餘樂府，樂府缺而餘辭曲。粤古之樂章、樂歌、樂曲皆出於雅正，即《昔昔鹽》《夜夜曲》，已兆辭名。自隋、唐以來，聲詩間爲長短句，如《穆護砂》《阿弹迴》《鶻爛堆》等曲，至新曲《楚妃》《踏歌》《風華》，必泝六朝。唐則有《尊前》《花間》而成調，至集名《蘭畹》《金荃》，取其逆風聞薰芳而弱也，則辭寧爲大雅罪人，必不尚豪爽磊落明矣。迄宋崇寧立大晟府，命周美成諸人討論古音，少得存者，由此八十四調之聲稍傳，後增演慢、曲、引、

近，爲三犯、四犯，領樂創調之繁，有六十四家辭，至二百餘調，其間可歌可誦，如李、晏、柳五[二]、秦七、『雲破月來花弄影』郎中、『紅杏枝頭春意鬧』尚書，閨彦若易安居士，詞之正也。至温、韋艷而促，黄九精而刻，長公騷而莊，幼安辨而奇，又辭之變體也。至高竹屋、姜白石、史梅溪、吴夢窗諸人格調迥出清新。故辭流於唐而盛於宋，乃選填辭曰《草堂詩餘》，而楊用修以青蓮詩名《草堂集》，詩餘者，青蓮《憶秦娥》《菩薩蠻》二首爲開山辭祖，殊不知辭不始於唐，如陶弘景之《寒夜怨》、梁武帝之《江南弄》、陸瓊之《飲酒樂》、隋煬帝之《望江南》，六朝君臣頌酒賡色，務裁艷語，宛轉偎佻，蔚發詞華，又開青蓮之先。若唐宣宗所稱『牡丹帶露真珠顆』《菩薩蠻》一曲，又不知誰氏所爲，則又《花間集》之先聲已。然《花間》皆小語致巧，猶傷促碎，至《草堂》以綿麗取妍六朝，故以宋人爲詩之餘，至金、元漸流爲歌曲，若我明如劉伯温、楊用脩、吴純叔、文徵仲、王元美兄弟輩，激響千代，移宫换羽，蟬緩而就之，詩若蕩然無餘，而不知即餘亦詩也。自三百而後，凡詩皆餘也。即謂騷賦爲詩之餘，樂府爲騷賦之餘，填辭爲樂府之餘，聲歌爲填辭之餘，遞屬而下，至聲歌，亦詩之餘，轉屬而上，亦詩而餘。聲歌，即以聲歌填辭樂府，謂凡餘皆詩，可也。然歷朝近代皆有一種古雋不可磨滅處，余故商之沈天羽氏，以正、續兩集並我明新集，爲之正次訂舛，抉美擷芳，先識古今體製雅俗，脱出宿生塵腐氣，大約取其命意遠、造語鮮、煉字響、用字便，典麗清圓，一一粘[三]出，至於別集，則歷朝近代中所逸，辭意穎拔，風韻秀上，騷不雄，麗不險，質不率，工不刻，天然無雕飾，且語不經人道，皆如新脱手，讀之

使人神越色飛，令閲字遑俠者退舍。大約辭婉孌而近情，燕旴鶯吭，寵柳嬌花，原爲本色，但屏浮艷，不鄰鄭、衛爲佳。至離情則銷魂腸斷，其辭多哀，但調感愴于南浦、渭陽之外，詠節敘要，措辭精粹，見時節風物、聚會晏樂景况，然率俚，豈可歌於坐花醉月之間？若詠物，恐摹寫稍遠，又恐體認太真，要收縱聯密，用事合題爲妙。又難於壽辭，説富貴近俗，功名近諛，神仙近迂闊虛誕，總此三意，而無松椿龜鶴字爲佳。人知辭難于長調，而不知難干令曲，一句一字閑不得，亦一句一字着不得，即淡語、淺語、恒語，極不易工，末句要留有餘不盡意思，如近代《絶妙辭選》，名公調謔，多以此爲射雕手。余才不甚穎，浩癖于詞章，亦知辭平仄斷句皆有定數，但不能斷髯枯毫、句敲字推，故躭二十年，未見其進，不知詩，烏知其餘？余特言其餘，海内詞人韻士，得毋以擊缶韶外爲不足觀也耶？東魯尼山樵秦士奇書於玉峰署中。

明顧從敬等輯、明沈際飛等評《鐫古香岑批點草堂詩餘四集》卷首，明末南城翁少麓刻本，天津圖書館藏。

**校**

〔一〕『柳五』疑作『柳七』。

〔二〕『粘』當作『拈』。

# 杜祝進

杜祝進，字退思，湖北黄岡人。明萬曆四十年（一六一二）舉人，任溧陽縣教諭。工詩文，爲風雅宗，升國子監助教。曾訂補過楊慎《百琲明珠》。

## 刻楊升庵《百琲明珠》引

聲音之有詞也，貫珠也。或曰於詩賦爲易，曰無易也，無不易也。本于性情，要於起叶，而可以般衍瀾漫終不老者，惟詞有焉。故六朝以來，多著此聲也。若乃規明珠之在握，遊象罔以中繩，則博人通明，换名定格，君子審樂，從易識難，未必非升庵是集之雅言矣。是集留于新都，傳於宋婦翁陳春明令新都之明歲，余刻於落第之萬曆癸丑冬，所謂竹有雄雌，可笛可賦，寧直樂爲備之乎？臨皋杜祝進書於髻青閣。

明楊慎評選《百琲明珠》卷首，此處據趙尊嶽輯《明詞彙刊》，上海：上海古籍出版社，二〇一二年，第七八七頁。

# 黃作霖

黃作霖，廣東番禺人。行跡不詳，約明萬曆年間在世。

## 《類編草堂詩餘》後跋

金谿胡公總轄逾年，山海告寧，百廢具舉。鈴閣之暇，輒進諸生商確文藝，間出所編《詩餘》，令相釐正之，受而卒業。則景物縷分，短長鱗次，因門附類，端緒不淆，視昔諸刻，體裁獨當，而一宗顧汝和所選，金、元靡習，悉擯而不收，此編一出，長安之紙價復高矣。因請付之剞劂，公許而序之，且屬霖跋其左方。霖不文，烏能供筆劄之役，附青雲於不朽哉！竊觀詩餘之

制始於李供奉兩詞，學士大夫争相摹效遂爲詞林嚆矢，其世既遠，其調益繁，而《花間》《金荃》諸集以次代興，氂毛不翅矣。總之，掞露裁雲，揚葩舒藻，傳意紈素之間，振響宮商之内，令讀者飄然有凌雲之想，可不謂工乎？或者猶謂柔情曼態，壯夫不爲，第不考音比律，即樂府，無當於世，又何宣金石、被筦弦之冀也？勾吴王大司寇嘗於《卮言》論次之，固知公所以表章斯詞，將與樂府並存，四海之内，寧無同好者？溯其元聲，發其天籟，大雅不難復焉。兹固公意，亦王司寇所論次意也。萬曆丁未莫春，番禺門人黄作霖謹跋。

明胡桂芳重輯《類編草堂詩餘》卷末，明萬曆三十五年（一六〇七）黄作霖等刻本，中國國家圖書館藏。

## 顧胤光

顧胤光，字闇生，號寄園，華亭（今上海松江）人。明萬曆四十六年（一六一八）舉人，曾任福建延平府大田知縣、嘉興府同知。工詩善書畫，亦精傳奇戲曲。

# 《秋水庵花影集》序

夫詞，詩之餘也。前人謂工詩不必工詞，詩料不可入詞料，則詞固別有當行。而余嘗評覽宋、元詞家，如蘇如柳、如王、董、關、馬諸君，各擒致標體，不傍門户。濃澹啼笑，無相優劣。而後人醜爭效顰，技同剪綵，摹形傷板，鏤情涉俚。偷字不掩其酸，填艷祇拾其唾。難哉！脱邯鄲而出步也。吾友子野弱冠好詞，即工詞，積十餘年而不靳，公諸同調，以『花影』名集，則命意遠矣。蓋詞不難填實，而難使虛，而花之弄影，妙香色之俱空。詞不難琢巧而難寫生，而影之取花，妙即離之雙遣。詞不難繁音之噪耳，而難柔致之感物，而影暈花，花篩影，妙嫵媚之無骨，而參差之善隨。以子野詞拈作花觀，兩字歡愁，皆嫣紅而慘緑也，百態離合，疑笑晴而泣雨也；以子野詞拈作影觀，趣横景移，得意在精神之摹寫也，思微香寂，幽賞在澹漠之領會也；以子野詞拈作花影觀，脂氣淨掃，冷韻逼人，杳焉作羅浮仙子想，則横水之一枝也。嬌痴欲絶，如雨後烟初，真堪一字一金屋，則臨鏡之睡醒也。當年鐵板誰唱，千秋絶調，則百尺松濤響秋月也；舊日纖腰齊褪，一時情語，則千條柳線摇春風也。若乃尋幽盟，詠孤芳，三徑高韻，素琴無弦，依稀東籬晚香之微有傲態；更或宜紅牙，可雪兒，移刻度字，周郎微顧，仿佛藥欄烘日之爭含勝情。至如愁冷江皋，芙蓉池面，煙迷洛浦，水仙淩波。沉香微醉，調扶芳艷俱來；壽陽妝

開，句並清揚共婉。暮雨梨魂，燈下題紈扇之無恩；日移春夢，紗窗譜高唐之有約。似此引類屬情，拈思取境，宛爾闕合，不禁萬斛才情從花影逗露少許耶？子野有種情多，一切愁緣病緣，大半根花緣得。居平含宫嚼徵，引商刻羽。半生苦心此道，是能脱盡宋、元來粉墨習氣，而獨自登壇作飛將軍者，雨閣雲窗，膽瓶曲几，寫烏絲，付家樂部，興到，命青衣添沉水，進小玉，卮名酒，偕解人子夜徵歡。則『雲破月來』之句，不負自許張三影後身矣。

明施紹莘撰《秋水庵花影集》卷首，明末刻本，北京大學圖書館藏。此處據《四庫全書存目叢書》集部第四二二册，濟南：齊魯書社，一九九七年，第九九—一〇〇頁。

# 顧乃大

顧乃大，字彦容，華亭（今上海松江）人。明萬曆、天啓年間在世。擅作傳奇戲曲，爲晚明雲間曲派代表人物之一。與施紹莘、顧闇生交厚，嘗爲子野校評《秋水庵花影集》。

# 《秋水庵花影集》序

吾友施子野氏，嫻雅絶倫，風流自賞。夙稱博物，兼負情癡。既篆蠹以時親，復雕蟲之旁涉。新聲驚座，佳製盈笥。愛繕芸牋，命名《花影》。蓋以綵分江令，雪壓巴人。非關墨妙筆精，獨出騷心賦手。比物連類，托興肖形。或醒塵勞，或傷遲暮。或千秋憑吊，臨水登山；或一室晤言，炙香煮茗。或訴長門有恨，或憐翠閣無聊。巾藻淋漓，芍藥贈佳人南國；管華熣燦，葡萄傾公子西園。況夫春水緑波，秋原紅樹。清商緩奏，酸拍停催。魂銷殘月曉風，夢斷黃蘆苦竹。三秋一日，能無采葛之賡；千里寸心，曷已離鴻之唱。腸疑綉簇，字比珠圓。教坊譜入瓊笙，樂府名題黃絹。其險邃似桃迷秦澗，桂被蜀岩，別構奇觀，杳無俗狀。其娟秀似孤山萬樹，楚畹數叢，谷中弱態離披，溪畔冰痕清淺。其駢冶似平泉杏鬧，金谷草薰，鸚鵡珠簾，胭脂零亂，鴛鴦膩浦，香霧溟濛。銀燭高燒，忽共鞦韆遥送；瑶臺空掃，却因蟾魄重窺。其綿惋又似貞娘墓古，妃子亭荒。依然細碧交加，率爾老紅如雨。毿毿啼露，淡淡篩烟。倚殘照以無言，隨暮鴉而低墮。總之，非空非色，疑假疑真。擢月姊之精神，繪成殊艷；借天孫之杼柚，幻出靈葩。《彤管》《玉臺》，方斯蔑矣；《金荃》《蘭畹》，自謂過之。況大雅浸湮，元徽逾邈，塗膏乞馥，奚啻濫觴？襲豕承魚，仍慚本色。惟兹敷以蕙質，瀋自紈襟。前無古而後無今，華於

朝而秀於夕。塵飛葉落，緑珠巧葉鸞絲；徵嚼宫含，碧玉香生鶯舌。幾與《鬱輪袍》嗣響，堪爲鐵綽板解嘲。翩翩柳寵花嬌，冉冉月來雲破。聊附馬山人之逸事，不負張郎中之後身。咄哉歌苑功臣，允矣詞壇宗主。敢藉斯編而不朽，詎云所好以阿私。

明施紹莘撰《秋水庵花影集》卷首，明末刻本，北京大學圖書館藏。此處據《四庫全書存目叢書》集部第四二二册，濟南：齊魯書社，一九九七年，第九八頁。

## 曹勛

曹勛，字允大，號峩雪穗子，浙江嘉善人。從高攀龍講學論道，研討今古文，行冠一時。明天啓元年（一六二一）領鄉薦第六。崇禎元年（一六二八）會元、榜眼，援例應授編修，因忤當塗意，僅授庶常。次年，加左喻德。明清鼎革之際，避居東干，不按旌旄，足不入城市，潛心著書。撰有《曹允大稿》。

# 《草賢堂詞箋》序

無名氏者，我里王無名氏也。無名善詩，即宜以詩名；善詩餘，即宜以詩餘名，而猶然逃之於無名，是以爲無名也。夫世之自名能詩者，多矣；自名能詩餘者，亦不少，而未見其人之果足以名也。然則名非我之所得，而有無也彰彰矣。予之以名冲焉不居，乃稱無名焉。字之以無名，呼之而應，則稱王無名焉。無名于書，無所不讀，發爲樂府。詩歌無不入，妙耕石田，故恒貧薄。時之遊人多見貴客，故隱于塾，惟篤于文章。節義之好，則不問窮通生死，孳孳乎如恐失之，而爲之讚嘆焉，憑吊焉。長言、永言務畢罄，其中之所懷而後已。即其所著《草賢堂辭集》，樂可同群，怨能泣鬼，達人空觀，志士久要，不似昔人第工綺語，令二八女郎歌曉風殘月，爲檀板金尊之助而已，而余因有感於修辭之不古也。古人如屈宋之騷、班揚之賦、漢魏之樂府、唐人之近體、辛稼軒之詩餘、關漢卿、王實甫之曲，雖時變體，更要莫不有性情之寄，故其至處可以異世同符，而正亦不必兼舉衆體，以博長才之譽於天下後世。昔濟南語瑯琊曰：吾於騷賦未及爲耳，爲當不讓足下，人謂是英雄欺人語。余謂此正濟南不及古人處。夫多所爲而不工，不如其弗爲也。不爲，其所甚工，而又欲工其所不及爲，此臻其至者，所以不能百一也。無名著作甚富，秘弗傳，獨傳其《草賢堂辭》而已。纍纍及千，則謂無名之詩餘，即無名之

大甫書。

騷、無名之賦可矣。且使異時而有曰此詩餘之王無名，則又烏得而無名？辛未仲冬，曹勳允

余既序無名氏詩餘矣，或曰既已詩，安得無名？且疇不知無名之爲王無名也者，而匿影奚爲無名氏不能應？或又曰既以詩名，安得稱無名？且疇不知王無名之即爲蘆中人，昔爲蕙檗，今爲孝峙也者而逃形，又奚爲無名氏不能辭？曹子曰：甚矣！夫人之愛名也欲群，而予之無名。甚矣！夫人之愛無名也欲迫，而予之以名。若我自愛，我無名詩耳。吉甫作誦名可也，行行重行行，無名可也。匏而浮之江塚，而沉之土，我自無名人自名可也。越五年而梓成，爰爲再識數語，俾知以姓字傳者，非無名氏意也。丙子六月，勳又題。

明王屋撰《草賢堂詞箋》卷首，明崇禎八年（一六三五）至九年（一六三六）吴熙等刻本，中國國家圖書館藏。

# 夏緇

夏緇，初字幼青，字雪子，浙江嘉善人。明天啓間諸生。善書畫，工詩刻。有《西泠》《維摩》《孤望》三集。《檇李詩繫》言『雪子詩早務纖艷，既悔之，漸趨空淡一派，至《南中》《夢遊》諸作，奥削蒼涼，點染特絶，妙句尤多風調，有竹枝縹緲之音。』

## 《草賢堂詞箋》小引

余一出門，遂驅萬里徑，夜郎眷懷，太白迤而之黔，則魯直之所謫遊也。子瞻之儋，少游之藤，途未甚脩，何爲顛頞？乃爾度滇，念楊用脩向曾萎藻兹土，步步惻之。文人多窮，信然，使余非窮，亦何爲至此也。阿髯王郎，其窮乃倍於余，自散軼其詩文，不盡傳，獨傳其詞。詞不一響，有鏗若刀鐶者[二]，有悽若筑者，有疏越若鐘與梵俱集者，有妖鬟歌者，有老人欬且嘯者，有蟲鳥音者，大約悲愉所繪風影留之。其扣劍鳴鏑，政似李長吉客帳封侯，不過一夢，而泥泥釵

珥間，亦復如竇三郎綉簾香鼎，妙麗當前，逮曉視之，則仍擁褐衾而卧也。惟是一丘一壑，髯或有之，然而青山一望，白髮數莖，仍是梅唾津津，旋復渴耳，而髯顧自好思，與古人爭道而先之。余笑曰：『使君詞如秦，亦且藤也；使君詞如黄，亦且黔也；使君詞如蘇，亦且渡海而儋也。』蘇最服柳，柳所撰新聲，幾揜太白清平諸闋。乃柳生前傳食妓舍，没後，妓葬之，歲歲踏青，以酒酹其墓。君詞縱如柳，今之七貴五侯俱不如妓，誰食君者。不能食君，他年樂遊原上、采石江邊同埋衰草，安望過君墓而吊之。獨余所聞用脩謫居最久，其婦黄夫人時以詞相寄答，滇人艷其事。今髯已有婦，余語髯君勿以詞示他人，第歸誦之，君婦必能辨，如不能辨，碎其板爲薪如桐燒之，必有異音從爨下出，君婦不能辨，亦能聽之。崇禎九年冬十一月，社弟夏綸雪子題。

明王屋撰《草賢堂詞箋》卷首，明崇禎八年（一六三五）至九年（一六三六）吴熙等刻本，中國國家圖書館藏。

## 校

[二]此處『響』與『鏗』之間有一空白處，據上下文，應是脱去了『有』字。

# 黄　越

黄越，生平事跡不詳。

## 《草堂詩餘》序

立言者，立德、立功之末務也。科舉之文，又立言之末務也。然而文所以載道，不以古文、時文而有異。故爲科舉之文者，非通經學古，而專向爛本時文轉相抄仿，則雖求一言之幾乎衜而不可得。高明之士起而嬌[二]之，動即號於人曰：『吾之所爲與俗異，經史子集方於此日孜孜焉。』聽其言，亦即井然有章，而卒也掠影希聲，中無所爲，自得往往書，反益其雜，而理也佐其腐，視彼膚淺庸惡之弊，相去寧有幾乎？吾友吴子孟孚、矩原幼警敏，嗜讀書，昆弟俱以成童之年同受知於督學陽城張公嗣，是凡督學吾鄉者，拜於二子，有殊獎焉。四方之士聞其名而思友其人者，殆非一日矣，而二子欿然不自以爲是也。帷簾深鍵，丙夜披吟，其學益邃，其文亦

日益工。余以係官京師，不相見者歷幾寒暑。去年請假歸里，二子携近所爲文示予，潔淨精微，雄深雅練，直與前輩作者齊驅競爽。雖清華正變，不拘一格，要歸於斂一己之精神，開聖賢之奥窔而止，非通經學古而又有心有實得者能如是歟？抑韓愈氏誨諸生曰：『業患不能精，不患有司之不明。』二子之業可謂精矣。而孟孚雖登賢書，顧數見擯於禮部，矩原以名諸生馳聲壇坫，尚令屈處儕伍中，豈文亦有時而不可恃耶？或甚過遇之，偶塞者然耳。且二子齒甚少，而所爲時文已能埒美前人若是，假令仍欿然不自以爲是，而益邃於學，其所精當不止於時文，區區科名之遲速，又何足爲二子重輕乎哉？戊戌十月之望，同里黄越。〔三〕

明韓俞臣校正、明顧從敬編次《類編草堂詩餘》，明古吴博雅堂刻本，中國國家圖書館藏。

## 校

〔二〕『嬌』當作『矯』。

〔三〕中國國家圖書館藏韓俞臣校正、顧從敬編次《類編草堂詩餘》著録有黄越『《草堂詩餘》序』，然細讀黄越序文内容，全篇言説幾與詞無涉，遂疑爲刊刻時誤置，抑或書商割裂他文竄入。又查考他種《草堂詩餘》，均未見此序的存在，當支持了這種判斷。爲存録相關文獻，並觀照明刻詞籍的各種情境，兹録之。

# 茹天成

茹天成，字懋集，河内（今河南）人。明萬曆間在世。

## 重刻《絶妙詞選》引

自漢武立樂府官采詩，以四方之聲合八音之調，而樂府之名所由始。歷世以來，作者不乏。上追三代，下逮六朝，凡歌詞可以被之管弦者，通謂之樂府。至唐人作長短詞，乃古樂府之濫觴也。太白倡之，仲初、樂天繼之。及宋之名流益以詞爲尚，如東坡、少游輩，才情俊逸，籍籍人口，往往象題措語，不失樂府之遺意，然多散在各家之集，求其彙而傳之者，惟玉林黄叔暘所選爲備，自盛唐迄宋宣和間爲十卷，自宋中興以後又爲十卷，凡七百餘年，得人二百三十，詞千三百五十，詞家之精英，可謂盡富盡美矣。蓋玉林乃泉石清士，尤長於詞，爲當時名家所賞。觀其附録三十八篇，雋語秀發，風流藴藉，則其選可知矣。余友本嬰秦太學塥，夙好古雅，

每見其鼻祖少游詞章，輒諷玩不休。今得是編，頗愜其嚮往之初心。既樂多詞之妙麗，又慨舊刻之舛訛，遂詳校而重梓之。余重玉林之詞，嘉本嬰之志，因綴數語，以引其端。萬曆歲在閼逢攝提格仲春上浣之吉，河内茹天成懋集甫書。

宋黄昇輯《唐宋諸賢絶妙詞選》卷首，明萬曆四十二年（一六一四）秦堣刻本，中國國家圖書館藏。

## 無瑕道人

無瑕道人，明萬曆間人。

### 《花間集》跋

余自幼讀經讀史，至仁人孝子有被讒謗者，爲之扼腕，轍[二]欲手刃之而後稱快焉。乃戊申

秋，梁谿肆毒，爰及於余。余是以廢舉業，忘寢食，不復欲居人間世矣，搢紳同袍力解之弗得。忽一友出袖中二小書授余曰：『旦暮玩閱之，吟詠之，牢騷不平之氣庶幾稍什其一二。』余視之，則楊升庵、湯海若兩先生所批選《草堂詩餘》《花間集》也，於是散髮披襟，遍歷吳、楚、閩、粵間，登山涉水，臨風對月，靡不以此二書相校讐。始知宇宙之精英，人情之機巧，包括殆盡，而可興可觀、可群可怨，寧獨在風雅乎？嗟嗟！風雅而下，一變爲排律，再變爲樂府、爲彈詞，若元人之《會真》《琵琶》《幽閨》《秀[三]襦》，非樂府中所稱膾炙人口者？然亦不過摭拾二書之緒餘云爾，烏足羨哉！烏足羨哉！時萬曆歲庚申菊月，若上無瑕道人書於貝錦齋中。

五代趙崇祚輯、明湯顯祖評《花間集》卷末，明萬曆間刻朱墨套印本，中國國家圖書館藏。

## 校

[二]『轍』當爲『輒』。

[三]『秀』當作『綉』。

# 姜鰲

姜鰲，生平、事跡、著作等皆不詳。

## 跋姜忠肅祠堂鈔本

此青坡徵君手書以遺侍御哦客公者，今又二百餘年，楮雖蠹落，而字跡猶在，前人世守之功不爲不至，因付匠整頓，且命鯉弟以側理漿紙照本臨出，用時莊誦焉。萬曆二十一年歲次癸巳日南至十六世孫鰲謹書。

夏承燾箋校《姜白石詞編年箋校》「各本序跋」，上海：上海古籍出版社，一九八一年，第一九六頁。

# 顧景星

顧景星，字赤方，號黄公，蘄州（今湖北蘄春）人。生於明天啓元年（一六二一），卒於清康熙二十六年（一六八七）。明末貢生，南明弘光時考授推官。入清後，歸居鄉里，杜門不出，屢征不仕。康熙十八年（一六七九），薦舉博學鴻詞，稱病不就。工詩詞，編撰有《白茅堂集》《讀史集論》《顧氏列傳》《南渡來耕集》等。

## 知五常詩餘題詞

詩有别腸，無悲歡之可學；詞非一調，視情文之所生。故句逗長短，齊梁既開；韻譜陰陽，宋元乃盛。爰及昭代，人握瑾瑜；往合前徽，家遵矩矱。新聲欲度，必步響於江東；片紙爭謄，勝流傳於雒下。值聖朝右文之會，實英雄吐氣之秋。廣陵李子，神宗宫保文定公之孫也。家世清華，姿神俊爽。許身稷契，誰憐自比之愚；尚論蕭曹，輒抱非時之恨。既而賊馬西衝，宗

祏南渡，浮沉者四十年，漂泊者幾千里。袁孝尼著書爲業，家本淮南；杜子美用酒爲年，身羈夔峽。是以頗援舊筆，間製新詞，既侘傺以爲懷，亦質艷之相錯。靈均憔悴，思美人之目成；元亮孤高，托閑情於跌宕。長嘯則鶴鸞並響，微吟則蟋蟀俟秋。一闋未終，百端交集。負草啼霜，鷓鴣之淒感行路；借巢嘔月，杜鵑之哀動山川。至其吐吞風流，睢盱時輩。劉貢父詆諆不改，寇平仲老大猶呆。口過無心，飲章遽作。蘇軾忠愛，亦有野花啼鳥之嫌；范鎮公明，卒理三月九泉之句。然猶囊頭縲紲，指口結箝。當斯時也，有夢還鄉，庖鹿之雲山自繞；經年請室，罝兔之性命繇人。事異蔚宗，苦語不書團扇；囚如越舄，吟聲尚出南冠。斯乃嗚鬱之固然，然亦文人之結習也。逮夫積陰解愠，離照施温；戴帝德之同天，慶小臣之履地。筆床無恙，談風月於今宵；蒯劍猶存，問車魚於故友。顔延之之竊聽籬下，客去鳥棲；阮嗣宗之醉卧壚邊，水清石見。夫如是也，復何患乎？若夫依永緻密，摛辭婉妍。自頃名勝，悉見褒推，吾無論焉耳。玄黓康茂，玉山金粟虎頭書。

明顧景星撰《白茅堂集》卷四十四，清康熙刻本，福建省圖書館藏。此處據《四庫全書存目叢書》集部第二〇六册，濟南：齊魯書社，一九九七年，第四二八—四二九頁。

# 芙蓉舍填詞序

樂府施於房中，夜誦立於孝武。換羽移宫，仍多變徵；麗情靡調，莫過清商。以至笸鉢沙鑼，破離愁於邊塞；黄桑蒲子，寫幽咽於鞮鞻。莫不蟺宛纏綿，激卬凄苦。及夫唐宋相沿，金源以降。琵琶綽板，與曉風殘月爭高；蒼鶻靚狐，並法部參軍競勝。聽曲句之拍，則不溷宫商；轉車子之喉，即難分竹肉。是亦詞場之致極，聲技之殊觀也矣。往在嘉隆，作家林立。卮言艷調，四部附婁東之書；傅粉鬘頭，萬里寄成都之怨。順兹以降，莫盛於今。嗟歎不足，繼以長言；讔語未遑，寓諸啼笑。豈止韓娥移逆旅之情，田文下雍門之涕已哉？秣陵李子，南國風人，西京才子。按新聲之金縷，選架筆之珊瑚。動魄摇魂，往歌來哭。其或燕居多感，有跡無心。恨薄幸青樓之名，思慷慨黄衫之俠。斯亦壚頭狂士，本自無他；帳裏夫人，得毋非是。至於離鳳斷弦，哀蟬落葉。慟安仁之遺挂，鸚武猶呼；賡子荆之悲吟，秭歸欲噤。况夫山陽聞笛，瀨水吹簫。怨知己之分飛，受英雄之潦倒。能無高捶襧棁，碎擊桓壺，亦有宋玉東鄰，王昌西舍。情偶深於觸處，悲有感於中來。紅粉綺筵，驚回席上；攀花趁蝶，空望墻頭。以上皆本事。是皆哀樂無方，欷歔莫禁者也。僕久不托音，墨然獨處。老催江蚤，筆花與别恨俱銷；君定丘遲，匹錦遽夢中分去。惟逢大雅之音，隨傾下里之耳。鼓師延之瑟，玄鶴飛來；彈

瓠巴之琴，樂魚出聽云爾。

明顧景星撰《白茅堂集》卷四十四，清康熙刻本，福建省圖書館藏。此處據《四庫全書存目叢書》集部第二〇六册，濟南：齊魯書社，一九九七年，第四三〇—四三一頁。

## 《瑶華集》序

詩成爲樂，導性情之自然；樂生於聲，本天道之至教。自賦始於周，曲興於漢，製作之變，自昔能言。然而淳于一石之對，實賦體之心宗；吴宫六字之謡，乃詞家之鼻祖。六代三唐，類能小調；兩燕二宋，漸啓長篇。緣彼從前，迨兹而降，情雖涉於滌濫，致頗極其精微。堂下按歌，絲竹之恬不如肉；腕中協律，忖度之苦則從心。《花間》《草堂》之勝選於先，《嘯餘》韻譜之贍論於後。久與詩人十體，表裏爲功；字母七均，低卭合度。至其神來合莫，妙極天然。冰瓦芙蓉，是誰雕鏤；風絲婀娜，無心卷舒。能招造化之魂，亦動生靈之魄。填詞之聖，實有如斯。遂覺李尉交河，翻成笨伯；江郎南浦，未盡幽情。然而吹毛索纇，披沙揀金。作者即盛於今，而選者罕能稱是。慨然嘆矣，游目茫如。問誰壇長諸侯，厥有京少蔣子。蠙珠淮右，竹箭江東。玉臺之生小清華，戟郎之行携油素。於是琉璃柙硯，玳瑁裝書。買百鎰之胡琴，售千金

之墮珥。瑶函封至，遏雲擲地之聲；玉躞投來，璧月瓊枝之句。譬則波斯螺子，贈南國之雙蛾；東海蠶娘，輸吳宮以八繭。頓令選妝窗下，曼睩騰光；刺綉床前，殷紅滿手。斯亦情文之絶麗，篋衍之殊觀也矣。况夫白翎塞北，紅豆江南。或赤風戍壘之場，素月江城之下。對關河而咄唶，顧光影以流連。然燭綺筵，忽思崔九；落花時節，不見龜年。甚則卧阮尉之壚頭，泣永新之舟尾。凡兹感動，能不嘻噓。若夫康衢擊壤，順帝則而不知；比户歌豳，聽和平之自至。蔣子斯集，其亦少女之微風，元音之肇唱也歟？

明顧景星撰《白茅堂集》卷四十四，清康熙刻本，福建省圖書館藏。此處據《四庫全書存目叢書》集部第二〇六册，濟南：齊魯書社，一九九七年，第四三〇頁。

## 秋聽閣鵑語序

古聲既邈，惟存制氏之遺音；樂府嗣興，肇自茂陵之夜誦。魏晉而下，六朝以還。驚心艷雍門之歌，入耳賤陽阿之曲。三百五篇，既無戛拊；八十四調，始見萌芽。其間善相便串，雖借樂工；苦心經營，必繇學士。逮夫南唐靡漫，漸啓金源；北里妖哇，遂傳元代。浸淫襲習，莫濫於今矣。古淝龔子以機、雲東雒之年，奏枚、馬西京之賦。賵裝萬軸，家有賜書；韻就八叉，

牘無留筆。寄餘情於秋聽，周美成之獨擅花間；賭敏妙於春宵，沈休文之頓成燭下。其或廣筵顧曲，秘院開簫。逗密意於低迷，識多情之機警。釵聲試墜，眉語能通，亦復寫怨青琴，贈歌紅豆。至其悲深奉倩，愴比檀奴。哀哉是命也夫，黯然惟别而已。是以詞稱鵑語，緒亂烏啼。恨牽五百年前，和盡二十八闋。斯又含辛之曼聲，纏綿之至致矣。君誠才子，僕本恨人。駕警乘之文魚，難逢夢裏；唤琵琶之嬰鵡，猶在窗前。若夫渭水秋風，楚樓明月。誦李嶠之句，能不悲來；感王粲之愁，寧堪遣此。慨當以慷，英雄之觸類無方；老亦何傷，兒女之鍾情不諱。論原流於風雅，則撼魂動魄，莫過填詞；吐性情於謳謡，必出口銜喉，方成絶調。貫珠幾琲，式玉當前。欲明祖述之工，請觀叔損之撰。武陵黄公書於東山空香閣。

明顧景星撰《白茅堂集》卷四十四，清康熙刻本，福建省圖書館藏。此處據《四庫全書存目叢書》集部第二〇六册，濟南：齊魯書社，一九九七年，第四二九頁。

## 横江詞小引

文之至變，莫過於詩；聲之至清，莫過於曲。六朝肇始，歷代增華。十體所不能言，爰以短長協律；九宫猶有未盡，因而换轉多端。故淫思象外，吐音縷於游絲；限韻行間，盤碕封於

鞭影。是亦小技之極難，才人所不廢矣。假令廣筵奏賦，但如鄭列卿之斷章；遠道傷離，惟效李都尉之五字。亦何足繼累累之亢墜，極新新於天壤哉？代有源流，情非沾瀝。是以温、李薰然佝一時之容態，秦、柳尤能融法部之諢科。命曰詩餘，格固應爾。聽翻調之微妙，本自江南；喻好色之貞淫，何妨淇上。故夫田謳魚弄，必言男女之私；防露鷄鳴，轉見性情之正。即如陶潛《閑情》之賦，本出繁欽《定情》之篇，論者不知，反訾瑕璧，豈不悖哉？近有才嗣孝穆，學並偉長，曾著鄴下之書，亦有玉臺之詠。性本澹泊，興寄蕭森，故能出正始之元音，衍纏綿之別調。逢花解語，聽鳥能歌。怪蘇髯之不唱，麗句偏工；愛黄九之多風，艷辭强半。至於柢原家學，忠孝天彝。風人北門之詩，東晳南陔之句。可謂一飯不忘，三商且待者矣。當其巴陵蛇臭，楚壘烏飛。發魯連之矢，頓解風雲；投張嬰之戈，指盟日月。劉琨鼓角，時來横吹之音；柴紹琵琶，盡協凄清之調。逮夫水落石出，天曉月移，作者之追憶無聊，讀者更百端交集。緑鹽、紅蓼，堅操何害終貧；翠竹、白沙，逸興恒懷故國。僕每招短棹，輒問新篇，於時舊雨西亭，春波南浦。鸚洲草長，疑翠羽之飛來；鶴駕樓高，見大江之東去。選名命集，遂粤横江。昔瓦棺百尺之閣，乃在秣陵；石城兩槳之謡，兼聞郢曲。皆有横江，並稱佳勝。此藝苑之流連，文人之把玩久矣。且夫意切於中，觸感而作。英雄落拓，藉風月以欷歔；雲雨安排，動江山之踴躍。何施不可，遇物能書。匪獨詞家之長，亦見詩教之大。以是言之，兹集之旁通，斷可知矣。

明顧景星撰《白茅堂集》卷四十四，清康熙刻本，福建省圖書館藏。此處據《四庫全書存目叢書》集部第二〇六册，濟南：齊魯書社，一九九七年，第四二九—四三〇頁。

## 横江詞二集序

詩餘之作，繇來尚矣。本四始六義之正則，變短吟長咏之繁音。蕭維摩選登樂府，初只五言；晉樂志碭石諸篇，多臻三百。《懊儂》《讀曲》，小令之原流始開；《哨遍》《三臺》，大調之纏綿斯極。唐自李、温而下，宋則秦、柳以還，莫不麗詡《金荃》，秀誇《蘭畹》。然而近代作者，亦有二難。夫一字婉度，如蜂腰蠆尾之自在屈伸；妙語天然，猶鶴脛鳧翁之難爲斷續。泥塡聲之清濁，輒回護功多；逐字數之短長，則神來句少。且古者竹肉，即譜詩餘之辭；今也轉喉惟唱江南之曲。嚴糾板眼，寬論歌頭，事義宜爾。必也無强回筆端，庶得無譏作者。即山先生人原威鳳，才是巒龍，繼偉長之文章，嗣仲車之節孝。倚樓看鏡，笑杜甫之感慨奚爲；引手書空，怪深源之褊情未化。緣夫凝浄宅心，遭逢忘物。孤雲飛鳥，都涵百尺之潭；沸浪狂瀾，不動一泓之井。蓄斯雅量，有此佳章。於時選勝江天，高標風月。山兮八字，遠吊赤烏之年；水自九江，來沸黄軍之浦。先生靜觀湛若，幽賞自如，陶貞白之山樓，通明四面；管幼安之書榻，

坐穩十年。以庾、鮑之驚才，仿宋、元之俳體。肆筵授簡，賓客南皮；列席成篇，潤色東里。而先生倚聲各和，摇筆不思。鉢響停時，便成數紙；燭花偏後，已滿千言。横江之詞，傳遍南國矣。時則遂安毛伯，吴下虎頭，雪樹花橦，周旋最久，皆誇握瑾，爭願扶輪。景祁後至，亦得趨蹌。《瑶華集》裏，誰云國色三千；《琬琰編》中，已自策名第一。[一]

明顧景星撰《白茅堂集》卷四十四，清康熙刻本，福建省圖書館藏。此處據《四庫全書存目叢書》集部第二〇六册，濟南：齊魯書社，一九九七年，第四三一頁。

### 校

[一]顧景星《横江詞二集序》題下原注『代蔣京少』，知此文應爲代蔣景祁而作。

## 鄒樞

鄒樞，字貫衡，號酒城漁叟，吴江（今江蘇蘇州）人。行跡不詳，約明末在世。撰有《十美詞紀》等。

## 《十美詞紀》自序

詠王獻之桃葉之歌，吟蘇子瞻柳綿之句。玉局詞人，猶迷水盼。金蓮學士，尚罥蘭情。七賢亭琴酒宵陳，百美圖嬋娟曉起。霞妝星靨，攬菱鏡之春雲；金鳳銀鵝，試舞衣之秋襞。翡翠樓前，競解紅鸞之珮；鴛鴦渚畔，時抽絳樹之簪。至若遇花奴於小曲，謷重憐憐；逢蘂女於幽坊，名高盼盼。和香箋而詠柳，酬粉筆以題梅。謝秋娘之雅調，不肯送客淇間；霍小玉之風情，豈願數錢河上。欲脱煙花之籍，思依龍鳳之賓。無何而梁園榛莽，金谷灰塵。烏衣燕子，飛入遠近人家；凝碧優伶，散往尋常巷陌。宜春院風流雲散，猶存李白酒樓；走馬臺燼滅煙消，誰識盧同[二]茶館。文簫翠笛，俱歸山水清音；艷曲濃歌，都付漁樵新話。揀殘編而書農譜，執禿管而寫牛經。瞻星望氣，誰爲識寶之英賢；擲果分綃，翻憶憐才之窈窕。展三冬而抒采，續藻云乎哉；列十美以填詞，感慨係之矣。辛酉初夏，酒城漁叟自序。

趙尊嶽輯《明詞彙刊》，上海：上海古籍出版社，二〇一二年，第一一二七頁。

校

〔二〕『同』當作『仝』。

# 李鄴嗣

李鄴嗣，原名文胤，後以字行，字鄴嗣，號杲堂，又號𣓌亭，鄞縣（今浙江寧波）人。生於明天啓二年（一六二二），卒於清康熙十九年（一六八〇）。明諸生。曾隨父參加抗清活動。南明覆亡後，其父被逮捕入省獄，鄴嗣亦兩次被拘囚。獲釋後，棄巾服，力辭應博學鴻詞科，終生不仕清，日以著書爲務。著有《杲堂詩文集》《笑讀齋集》等。

## 耕石堂詩餘序

古今文章之事，其體數變。若夫有韻之文，源本三百篇，其言協於八音，爲用最大。自詩亡以後，三百篇遺音漸失，於是漢人重爲樂府，采詩夜誦，以被於金石，則樂府固三百篇之餘

也。至唐時，而樂府音節復失。唐人乃更立篇名，定其長短節奏，變爲新聲；宋人仍之，其音始盛，是詞家復樂府之餘也。及元人填曲，比宋詞爲一變，今所傳南曲復與元人絶不同，是填曲又宋詞之餘也。蓋即一有韻之文，而自三百篇至填詞，亦既變而無餘矣。夫吾輩仰眠床上，看屋梁著書，頭白可期，此事難了，豈復有筆墨之餘及所謂填詞者？雖然，前輩謂傳世之事，唯有跡者可久，故畫不及字，字不及詩，詩不及文，詞雖餘技，亦文章一事，尚在書畫家上。昔王季直避亂，常負耜挾書，投閑習誦。自言文人當用三餘，謂冬者歲之餘，夜者日之餘，陰雨者時之餘。余復謂六十後爲甲子之餘，自放草野爲人之餘，亂後爲命之餘。今以吾餘生，當此餘日，即任吾遊於筆墨之餘，復何不可？豈柳七、黄九便非座上客耶？吾兄戒庵先生年八十，尚能火下細書，文章華妙，爲詩備唐人諸體。余嘗三序其集，適復以近所填詞一卷，使余讀而序之，則俱柳屯田上乘也。余嘗從容侍坐，曰：『先生八十公矣，生平撰述已足傳，願先生從此壹氣孔神，遊於自然之圃，以樂餘齒，奚尚勞此意匠爲？』先生笑曰：『然，吾但用其餘耳。』

明李鄴嗣撰《杲堂文鈔》卷二，清康熙刻本，首都圖書館藏。此處據《四庫全書存目叢書》集部第二三五册，濟南：齊魯書社，一九九七年，第五二六—五二七頁。

# 周篔

周篔，初名筠，字公貞，更字青士，又作清士，别字筜谷，浙江嘉興人。生於明天啓三年（一六二三），卒於清康熙二十六年（一六八七）。明諸生。入清後，棄舉子業，隱於米市，且賈且讀。中歲生計艱窘，以詩格授人。晚年嘗至京師爲塾師二年，然權臣徐乾學招之不赴。南歸時，卒於宿遷。著有《采山堂詩》等。

## 柯氏四子詞序

余及見李氏《花萼集》，係弟昆倡和之篇，其猶子直倫編輯而序之，以爲人世門内之樂，若此者能幾。歲在丁未，余得交寓匏諸昆仲，皆稟異材而勤學問，怡然友愛，篇什酬答甚多，群季俊秀，皆爲惠連，詎謂古今人不相及哉？然其所著，各爲專稿，未及都爲一集。今寓匏令似斗威及從子南陔、緯昭、愓聞遂有《柯氏四子詞合刻》問世。余爲嘆異，何一門之内，盛遂至此？初仲氏聿脩之得疾勿起也，南陔、緯昭方在懷抱間，諸父惜之甚。及就塾，則延明師友教督輔

導，而南陔、緯昭亦克自奮，髫齔時嶄然見頭角。制義之隙，與斗威、惕聞學作韻語，陰相講解，匿不敢示人，懼諸父若師之見訶責也。蓋寓匏、翰周于其子若侄也，非戒其絶不爲，欲其專意制義，策功名，此姑俟他日耳。然庭幃傅習，耳目易染，身既爲之，又安能敕子侄之勿爲也？南陔長短句名曰《月中簫譜》，余稱有盧、史之遺，世尚莫之信，即諸父亦未遽謂然。朱檢討竹垞在都門見之，極爲延譽，于是斗威、緯昭踵爲之，又絶佳。斗威《蓉笙詞》，余示友人沈藍村，許可繼白石道人後，因弁其端。緯昭《月波詞》，陸編修宜山序而稱焉。獨惕聞詞畏其親，秘不敢出。翰周謂余曰：『子弟年少，當厚積闇修，緪以歲月，不可輕自炫露。若橘柚在林，霜露未降，而生摘之，不惟味滋淡泊，而酸牙澀口，人且吐之矣。』余曰：『不然，玉韞而山輝，珠藏而川媚，内美既含，自不能掩其焕發。若春掇其華，秋落其實，固無不可。彼終、賈、機、雲輩，又奚必皆老其才而用之耶？』翰周曰：『如子言，姑聽之矣。』于是惕聞始敢刊其《青翻詞》，與諸兄並。南陔更以《房露詞》刊其首。予道其緣起如此。若其音拍合度，姿致有裁，世解此者能辨之，余無贅矣。

明周篔撰、民國余霖輯《采山堂遺文》卷上，民國二十五年（一九三六）刻檇李叢書本。此處據《清代詩文集彙編》第八四册，上海：上海古籍出版社，二〇一〇年，第一二三頁。

# 柯氏四子詞跋

柯氏四子詞，余既序之矣。刊竣，更以跋屬。初余交敬一、緘三也，歲在丁未。後每當晬盤湯餅之會，往往而在。轉瞬幾廿年，而頎然頍然，頭角皆嶄嶄矣。余倦遊詞部，南陔群從乃竊竊然好之。余惟君家世胄通顯，纂服承緒，務在遠者大者，不當以藻繢盤紆分其志。懷之而未發，乃今夏過從，則已裒然成帙，怪嘆久之。余宗人曰懶予者，自總角善奕，世所號國手，靡不弱焉。蓋其祖若父皆嗜奕，懶予從旁默觀，遂得神解。戊午夏，敬一、緘三並徵博學鴻詞；明年春，先廷試五日，奔喪歸，同舉者皆深惋惜。居恒邃以理學，擴之經濟，詩古文特其餘事。至於樂章令慢，亦復優游其間，是知趨庭侍坐，相觀以化，不待教戒而能，亦猶懶予之於奕也。然既爲之，則必求其至，不至，則何以傳？南陔先有《月中簫譜》，今與斗威、緯昭、愓聞復成斯刻。笙磬無殊音，蘼芷可兼扈。然余更有冀者，他日相次通籍金閨，雍如穆如，以詠歌太平，則皤然一老，尚能婆娑左右，不徒以琴尋聲按拍，相參銀屏曲宴間，以補亡樂府規今日之叔原已也。甲子夏。

明周篔撰、民國余霖輯《采山堂遺文》卷下，民國二十五年（一九三六）刻檇李叢書本。此處據《清代詩文集彙編》第八四冊，上海：上海古籍出版社，二〇一〇年，第一三八至一三九頁。

## 繆泳

繆泳，原名永謀，字天自，後更名泳，字於野，又字潛初，初居苻溪，故稱苻溪居士，浙江嘉興人。生於明天啓三年（一六二三），卒於清康熙四十一年（一七〇二）。明諸生。入清，棄舉子業，賣文授徒以自養。工詩，亦善象緯、律吕、醫巫。編撰有《黄圖雜誌》《苻溪文集》《苻溪詩集》《南枝詞》等。

### 《南枝詞》序

詩□而爲詞，其詩之衰乎？余故不工詞，間嘗覽古詞人之作，大抵芊綿婉麗，不離兒女子之言者近是，非壯夫之所爲也。雖然，比物緣情，詩人所以見志；美人香草，何莫非懷清履潔之思？由今讀之，一何纏綿糾結，不能自已也。斯其寄托可知矣。第倚聲製詞，其源出於樂府。若夫詞各有調，調各異名，蓋亦古人因事造題，與夫古樂府題等耳。然詞有正體，而樂府無常格，是猶古詩之變流爲近體，時遞□而變益□，□□□□□勢使然也。從來[三]爲樂府，詞

有調矣，又□題是□□□□□□□贅矣，故以臆去之。其間偶寫胸懷，長短成聲，不爲題目，間有咏物之作，亦倚調爲之，不復標題，覽者自見。至昔人論詞，或以全首不見題字爲合作。夫行文之道，如瀉水於地，方員曲直，惟其所之，體有殊分，而指無□□，耳食之論，何足以云？若夫指事拈題，旁搜俚鄙，自詡尖新，流失愈甚，余故無取焉。苻溪繆泳潛初識。

明繆泳撰《南枝詞》，清康熙間手稿本，臺北「國家圖書館」藏。

### 校

[二]此處原闕若干字，據語意斷句。

## 魏　禧

魏禧，字冰叔，一字凝叔，號裕齋，又號勺庭，寧都（今屬江西贛州）人。生於明天啓四年（一六二四），卒於清康熙十九年（一六八〇）。明末諸生。明亡後，絶意仕進，避亂隱居翠微諸峰。康熙十八年（一六七九），堅辭博學鴻詞科。編撰有《左傳經世鈔》《魏叔子文集》《日

録》《魏叔子詩集》等。

## 漱芳詞序

文之與詩，可恃學而成。天資樸魯者，積其攻苦之力，恒足入古人之室。唯詩餘則視夫人之才與情，才與情弗善者，雖學之而不工。越子辰六，予向見其中式文，典雅湛深，爲明堂辟雍之器。及讀《漱芳詞》廬山諸作，峭然高岸邃壑，漭漾激湍之水接於目。所擬宫詞，婉孌多艷，如聞幽芳曲室季女愁嘆之聲，何其又工也。予於詩文諸體，每學爲之，獨生平未嘗作詩餘，非志不欲，才儉而不能豪，情樸而不能艷。世之爲豪者，多生撰桀劣，不稱其體；而艷者往往雜出於吴歈曲調，吾不能工，所以不作。辰六作之而能工，然辰六固不以詩餘爲工也。今天下詩餘大興，而歌法無傳。唐時小妓以能歌白樂天詩，遂得名。廣陵佳麗地，其有能歌辰六詩餘者，吾知必名於江淮之間矣。

明魏禧撰《魏叔子文集》卷九，清易堂刻寧都三魏全集本，復旦大學圖書館藏。此處據《續修四庫全書》第一四〇八册，上海：上海古籍出版社，二〇〇二年，第五七〇頁。

## 《畫餘譜》題詞

《畫餘》者，華子羲逸之詩餘也。羲逸工書，若曰：『吾以畫之餘力爲之。』羲逸性好詩賦，而畫多門。其人物、樓榭、器用之工，獨步於江南。予嘗見所繪人物，閑麗婉雅，有游龍驚鴻之致。宜其於詩餘，輒學而輒工也。

清華胥撰《畫餘譜》，據清曾王孫、清聶先編《百名家詞鈔》，清康熙緑蔭堂刻本，上海圖書館藏。

# 韓純玉

韓純玉，字子蘧，號蘧廬，歸安（今浙江湖州）人。生於明天啓四年（一六二四），卒於清康熙四十一年（一七〇二）。明諸生。入清，避居棲賢山。嘗輯選明一代之詩爲《明詩兼》。著有《蘧廬詩集》《蘧廬詞》等。

## 《蘧廬詞》自敘

余少未學詩，嘗好爲小詞，憶年十四時，戲作《蝶戀花》《滿庭芳》二闋，恐爲塾師所見，書短箋藏研席間。適金壇于御君、東皋嚴仁叔過訪小齋，檢得，謬加稱賞，曰此晏同叔幼齡珠玉也。遍示同人，交相賡贈，輒詡詡自喜。及世亂，謝去帖括，山居無事，每月夕花晨、水邊林下，與朱子元馭、讓木大小阮倚聲相和，聊以自娱。初未嘗有意求工，第若樵歌牧唱，偶叶宫商而已。二子相繼修文，二十餘年，幾成絶響。殆年將五帙，兒輩亦學步如余年少時，且與里中同學諸少年共效《金荃》《蘭畹》之句，彙爲《蘋洲詞選》。含英咀華，斐然可誦。不禁見獵心喜，時復間作。然劍光難淬，筆老無花，矢口任情，頽唐自放。既無由發縱横豪邁之音，又豈能爲芊綿綺麗之語，與古今擅場者相頡頏哉？甲子秋，兒輩編次詩草就，請以近歲所作《醉太平》諸闋並書存。元馭手録數十調，附之簡末，以見一時興會及此。言念疇昔，蓋不勝人琴之感云。蘧廬居士書於甜雪軒。

明韓純玉撰《蘧廬詞》卷首，清康熙鳳晨堂刻本，清華大學圖書館藏。此處據《四庫全書存目叢書》集部第二一〇册，濟南：齊魯書社，一九九七年，第九八頁。

# 曾燦

曾燦，原名傳燦，字青藜，號止山，江西寧都人。生於明天啓五年（一六二五），卒於清康熙二十八年（一六八九）。少有詩名，『易堂九子』之一。明清之際，領兵策應名將楊廷麟抗清。失敗後，削髮爲僧，遊歷閩、浙、兩廣等地。歸築『六松草堂』，躬耕養母。後僑居吴中。著有《六松草堂文集》《止山集》等。

## 題辭小引

古今之以詩餘擅名者代不數人，人不數句，豈音節難工，抑限於字句不能暢發其性情耶？宋人如蘇、柳之詞，尚矣，然猶有譏蘇學士爲關西大漢，而黄叔暘、孫敦立則又以柳屯田近俚俗，詩餘其若斯之難也。蓋天資豪放者，其詞易粗；而才嫵媚者，或至傷於流蕩，二者雖皆得其性之所近，要亦視其人之生平際遇耳。當景祐、慶曆間，天下昇平，委巷教坊，競工歌板，故屯田有『風暖繁弦脆管，萬家競奏新聲』之句，而蘇學士則江村海甸皆作守花去國流離之思，

不勝登高望遠之感，兩人之境遇不同，故其詞亦自有異也。沈子隆九年方弱冠，負凌雲之資，承其祖父青箱家學，讀書之暇，作爲歌詞，翩然有仙仙遐舉之意。詞中雖多艷麗，而贈友送別，慷慨淋漓，一唱三嘆，其殆蘇柳之流亞歟？隆九生長富貴，無衣食憂患以攖其心，又能日與賢豪長者更相唱酬，才華既出天稟，世事復際小康，宜其詞之日富而日工也。予少時亦喜作詩餘，篤於情好而詞不能工，國變後，盡皆棄去，今雖間有所作，既不能艷，又不能豪，以視隆九何如？昔王昌齡、王渙之[一]、高適入旗亭貰酒，有梨園伶官擁妙妓數輩，昌齡輩私相謂曰：我輩俱有詩名，請以入歌詞之多者爲優。最後雙鬟歌渙之[二]『黄河遠上白雲間』之詩，一時大相諧笑。吾知隆九之詞亦必有二八女郎之執紅牙而拍歌也。

明曾燦撰《六松堂集》卷十三，清鈔本，中國科學院圖書館藏。此處據《四庫未收書輯刊》柒輯第二五册，北京：北京出版社，二〇〇〇年，第五八〇—五八一頁。

## 校

[一][二]此兩處『渙之』應爲『之渙』。

# 朱用純

朱用純，字致一，號柏廬，江蘇崑山人。生於明天啓七年（一六二七），卒於清康熙三十七年（一六九八）。明季諸生。順治二年（一六四五），父朱集璜守崑山城抵禦清軍，城破不屈死。用純入清後，絶意仕進，教授鄉里，潛心鑽研程朱理學。康熙十七年（一六七八），堅辭博學鴻詞之薦。編撰有《删補易經蒙引》《四書講義》《春秋五傳酌解》《困衡録》《愧訥集》《毋欺録》《治家格言》等。

## 《經鋤堂詩餘》序

少時見秦少游、周美成諸家詩餘，心竊病之，以爲此呭呭兒女語也，非壯夫所爲。及讀歐陽子之書，觀其文章行業，正大炳烺，庶幾孔子所謂文質彬彬之君子；而於詩餘，則豐美柔艷，又不亞於秦、周諸家。然後知辭人之語，不足以累人，而亦士君子之所有托焉者也。余又早嬰多難，坎壈韞結，無如何，率盡托於詩餘以發之。日嘗得一闋，及後年益進，所讀之書日益廣，

則又見吾之耿耿不忘於心者，亦行吾所當然者耳。其必有托而見焉，良可已也，又何況詩之餘？抑君子之所期學乎古人者，曾止是哉？於是廢向所作，絶不復事，凡十餘年於兹。葉子九來猶以余未忘故習也，將刻其詩餘，而徵序焉，曰：『子其深知是得失之故者，盍爲我言之？』而不知余於詩餘如風之噫、鳥之語，乍響乍息，氣適使然。豈果有得之於心者，足以爲葉子贈？且余即能言詩餘之爲得爲失也若何，葉子其盡善於詩餘也又若何，則又烏足以重葉子？然葉子以卓犖之才，其詩若文皆祖述唐宋大家，詩餘特其兼能，而風格婉麗，又與古作者相頡頏，猶且欿然不足，已資其益於窮約無聊如余者。則古人之道，固有大於此不啻百千倍者，其孜孜下問，嚮往之懷，何如哉？天下必皆傾囷倒廪，以爲葉子益矣。同學朱用純題。[二]

清葉奕苞撰《經鋤堂詩餘》，清康熙十七年（一六七八）刻本，上海圖書館藏。

## 校

[二]上海圖書館藏民國十八年（一九二九）活字印本朱用純撰《愧訥集》卷三有《葉九來詩餘序》（《清代詩文集彙編》第一〇四册，上海：上海古籍出版社，二〇一〇年，第四〇頁），其文字與《〈經鋤堂詩餘〉序》相同，惟文末無『同學朱用純題』。

# 屈大均

屈大均，初名紹龍（又作隆），字介子，又字翁山，號菜圃，廣東番禺人。生於明崇禎三年（一六三〇），卒於清康熙三十五年（一六九六）。明末諸生。清軍入粵時，曾參加抗清活動。敗後，削髮爲僧，法名今種，字一靈，又字騷餘。中年因事母蓄髮返初服，改名大均。北遊關中、山西時，與顧炎武、李因篤等人相善。後歸居鄉里，潛心著述，終老山林。工詩詞，與陳恭尹、梁佩蘭齊名，並稱『嶺南三大家』。著有《道援堂集》《翁山詩外》《翁山文外》《廣東新語》《九歌草堂集》等。

## 《紅螺詞》序

詩所不能言者，以詞言之。詞者，濟詩之窮者也。詩至唐而亡，有宋之詞，而唐之詩乃不亡；詞至南宋益稱善。吾友鮑子韶喜以玉田、白石、梅谿爲宗，所作《紅螺詞》，驚采絶艷，誠使香山、紫微降格爲之，未知其孰勝。其舊刻《江樓合選》，則又與查、沈二君稱絶矣。子韶狀貌

魁梧，有文武才具。近自虔南至止，當酷暑，袒裼彈琴，聲娓娓若兒女語。户外聽者，不知其奇偉之爲人也。子房若好女子，其手纖柔，不以撫弦動操，而以椎秦，不善用其所長者也。紅螺之詞，子韶之琴聲也。其恩其怨，而相爾汝，吾不能測其中之所存矣。

明屈大均撰《翁山文外》卷二，清康熙刻本，上海圖書館藏。此處據《續修四庫全書》第一四一二册，上海：上海古籍出版社，二〇〇二年，第八〇頁。

## 徐柏齡

徐柏齡，字節庵，號殷長，浙江嘉興人。明崇禎三年（一六三〇）舉人，署永嘉儒學教諭。明亡後，投水自盡，獲救得以不死，遂剃度出遊，行居無定。著有《奕可齋詩集》。

# 《草賢堂詞箋》序

昔人稱賦者，古詩之流也。我則曰：詞者，古樂府之流也。嘗讀樂府，研彼文心，劚情鐫思，繪牽遠之荼腸泣字，啼章泄寫心之鬱筆。要其總義，以效篇含譏而刺衆，迎悲披瞽，送感振聾。鏗金石而調篁笙，方關雎而等魚藻，千秋罔間矣。至于《詞品》，則指之禍詩，斥彼纖技。嗟夫！詞者有腔有律，案譜案宫，攢唇撮口，並步伐之嚴，聯字分疆，同鼓金之節。方且才人縮手，抑將墨士攢眉而概列之。曰：夭穠棄之爲艷篇，亦何以使人心折氣降也哉？且夫詞之賦情繁麗，墨致芬華，殘月曉風，固獨宜袖紅之綺閣，淡雲疏樹，要只長荼緑之蕭齋。然亦興會一時，才情偶動耳。使其激壯悲鳴，沉雄恢博，指言切事，風人憂國之情，崇論鴻裁學士，詮經之牘，則亦豈抱擯，夫曼靡致憂於卑弱也。故夫洪纖之致，雅俗之流，蓋實人心匪谿。格制必以情致之麗夭，篇章之華綺，而抑不列乎騷壇獄獨深。夫大雅則亦格制，有受過之時，而人心有謝愆之路矣。況夫陳詩三百，多半閨思，不聞共刺其葩，而復或誹其正也。吾友鮮民氏者癖古耽吟，俊才鴻筆，墨瀋並驅八代，吟腸獨絶五言，家譽班揚，人推王孟，乃復嗜深詞，品格拔花間。總其詩餘，約成十卷，非烟非霧，鞭翠艷使，摇落筆端。胡帝胡天，挹紅芳令，驅歸文陣，抑且同仇。匪茹矢慮戈矛，獨恨包羞期清海岳固，一時藝苑千城，而寔百代草堂英彦矣。刻成命

敘，爰志若斯，設有達觀，不惭余論。長水友弟徐柏齡殷長甫撰。

明王屋撰《草賢堂詞箋》卷首，明崇禎八年（一六三五）至九年（一六三六）吴熙等刻本，中國國家圖書館藏。

## 支允堅

支允堅，字子固，號支山道人、梅坡居士，浙江嘉善人。約生活於明崇禎八年（一六三五）前後。編撰有《藝苑閒評》《梅花渡異林》《軼語考鏡》《軼史隨筆》《時事漫記》等。

### 《草賢堂詞箋》序

粤稽詞祖，《寒夜怨》《望江南》等篇權其始，《憶秦娥》《菩薩蠻》諸什薪其傳。聖如杜陵，初未聞夫長短句；才若周、辛，終亦乖于五七言聿，難兼矣。况其下乎宋人以往，作者代興，終

朝點綴，分夜呻吟。徒以煙墨不言，受其驅染，筆札無情，供彼摇襞，詞之敝也，一至於斯。吾友孝峙，古心古貌，不忮不求，首砥礪乎百行，旋冥探于三餘，履草衣蒲，餐松餌朮。慕莊周之垂釣，希伯成之躬耕。椽飯菁羹，惟日不足。葭牆艾席，樂在其中。産不逮於淵原，名未動乎卿相。爾乃肆志文章，游情詩賦，是皆枕中之秘、名山之藏者也。僅次詞箋，爰付剞劂，豈欲爭步《花間》，稱雄《草堂》者乎？即此出我餘緒，足以媚人娥目。夫詞之難雅，則近腐麗，亦傷俗，正不艱於典博，所甚貴乎纖穠？或托思艷粉，則高樓懷怨，而眉結表也；或縈愁巧黛，則長門下泣，而破面成痕；或寄興樵漁，吟高月露；或愴懷邊塞，字挾風霜，宛轉猥鮮，無不備矣，慷慨磊落，時亦間焉。所謂摩坡仙之壘，登放翁之堂者歟？然猶截寸莛而識珊瑚，爇片銖而聞龍麝，雖預尺錦，未睹全杼。是編也，將爲司花輦傍之嘲，沉香亭畔之詠，毋徒名播伎人，歌傳酒肆而已也。弟支允堅子固序。

明王屋撰《草賢堂詞箋》卷首，明崇禎八年（一六三五）至九年（一六三六）吴熙等刻本，中國國家圖書館藏。

# 賀　裳

賀裳，字黄公，號檗齋，又號白鳳詞人，江蘇丹陽人。少以諸生入太學。明崇禎二年（一六二九），入復社。著有《少賤齋集》《史折》《載酒園詩話》等。

## 《詞榷》序

世之言詞者，咸稱《花間》《草堂》。顧金陵麗曲，都不登西蜀之書。天水傖音，多半入武陵之帙，讀者奈何自隘耳目也。近世擷詞之博，無若《詞品》；論詞之精，無若《詞評》。所謂既精既博，蔑以加矣，惜也。弇州標舉，止于目前，尚少張皇幽渺之功；用修闡隱抉微，備體備人，亦不無蛟螭螻蚓之雜。要以開拓心胸，刮磨鄙諺，則新都真椤者之囷，庾琅琊亦眯者之指南矣。王氏之言曰：『辭須宛轉綿麗，淺至狷俏，至于慷慨磊落，縱横豪爽，抑亦其次。』余嘗用其意删輯今古，彙爲一編，謂之《詞旃》，務求香弱，亦猶《金荃》《蘭畹》之意云。顧止收艷什，

率貴全編。若夫幽人侈花竹之娱，羈客寫風霜之怨，或感深蟲鳥，或興寄溪山，不乏芳豣，實多遺漏。且夫香生文麝，未能通體皆臍，寒辟靈犀，安得周身盡角。因傚楊氏體，别輯一編，謂之《詞榷》。先之里系，間以品題。雖尚纖穠，兼存駿爽，如較量秋澗，可命瑶琴，判斷春光，還須羯鼓。至全瑜既録，纖美畢收，則猶剪豐狐之腋毳。自得温肌，拔翡雀之脊毛，亦堪耀首云爾。昔新都詳于列代，略于本朝，高瞿聶馬之外，概不復留。琅琊雖於劉、楊、夏三家，咸有褒譏，亦止泛論。蓋非以同時而不敢顯言優劣，即因後起而未及挹取英華。余之是編雅志續貂，不辭刻鶩，但平予已經，何煩架屋。嵇公未遇，始命入林，故嵩鬼一代之菁英，間及前朝之得失。所恨篋收不廣，户屨尤稀，雖逃樸樕之嘲，終作鄧林之笑耳。[一]

明賀裳撰《蜕疣集》，清初鶱槳閣刻本，中國科學院圖書館藏。此處據《四庫未收書輯刊》柒輯第二二册，北京：北京出版社，二〇〇〇年，第六頁。

**校**

[一]張仲謀《〈全清詞〉作者小傳訂補》（《東吴學術》二〇一七年第二期，第八五—八六頁）一文考證出《詞榷》當爲明末刻本，並認爲將《詞榷》列入清代詞話對於該書的時代及屬性，皆有失精準，從之。

## 《皺水軒詞筌》序

余之於詞數矣，顧《詞旃》止掇芳蕤，未商工拙也。《詞権》止陳昭代，未及前朝也。因就尤所賞心，及當避忌者，漫列數端，謂之《詞筌》。誠知罣一漏萬，所冀達者三隅悟耳。夫詞小技也，程正叔至正色責少游，晦庵夫子乃不免涉筆，正如烹魚者或厭其腥，或賞其鮮，咸是定評，孰爲至論。要以苟懷溉釜之思，則斯篇實亦臨淵之助矣。白鳳詞人裳題。[一]

唐圭璋編《詞話叢編》，北京：中華書局，一九八六年，第六八九頁。

### 校

[一]張仲謀《〈全清詞〉作者小傳訂補》(《東吴學術》二〇一七年第二期，第八五—八六頁)一文認爲《皺水軒詞筌》成書於賀裳由明入清之前，從之。

# 南洙源

南洙源，字生魯，號東山，濮州（今屬河南范縣）人。明崇禎九年（一六三六）舉人，十年（一六三七）考中進士，授直隸大名府推官，以軍功升職南京兵部，出爲直隸保定府知府，值歲荒，設廠賑濟。出爲井陉兵備道，抵任時即遭遇李自成農民軍攻佔京城，間道歸里。清順治二年（一六四五）七月，由山西按察司副使，整飭陽和兵備道，升任湖廣左布政使。卒祀鄉賢。編撰有《濮州志》《鏡人集》等。

## 《秋佳軒詩餘》序

蘇子瞻喜和淵明詩，弟子谿[一]稱其精深華妙，與淵明比。今讀其和篇，只子瞻本色語耳。非不能肖，正不必肖也。雷威作琴，不必皆桐，遇大風雪，獨往峨眉，酣飲，着莎笠，入深松中，聽其聲，連延悠颺者伐之，斲以爲琴，乃過於桐，一氣之所，旁魄安在？松之質無桐之聲，然必雷威乃能發其妙，以傳於世，有先聲而操其合者也，填詞家何獨不然？余同社月槎先生，居三

山二水間，博學著書，好讀余鄉先進稼軒長短句。己卯歲，與余共事天雄，政暇登晚香堂，詠韓稚圭『老圃秋容』之句，每留連企羨，不能已已。維時籬英初綻，觴詠相酬，余以詩，先生獨以其詞，然止窺一斑，嘗寸臠也。尋先生以備戎豫章行，始出全帙以授余，讀而大快，曰：『此非月槎之詞，乃稼軒之詞也已。』良久，則曰：『何其淺視月槎歟！』言之自稼軒者，稼軒而後陳矣，月槎烏乎肖之？抑月槎所自得者不必其肖稼軒，亦復安能不肖稼軒？殆雷威之琴有先聲而操其合者歟？雖然，長短句五百六十八闋，大都以豪爽見長，若夫柔宛綿麗，一往情深，綺語新聲，鶯鳴百囀，《金荃》遜美，《蘭畹》輸香，月槎似軼稼軒而上之，安得謂月槎所得與稼軒同也？楊升庵有言：『詞雖小技，非胸有萬卷，筆無一塵者，未能臻其妙。』馬浩瀾著《花影集》，四十餘年，僅得百篇，詞果易言哉！茲集點次甫畢，約一千一百八十餘首，不可謂不多矣。客曰：『當有評也。』余曰：我不解譽月槎，亦正不須譽。余與月槎共濯魄於冰壺，知其冷；行花陣中，知其香。然月槎不能語我，猶我不能語月槎也。於戲！至矣，抑更有進焉。稼軒紹興末屢立戰功，作《九議》暨《美芹十論》上之，皆中時務。方今騎滋驕，月槎行，且豎無前偉伐，炳朝寧而靖邊圉，當不在稼軒下，然則稼軒詎徒以詞見者哉？夫月槎詎徒以詞見者哉？庚辰夏日，濮水社弟南洙源謹述於天雄之晚香堂。

明易震吉撰《秋佳軒詩餘》卷首，明崇禎刻本，南京圖書館藏。此處據《續修四庫全書》第

一七二三册，上海：上海古籍出版社，二〇〇二年，第五二〇—五二二頁。

**校**

[二]『繇』當作『曲』。

# 茅 暎

茅暎，字遠士，歸安（今浙江吴興）人。元儀之弟，行跡不詳，約活動於明末。編撰有《睡香集》《詞的》等，並曾批點刊行湯顯祖《牡丹亭》傳奇。

## 《詞的》序

竊以芳性深情，恒藉文犀以見；幽懷遠念，每因翠羽以明。故桑中之喜，起詠於風人；陌上之情，肇思於前哲。陳宫月冷而韻叶庭花，琉璃研匣生香；隋苑春濃而曲成清夜，翡翠筆床

增彩。清文滿篋，無非訴恨之辭；新製連篇，時有緣情之作。燃脂暝寫，弄墨晨書。寧止葡萄之樹，非惟芍藥之花。至如牽衣攀李，空冷箱中冰剪；斂枕樹萱，徒勻面上凝脂。優游少託，等扶風之織錦；寂寞多閒，怯南陽之擣練。新聲度曲，裁方絮而多愁；舊恨調弦，借稠桑以寄怨。未怡神於韶景，先屬意乎芳辭。亦有登樓夜嘯，抽朱萼之英英；乘月清談，播芳蕤之馥馥。風流婉約，效東隣之自媒；香艷柔嬌，似西施之被教。借一語以竊香，假半章以送粉。若乃蘭徑生香，柳衢舒翠，杏艷纔過，桃嬌已近。構思綺合，悽若繁弦，寓意芊眠，炳焉綉褥。及夫錦浪紅翻，珠林緑綴，臨池漱露，憑牖邀風。伴炎宵以孤坐，送永日而無聊。或託言於短韻，石韞玉而山輝；或寄意於新腔，水沉珠而川媚。至於河漢方秋，兼葭瑟瑟；露霜始蕭，楓樹蕭蕭。厭野外之疏鐘，聽宫中之緩箭，嘆迴月之臨階，賦吟蛩之繞砌。又若玄冥在駕，歌成而孰愍無衣；素雪其霏，詠就而自憐改服。剪鳳尾以言懷，展金池以書恨。若此者，佳人才子，盡演琵琶新譜；隱士緇林，亦續箜篌舊引。蓋旨本淫靡，寧虧大雅；意非訓誥，何事莊嚴。才情若彼，可代萱蘇；佳麗如斯，能蠲愁疾。但蘭蕕同植，恐作沉珠；玉石均披，終非完璧。於是芟夷繁亂，截去浮俚。三臺妙跡，麗矣金箱；五色花箋，燦然寶軸。青牛帳裏散此縚繩，情文雙爛；朱鳥窗前開兹縹帙，神魄俱馳。秦樓艷女，頓惹相思；楚館嬌娃，常勞夢寐。聖賢言異，愧非子郁之删除；兒女情長，豈是伯饒之筆削。西吴茅暎纂。

明茅暎輯評《詞的》卷首，清萃閔堂鈔本。此處據《四庫未收書輯刊》捌輯第三〇册，北京：北京出版社，二〇〇〇年，第四六八—四六九頁。

## 《詞的》凡例

一　幽俊香艷，爲詞家當行，而莊重典麗者次之，故古今名公悉多鉅作，不敢攔入，匪曰偏徇，意存正調。

一　詞協黃鐘，倘隻字失律，便乖元韻，故先小令，次中令，次長調，俱輪宫合度，字字相符，以定正的，間有句語中轃疊一二字者，各列左方，用便考訂。

一　諸家爵里姓字向多著聞，間有淪逸，徒挹芳聲，不敢混註，故概書名以存古道。

一　諸家先後，但分世代，就中或有參錯，蓋以合調爲序，非有異同。

一　詞苑選刻，暨古今文集頗勤搜采，第耳目有限，即當代名公，亦苦於人地之不相接，或慚編貝，竊嘆遺珠。

明茅暎輯評《詞的》卷首，清萃閔堂鈔本。此處據《四庫未收書輯刊》捌輯第三〇册，北京：北京出版社，二〇〇〇年，第四七〇頁。

# 黄河清

黄河清，生平事跡不詳，約生活於明末。

## 《草堂詩餘》原序 續集

《草堂詩餘》，何元朗氏序而行之矣。又有《續詩餘》者，編自長湖外史氏，而張次君重校刻於茂苑。黄子曰：詩自大曆以下作者幾絶，吾不知其餘也。詩餘自元祐以下作者又幾絶，吾不知其續也。雖然，情蘄於苟會，吴歈高於郢曲；思蘄於苟觸，商頌亞於秦聲。詞固樂府鐃歌之濫觴，李供奉、王右丞開其美，而南唐李氏父子實弘其業。晏、秦、歐、柳、周、蘇之徒嗣其響，世有彙輯《唐宋名賢詞》者，凡四十册，人凡若干卷，卷凡若干首，余嘗卒業之，泱泱大觀哉！又《花間集》者，片片皆小璣，可弦而歌也，第《唐宋名賢詞》卷帙重大，剞劂未施，綴詞之

士罕窺其全。《花間集》止及唐而不及宋，猶詩之漢魏乘矣。是爲詩餘者，續《花間集》者與？續《詩餘》者，又其續與？嗟乎！詩工於唐，詞盛於宋，至我明，詩道振而詞道闕。蓋唐宋以詩詞爲謳歌，往往牧夫山伎，借才人之吟詠，以成宮商。今縱秦青復出，所歌者卑卑南北詞，不直周郎一顧矣。[二]詩則騷人遷客之所抒情倡酬，蘭臺石室之彦所藉以獻至尊者，以故得不與詞而俱廢。夫詞體纖弱，壯夫不爲，獨惜篇什寂寥，彼歌《金縷》、唱《柳枝》者，其聲宛轉易窮耳。所刻續集中如李後主之秋閨，李易安之閨思、晏叔原之春景、蕭竹屋[三]之紀夢懷舊，周美成之春情、無名氏之有感、張子野之楊華、歐陽永叔之閨情采蓮、蘇子瞻之佳人、楊孟載之莫春、朱淑真之閨情、程正伯之秋夜，以此數闋授一小青娥撥銀箏、倚緑窗、作曼聲，則繞梁遏雲，亦足令多情人魂銷也，豈必皆古渌水之節哉？[三]然詞實不盡於是，則聞張次君而起者，即殺青《唐宋名賢詞》可也。豫章黄河清撰。[四]

明顧從敬等輯、明沈際飛等評《雋古香岑批點草堂詩餘四集》『續集』卷首，明末南城翁少麓刻本，天津圖書館藏。

## 校

[二]有眉批云：不歌詩，不歌詞，而歌曲，是以軒冕者多不屑倚歌。

〔二〕『蕭竹屋』當作『高竹屋』。

〔三〕有眉批云：何不譽之甚也，即『多情人魂消』一句終是貶語。楊升庵云：詩詞同工而異曲，共源而分派，足以服作詩餘者之心矣。

〔四〕黄河清撰寫的這篇『《草堂詩餘》原序』又見載於明卓人月、明徐士俊輯《古今詞統》卷首（《續修四庫全書》第一七二八册，上海：上海古籍出版社，二〇〇二年，第四四四—四四五頁），名爲『續《草堂詩餘》序』，兩文有兩處文字不同，一爲開篇少了『《草堂詩餘》，何元朗氏序而行之矣。又有《續詩餘》者，編自長湖外史氏，而張次君重校刻於茂苑。黄子曰』，另一爲文末少了『然詞實不盡於是，則聞張次君而起者，即殺青《唐宋名賢詞》可也。豫章黄河清撰』。此外，《古今詞統》卷首著録的黄河清『續《草堂詩餘》序』尚有兩處眉批，一爲在『凡四十册』後有眉批『惜四十册不盡傳』；另一爲在『不直周郎一顧矣』後有眉批『唱詩雖不廢，然不過山人紗帽，兩種應酬之語，何足爲振？夫詩讓唐，詞讓宋，曲又讓元，庶幾吴歌《掛枝兒》《羅江怨》《打棗竿》《銀絞絲》之類，爲我明一絶耳。』

# 周□□

周□□，明末人。

# 《草賢堂詞箋》小序

昔有老宿讀小艷詞者，至頻呼小玉，原無事，只要檀郎聽得聲之句，不覺豁然大悟。嗚呼！今之工詞者與讀詞者，衆矣，亦間有聽得聲，其人者否耶。使果有之，不從耳入，萬紫千紅，眼看鼻嗅，都來是此段消息。誠意正心，曉風殘月，總只一鼻孔出氣，不然一任渠作，慧業文人去耳。余友王孝峙著詞甚富，蘖弦齋其一也，讀之者咸賞□□□□□□□□□□□□□□□□□□□□□□□□□□□□□□□□□□□□□□□□□□□□□□□□□□□□□□□□□□□□□□□□□□□□□□□□□□□□□□□□□□□□□□□□□□□□□□□□□□□□□□□□□□□□□□□□□□□□□□□□□□□其風流婉約中，常餘龐眉，皓叟之致，可殍唐宋作者。余曰：『何望吾孝峙之淺也？』孝峙平日酷嗜風節，偏于婆娑跌宕，時迸出真性。至與譚言，發非聲之旨，尤愛其一往神會。然則一字一調，皆向我蘖弦中嚼出、彈出，果必商略于唐之穠近、宋之淺遠。盤旋于温、李、秦、黄諸君子脚下，而後成孝峙之詞也哉。顧孝峙一若流連于此道者，何也？曰：淺搖輕喚，大聲疾呼，不過借觸着……[一]

明王屋撰《草賢堂詞箋》卷首，明崇禎八年（一六三五）至九年（一六三六）吴熙等刻本，中國國家圖書館藏。

校

［一］王屋《草賢堂詞箋》卷首著録有周□□撰寫的《〈草賢堂詞箋〉小序》，然中國國家圖書館藏本原件短缺一頁，約闕一百四十四字。據文末語意，猶有未盡之意，應亦缺失了部分文字。

## 董升

董升，明末人。

# 《草賢堂詞箋》小序

風孝峙之辭，將無以孝峙爲辭人，與以孝峙爲辭人，是且以周公旦爲詩人、仲尼爲史氏，與下迄靈均、司馬長卿、蔡中郎、彌正平、王摩詰諸人亦徒騷人墨卿者流。及彈琴吹笛，撾鼓弄琵琶，一時稱絶伎者。與孝峙一生，或杯酒雄放，不就簡柙；或憤懣哭泣，無與爲歡；或賦詩作歌，散陶天際；或面牆啞坐，去離人緣；或特往特來，少可多怪；或載沉載浮，與物推移；或握粟抱布，淺立經營；或茹精餌术，研思道妙。孝峙故兼此數者，以是數者之人亦多與爲友。即孝峙亦似無有簡擇，去取一切，以朋友之禮接之，而臭味所托未易，數數然爾。然則孝峙所爲文章□□，與其所爲填詞，降而爲曲，謂可以盡孝峙已乎？孝峙殆不自知也。以予交孝峙者，十年有餘，初未能深知孝峙，頃相過。孝峙極知我貧，且嗤我不能治生，而重罪我不能事親。嘻！孝峙知予，予未知孝峙，愧孝峙矣。其一時與孝峙鼎足稱同調者，爲我友吴止仲、曹子顧，是皆内美脩能之士，而風雅之所寄思也，予又焉能指測其妙哉？社弟董升書人題。

明王屋撰《草賢堂詞箋》卷首，明崇禎八年（一六三五）至九年（一六三六）吴熙等刻本，中國國家圖書館藏。

# 唐允甲

唐允甲，字祖命，號耕塢，一號山茨，晚號握椒老人，安徽宣城人。明季官中書舍人。國變隱居，著書立説。著有《耕塢山人集》等。

## 《衍波詞》序

詞者，樂府之變也。小道云乎哉？悲慨用壯者，時鄰於傖武；靡曼近俗者，或仳於俳優。兩者交譏，求其工也難已。同盟王子貽上，文宗兩漢，詩儷初盛。束其鴻博淹雅之才，作爲《花間》雋語。極哀艷之深情，窮倩盼之逸趣。其旖旎而穠麗者，則璟、煜、清照之遺也；其芊綿而俊爽者，則淮海、屯田之匹也。求之近代，即用修長於用博，元美妙於取境，未之或先。乃貽上告予曰：『某之爲此也，博奕猶賢云爾。』曩蘇文忠節義文章，有宋一代之冠，而長言短闋，士女爭傳。然則是集也，固貽上游藝之一端，亦以見才人馳騁文囿，其無所不宜類如此。宛陵年家

社盟弟唐允甲。

清王士禛撰《衍波詞》，清光緒刻本，中國國家圖書館藏。

# 鍾人傑

鍾人傑，字瑞先，錢塘（今浙江杭州）人。約生活於明末。刻印過自編《性理大全會通》《性理大全會通續編》，自輯《唐宋叢書》等。

## 敘刻花間草堂合集

弇州謂《花間》以小語致巧，《草堂》以麗字取妍，臨川謂《花間》有俊懷，《草堂》多雅韻，俱爲定論。今《草堂》集中祝壽詠桂諸惡道語皆得廣傳，而《花間》刻無嗣響，譬彼采艶於江南，未睹邯鄲之佳麗。惜哉。□□升庵所品選，合行之，俾稍益於風流博士家也。讀書堂藏□。

弇州云：『《花間》以小語致巧，《世説》靡也。《草堂》以麗字取妍，六朝隃也。』可謂定論。然《花間》柔艷婉約，自是温、韋、和、李諸才子香奩中物。微致較《草堂》爲短，評者乃謂傷於促碎，非也。政致稍盡也，即隋煬、太白之雄，《望江南》《憶秦娥》，非不聲調宏美，一種凄婉，近人猶不得與耆卿、子野、少游輩爭長。蓋宋人之詞，語淺而遥；唐人之詞，才稌而近。各有深致，不可優劣。而宋尤厥體當家，《草堂》中俊語如『滿院落花春寂寂』『淚花落枕紅錦冷』『海棠經雨胭脂透』，又『彈到斷腸時，春山眉黛低』『秋千外，緑水橋平』，入《花間》，不復可辨。《花間》中，欲拈如『簾卷西風，人比黄花瘦』『斷送一生憔悴，能消幾個黄昏』『楊柳外，曉風殘月』『燕子銜將春色去，紗窗幾陣黄昏雨』，一段天然之美，豈易得耶？間有之如馮延巳『風乍起，吹皺一池春水』，李後主『問君能有幾多愁，恰似一江春水向東流』，數語耳。第《花間》無俗調，《草堂》人數闋而外悉惡道，語不耐檢，想當時村學究所竄入，恨無善本，一披沙揀金也。近自友人得升庵所評注，蔭映最佳，而《草堂》本則程仲權所删，可稱快絶。邇來風流日永，人士動稱才情，才情之美，無過詩餘，因取合刻之而漫論及此。錢塘鍾人傑瑞先甫撰。

明楊慎品定、明鍾人傑箋校《花間集》，明天啓四年（一六二四）鍾人傑箋校本，南京大學圖書館藏。

# 逸史蝶庵

逸史蝶庵，約生活於明末。

## 《牖日譜詞選》序

事東山李使君、禹修才使君，具眼首拔，一以數奇不偶，一爲仇家齟齬，求志多違功名，一念冷如灰燼，三十四忽悟無生之學。若見本來即持齋薙髮，人遂以老和尚稱。然聲色之好，久而彌篤，况鰥居無聊，閑門編鹿韭傳奇及鬼董狐，苦海慈航，村居三笑，諸曲亡。友費茫隗曰：『昔秀禪師謂黄魯直云學士好作小詞，亦墜惡道，詎和尚亦作綺語耶？』余曰：『太上忘情，其次不及情，情之所鍾，正在我輩。夫俗人蚩蚩，同於鹿豕，難以情論，若騷人仙佛，皆在情中，顧用之何如耳。《易》曰「天道下濟，地道上行」，是天地以有情也。山光水色，花草禽魚，於人不甚關情，而文人對景留連，遇物能賦，豈非情因境觸、境隨情繪乎？閻浮衆生，迴隔仙佛，而佛

誓筏喻，普度仙家，著契參，同是情網解脱，而究竟爲情所囿。天地終古盡在情中，余能超天地仙佛而飄然遠引乎？』茳隗曰：『寓情言志，詩賦是以陶咏。若作填詞，恐傷風雅。』余曰：『賦與古詩近於頌，近體似二雅，詞之逸趣可埒國風。雖然長調敷景排偶，超於賦之摭實；中調語短情長，遠於近體之嚴板；小令拍促噭峭，優於絶句之雋永。所以諧律和聲、長短協節，詞善兼詩賦之長而獵詩賦之美，以詩之餘論，如食橄欖咽餘甘香，如啖荻蔗漸入佳境，故餘無餘，則味盡矣。餘而仍屬之詩，亦猶宗門既絶，教門復開，醍醐一滴皆合轍也。迄今八百餘載，詩餘之法久湮，我安能以有情之語爲無情者説法哉？』嗟乎！茳隗墓木拱矣，而余桑榆遲暮，一往情深。自宋以逮我明，作詩餘譜法六卷，指示迷津，是佛以無法爲法，余以肖法爲法，同一婆心也。晉支道林云『南人學問如牖中窺日，善學寡則易覈。』而智明以是取義云。爾客曰：『左太沖《三都賦》成，必借重於玄晏；劉彦和《雕龍》甫就，亦取定於休文。』若欲見推時流，盍假當世鉅公。

原題逸史蝶庵編《牖日譜詞選》卷首，抄本，北京大學圖書館藏。

# 牖日譜緒言

古之風雅頌，皆樂章也。樂以詩爲本，詩以聲爲用。昔之詩，今之辭曲也。故郊祀燕享三代，用以登歌，風雅用於人頌，則用之神詩。雖主人聲其中調者，皆可被之絲竹。蓋主於人者，有聲必有辭；主於絲竹者，僅有音而已。琴至梁，而始有辭；舞至晉，而始有辭，皆非先王之舊也。孔子正樂，得所問之，太史氏而得雅頌之分，所以得詩而得聲者，三百篇則繫之風雅頌，得詩而不得聲者，則置之謂之逸詩。粤自周道式微，輶軒之使不采列國之風，於是忠臣孝子之什、貞女嫠婦之篇，無由上達，彤管闕傳，而詩以自亡。厥後，嬴秦兼併，分天下爲郡縣，任刑名督責之術，典籍焚棄，人禁偶語，褒刺之風不聞，而詩遂澌滅。漢興以來，齊、魯、韓、毛四家，各爲序訓，以義理相授，遂使聲歌之音湮没無聞。即太樂氏以聲歌肄業，往□仲尼三百篇，瞽史之徒例能叶歌，但義理之説既勝，則聲歌之學日亡。繼詩而作者，皆有樂府，樂府之作，宛同風雅，第其聲散佚，無所紀，繫所以不得嗣續風雅。漢初雖有樂官，然采詩入樂，自漢武始。武帝定《郊祀》《房中》之樂，乃立樂府。特采詩不辨風雅，遂致雅頌通歌去三代之制遠矣。曹魏之祀武、文、明帝三廟，純用風雅，此頌之所以亡也。頌亡，則樂亡，故鄭樵謂樂之失也自漢武，其亡也自魏代，洵不誣矣。曹孟德平劉表，得漢雅樂，即杜夔所得於三百篇者，惟《鹿鳴》《騶虞》

《伐檀》《文王》四篇，餘聲不傳。太和末，又失其傳。左延年所得，惟《鹿鳴》一笙。每正旦大會，雅樂嘗作，然古者歌《鹿鳴》，必歌《四牡》《皇皇者華》。三詩同節，故曰工歌《鹿鳴》之三，而用《南陔》《白華》《華黍》三笙以贊之，然後首尾相承、節奏有屬，今得一詩而如此用之，可乎？迄於晉室，《鹿鳴》一篇又無傳矣。自《鹿鳴》一篇絶，後世不復聞詩矣。永嘉之亂，樂則漸以銷亡。暨宋齊偏安江左，競尚駢麗，字生珠玉，行起風雲，即顔、謝、沈、鮑輩敷華掞藻，足以鼓吹六經，而於漢魏樂府，愈失愈遠，況三百篇之遺乎。隋平陳，得其一二，則樂府之清商也。文帝聽而善之，曰此是華夏正聲，乃置清商府，博采舊章，以爲樂之所本在此。自隋之後，復無正聲，至唐能合於管弦者，惟《明君》《楊叛兒》《驍歌》《春歌》《秋歌》《白雪》《堂堂》《春江花月夜》八曲而已，樂府不幾於亡乎。樂府亡，而唐人創爲近體，以絶句爲樂章。絶句主聲，近體主文，絶句律格之製窮，而中唐變爲長短句，名花間體。唐莊石晉之世，此體寖盛，沿及於宋，遂以詩餘雄絶一代，於是七言絶句又有其曲而無其調，而絶句又亡。夫詩而系以餘者，蓋不近古體，不入近體，其句長短錯綜，如詩之有緒餘耳。自宣和之末、南渡之初，崇尚南曲，謂之温州雜劇，而詩餘於是漸亡。金元人矜製北劇，胡氛彌熾，而詩餘遂亡。元季高則誠、施君羨輩創有《幽閨》《琵琶》南曲全本傳奇，而明之騷人詩客、曠世逸才者，於制科之暇，輒以傳奇角勝。世遠時移，而詩餘之分宫腔板，已杳不可得而問矣。繇是觀之，歷代不相沿襲，聲音各極其盛，風俗淳澆，元音剥復，文運除替，考古者遐覽，而知世變焉。海上何柘湖曰『詩餘者，古

樂府之別流，而後世歌曲之濫觴也。』元聲在，則爲法省而易諧；人氣乖，則用法嚴而難叶，誠定論矣。嘗考古之樂府，如《踈勒鹽》《阿濫堆》，陶貞白之《寒夜怨》，梁武帝之《江南弄》，陸瓊之《飲酒樂》，題類甚多，其名不類中國者，歌聲變態，大都起自羌胡耳。夫自六朝諸君臣頌酒賡色，務裁艷語，默啓詞端。迄煬帝《望江南》《穆護沙》《河傳》等調出，而唐人祖述，翻爲詞調，如太白《菩薩蠻》《憶秦娥》蔚爲開山之祖。踵事而增華者，王右丞之《鬱輪袍》《阿□迴》，王建之《調笑令》，樂天之《憶江南》，新聲流播，黼繪奪目於焉。温、韋、和、馮，雲蒸霞起。孟蜀遐陬，敷香吐艷，集名《蘭畹》《金荃》，取其芳媚也。晚唐以及石晉，雖有《花間》《樽前》等集，而詞皆小語巧致，傷於促碎。宋崇寧四年九月朔，以九鼎樂成，賜新樂之名曰大晟，遂立大晟府。又以舊制禮樂掌於太常，乃置大司樂一員、典樂二員，並爲長貳。太樂令一員協律，即四員及制撰，諸官爲制甚備。命待制官周邦彦、阮逸等搜討古意鮮有存者，僅得八十四調。令大晟府同教坊依譜按習，後增慢、引、近、犯諸名，演至二百餘調。創調之繁有六十家，從小令而翻之，始有中調、長調。然集以《草堂》名者，楊升庵以李青蓮集名《草堂》載《菩薩蠻》《憶秦娥》二詞，而宋人遂以《草堂》名詩餘，尊李詞爲鼻祖，非無謂矣。夫唐詩有初、盛、晚之分，宋詞亦有焉，如建隆以至淳化，初宋也；咸和以迨宣和，盛宋也；建安以及淳熙，晚宋也。詩盛於唐，詞盛於宋，曲盛於元，雖一代殫精習之，良繇氣運使然，故各代有專制之業。是以作近體者，高寄於古；作填詞者，取資於詩；作曲者，又采填詞佳句。擬勝究竟，詩異樂府，詞異於詩，

曲異於詞，始知曲盛詞湮，而亡詞者金元也，非詞亡，其調亡也。填詞之迴出，若南唐李後主、宋之晏元獻父子、秦少遊、張子野、宋子京、周美成、謝無逸、高賓王、張宗瑞、張仲宗、万俟雅言，閨彦如李易安、孫夫人、宋淑貞，此詞之正宗，而方外之仲殊、如晦、覺範，亦且揚鑣並馳。至於温韋艷而促、黄九精而險、長公麗而莊，幼安辨而奇、改之後村豪而放，此詞之變體也。南宋如曾覿、張掄、康與之輩，應制之作，志在鋪張，故多雄麗。稼軒撫時之作，意存感慨，故饒明爽，然而穠情治致幾於盡矣波。姜白石之騷雅，史梅溪之句法，吴夢窗之字面，蔣竹山之奇巧，周草窗之典□，取五家之所長，去五家之所短，而詞學已臻三昧。至於金元之鄧千江、元遺山，明之劉文成、楊孟載、瞿宗吉、高槎軒、吴子孝、文徵仲，風韻雋上，差足步武前賢，而今已罕其儷矣。夫作詞須婉轉綿麗，淺至儇俏，一字之工令人色飛，一語之艷令人魂絶，乃爲作手。若慷慨磊落，縱横豪爽，又其次也。作則寧爲大雅罪人，勿爲儒冠胡服。昔何元朗云『樂府以皦逕揚厲爲工，詩餘以婉麗流暢爲美』。夫婉麗得矣，而流暢則無紆折之致。盖曲者曲也，如初入迴欄，曲徑使人意思幽深，已而忽得大□，更使人神奇問朗，故纏綿夷爽，兩不可廢。嘗見陸元輔《詞旨》曰『作詞意取近雅，而又不遠俗，運思貴遠，用字貴便，造語貴鍊，用字貴響，清空二字，亦一生受用不盡。』對句好，可得起句好，難得收拾全藉出場。古人詩有翻案，詞亦然。詞不用雕刻，刻則傷氣，務近自然，故佈置停句，血脈貫穿，過片不可斷，首尾亟相救，指迷之妙盡在是矣。沈伯時《樂府指迷》多有好處，中間一兩段亦非詞家作手語。余竊謂人之才情，亦

各因其資之所近。昔辛幼安以詩詞謁蔡元長，蔡云子之詩未也當以詞名。馬鶴窗與陸元偁皆出劉菊莊門，而元偁得詩律，鶴窗得詞調，則才有攸别，又不可强而同矣。所可惜者，分調填腔，當年播之吕律、被之管弦，大晟之樂一何其備，而今人務稱劇曲，宫傳别宫，調混别調，訛以襲訛，較之金元製腔之時，又非舊矣，况大晟之遺乎。夫南曲有譜、有腔調、有定名，則腔之高揭低小有一成之格。若北曲中務頭顛落與轉折關捩，茫無成律，弦索與優口殊異，此北曲之不可考也。祝枝山時稱博雅，亦嘆四十年來接賓友鮮及古律者，何柘湖亦慮數世之後北曲□致失傳，盖金元之製猶然，音隨澤斬，而宋之詩餘更無疑於湮没矣。□革前讀轅文宋先生與李舒章諸名公落葉詞，平仄失譜，心竊嘆之，二十餘年來未了此。案内兄秦玉汝，爾雅士也，性苦吟，有香奩氣，嘗笑謂之曰：『兄才攻詞，自足名世，詩之堂奥，非汝得而窺也。』後余家多難，揚歷數載，南北遥隔，未獲便面。乙未春，以詩詞見等，詩格婉弱，不失故步，讀其詞，殊不入譜。甲辰冬，偶步剞劂氏坊中，見鄉先達張樾九贈女校書倩扶詞，平仄大謬。余因嘆曰詞學之不明，故後人靡所適也。久欲輯譜，苦無其暇時，年踰耳順，雅好著述，因讎校作譜，焚膏繼晷，考覈四載，計稿繙閲，八易而就。勞同狐腋，好比珠船集成，貧不能梓，□之於閣，以存大晟逸響云。

原題逸史蝶庵編《牗日譜詞選》卷首，抄本，北京大學圖書館藏。

## 牖日譜體制

陸韶《詞旨》云：凡觀詞，須先識古今體制。蓋有體，始可製詞；有制，始可立調；有調，乃可填腔。體制定，而譜始主矣。夫按譜填詞，調有定名，句有定格，其字數多寡、平仄韻脚，不可游移增減。作者按調之字數多寡、平仄韻脚填入成詞，所謂填詞也。沈天羽謂間有多寡不同者，文義偶不聯續，用一字或二字襯之，如南北劇中之這字、那字、正字、却字之類。不知元人之曲即作套數，可摘爲樂府者，亦自無幾。若作襯字，則易開出入之門，抑見江郎才盡矣。趙子昂云：娼夫之詞，名曰緑巾詞。雖有切者不可稱樂府，以其字有旁溢耳。夫曲有襯□字，便非上乘，况詩餘乎！唐人小令無一定之體，字句隨作者增減。至宋大晟協律體，有一定字，無岐二天羽之論，不惟不知詞并亦不知曲矣。然有一字而可平可仄者，合之於腔，不致啞拗便可轉换；或一字而平仄，必不可假者，此係板眼，如詩中之嚴，不能寬假。作者於此不知平仄，舛錯音調，濕軋不入本腔矣。然詞中字眼只論平仄，其法寬。曲則務叶四聲，以入聲分配平上去三韻，其法寬而復嚴。湯若士譜曲往□平仄，謾用唱多棘口，作者用是誚之，是平仄者，詞曲之關捩也。北曲分六宫十一調，南曲分九宫十三調，而填詞則分五宫九調，所謂黄鍾宫、仙呂宫、無射宫、中呂宫、正宫，仙呂調、歇指調、高平調、大石調、小石調、正平調、越調、商調、般涉

調。第北曲有太和譜，南曲有蔣氏九宫譜，而詞譜分宫無傳。凡偷聲待拍諸節，奏頂疊躲换，以及縈紆牽繞諸格調關捩，子復無考據。盖自宋以迄我明，專工劇曲世代□，遂致失傳，有不得而考證者。按宋大觀四年春正月，大晟府奏宴樂諸調，各宫不正如以無射爲黄鍾宫，以夾鍾爲中吕宫，以夷則爲仲吕宫之類；又加越調、雙調、大食、小食皆俚俗所傳，詔令依月改正。夫小食、大食，外國名也，則石與食又字音之訛，不宜用石矣。晚唐長短句都作單調、小令。後唐石晉時，始增雙調，然亦甚少，謂之重頭小令。至宋演爲中調、長調，其調後段謂之换頭，必以兩字爲首句押韻。若三段謂之雙拽頭，又或系之以犯、以慢、以近等名，如南北劇中名犯、名破、名賺、名然之類。又有字數多寡同，而所入之宫調異，名亦因之異者，如《玉樓春》與《木蘭花令》同，而以《木蘭花令》歌之，即入大石調之内。又有名異而字數多寡同，平仄亦因之同者，如《蝶戀花》一名《鳳棲梧》《鵲踏枝》，《念奴嬌》一名《百字令》《酹江月》《大江東去》之類。詞名多本樂府，然而去樂府遠矣。南北劇曲中之名多本填詞，然而去填詞愈遠矣。今按南北曲調名與填詞同者，如《青杏兒》即小石調，《菩薩蠻》即正宫，《百字令》即大石調，《南鄉子》《唐多令》皆係越調，此詩餘與北劇全調相同者也。若《醉太平》前段即正宫前四句，《鷓山溪》全不同，惟前段九句相似大石調。大石調之《青杏兒》，即詩餘《青杏兒》之前段。北劇《念奴嬌》即詩餘《百字令》之後段。《點絳唇》前段即仙吕，《憶王孫》亦與仙吕同，第北劇末句多一字。《粉蝶兒》前段即中吕，而北劇後句殊異。《醉春風》前段同中吕，然詩餘第四句作三

字。《滿庭芳》後段同中吕，而北劇第六句作六字。《剔銀燈》後段同中吕，獨劇曲第四句多一字。《夜航船》即雙調北劇，第四句亦多一字。《風入松》與雙調同，北劇末句多一字。《行香子》即雙調，詩餘第六句浮一字。此北劇與詩餘之同而小異者也，外此鮮有幾似者矣。如《東風第一枝》即大石調，詩餘用仄韻，曲用平韻。《滿庭芳》《尾犯》即中吕，《一剪梅》即南吕，《點絳唇》即黄鍾，《霜天曉角》即越調，《高陽臺》《二郎神》《憶秦娥》即商調，《謁金門》《搗練子》即雙調，《鷓鴣天》即仙吕，皆南曲引子與詩餘全調相同者也。《念奴嬌》即大石調，《行香子》《青玉案》《金菊對芙蓉》即中吕，《臨江仙》即南吕，《虞美人》《生查子》《滿江紅》《步蟾宫》俱同南吕，《滿路花》即南吕，《一枝花》《绛都春》《女冠子》《玉漏遲》皆與黄鍾一例，《祝英臺近》《浪淘沙》即越調，《花心動》《寶鼎現》《海棠春》即雙調，《卜算子》《探春令》《唐多令》即仙吕，《江城梅花引》即雙調，《梅花引》《鳳凰閣》即越調，皆引子之或前段或後段相同者也。《疏影》即黄鍾，詩餘第八句作五字；《傳言玉女》即黄鍾，詩餘第二句作九字，南曲第五句作七字；《杏花天》即越調，詩餘末句作六字；《珍珠簾》即雙調；《風入松慢》與《風入松》調同，詩餘第三句作五字，第四句作七字；《夜行船》即雙調，詩餘首句作六字，第四句作三字，第五句作七字；《秋蕊香》即雙調，詩餘第二句作六字，南曲末句作七字；《燕歸梁》即正宫，詩餘第二句少二字，皆引子之或前段或後段之大同小異者也。至於過曲之全調同者，如《燭影摇紅》即大石調，《天仙子》即黄鍾。其有同而小異者，《醉太平》即正宫，詩餘第三句多一字；《晝錦

堂》前段即雙調，第南曲第五句下加二字。又叶本韻若大石調之《驀山溪》《醜奴兒》，中吕之《醉春風》《賀聖朝》《沁園春》《柳柏青》，般涉調之《哨遍》，商調之《永遇樂》，仙吕之《聲聲慢》《八聲甘州》《桂枝香》，雙調之《紅林檎近》，皆屬慢曲首段换頭俱同。其商調之《集賢賓》，則詩餘第二句作五字，南曲换頭首句作六字。南吕之《賀新郎》，商調之《解連環》，皆無换頭，北慢曲之稍有異同者也，舍是而外無一相侔，盖詞曲體制之有别裁也。夫南曲、引子、過曲，各有聲調腔口，至於詩餘，無論小令、長調，與曲譜同者，只可作引子唱，難列於各調過曲之中，皆以詩餘調似北曲。詞長情短，南曲詞短情長，又不可不分别也。至於正宫、引子，《喜遷鶯》毫不同於詩餘，《剔銀燈》引中吕引也，而以《剔銀燈》過曲爲引子，此皆沈天羽勦襲《嘯餘譜》之失而不深究耳，知音者罕能不憑吊周郎乎？

原題逸史蝶庵編《牖日譜詞選》卷首，抄本，北京大學圖書館藏。

## 牖日譜紀例

叶聲填腔後，人按其平仄，遂遵爲譜。兹集之選，自調名而止。若金、元、明代所創之調，皆非大晟之舊詞，雖佳不敢濫厠，閲者勿訾不備。

擷芳　詞之全美者，固已入選，其或棄而不録。苟一段有可傳者，必録附後。存璧小璣，不稍遺也。

敘評　詞之圈點批評，惟杭刻卓人月廣選、蘇刻沈天羽續別新四集，皆抄襲楊升庵《詞品》諸書。余以管見，其浮冗十存二三，如歐文忠公修《唐書》不没。始事子京之意云爾。

論品　詞家優於吟咏，其人品亦有賢不肖之分，故爵里氏必註明本調之下以見有德者，必有言其有言，亦不因人而廢。或有不可考者，亦姑闕之。夏五郭尼父，亦有然矣。

寄恨　余生也晚，家徒四壁，自恨局處瀕海，愧無茂先十難學仲壬借觀。况賦性孤介，不妄交遊。入門惟友風對飲，獨邀明月，以故啬於聞見名公。綺製遺逸，多知我罪。我竊有望於後之君子云。

原題逸史蝶庵編《牖日譜詞選》卷首，抄本，北京大學圖書館藏。

# 許銓胤

許銓胤，自稱高陽生，溫陵（今福建泉州）人。行跡不詳。編有《閒情雅言》，包括《名家詩餘選》《古今女詞選》《古今名妓文》《唐人觀妓詩》《古今名媛詩》。

## 《古今女詞選》小引

詞者，詩之餘也。古今女詩多矣，何以獨選詞？曰：詩有選，詞未有選也。即《草堂》所選，亦一班[二]耳。詞何以獨詳宋，曰唐人工詩而不工詞，元人變詞爲曲，詞又濫觴矣。宋學士大夫，人人嫺詞，於是風流之所薰釀，笄黛多以詞鳴，如李易安、孫夫人之流，詠其得意語，令少游、子瞻遇之而左次。故爾時女子之擅埸名家者，凌厲蘇、黄、秦、柳而爲詞正宗，良非偶也。國朝專工帖括，冠進賢者，未必能詞，况女子乎？唯楊用脩夫人黄氏詩詞清新，與其君子寸力所敵，賡相唱和，是易安所不能得之趙明誠，而孫夫人所不能得之鄭文者也，亦希覯矣。梁小

玉在烟花籍中，而文筆無脂粉氣，著述浩富，自詫如董狐，無乃野狐精乎？噫！宇宙寥廓，豈無有負奇幽閨而姓名不揚者？余聊以耳目睹記，録若干首，亦吉光片羽云，讀者無以管窺見嘲。温陵高陽生許銓胤題。

明許銓胤編《閒情雅言》，明刻本，日本前田育德會尊經閣文庫藏。

## 校

〔一〕『班』當作『斑』。

# 陳濾湘

陳濾湘，長洲（今江蘇蘇州）人。約生活於明末清初。

## 《詩餘圖譜》序

蓋聞太乙燃藜，光暎文人之室。龍賓沸墨，神隨學士之書。是以江郎筆穎生花，香流咳唾，楊子口中吐鳳，字落珠璣。庾信春華，轉柔腸而百折，徐陵致語，鍊隻字以千鎚。風氣所開，日新月盛，則有金閨弱質，玉帳嬌姿，引幽思於盤中，織迴文於片錦，奪天孫之巧，製燦若七襄，效玉女之投梭，爛然五色，事鉛槧者爲之滴露研硃。詠新聲者，既已敲金戛石矣。若夫三百篇變而爲歌詩之府，五七言降而爲長短之詞，十里長亭，相思有淚，一江春水，流恨無窮。于是騷歌之士，對風月以抒懷，婉孌之流，采芙蓉而作句，尚書丰韻，競傳紅杏枝頭，郎中盛名，共説鞦韆影裏。柳七低吟楊柳月，蘇公雄唱大江東。韻逸千秋，藝精一代，更有腸充錦綉，腹滿琳瑯，字轉連環，文成九曲。迴文一格，於焉始興。然而枝窮於協律，才束於填詞，詩餘惟載《菩薩鬘》數篇，樂府僅稱《玉樓春》一闋。後來作者寥寥，罕聞全帙，豈非創始難工，新奇莫鬬耶。吾吴顧子，託跡市廛，棲心編簡，伯通廡下，甘食力之梁鴻；桃花渡頭，來問津之漁父，比蹤磨鏡之客，不言賣藥之名，而乃心巧性成，軼才天賦。周郎顧曲，師曠審音，班管紅箋，嘗題恨字，色緣黄絹，時出妙辭，即其迴文一譜。詞搜各調，巧遇諸家，洵可謂手造鳳樓，斧修蟾魄矣。移宫换羽，倣名蘭之體裁，取異標新，襍文通之妙筆，流連閨怨，芳草含愁，婉轉春情，香蘭

泣露。既而花前輕拍，月下微吟，秀骨包蘅，艷抬孕麋，聽之心醉，聞者魂銷。才韻如斯，於以樹幟鷄壇，傳聲蔥市，誠易易爾。余也抱甕窮年，坐愁終日，偶識，然明於片語。幸接杈夜於鷄群，邇蒙明珠之暗投，謬爲他山之攻玉，剪雲霞而爲譜。啓我蒙心，裁銀漢以爲章，多君藻采，遂忘疏陋，僭例膚辭，從此播名，知國予之不少，於焉引在異，元宴之有人行矣。顧君皆知子矣。古吴陳澐湘曉甫撰。

明顧長發撰《詩餘圖譜》卷首，清康熙一夕話二刻本，中國國家圖書館藏。

# 顧長發

顧長發，字君源，長洲（今江蘇蘇州）人。約生活於明末清初。著《圍徑真旨》。

# 《詩餘圖譜》自敘

余窮居陋巷，湫隘囂塵，顧瞻床頭，瓶無儲粟，人皆謂余貧。然貧非余所憂也。間嘗浪遊於秦淮白下間，試以一囊作客，而輒有鬼從傍揶揄之，以故顛蹶風塵，蘇裘郭履，不堪其敝。人咸謂余數奇，然數奇非余所憂也。竊謂造物雖困我以貧，厄我以數，而余之耳目猶可以視聽，余之心思猶可以籌度，允我之耳目心思，皆予性分中之真樂也。何暇憂及遇之貧，數之奇也哉？雖然，余且五十矣，塊然一身，骨體不媚，而欲以布袍鶉結之形，介於先生長者側，啓口談詩文評風月，不幾絶倒諸公乎？乃諸公不以余蓬心也而棄之。接引教誨，辱譽以通人之目，余因出平日之俚語，所謂《迴文圖譜》者，以請政。謬蒙獎許，又重之以辭。嗟乎！諸公雖知余之詞，而不知余之詞乃從窮愁困若數奇不偶中得之者也。夫世之所謂讀書君子，則必建精舍，庭中置奇花異草，室内則有名畫異香古玩之屬，架上無書不備，於是與良朋快友拂古硯、磨妙墨、伸雲箋、握兔管，得一佳句，則傳誦焉，遂以壽之梓，然後謂之讀書人耳。若夫余則片椽不蔽，妻孥攢裝其中，耳所聞者，啼饑號寒之聲，目所睹者，鼠竄蠅逐之形，又何暇效騷人之尋行數墨乎？然而余不以爲憂也。余觀夫片椽尺地，即作精舍。觀妻孥攢裝，即作良朋快友。觀濕薪腐米，即作奇花異草。觀荒厨破缶，即作種種清玩。觀啼號之聲，何莫非松風竹韻聲

也。蠅鼠之形，何莫非幽禽馴鹿形也。吾於是拂瓦硯、磨工墨、伸敗紙、握禿筆，爲之尋行，爲之數墨，覺耳之所聞、目之所見、心之所營、思之所構，其汩汩然而來者，不自知其工與拙也，亦祇以自娛而已。然則造物雖困我以貧，厄我以數，而我之耳目心思如故也。我將樂之不暇，又何憂焉。吳門清真教末顧長發君源父自識。

明顧長發撰《詩餘圖譜》卷首，清康熙一夕話二刻本，中國國家圖書館藏。

## 《詩餘圖譜》凡例

一　譜中定式，平聲用○，仄聲用●，有平聲一字雙聲者用⊖，有仄聲一字雙聲者用⊝，合則一字而兩用之。

一　有一字雙音者用◒用◐，填詞須用可平可仄之字，如長短之長、長幼之長、邊傍之傍、依傍之傍，平聲上虚，仄聲上實，倒讀自然叶調，餘可類推。

一　每調順讀○●，内書一韻，字句中暗韻亦然，如兩音之字，◒◐内多有韻字，如倒讀成句者，俱有一叶字。

一　詞名，《菩薩鬘》一名《重疊金》，又名《子夜歌》，與《四換頭》大同小異，詞中句法有

别，故列三條，非好奇也。

一　音同字同二調，首字須用平聲，如音異，須用兩意雙聲之字，如字異，須用兩意同音之字，亦有陰陽、閉口、鼻音之辨，不可混用。

一　分字，詞中用韻之字，次句首字須拆上文半字，如空閨春思等字，上句叶春，下則日字起句，每聯倣此。

一　合字，調中起結之字，須用可分可合者，合則不用，分則兩句，首尾用之字，如《絶妙好詞》之類。

一　全調必須首尾用韻，迴文倒讀，則成兩調矣，如半調，必須首尾一韻，倒讀則成全調矣。

一　句法，有九字句，有七字、六字句，或五字、四字句，或三字、二字句，每句間斷，或平或仄，或用韻不用韻，下有句字註明。

一　每圖各具一式，有雙迴文、單迴文，陰卍字或陽卍字，雙絞絲、單絞絲，撥不斷、連環結或方員六角、長短參差，凹凸鎖殼之形，種種不同。

一　會意字用長短歪斜、大小曲直、顛倒濃淡、草篆空花、五色金銀等字。

一　《子夜歌》起句一聯，首尾用韻，倒讀用四聯入韻。

一　《憶秦娥》字用頂針，按圖可讀一十六調，《漁父》可讀三十二調，《減字木蘭花》圖共

三十八字，連環不斷，可讀二調，共八十八字。

一　詞中有每句倒讀者，有全調每句倒讀者，有半句倒讀者，有全調可平可仄字句倒讀者，有全調參差句倒讀者。每句倒讀者，即《菩薩鬘》。全調每句倒讀者，即《玉樓春》《木蘭花》。半句倒讀者，即《減字木蘭花》《踏莎行》。可平可仄字句倒讀者，即《重叠金》。全調參差句倒讀者，《眼兒媚》《訴衷情》《相見歡》等類。

一　《長相思》第一、第二句，皆用三字，每句首尾用韻，第三句用七字，首字兩句合用，順讀一字，倒讀則分爲兩字矣，《南柯子》亦用此法。

一　七言絶句譜在七言律中或取起結二聯，或用腹項二聯，俱可倒讀，故爾不録。

一　南詞過曲有《一江風》《金衣公子》《黄鶯兒》，俱載九宫譜中，北曲《清江引》載北九宫内，故爾不録。

一　集中詞句原爲創式而製，無論其工拙，但取其叶律而已，幸衆以俚言見笑。

一　作詞之法宜用淺顛險之句，淺者使人易曉，顛者使人解頤，險者使人驚駭，凡用韻不可借，亦不可重。

一　平有陰陽，仄有上去。入，詩家只論平仄。南詞以入代平，終帶勉强；北曲以入聲字泒入三聲。入聲代平，詩餘必不可遵。南音上去、去上互用，如去去上上則不叶矣，詩餘亦然。細閲《眼兒媚》，詞中自見。

一　切字古有二十六字母，其中毅匣同音，非敷莫辨。知照相合床禪澄三字，徐吟宛如一字。切字之法，上字取音，下字取韻，如東字即多龍切，多乃東音，龍乃東韻；如當字即多郎切，登字則多倫切，唐字則徒郎切，臺字則徒來切，□字則徒雷切，有自然之妙，而韻書多有强合之病。予欲定一切字，新譜若有音無字，須彼此反切，必得正音。今尚未遑，偶因定譜，論及□，非敢饒舌。

一　迴文新裁，定式惟取小令、中調數闋，或長調亦可倒讀者，以俟後之君子。

明顧長發撰《詩餘圖譜》卷首，清康熙一夕話二刻本，中國國家圖書館藏。

# 卓　回

卓回，字方水，號休園，仁和（今浙江杭州）人。明崇禎貢生。入清後，杜門吟詠，以布衣終老。與其兄人月同善詩文，尤喜倚聲。輯有《古今詞匯》三編，並著有《東皋集》。

# 《古今詞匯》緣起

是書肇自乙卯之七月，與嚴司農顥亭執手潞河，深言近日詞家多，會者猶少。蓋未得古詞善本爲模楷，譬日飲水，不問源流。子往秣陵，曷圖之？不知先是余與雪客已有訂，特剞劂無資，安能公之天下？漸商於金公長真，長真曰：『善。』歸，又商於青城、顧庵、菊農三公，咸曰：『善。』乃卒未有處，就中伯成承事，更勇覯其單車赴閩時，意不少衰，蓋信而好古者也，然崇山閒之矣。去秋，復自家之江寧，雪客啓藏書樓閣，檢驗宋元秘本，且丐貸於俞邵、瑶星、錫鬯諸子。予任手鈔，其删訂無遺力，會長真捐俸，付梓兩月，而初篇竣，是首功也。抱帙以歸，里之親弗及吾宗好學子弟，醵鐫二篇。若三篇，則端藉伯成諸公。予與雪客仍鵠立鋊槧俟之，雖然書成，而經始之顥亭已長往。予縱不負丁寧精掄擇，顥亭九原下知耶？不知耶？知已遥連提唱。曾幾何時，罹此悲恨，而予猶兀兀。丹黄不已，比於伯牙之摔琴，殊自愧矣傷哉！

品填詞者，有本色當行之目。予初不解，及觀張于湖、錢功父諸君持論大概，傾倒於香籢軟美之文，而義心風調似非夢魂所安，乃猶未敢竟斥其非，恐爲諸方檢點耳。至王元美，則直云慷慨磊落，縱横豪爽不作可耳，作則寧爲大雅罪人，此豈有識之言耶？予意作詞何嘗盡屬無題，如遇吊古、感遇、旅懷、送别，及縱目山川、驚心花鳥等題，安得輒以軟美付之？可知香

籢自有香籢之本色當行，吊古諸題自有吊古諸題之本色當行，倘概以軟美塞當行之責，必非風雅之篤論也。

盛宋諸賢，如周美成領大晟樂府，比切聲調十二律，各有篇目，柳耆卿加增至二百餘調。其時創爲體格方圓，莫易寸黍不爽，專求叶律，以爲標準。故命意或不高，修詞或不工，非所計也。至張叔夏輩留意文義，摘詞選調，風氣大別其所著《樂府指迷》，允爲後學津梁矣。邇來，選政紛馳，評隲滿紙，多爲諛詞，鮮達詞旨。吾郡毛稚黄見解超越，能以微言抉幽宣妙。與余同邑同時，而平生未識面，且遥隔千里，不得資其議論爲兹選另開生面，豈非大闕陷耶？

余兄詞統一書成於壬申、癸酉閒，迄兹四十五載。其時，制科專尚文藝，守一經而研八股，末之或變。乃適當文風極盛之會，士之奇才，博奥者不尚拘攣，力摹周、秦、兩漢、唐、宋大家之文。然售者百一，蓋庸人司命，鮮不驚怪，斥之宜也。於是又降心而爲，膚淺腐臭，熨帖如題。父兄督其子弟，師徒相授，友朋相切磋，曰：如此則售，不如此則不售。白首溺沈，而不之改習詩，古文若仇讐，况詞乎？兄意獨否。然當其時，猶齊庭之瑟也，賞音者或寡矣。方今詞學大興，識者奉爲金科玉律，而造物者又妒之。祝融一炬，流傳誰遡，寧不痛惜？余既迫於良朋讃訣，實欲補其所未備，庶幾一綫之續。至三十年來，作者累累，真珠翠羽，照耀行墨，尤堪媲美歷代作者，以永其傳，此則余與梨莊殿以三篇之意耳。

彙選自《花庵》《詞統》，而外無善本單行稿；自汲古閣六十家，而外無秘本，方鰓鰓焉慮

之，慮《詞匯》標目實不稱名也。念予飄泊一生，家無藏書。丙辰冬，暫還里，于火傳姪借《詞統》，於張子介山借汲古閣。檢閲六十家中，或未能盡佳，而蘇、秦、辛、陸、竹坡、蒲江各各爭奇標麗，它如白石、夢窗、美成、叔暘輩纖穠異骨韻殊，無字無句，不經采擷。鈔成帙，已覺爛然，比於《花庵》似俊，比於《詞統》略備矣。明年秋，入建康，梨莊篝鐙抵掌，縱横論議，與余懷來管見，不大剌謬，隨出藏書數種，皆目不經見，且獲蠹餘，鈔本有碧山、草窗、玉田諸家。淋漓長調，爲之句櫛字比，纂組成章，併當總萃中，誠金觀察所云：豐城瘞劒，一旦拭以華陰之上，寶光璀璨，豈非大快？予與梨莊得此證據，益愜素心，又方侍御邵村一展卷稱爲僅見之書，旁皇賞嘆，拍張不絶，遂悉付剞氏，或亦赤文緑字，天地不能閉其盛。故使應時而出，與山川日月相爲光照耶！

予固陋且懶，好古云爾，敏求豈敢？雪客世學相傳，孜孜罔怠，蒐羅考較，功倍於余。書既成，余不欲列名姓簡編，思以逃拙，而雪客韜晦有同心，余敬而從之。

《詞統》於詞章之外，閒入故事，又慮卷帙浩繁，不多載。今梨莊廣蒐輯逸事俊句及前輩評論，名曰：借荆堂詞話，别爲一編。頗足解頤，且資揮麈。稍俟備工，即命灾梨，以公同好。

詞家以太白《菩薩蠻》《憶秦娥》爲鼻祖，是已。余觀唐之名手，元不多作，元白唱和，好爲長短句，亦古樂府遺音也。入宋，創興多調，名以填詞，以子瞻如江如海之度，不得不溢而成聲，此風尚使。然賢者有不能違初編，於歐、蘇集登選甚廉，非故嚴也，正以多不勝收，但取後

世必傳者十之一二，見精奇明悟之人，亦爲此等佳調。學者善師其意，則金丹大藥不是過矣。初、二編，古詞也。古人不可作，其所吟詠或精微奥衍，難爲由繹；或奇託深情，未能洞曉。嘗掩卷而思，曰：安得起九京而問之？以所揣摩印，可之以爲快。若二編，皆當世名流，日星雲漢，昭示人間，書帶郵筒，不禁集取。然遺珠之憾，鑒衡家不免，且余固東西南北之人，實絶迹無枝之士也。即梨莊見聞廣博，又寓大邑通都，而世之高簡隱人祇欲自怡，倦於持贈者，亦或不能無闕略乎。然既號三篇，則四之、五之應無不可度。此書增華補闕，與運會相終始，又何慮焉？

或者問于余，曰：『初編、二編任刻，有人矣；今三篇纂富，又若之何？』答曰：『休園、梨莊業事鈔輯，勞無庸委。倘名篇紛至，挾貲與俱，余不敢問。江寧范知白、杭州鍾若生，皆書林也。身供剞劂，率可付之，以成勝緣。若卷中參定諸公，樂爲畫灰借箸，余復何辭？志在速成全書，副四方顒望，爲愉快耳。』

康熙戊午秋九月之晦，卓回方水書。

趙尊嶽輯《明詞彙刊》，上海：上海古籍出版社，二〇一二年，第一五四三至一五四五頁。

## 黄澂之

黄澂之，字静宜，初名師先，字帥先，一字師正，晚易今名，改字波民，福建建陽人。約生活於明末清初。明亡後，初以布衣爲閣部史可法幕府上客。可法不幸殉國後，澂之遂行遯以老。

### 《南浦詞》引

填詞以婉麗情至爲宗，然必有别才天賦，始能擅場臻妙。余少好效顰，偶一爲之，開口便成傖父。自知賦才有限，從此不復措意。柳屯田耆卿與余同里，故居相距僅兩舍許。嘗得其手稿一册，絶寶愛之，出入自隨。乙酉兵燹之後，珍秘蕩盡，此本亦在灰劫中，至今往來於懷。兹得讀廣庵先生《南浦詞》，藴藉風流，幽妍香艷，不獨頓還舊觀，直前無古人矣。廣庵工臨池，書法精妙，人得其一縑半紙，輒自侈美。安得如柳七真跡落我手，以慰饑眸耶？雖然，帝青龍襪，豈貧家所宜有？敬書其後以歸之。武彝逋客黄澂之拜題。

清周金然撰《南浦詞》卷首，清康熙刻本，上海圖書館藏。此處據《四庫全書存目叢書》集部第二五三册，濟南：齊魯書社，一九九七年，第八一五頁。

# 吴白涵

吴白涵，名固本，以字行，江蘇宜興人。約生活於明末清初。著有《狎鷗詞》。

## 《南耕詞》跋

昔太史公計留侯之爲人，必魁梧奇偉，而其圖如婦人好女，怪其人與貌不類。今南耕爲人好義，重然諾，剛爽有氣，遇事無回護，必得直乃已。嘗讀其香奩諸作，纏綿婉麗，若不勝情者，然亦似其言與人不類。或曰詞體宜爾也，或曰皆寓言也。及讀至悼亡十闋，其哀怨悱惻，幾不欲生，使讀者亦留連反覆不能已。乃知唯至性人乃能言情，亦惟詞能曲暢其情耳。古稱《離

騷》與日月爭光，豈以其言美人香草而病之哉？即謂南耕詞可擬《騷》也亦宜。

又曰唐宋詞皆可歌者也，至元齣行而詞之聲遂亡。近者吾甥萬子紅友《詞律》一書出，矩度森然，若國法之不可犯。蓋聲雖亡，而所以可歌者，賴紅友存之也。《南耕詞》無一調不與之吻合，若是者，非盡按其書爲之也，而絲髮無爽，異哉！顧《詞律》所載諸闋，但覈其聲之協律，而詞不必皆甚工。《南耕詞》甚工，而又無不協于律，讀者合而參觀之，可知其組修之嚴密矣。

清曹亮武撰《南耕詞》卷六，清康熙刻本，中國國家圖書館藏。此處據《四庫全書存目叢書》集部第四二二册，濟南：齊魯書社，一九九七年，第四〇八頁。

# 何嘉延

何嘉延，字奕美，號五園，山陰（今浙江紹興）人。明諸生。入清後，遊幕四方。著有《五園》《綠水》《爾耳》等集。

## 《秋屏詞鈔》題辭

詞家狃於本色當行之説，多以柔情曼語標新競異，然宜於小令而不宜於長調，宜於閨情春思而不宜於登臨、感遇、詠物、懷人諸作。故自香奩之外，求其合作者難矣。兹集不屑作柔曼之音，純以長調取勝。艷而不靡，麗而不纖，清而不膚，爽而不率，思沉力厚，法備神全，極詞家之能事。近時以長調擅場者，香嚴、迦陵而外，指不多屈，先生殆駕而上之矣。癸酉花朝，山陰弟何嘉延。

清吴貫勉撰《秋屏詞鈔》，清康熙健碧山房刻本，中國國家圖書館藏。

# 姚潛

姚潛，原名景明，字仲潛，改字後陶，安徽歙縣人。少爲博士弟子。入清後，棄舉子業，避世高隱，以詩

酒自豪。中年妻子俱喪，不嘆無家，遨遊自適，世稱達者。晚年被薦至曹寅家中蒙館任教，年八十五終。

## 《秋屏詞鈔》題辭

向客京邸，與其年、蕺山、次山諸子即景填詞，殆無虛日。垂老南歸時，又與秋屏按商切羽。秋屏詞情恂雅，既不流於柔靡，復不蹈於豪放。淡妝穠抹，俱所不事，直得白石、玉田神髓。秋屏居各一方，不獲與其年賞奇晰義，後猶得與蕺山把臂京師，朝夕論定，稱其精微奏節，俱臻三昧，非漫作者。意中之言，言外之意。又當求之聲調之表，非秋屏不足以當此。噫！難言之矣。八十一叟同里姚潛拜識。

清吴貫勉撰《秋屏詞鈔》，清康熙健碧山房刻本，中國國家圖書館藏。

# 周而衍

周而衍，字東會，晚號白雲老人，江蘇金壇人。邑諸生。約生活於明末清初。

## 《秋屏詞鈔》題辭

長短句濫觴於李唐，至趙宋而極盛。近時諸家又各標新領異。然江河日下，狼藉沓拖，貽累詞壇不小。秋屏獨以閑雅出之，無不各盡其妙。狂瀾一柱，其在斯乎？庚辰十月，金壇弟周而衍。

清吴貫勉撰《秋屏詞鈔》，清康熙健碧山房刻本，中國國家圖書館藏。

# 張彦之

張彦之，初名慤，字洮侯，一字峭巖，華亭（今上海松江）人。讀書細林山中，後盡斥田宅，隱居窮巷。取遺書讀之，託於酒狂以自廢。約生活於明末清初。著有《浴日樓詩稿》《峭巖詞》等。

## 《柯齋詩餘》題詞

一日過鷹垂山中，出尊人釜山先生及周子等身著述，逮令子冰持諸稿見示。焚香捧讀，非齊梁纖調，捃拾既博，師匠復高。祖父子孫，世世以詩古文辭名天下。余家寧不退避三舍耶？

清周綸撰《柯齋詩餘》，據清曾王孫、清聶先編《百名家詞鈔》，清康熙緑蔭堂刻本，上海圖書館藏。

《響泉詞》題詞

我於同里後進，郡城則周子冰持，青溪則王子令詔，上洋則徐子西崖，皆詞壇中之渾金璞玉也。

清徐允哲撰《響泉詞》，據清曾王孫、清聶先編《百名家詞鈔》，清康熙緑蔭堂刻本，上海圖書館藏。

## 沈億年

沈億年，字矩承，號豳祁，浙江嘉興人。師事蔣平階，擅吟詠，世稱才子，有高尚之致。入清隱居家鄉，不仕新朝。清順治九年（一六五二），編刻蔣平階、周積賢及己作爲《支機集》三卷，所收詞作多爲三人寓居嘉興時的感時唱和之作。

# 《支機集》凡例

一　詞雖小道，亦風人餘事，吾黨持論，頗極謹嚴。五季猶有唐風，入宋便開元曲。故專意小令，冀復古音，屏去宋調，庶防流失。

一　詞調本於樂府，後來作者，各競篇名。則知調非一成，隨時中律；吾黨自製一二，用廣新聲。

一　唐詞多述本意，故有調無題，以題綴調，深乖古則。吾黨每多寄托之篇，間有投贈之作，而義存復古，故不更標題。

一　温麗者，古人之醖藉；疏放者，後習之輕佻。詩道且然，詞爲尤甚。我師三正，微引其端。敢申厥旨，以明宗尚。

一　我師留思名理，不尚浮華。詞曲細娱，尤所簡略。今春周子偶呈數闋，師欣然絶賞，遂共作詞。花落酒闌，吐言成妙，本以嘯歌爲適，非矜字句之妍。

一　杜陵小友，曁兩生幼弟，年未勝衣，風氣日上。追隨勝覽，亦有和歌。間附篇端，以志我師河西之化。

一　梓人之役，我師獨緩，予成編以後，復有數章，因附師集。正見倡和之歡，不以卷帙

爲限。

一　盛明詩宗較振，而詞鮮名家。我師雖一時偶涉，意不苟安。周子軼才，良足羽翼大雅，予有志焉而未逮也。是集流傳，豈曰無關風會。欲求定論，將俟知音。

大梁沈億年幽祈氏述。

明蔣平階、明周積賢、明沈億年合撰《支機集》，清刻本，上海圖書館藏。

# 無名氏

《新鋟訂正評註便讀草堂詩餘》七卷，題『秣陵思白董其昌評訂、古閩心蘗曾六德參釋』，以春景類、夏景類、秋景類、冬景類編次。卷首著録署名『時萬曆壬寅歲孟冬月吉旦，喬山書舍梓』的《〈草堂詩餘〉引》，内容與葉向高《〈草堂詩餘〉引》雷同，不署撰序者，疑該詞選卷端題作董其昌評訂，或爲書商託名所致。

## 《草堂詩餘》引

嘗謂天運有四時：曰春、曰夏、曰秋、曰冬，而古之文人墨士莫不感時起興，睹物興心，對景賦詩焉。若春有芳草之遊，夏有緑荷之賞，秋有黄花之飲，冬有白雪之詠，皆其事也。少游秦公、耆卿柳公輩非一人，其長短之調，四時之辭，本各隨時而賦焉。但後世剞劂者多失其類，散亂混淆，遂使作者之意不明矣，良可惜哉！吾年友李君於舉業暇時，分門取類，仍加評釋，付諸梓而行之天下。予展讀之，其分類也明，其評論也當，後之有志於學詞者，先之圖譜以審其韻，後之評釋以繹其義，則不患學詞之無其助云。時萬曆壬寅歲孟冬月吉旦，喬山書舍梓。

明曾六德參釋、明董其昌評定《新鋟訂正評註便讀草堂詩餘》卷首，明萬曆三十年（一六〇二）喬山書舍刻本，中國國家圖書館藏。

# 無名氏

明萬曆三十六年（一六〇八）刻本《新刻注釋草堂詩餘評林》有序，部分文字與何良俊序雷同，不署名，惟文前新增了一段文字，應爲書商竄改。

## 《新刻注釋草堂詩餘評林》序

舊籍坊本雖夥，其字畫舛訛，詞語脱漏，讀者憾焉。今九我李先生留心此集，考古校證，但以春景之詞彙分三卷，其夏、秋、冬各一卷焉。使諸覽習，不繁不厭，訂其釋注，新其詞評，焕然在目，書林徐君見而悦之，請梓以廣其傳。今聖天子建隆興之治，文士之盛，幾與商、周同風，獨聲律之學，識者不無歉焉。然是編於聲律家，其可少哉？他日聖天子制功之樂，上探元聲，下采衆説，是編或大有裨於後學，觀者勿謂其文句之工，但足

以備歌曲之用，爲賓燕之娱耳也。

明翁正春校正、明李廷機批評《新刻注釋草堂詩餘評林》卷首，明萬曆三十六年（一六〇八）起秀堂刻本，日本國立公文書館内閣文庫藏。

# 引用書目

説明：本書目以書籍名稱音序排列，相應列出書名及其卷次、編纂者及其生活朝代、版本及其庋藏地等信息。如果所引古籍有今人的較佳影印本，亦會擇要列出具體影印本的名稱、册數、出版地、出版社及出版年份等信息。

**岸舫詞三卷**　清宋俊撰，清康熙刻本，南開大學圖書館藏。

**安雅堂稿十八卷**　明陳子龍撰，明末刻本，上海圖書館藏（另據《續修四庫全書》第一三八七—一三八八册，上海：上海古籍出版社，二〇〇二年）。

**百家詞一百三十二卷**　明吴訥編，民國梁啓超跋，明抄本，天津圖書館藏。

**白茅堂集四十六卷**　明顧景星撰，清康熙刻本，福建省圖書館藏（另據《四庫全書存目叢書》集部第二〇五—二〇六册，濟南：齊魯書社，一九九七年）。

**百名家詞鈔一百卷**　清曾王孫、清聶先編，清康熙緑蔭堂刻本，上海圖書館藏。

**白猿奇書兵法雜占彖辭二十六卷**　唐李靖撰，明天啓二年（一六二二）蘇茂相抄本，東北師範大學圖書館藏。

**碧山詩餘不分卷**　明王九思撰，明嘉靖刻本，中國國家圖書館藏（另據《續修四庫全書》第一七二三册，上海：上海古籍出版社，二〇〇二年）。

**冰玉堂綴逸稿二卷蘭舟漫稿一卷附二餘詞一卷**　明陳如綸撰，明萬曆刻本，中國國家圖書館藏（另據《四庫全書存目叢書》集部第九六册，濟南：齊魯書社，一九九七年）。

**泊水齋文鈔三卷**　明張慎言撰，清康熙三十九年（一七〇〇）張茂生刻本，中國國家圖書館藏（另據《四庫全書存目叢書》集部第一八三册，濟南：齊魯書社，一九九七年）。

**采山堂遺文二卷**　明周篔撰，民國余霖輯，民國二十五年（一九三六）刻檇李叢書本（另據《清代詩文集彙編》第八四册，上海：上海古籍出版社，二〇一〇年）。

**蒼谷全集十二卷附録一卷**　明王尚絅撰，清乾隆二十三年（一七五八）王純密止堂刻本，中國國家圖書館藏（另據《四庫未收書輯刊》伍輯第一八册，北京：北京出版社，二〇〇〇年）。

**草堂詩餘別録一卷草堂詩後集別録一卷**　明張綖輯，明嘉靖二十六年（一五四七）抄本，上海圖書館藏。

**草堂詩餘彙校彙注彙評**　楊萬里編著，武漢：崇文書局，二〇一七年。

**草堂詩餘四卷**　宋何士信輯，明嘉靖三十三年（一五五四）楊金刻本，中國國家圖書館藏。

**草堂詩餘五卷**　明楊慎評點，明閔瑛璧刻朱墨套印本，中國國家圖書館藏。

**草賢堂詞箋十卷蘖弦齋詞箋一卷雜箋一卷雪堂詞箋一卷非水居詞箋三卷**　明王屋、明錢繼章、明吴熙撰，明崇禎八年（一六三五）至九年（一六三六）吴熙等刻本，中國國家圖書館藏。

**槎翁文集十八卷**　明劉崧撰，明嘉靖元年（一五二二）徐冠刻本，北京大學圖書館藏（另據《四庫全書存目叢書》集部第二四册，濟南：齊魯書社，一九九七年）。

**長春競辰餘稿三卷**　明朱讓栩撰，明嘉靖二十八年（一五四九）蜀藩刻本，中國國家圖書館藏（另據《四庫未收書輯刊》伍輯第一八册，北京：北京出版社，二〇〇〇年）。

**長水先生文鈔二十四卷**　明沈懋孝撰，明萬曆刻本（另據《四庫禁燬書叢刊》集部第一五九—一六〇册，北京：北京出版社，一九九七年）。

**巢青閣集五卷**　清陸進撰，清康熙刻本，中國國家圖書館藏。

**陳建安詩餘一卷**　明陳德文撰，明嘉靖間刻藍印本，中國國家圖書館藏。

**陳眉公集十七卷**　明陳繼儒撰，明萬曆四十三年（一六一五）史兆斗刻本，上海圖書館藏（另據《續修四庫全書》第一三八〇册，上海：上海古籍出版社，二〇〇二年）。

**陳與義集校箋**　宋陳與義著，白敦仁校箋，杭州：浙江古籍出版社，二〇一四年。

**陳忠裕公全集三十卷兵垣奏議一卷卷首一卷卷末一卷自著年譜三卷**　明陳子龍撰，清嘉

慶八年（一八〇三）簳山草堂刻本，復旦大學圖書館藏（另據沈乃文主編《明別集叢刊》伍輯第八四—八五册，合肥：黄山書社，二〇一五年）。

**重刻類編草堂詩餘評林六卷**　明田一雋輯，明唐順之解注，明李廷機評，明萬曆十六年（一五八八）書林詹聖學刻本，南京圖書館藏。

**初蓉詞三卷**　清彭桂撰，清康熙十六年（一六七七）刻本，中國國家圖書館藏。

**詞的四卷**　明茅暎輯評，詞壇合璧本，中國國家圖書館藏。

**詞的四卷**　明茅暎輯評，清萃閔堂鈔本（另據《四庫未收書輯刊》捌輯第三〇册，北京：北京出版社，二〇〇〇年）。

**詞話叢編**　唐圭璋編，北京：中華書局，一九八六年。

**詞籍序跋萃編**　施蟄存主編，北京：中國社會科學出版社，一九九四年。

**辭品六卷**　明楊慎撰，明珥江書屋刻本，中國國家圖書館藏。

**詞壇妙品十卷**　清田茂遇、清張淵懿輯，清宣統三年（一九一一）石印本，上海圖書館藏。

**詞壇豔逸品四卷**　明楊肇祉輯，明刻本，中國國家圖書館藏。

**詞學季刊**　龍沐勛編，上海：民智書局，一九三三—一九三六年（另據《詞學季刊》影印本，上海：上海書店，一九八五年）。

**詞學筌蹄八卷**　明周瑛撰，清初抄本，上海圖書館藏（另據《續修四庫全書》第一七三五

冊，上海：上海古籍出版社，二〇〇二年）。

**詞苑英華九種四十五卷**　明毛晉編，明末毛氏汲古閣刻本，中國國家圖書館藏。

**翠娱閣評選行笈必携**　明陸雲龍編，明崇禎間陸氏峥霄館刊本，中國國家圖書館藏。

**戴氏集十二卷**　明戴冠撰，明嘉靖二十七年（一五四八）張魯刻本，南京圖書館藏（另據《四庫全書存目叢書》集部第六三册，濟南：齊魯書社，一九九七年）。

**東江集鈔九卷附録一卷别集五卷**　明沈謙撰，清康熙十五年（一六七六）沈聖昭、沈聖暉刻本，北京大學圖書館、中國國家圖書館藏（另據《四庫全書存目叢書》集部第一九五册，濟南：齊魯書社，一九九七年）。

**杜曲集十一卷**　明戴澳撰，明崇禎刻本，中國國家圖書館藏（另據《四庫禁燬書叢刊》集部第七一册，北京：北京出版社，一九九七年）。

**二酉園文集十四卷詩集十二卷續集二十三卷**　明陳文燭撰，文集係明天啓三年（一六二三）陳之蘧重刻本，南京圖書館藏；詩集係明天啓三年（一六二三）陳之蘧重刻本，中國國家圖書館藏；續集係明萬曆刻本，北京大學圖書館藏（另據《四庫全書存目叢書》集部第一三九册，濟南：齊魯書社，一九九七年）。

**方山薛先生全集六十八卷**　明薛應旂撰，明嘉靖刻本，上海圖書館藏（另據《續修四庫全書》第一三四三册，上海：上海古籍出版社，二〇〇二年）。

**弗告堂集二十六卷**　明于若瀛撰，明萬曆刻本（另據《四庫禁燬書叢刊》集部第四六册，北京：北京出版社，一九九七年）。

**杲堂文鈔六卷詩鈔七卷**　明李鄴嗣撰，清康熙刻本，首都圖書館藏（另據《四庫全書存目叢書》集部第二三五册，濟南：齊魯書社，一九九七年）。

**公槐集六卷響玉集十卷餘一卷棘門集八卷沆瀣集五卷松瘿集二卷文遠集二十八卷補遺一卷**　明姚希孟撰，明崇禎張叔籟等刻《清閟全集》本，中國國家圖書館藏（另據《四庫禁燬書叢刊》集部第一七八—一七九册，北京：北京出版社，一九九七年）。

**古今詞統十六卷雜説一卷附一卷**　明卓人月、明徐士俊輯，明崇禎刻本，上海圖書館藏（另據《續修四庫全書》第一七二八—一七二九册，上海：上海古籍出版社，二〇〇二年）。

**古今小品八卷**　明陳天定選輯，清道光九年（一八二九）刻本，上海圖書館藏。

**桂翁詞六卷鷗園新曲一卷**　明夏言撰，明嘉靖二十五年（一五四六）常熟陳堯文刻本，台北『國家圖書館』藏。

**桂洲先生詞九卷鷗園新曲一卷**　明夏言撰，明萬曆十五年（一五八七）吴萊刻本，臺北『國家圖書館』藏。

**海桑集十卷**　明陳謨撰，天津圖書館藏（另據《景印文淵閣四庫全書》第一二三二册，臺北：臺灣商務印書館，一九八六年）。

**何翰林集二十八卷**　明何良俊撰，明嘉靖四十四年（一五六五）何氏香嚴精舍刻本，中國社會科學院文學研究所藏（另據《四庫全書存目叢書》集部第一四二册，濟南：齊魯書社，一九九七年）。

**衡藩重刻胥臺先生集二十卷**　明袁袠撰，明萬曆十二年（一五八四）衡藩刻本，北京大學圖書館藏（另據《四庫全書存目叢書》集部第八六册，濟南：齊魯書社，一九九七年）。

**花草粹編十二卷**　宋沈義夫撰，明陳耀文輯，民國二十二年（一九三三）陶鳳樓影印明萬曆刊本，上海圖書館藏。

**花草新編五卷**　明吴承恩輯，明抄本，上海圖書館藏。

**花草稡編十二卷**　明陳耀文輯，明萬曆十一年（一五八三）刻本，中國國家圖書館藏。

**花間集補二卷**　明温博輯，明萬曆八年（一五八〇）茅氏凌霞山房刻本，中國國家圖書館藏。

**花間集二卷**　明楊慎品定，明鍾人傑箋校，明天啓四年（一六二四）鍾人傑箋校本，南京大學圖書館藏。

**花間集四卷**　五代趙崇祚輯，明湯顯祖評，明萬曆間刻朱墨套印本，中國國家圖書館藏。

**華夷花木鳥獸珍玩考十二卷**　明慎懋官撰，明萬曆九年（一五八一）刻本，中國科學院圖書館藏（另據《續修四庫全書》第一一八五册，上海：上海古籍出版社，二〇〇二年）。

**淮海集四十卷後集六卷長短句三卷**　北宋秦觀撰，明嘉靖二十四年（一五四五）刻本，中國國家圖書館藏。

**槐野先生存笥稿三十八卷附録一卷**　明王維楨撰，明萬曆三十四年（一六〇六）黄升、王九敘刻本，復旦大學圖書館藏（另據《續修四庫全書》第一三四四册，上海：上海古籍出版社，二〇〇二年）。

**迴文詩餘圖譜二卷**（中國國家圖書館將此版本著録爲《詩餘圖譜》）　明顧長發撰，清康熙一夕話二刻本，中國國家圖書館藏。

**彙選歷代名賢詞府全集九卷首一卷**　題鏞溪逸史輯，明嘉靖三十六年（一五五七）刻本，上海圖書館藏。

**幾亭全書六十四卷**　明陳龍正撰，清康熙刻本，中國國家圖書館藏。

**稼軒長短句十二卷**　南宋辛棄疾撰，明李濂評，明嘉靖十五年（一五三六）王詔刻本，中國國家圖書館藏。

**姜白石詞編年箋校**　夏承燾箋校，上海：上海古籍出版社，一九八一年。

**江南春詞一卷**　明沈周等撰，明嘉靖刻本，北京大學圖書館藏（另據《四庫全書存目叢書》集部第二九二册，濟南：齊魯書社，一九九七年）。

**矯亭續稿八卷**　明方鵬撰，明嘉靖十四年（一五三五）刻十八年（一五三九）續刻本，南京

圖書館藏(另據《四庫全書存目叢書》集部第六二册,濟南:齊魯書社,一九九七年)。

**金元明人詞話**　孫克强、岳淑珍編著,天津:南開大學出版社,二〇一二年。

**經鋤堂詩餘一卷**　清葉奕苞撰,清康熙十七年(一六七八)刻本,上海圖書館藏。

**精選古今詩餘醉十五卷**　明潘游龍輯,明崇禎九年(一六三六)十竹齋刻本,日本國立公文書館内閣文庫藏。

**精選名賢詞話草堂詩餘二卷附録一卷**　宋何士信輯,明嘉靖間閩沙陳鍾秀刻本,中國國家圖書館藏。

**鐫古香岑批點草堂詩餘四集十七卷**　明顧從敬等輯,明沈際飛等評,明末南城翁少麓刻本,天津圖書館藏。

**柯亭詞三卷**　清姜垚撰,清康熙緑蔭堂刻本,中國國家圖書館藏。

**空翠集三卷**　清王倩撰,清康熙刻本。

**快雪堂集六十四卷**　明馮夢禎撰,明萬曆四十四年(一六一六)黄汝亨、朱之蕃等刻本,北京大學圖書館藏(另據《四庫全書存目叢書》集部第一六四—一六五册,濟南:齊魯書社,一九九七年)。

**愧訥集十二卷**　明朱用純撰,民國十八年(一九二九)活字印本,上海圖書館藏(另據《清代詩文集彙編》第一〇四册,上海:上海古籍出版社,二〇一〇年)。

**來恩堂草十六卷**　明姚舜牧撰，明刻本，中國國家圖書館藏（另據《四庫禁燬書叢刊》集部第一〇七册，北京：北京出版社，一九九七年）。

**蘭思詞鈔二卷**　清沈豐垣撰，清康熙吴山草堂刻本，中國國家圖書館藏。

**蘭園詞二卷**　清郁承烈撰，清康熙三十七年（一六九八）刻本。

**類編草堂詩餘三卷**　明胡桂芳重輯，明萬曆三十五年（一六〇七）黄作霖等刻本，中國國家圖書館藏。

**類編草堂詩餘四卷**　明韓俞臣校正，明顧從敬編次，明古吴博雅堂刻本，中國國家圖書館藏。

**類編草堂詩餘四卷**　明唐順之解注，明田一雋輯，明萬曆十二年（一五八四）書林張東川刻本，中國國家圖書館藏。

**類選箋釋草堂詩餘六卷類選箋釋續選草堂詩餘二卷類編箋釋國朝詩餘五卷**　明顧從敬、明錢允治輯，明錢允治、明陳仁錫箋釋，明萬曆四十二年（一六一四）刻本，上海圖書館藏（另據《續修四庫全書》第一七二八册，上海：上海古籍出版社，二〇〇二年）。

**歷代别集序跋綜録**　錢仲聯主編，南京：江蘇教育出版社，二〇〇五年。

**麗農詞二卷延露詞三卷阮亭詞一卷**　清鄒祗謨、清彭孫遹、清王士禛撰，清康熙《三家詞》刻本，中國國家圖書館藏。

**麗崎軒詩四卷詩餘一卷**　明查應光撰，明崇禎十二年（一六三九）刻本，四川省圖書館藏（另據《四庫禁燬書叢刊》集部第一八二册，北京：北京出版社，一九九七年）。

**林登州遺集二十三卷附録一卷**　明林弼撰，清康熙四十五年（一七〇六）林興刻本，中國國家圖書館藏。

**六松堂集十四卷**　明曾燦撰，清鈔本，中國科學院圖書館藏（另據《四庫未收書輯刊》柒輯第二五册，北京：北京出版社，二〇〇〇年）。

**劉子威集五十二卷**　明劉鳳撰，明萬曆刻本，中國國家圖書館藏（另據《四庫全書存目叢書》集部第一一九—一二〇册，濟南：齊魯書社，一九九七年）。

**樓居雜著一卷野航詩稿一卷野航文稿一卷附録一卷**　明朱存理撰，清丁氏當歸草堂抄本，南京圖書館藏（另據沈乃文主編《明別集叢刊》壹輯第六〇册，合肥：黄山書社，二〇一三年）。

**漉籬集二十五卷遺集一卷**　明卓發之撰，明崇禎傳經堂刻本，中國國家圖書館藏（另據《四庫禁燬書叢刊》集部第一〇七册，北京：北京出版社，一九九七年）。

**菉竹堂稿八卷**　明葉盛撰，清初鈔本，山東省圖書館藏（另據《四庫全書存目叢書》集部第三五册，濟南：齊魯書社，一九九七年）。

**梅里詞三卷**　明朱一是撰，清初清遠堂刻本，中國國家圖書館藏（另據《續修四庫全書》

第一七二四册，上海：上海古籍出版社，二〇〇二年）。

**媚幽閣文娱初集九卷二集十卷**　明鄭元勳輯，明崇禎刻本（另據《四庫禁燬書叢刊》集部第一七二册，北京：北京出版社，一九九七年）。

**夢香詞一卷**　清汪觀撰，清康熙由舟山房刻本，南京圖書館藏。

**明編詞總集叢刻述評**　凌天松著，上海：上海古籍出版社，二〇一四年。

**明詞話全編**　鄧子勉編，南京：鳳凰出版社，二〇一二年。

**明詞彙刊三百四十九卷**　趙尊嶽輯，上海：上海古籍出版社，二〇一二年。

**明代詞學編年史**　張仲謀、王靖懿著，北京：高等教育出版社，二〇一五年。

**明代詞學批評史**　岳淑珍著，北京：社會科學文獻出版社，二〇一四年。

**明代詞學通論**　張仲謀著，北京：中華書局，二〇一三年。

**明代詞學之建構**　余意著，上海：上海古籍出版社，二〇〇九年。

**耐歌詞四卷首一卷笠翁詞韻四卷**　明李漁撰，清康熙間刻本，中國國家圖書館藏。

**南詞十三種**　民國吴昌綬、清朱祖謀校，董氏誦芬室抄本，中國國家圖書館藏。

**南耕詞六卷歲寒詞一卷**　清曹亮武撰，清康熙刻本，中國國家圖書館藏（另據《四庫全書存目叢書》集部第四二二册，濟南：齊魯書社，一九九七年）。

**南浦詞三卷和昌谷集一卷**　清周金然撰，清康熙刻本，上海圖書館藏（另據《四庫全書存

目叢書》集部第二五三册，濟南：齊魯書社，一九九七年）。

**南唐二主詞一卷**　南唐李璟、南唐李煜撰，明萬曆四十八年（一六二〇）吕遠墨華齋刻本，上海圖書館藏（另據《續修四庫全書》第一七二二册，上海：上海古籍出版社，二〇〇二年）。

**南枝詞三卷**　明繆泳撰，清康熙間手稿本，臺北『國家圖書館』藏。

**匏翁家藏集七十七卷補遺一卷**　明吴寬著，明正德三年（一五〇八）吴奭刻本，復旦大學圖書館藏（另據沈乃文主編《明别集叢刊》壹輯第五五册，合肥：黄山書社，二〇一三年）。

**青城詞三卷**　清魏學渠撰，清康熙刻本，中國國家圖書館藏。

**清詞序跋彙編**　馮乾編校，南京：鳳凰出版社，二〇一三年。

**青金集八卷**　明史遷撰，清抄本，中國國家圖書館藏（另據《北京圖書館古籍珍本叢刊》第九七册，北京：書目文獻出版社，一九九八年）。

**清人詞話**　孫克强、楊傳慶、裴喆編著，天津：南開大學出版社，二〇一二年。

**秋佳軒詩餘十二卷**　明易震吉撰，明崇禎刻本，南京圖書館藏（另據《續修四庫全書》第一七二三册，上海：上海古籍出版社，二〇〇二年）。

**秋屏詞鈔三卷**　清吴貫勉撰，清康熙健碧山房刻本，中國國家圖書館藏。

**秋水庵花影集五卷**　明施紹莘撰，明末刻本，北京大學圖書館藏（另據《四庫全書存目叢

書》集部第四二二册，濟南：齊魯書社，一九九七年）。

**秋水軒倡和詞二十六卷**　清曹爾堪等撰，清康熙十年（一六七一）遥連堂刻本，中國國家圖書館藏。

**蘧廬詩不分卷詞一卷**　明韓純玉撰，清康熙鳳晨堂刻本，清華大學圖書館藏（另據《四庫全書存目叢書》集部第二一〇册，濟南：齊魯書社，一九九七年）。

**全明詞**　饒宗頤初纂，張璋總纂，北京：中華書局，二〇〇四年。

**全明詞補編**　周明初、葉曄補編，杭州：浙江大學出版社，二〇〇七年。

**容居堂詞鈔一卷**　清周稚廉撰，清康熙十七年（一六七八）刻本，上海圖書館藏。

**榮木堂合集三十五卷**　明陶汝鼐撰，清康熙刻世綵堂匯印本（另據《四庫禁燬書叢刊》集部第八五册，北京：北京出版社，一九九七年）。

**容臺文集九卷詩集四卷別集四卷**　明董其昌撰，明崇禎三年（一六三〇）董庭刻本，清華大學圖書館藏（另據《四庫全書存目叢書》集部第一七一册，濟南：齊魯書社，一九九七年）。

**山中白雲詞疏證八卷**　清江昱撰，稿本，中國國家圖書館藏。

**射陽先生存稿四卷**　明吴承恩撰，民國十九年（一九三〇）北平故宫博物院圖書館鉛印本，臺灣大學圖書館藏（另據沈乃文主編《明別集叢刊》貳輯第五六册，合肥：黄山書社，二〇一五年）。

**升庵長短句三卷升庵長短句續集三卷**　明楊慎撰，明嘉靖刻本，南京圖書館藏（另據《續修四庫全書》第一七二三册，上海：上海古籍出版社，二〇〇二年）。

**詩詞雜俎二十五卷**　明毛晉輯，明末汲古閣刻本，天津圖書館藏。

**石村詩集三卷文集三卷**　明郭金臺撰，清康熙二十四年（一六八五）郭鵬年岸花亭刻本，中國國家圖書館藏。

**石民四十集九十八卷**　明茅元儀撰，明崇禎刻本，中國國家圖書館藏（另據《續修四庫全書》第一三八六—一三八七册，上海：上海古籍出版社，二〇〇二年）。

**詩餘便覽二卷**　明楊言編，明雨花齋刊巾箱本，日本前田育德會尊經閣文庫藏。

**詩餘畫譜**　明汪氏輯，上海：上海古籍出版社，一九八八年。

**詩餘畫譜不分卷**　明汪氏輯，明萬曆四十年（一六一二）汪氏刻本，中國國家圖書館藏。

**詩餘花戲不分卷**　明董守正撰，清順治刻本，上海圖書館藏。

**詩餘圖譜二卷**　明萬惟檀撰，明崇禎十年（一六三七）自刻本，中國國家圖書館藏。

**詩餘圖譜六卷補遺六卷**　明張綖、明謝天瑞撰，明萬曆二十七年（一五九九）謝天瑞刻本，中國國家圖書館藏（另據《續修四庫全書》第一七三五册，上海：上海古籍出版社，二〇〇二年）。

**詩餘圖譜三卷**　明張綖撰，明嘉靖十五年（一五三六）刻本，臺北『國家圖書館』藏。

**詩餘圖譜三卷附秦張兩先生詩餘合璧二卷**　明張綖撰，明王象晉編，明末毛氏汲古閣刻《詞苑英華》本，北京大學圖書館藏（另據《四庫全書存目叢書》集部第四二五册，濟南：齊魯書社，一九九七年）。

**師竹堂集三十七卷目録二卷**　明王祖嫡撰，明天啓刻本，中國國家圖書館藏（另據《四庫未收書輯刊》伍輯第二三册，北京：北京出版社，二〇〇〇年）。

**水田居文集五卷**　明賀貽孫撰，清道光至同治間賜書樓刻《水田居全集》本，清華大學圖書館藏（另據《四庫全書存目叢書》集部第二〇八册，濟南：齊魯書社，一九九七年）。

**思軒文集二十三卷附録一卷**　明王與撰，明弘治刻本，北京大學圖書館藏（另據《續修四庫全書》第一三二九册，上海：上海古籍出版社，二〇〇二年）。

**宋名家詞六十一種**　明毛晉編，明末虞山毛氏汲古閣刻本，臺北『國家圖書館』藏（另據《續修四庫全書》第一七一九—一七二〇册，上海：上海古籍出版社，二〇〇二年）。

**嵩渚文集一百卷目録二卷**　明李濂撰，明嘉靖刻本，浙江大學圖書館藏（另據《四庫全書存目叢書》集部第七〇—七一册，濟南：齊魯書社，一九九七年）。

**孫宇臺集四十卷**　明孫治撰，清康熙二十三年（一六八四）孫孝楨刻本，中國國家圖書館藏。

**縮齋文集不分卷**　明黄宗會撰，清鈔本，中國科學院圖書館藏。

**太史升庵文集八十一卷**　明楊慎著，明萬曆十年（一五八二）張士佩等刻、萬曆二十年（一五九二）余一龍重修本（另據沈乃文主編《明别集叢刊》貳輯第三〇册，合肥：黄山書社，二〇一五年）。

**譚元春集**　明譚元春著，陳杏珍標校，上海：上海古籍出版社，一九九八年。

**唐伯虎集一卷**　明唐寅撰，明嘉靖刻本，中國國家圖書館藏。

**唐詞紀十六卷**　明董逢元輯，明萬曆二十二年（一五九四）刻本，上海圖書館藏。

**唐宋詞集序跋匯編**　金啓華、張惠民、王恒展、張宇聲、王增學編，南京：江蘇教育出版社，一九九〇年。

**唐宋諸賢絶妙詞選十卷**　宋黄昇輯，明萬曆四十二年（一六一四）秦堣刻本，中國國家圖書館藏。

**天機餘錦四卷**　題明程敏政編，明藍格抄本，臺北『國家圖書館』藏。

**田間文集三十卷**　明錢澄之撰，清康熙刻本，上海圖書館藏。

**天籟詞二卷**　元白樸撰，清趙氏小山堂抄本，中國國家圖書館藏。

**蜕疣集不分卷**　明賀裳撰，清初鶱槳閣刻本，中國科學院圖書館藏（另據《四庫未收書輯刊》柒輯第二三册，北京：北京出版社，二〇〇〇年）。

**魏叔子文集外篇二十二卷魏叔子日録三卷魏叔子詩集八卷**　明魏禧撰，清易堂刻寧都三

魏全集本，復旦大學圖書館藏（另據《續修四庫全書》第一四〇八—一四〇九册，上海：上海古籍出版社，二〇〇二年）。

**文瀫初編二十卷首一卷**　清錢肅潤輯評，清康熙錢氏十峰草堂刻本，中國國家圖書館藏（另據《四庫禁燬書叢刊》集部第一七三册，北京：北京出版社，一九九七年）。

**聞雁齋筆談六卷**　明張大復撰，明萬曆三十三年（一六〇五）顧孟兆等刻本，中國國家圖書館藏（另據《四庫全書存目叢書》子部第一〇四册，濟南：齊魯書社，一九九七年）。

**翁山文外十八卷**　明屈大均撰，清康熙刻本，上海圖書館藏（另據《續修四庫全書》第一四一二册，上海：上海古籍出版社，二〇〇二年）。

**梧岡集十卷**　明唐文鳳撰，唐氏三先生集本（另據《景印文淵閣四庫全書》第一二四二册，臺北：臺灣商務印書館，一九八六年）。

**吴日千先生文集不分卷**　明吴騏撰，清抄本，中國國家圖書館藏。

**吴興叢書六十六種**　劉承幹編，民國間吴興劉氏嘉業堂刻本，中國國家圖書館藏。

**惜陰堂叢書**　趙尊嶽輯，民國二十三年（一九三四）刻本，上海圖書館藏。

**西浙泉厓邵先生文集十卷詩集十卷**　明邵經濟撰，明嘉靖四十一年（一五六二）張景賢、王詢等刻本，中國國家圖書館藏（另據《續修四庫全書》第一三三九—一三四〇册，上海：上海古籍出版社，二〇〇二年）。

**閒情雅言五卷**　明許銓胤編，明刻本，日本前田育德會尊經閣文庫藏。

**湘瑟詞四卷**　清錢芳標撰，清康熙十七年（一六七八）刻本，上海圖書館藏。

**香嚴詞二卷**　清龔鼎孳撰，清康熙孫氏留松閣刻本，中國國家圖書館藏（另據張宏生主編《清詞珍本叢刊》第一册，南京：鳳凰出版社，二〇〇七年）。

**蕭林初集八卷**　明錢棻撰，明崇禎刻本，中國社會科學院文學研究所藏（另據《四庫未收書輯刊》陸輯第二八册，北京：北京出版社，二〇〇〇年）。

**小幔亭詩集二卷月中簫譜二卷**　清柯煜撰，清康熙刻本，上海圖書館藏。

**嘯餘譜十一卷**　明程明善撰，明萬曆刻本，北京師範大學圖書館藏（另據《四庫全書存目叢書》集部第四二五册，濟南：齊魯書社，一九九七年）。

**新刊古今名賢草堂詩餘六卷**　明李謹輯，明嘉靖十六年（一五三七）劉時濟刻本，南京圖書館藏。

**新刻李于麟先生批評注釋草堂詩餘雋四卷**　明吴從先輯，明書林蕭少衢師儉堂刻本，南京圖書館藏。

**新刻題評名賢詞話草堂詩餘六卷**　明李攀龍補遺，明陳繼儒校正，明萬曆四十三年（一六一五）書林自新齋余文傑刻本，中國國家圖書館藏。

**新刻硃批注釋草堂詩餘評林四卷**　明李廷機評注，明天啓五年（一六二五）周文耀套印

本，中國國家圖書館藏。

**新刻注釋草堂詩餘評林**　明翁正春校正，明李廷機批評，明萬曆三十六年（一六〇八）起秀堂刻本，日本國立公文書館内閣文庫藏。

**新鍥訂正評註便讀草堂詩餘七卷**　明曾六德參釋，明董其昌評定，明萬曆三十年（一六〇二）喬山書舍刻本，中國國家圖書館藏。

**新鋟李太史註釋草堂詩餘旁訓評林七卷**　明李廷機注釋，明萬曆二十八年（一六〇〇）刻本，南京圖書館藏。

**新選古今詩餘醉十五卷**　明潘游龍輯，明陳珽等訂，明胡正言十竹齋刻本，天津圖書館藏。

**榮陽外史集一百卷**　明鄭真撰，天津圖書館藏（另據《景印文淵閣四庫全書》第一二三四册，臺北：臺灣商務印書館，一九八六年）。

**徐氏筆精八卷**　明徐𤊹撰，明崇禎五年（一六三二）刻本，中國國家圖書館藏。

**衍波詞一卷**　清王士禛撰，清光緒刻本，中國國家圖書館藏。

**儼山文集一百卷目録二卷外集四十卷續集十卷**　明陸深撰，明嘉靖二十五（一五四六）至三十年（一五五一）雲間陸楫刻本，北京大學圖書館藏（另據沈乃文主編《明别集叢刊》貳輯第二册，合肥：黄山書社，二〇一五年）。

**艷雪齋叢書八種十一卷**　明高奭輯，稿本，中國國家圖書館藏（另據《北京圖書館古籍珍本叢刊》第八二册，北京：書目文獻出版社，一九九〇年）。

**楊升庵辭品四卷**　明楊慎撰，明萬曆四十六年（一六一八）周懋宗刻本，浙江圖書館藏。

**遺山樂府三卷**　金元好問撰，明弘治高麗晉州刻本，臺北『國家圖書館』藏（另據民國吴昌綬、民國陶湘輯《景刊宋金元明本詞》，上海：上海古籍出版社，二〇一二年）。

**倚聲初集二十卷前編四卷**　清鄒祗謨、清王士禛輯，清順治十七年（一六六〇）刻本，南京圖書館藏（另據《續修四庫全書》第一七二九册，上海：上海古籍出版社，二〇〇二年）。

**蟻術詞選四卷**　元邵亨貞撰，明隆慶中刻本，日本京都大學人文科學研究所藏（另據民國吴昌綬、民國陶湘輯《景刊宋金元明本詞》，上海：上海古籍出版社，二〇一二年）。

**隱湖題跋一卷續跋一卷**　明毛晉撰，清末丁祖蔭刻虞山叢刻本，遼寧省圖書館藏（另據馮惠民、李萬健選編《明代書目題跋叢刊》，北京：書目文獻出版社，一九九四年）。

**蔭緑軒詞正續集二卷**　清徐喈鳳撰，清光緒二十六年（一九〇〇）刻本，南京圖書館藏。

**牖日譜詞選三卷**　原題逸史蝶庵編，抄本，北京大學圖書館藏。

**虞德園先生集三十三卷**　明虞淳熙撰，明天啓三年（一六二三）錢塘虞氏壜務山館刻本，臺北『故宮博物院』圖書文獻館藏（另據《四庫禁燬書叢刊》集部第四三册，北京：北京出版社，一九九七年）。

**俞少卿集四卷**　明俞彦撰，明崇禎刻本（另據《四庫未收書輯刊》陸輯第二三册，北京：北京出版社，二〇〇〇年）。

**玉霄僊明珠集二卷**　明吴子孝撰，明嘉靖刻本，中國國家圖書館藏（另據《四庫全書存目叢書》集部第四二二册，濟南：齊魯書社，一九九七年）。

**樂府遺音一卷**　明瞿佑撰，明抄本，中國國家圖書館藏（另據《續修四庫全書》第一七二三册，上海：上海古籍出版社，二〇〇二年）。

**增正詩餘圖譜三卷**　明張綖撰，明游元涇增訂，明萬曆二十九年（一六〇一）刻本，中國國家圖書館藏。

**張愈光詩文選八卷附録一卷**　明張含撰，雲南叢書本（另據王德毅主編《叢書集成續編》第一四二册，臺北：新文豐出版公司，一九八九年）。

**趙忠毅公詩文集二十四卷**　明趙南星撰，明崇禎十一年（一六三八）范景文等刻本，上海圖書館藏（另據《四庫禁燬書叢刊》集部第六八册，北京：北京出版社，一九九七年）。

**柘軒集五卷**　明凌雲翰撰，清抄本，中國國家圖書館藏。

**支機集三卷**　明蔣平階、明周積賢、明沈億年撰，清刻本，上海圖書館藏。

**中國古典戲曲論著集成**　中國戲曲研究院編，北京：中國戲劇出版社，一九五九年。

**中州集十卷首一卷樂府一卷**　金元好問輯，明末毛氏汲古閣刻本，中國國家圖書館藏。

**中州樂府集一卷**　金元好問輯，明嘉靖十五年（一五三六）高登九峰書院刻本，中國國家圖書館藏。

**卓珂月先生全集十六卷**　明卓人月撰，明崇禎十年（一六三七）傳經堂刻本，中國國家圖書館藏。

# 後　記

八年前的春夏之交，以碩士學位論文開題報告作爲契機，在系統爬梳明詞研究現狀基礎上，兼及考慮到選題拓展的未來前景，遂反復思忖後定下了『明人詞籍序跋研究』的題目。作爲聚焦明詞學理論探討的研究選題，其前提和根基在於對明人詞籍序跋存世情形的整體把握和學理判斷。定下了立足文獻學基礎之上的文學研究理路之後，便抽出大量時間從各類文獻中搜集明人撰寫的詞籍序跋。遽然回首，這一聚沙成塔的文獻爬梳、匯輯工作悄無聲息間竟已持續了八年。彼時，從晨光熹微到星空滿天，皆專心沉浸在浙江大學西溪校區圖書館三樓的大型文獻室，一頁頁地翻覽『四庫系列』、地域總集、方志叢書等各類文獻，每每在字句間發現稀見的明人詞籍序跋，欣喜雀躍之情，直可足之蹈之。其後，逐漸地將文獻調查的範圍擴大至國内外各大圖書館珍藏的古籍，或委託當地的朋友代爲抄寫，或利用開會間隙抽空前往翻閱，而對於一些極爲珍貴的序跋，更是不惜時間、經濟上的成本，專程趕赴各地圖書館抄録、品讀。不知不覺間，八年裏積累漸豐，搜集、整理出來的明人詞籍序跋多達兩百多篇二十多萬

字，而在細讀這些基礎文獻之外，亦寫出了數篇關涉明詞學的理論文章。設定並抱持某一學術目標，竭盡全力去接近、去觸摸，而當歷經千般跋涉後，終於站立在那座殿堂門檻前時，凝目對視之中，款款深情竟難以自禁，愈發堅定了昔日場景里對未來之路的選擇。

兩年多前的十二月底，從浙江大學博士畢業，北上中國藝術研究院謀職。院裹每年皆有申請基本科研業務費的機會，在師長們的暖心鼓勵下，便以『明人詞籍序跋匯輯』爲題目填寫了申報書，並成功獲得了院後期出版資助。憑依課題資助的外在機緣推動，便嘗試着對多年來因撰寫碩士學位論文而搜集到的明人詞籍序跋進行系統整理，並再次地根據各種文獻線索，對國内外各大圖書館庋藏卻尚未影印的古籍進行了一番細緻排查，以求這本著作呈現出來的面貌能夠更精緻一些。春復夏，秋經冬，這部濃縮了筆者學生時代碩博期間文獻訓練、理論思考結晶的書稿，最終定名爲《明人詞籍序跋輯校》，並得以在母校的浙江大學出版社推出。八年半前，負笈杭城，在書山文海裹，獨獨鍾情於明人詞籍序跋及其潛藏的詞學批評世界，而今這份長久以來的思索能夠在學術之路開啓的母校出版，其中諸多因緣的生成，自是對過往孜孜不倦行走者的勖勉。

在搜集文獻的過程中，衆多的師友皆熱心地伸出了援助之手，以紓解我所遇到的各種困難。甫入浙江大學，導師周明初教授便讓我參與到他主持的國家社科基金重大項目『《全明詞》重編及文獻研究』，在導師的引導下，整理過日本藏稀見明詞，系統翻閲過《中國地方誌集

成》等大型文獻，這些接觸具體文獻的過程，無疑將有助於我對明詞、明清文學的整體情況有個感性認識。與葉曄教授初識時，他便惠我良多，諸如碩博論文開題報告遇到的思維阻塞，以及日常生活中踟躕不前的一些階段性憂慮，總是能夠在葉老師那裏尋找到繼續前行的動力。從生活、求學六載的杭州北上首都工作，最初的半年，甫一闖入陌生環境，加之因各種因素的影響，常常不自覺地陷入焦慮太過的情緒困境。而中國藝術研究院中國文化研究所的諸位老師及時體察到了我的憂思，主動關心我的境況，並盡力爲我解決一些現實層面的問題，給予了年輕人學術、人生成長的充分空間。第一次接觸劉夢溪先生，緣於他二〇一七年五月時在浙江大學人文學院主講的一場主題爲『馬一浮國學論的施教義旨』的講座，而後入職中國文化研究所，跟隨他一起編輯、製作《中國文化》雜誌，通過細讀文史哲領域專家學者的精深文章，逐步體悟到中華優秀傳統文化的奥義之處。入所之前，對喻靜老師的佛學研究著述便多有拜讀，而當成爲中國文化研究所的一員之後，接觸日密，爲了紓解我的焦慮情緒，樹木蓊鬱時，一同在公園裏漫步談天；加班到晚上時，一起在華堂吉野家用餐；而對於我的張揚個性，又能以包容之心寬宥我的種種冒失。這些在求學、工作過程中遇到的良師益友，不僅以其專深的學術造詣成爲後學心摹手追的楷範，更以其立身處世的嚴格要求激勵着後進不懈奮鬥。雖不能至，心嚮往之，當沿着這些路徑，腳踏實地行走，終能尋覓到那心緒寧靜安適的所在。

拙著能夠得以順利問世，得益於諸位師友的温暖關心和無私幫助。首先要感謝的是中國

藝術研究院基本科研業務費慨然給予的後期出版資助，解決了學者日夜枯坐冷板凳之外關涉出版經費的後顧之憂問題。河北師範大學文學院江合友、中國藝術研究院中國文化研究所谷卿、北京大學中國語言文學系黄鵬程、鄭州大學文學院王勇、北京大學中國語言文學系孫巧智、中國藝術研究院研究生院唐明等衆多好友在文字辨識、稀見明人詞籍序跋獲取等方面都提供了很多的幫助。在杭州讀博時，便與本書的責任編輯蔡帆相識，自己的第一本獨立署名的古籍整理著述能夠由好朋友負責編輯，應是過往因緣的自然延續。拙著文字、形制方面，蔡帆編輯操持尤多，正是因爲有他的付出，拙著才能以令人滿意的面貌呈現出來。

儘管筆者對明人詞籍序跋的關注持續已有八年之久，但依然無法完全摸清楚關乎這個研究對象的全部情況，這既源於明清文獻在體量上的無比龐大，又囿限於筆者學術識見上的短板。拙著多半會存在這樣那樣的問題，諸如未能對明人詞籍序跋搜羅殆盡之類，冀望專家學者不吝教示，以待將來拙著再版時能夠得以完善。當八年以來的學術關注，終於有機緣能夠變成鉛字，欣喜之外，亦有平静，欣喜源於多年來辛勞的結晶將要面世，平静則在於孜孜不倦登山後一覽風景的安適。走啊走，一年又一年，静静觀看那落日餘暉，以及晨曦中冉冉升起的朝陽。

彭志

辛丑年三月十一日於京中陋室

**圖書在版編目(CIP)數據**

明人詞籍序跋輯校 / 彭志輯校. —杭州:浙江大學出版社, 2021.10
ISBN 978-7-308-21608-1

Ⅰ. ①明… Ⅱ. ①彭… Ⅲ. ①詞(文學)-序跋-作品集-中國-明代 Ⅳ. ①I207.23

中國版本圖書館 CIP 數據核字(2021)第 144826 號

**明人詞籍序跋輯校**

彭　志　輯校

**責任編輯**　蔡　帆
**責任校對**　吴　慶
**封面設計**　項夢怡
**出版發行**　浙江大學出版社
(杭州市天目山路 148 號　郵政編碼 310007)
(網址:http://www.zjupress.com)
**排　　版**　浙江時代出版服務有限公司
**印　　刷**　紹興市越生彩印有限公司
**開　　本**　880mm×1230mm　1/32
**印　　張**　19
**插　　頁**　8
**字　　數**　379 千
**版 印 次**　2021 年 10 月第 1 版　2021 年 10 月第 1 次印刷
**書　　號**　ISBN 978-7-308-21608-1
**定　　價**　168.00 元